T0204370

EL MARCIANO

NOVA

EL MARCIANO

ANDY WEIR

Traducción de Javier Guerrero

GRUPO ZETA

Barcelona • Madrid • Bogotá • Buenos Aires • Caracas • México D.F. • Miami • Montevideo • Santiago de Chile

Título original: *The Martian*
Traducción: Javier Guerrero
1.ª edición: junio, 2015

© 2011, 2014 by Andy Weir. Publicado por acuerdo con The Crown Publishers,
un sello de   Crown Publishing Group, división de Random House LLC,
Penguin Random House Company
© Ediciones B, S. A., 2014
Consejo de Ciento 425-427 - 08009 Barcelona (España)
www.edicionesb.com
www.edicionesb.com.mx

ISBN: 978-607-480-829-2
DL B 19643-2014

Impreso por Programas Educativos, S. A. de C. V.

Presentación

Desde hace años, la distinción (¿pelea?) entre fantasía y ciencia ficción ha ocupado muchas páginas. Pero recientemente, hemos tenido un ejemplo clarísimo de que la ciencia ficción puede acabar cediendo ante la fantasía. Me refiero a la serie CANCIÓN DE HIELO Y FUEGO *de George R. R. Martin, uno de los mejores autores de la ciencia ficción mundial que parece haber dejado el género para usar y abusar de la fantasía más clásica.*

En el verano de 2013, en la ya habitual visita a España de Joe Haldeman (acompañado como siempre por su amable esposa, Gay), he tenido de nuevo la oportunidad de compartir varias horas y una cena con ambos. Acabamos irremediablemente hablando de Martin y de cómo está explotando el filón de la fantasía en su serie conocida popularmente como Juego de Tronos, *que en realidad es el título de la primera de las cinco novelas publicadas hasta hoy.*

George R. R. Martin ha cosechado éxitos en todos los ámbitos posibles de la ciencia ficción. Ha escrito novelas cortas imprescindibles como Una canción para Lya *o* Los reyes de la arena; *novelas brillantes e inolvidables como* Muerte de la luz, *e incluso domina el difícil arte del fix-up de relatos cortos enhebrados conjuntamente, como hizo en la magistral* Los viajes de Tuf. *Sin embargo, en las dos últimas décadas Martin se ha dedicado a la novela más o menos histórico-fantástica de voluntad épica. Era de esperar que abordara también esa temática y su característica extensión con suma brillantez, y así ha sido.*

En 1996 aparecía el primer volumen de un largo proyecto que lleva por título genérico CANCIÓN DE HIELO Y FUEGO. *Ha sido un gran éxito y, como derivados, tenemos ya una famosa serie de televisión, un juego de tablero, un juego de cartas acumulativo y una muy buena recepción popular.*

Hay diversas maneras de construir una larga serie histórico-fantástica más o menos épica. Desde las novelas puramente históricas sometidas a la necesidad de ser fieles a hechos históricos, hasta versiones mucho más libres como las distintas reelaboraciones que hasta hoy se han hecho, por ejemplo, de la leyenda artúrica, donde solo hay que respetar un mínimo del esquema argumental. Otra manera es la que usaron Tolkien, Le Guin o Bradley en sus narraciones sobre la Tierra Media, Terramar o Darkover respectivamente: inventarlo prácticamente todo.

Martin ha tomado otro camino que no me atrevo a llamar intermedio: la asimilación alterada de hechos conocidos de la historia humana. Como destaca Luis G. Prado: «El mundo que Martin despliega ante nuestros ojos hunde sus raíces en referencias históricas: Poniente es una imagen especular de Gran Bretaña, y las principales familias, los Stark y los Lannister, remedan a los York y los Lancaster de la guerra de las Dos Rosas; la perdida Valyria, medio Roma, medio Atlántida; las oleadas de antepasados, que hacen las veces de celtas, sajones y normandos; los jinetes de las estepas, que recuerdan a los mongoles; los guerreros de las Islas de Hierro, que remiten a los vikingos...»

En esta historia semiconocida y alterada, pródiga en intrigas y todo tipo de tramas políticas, Martin se ha reservado el pequeño truco (que le ennoblece como autor) consistente en, cerca ya del final de cada volumen, «matar» *al personaje que parecía ir convirtiéndose en protagonista. Así se obliga a sí mismo a reinventar y actualizar de nuevo su saga en el siguiente volumen.*

Precisamente a mediados de la década de los noventa, cuando se iniciaba la serie fantástica de Martin, se teorizó sobre la «muerte de la ciencia ficción» *como un género* «distinto» *y con entidad propia. Paradójicamente, la fantasía, nacida realmente* en el seno de la ciencia ficción pero mucho menos exigente para el lector, es la que lo está logrando.

Eso es algo que, envidias económicas aparte, no gustaba a Haldeman y no acababa de gustarme a mí: de reflexionar sobre nuestro mundo y los posibles futuros que nos esperan por el crecimiento poco controlado de la ciencia y la tecnología, nos abandonamos a un pasatiempo fantástico más o menos inteligente pero que deja de estimular la reflexión. Seguramente hemos perdido con el cambio.

Aunque, Haldeman y yo somos conscientes de ello, nuestro amigo George (R. R. Martin) haga tanto dinero con ello... Gracias, eso sí, a unas novelas y una trama francamente brillantes.

El sentido original de una colección como NOVA era, con la ciencia ficción como excusa, reflexionar sobre la ciencia y la tecnología y sus efectos en nuestras sociedades.

Pero la ciencia ficción, me temo, va estos días un poco de capa caída.

Como decía, ya a finales de los años noventa algunos agoreros intentaron «profetizar» la muerte de la ciencia ficción. Para ellos, la manera como la temática de la ciencia ficción iba incorporándose a nuestras vidas quitaba especificidad a este tipo de narrativa y por ello le presagiaban una indolora muerte a manos de su dilución en el seno de la narrativa general.

Para mí, esa perceptible decadencia de la ciencia ficción tiene otras razones. Básicamente, las derivadas de los prodigiosos avances de la ciencia y la tecnología en los últimos veinte o treinta años. Con lo que ha ocurrido en ese tiempo, ¿quién se atreve hoy a profetizar futuros más o menos cercanos que la tecnociencia posiblemente vuelva ridículos y obsoletos en pocas décadas?

Tal vez por ello la ciencia ficción parece haber perdido en los últimos años su empuje anterior y suele reducirse en muchos casos a temerosas especulaciones en torno a avances muy cercanos de la biotecnología o las infotecnologías. Lo llamamos: el futuro cercano (near future). La mayoría de las nuevas novelas se reducen a thrillers tecnológicos (bio e info en su mayoría) muy cercanos en el tiempo y que pueden pasar perfectamente por literatura general. Carecen, casi siempre, de ese afán especulativo tan característico de la ciencia ficción y, sobre todo, pierden el sentido de la maravilla que tanto la había caracterizado. Poca maravilla hay en sociedades que vienen a ser como las de nuestra cotidianeidad.

Posiblemente eso explique (en un razonamiento apresurado...) el auge actual de la fantasía. Ahí es evidente que se pierde la capacidad especulativa de la ciencia ficción pero se mantiene la riqueza de la aventura y del sentido de la maravilla. No en vano, la fantasía moderna nació en el seno de la ciencia ficción y fueron los lectores de ciencia ficción quienes primero cobijaron obras como EL SEÑOR DE LOS ANILLOS, de Tolkien, y fue en su seno donde se desarrollaron obras ya clásicas en la fantasía como la serie de DARKOVER, de Marion Zimmer Bradley, o TERRAMAR, de Ursula K. Le Guin.

Sin embargo, la fantasía suele estar reñida con la ciencia. Siguiendo esquemas más bien trillados, nos ha ofrecido básicamente el enfrentamiento del bien y el mal (caso de EL SEÑOR DE LOS ANILLOS) o la reconstrucción fantaseada de períodos históricos (como en la citada CANCIÓN DE HIELO Y FUEGO).

Debo reconocer, no obstante, que hay un autor distinto que destaca en la moderna fantasía por su gran producción en la última década, toda ella de gran calidad y, en general, presidida por una sugerente idea central: la magia (un elemento imprescindible en la fantasía) debe ser «lógica», si ello es posible.

Se trata de Brandon Sanderson, el joven y prolífico autor que sorprendió con ELANTRIS (2005), la serie de MISTBORN (Nacidos de la bruma, iniciada en 2006), la novela EL ALIENTO DE LOS DIOSES (Warbreaker, 2009), fue elegido para finalizar la serie de LA RUEDA DEL TIEMPO cuando falleció su autor Robert Jordan y ahora nos sorprende con su propia macroserie: EL CAMINO DE LOS REYES (2010).

La idea de Sanderson es sencilla: la fantasía exige magia, pero esta se ejecuta en nuestro universo y por ello ha de estar sujeta a sus leyes. Por ejemplo, si valiéndome de un poder mágico repelo hacia atrás (pongamos veinte metros) a un enemigo, debo recordar que en nuestro universo rige la ley de acción y reacción y, por lo tanto, yo iré hacia atrás, en dirección contraria, otros *veinte metros aproximadamente (en función de la diferencia de pesos...). O, expresado en forma de norma, Sanderson usa en su fantasía «lógica» dos principios básicos: «La magia ha de tener un coste» y «El beneficio y el coste han de ser iguales». Les puedo asegurar que de esa idea (y de la habilidad narrativa de Sanderson) surge una fantasía que atrae incluso a lectores tan interesados en la tecnociencia como yo. Un curioso ejemplo de una posible amalgama entre lo mejor de la fantasía y las bases de la ciencia ficción.*

Pero, aunque a veces yo mismo me queje de cómo la vieja ciencia ficción está perdiendo peso ante la nueva fantasía, y de cómo diversos brillantes autores de ciencia ficción se han pasado a la fantasía, que parece tener más mercado, siempre hay excepciones y maravillosas novedades.

Afortunadamente, de vez en cuando, aparece una novela «distinta», capaz de recuperar todas las cualidades de la mejor ciencia ficción. Por eso me gusta saludar la llegada de EL MARCIANO (The Martian de 2012/14), la primera novela de Andy Weir y una verdadera gozada.

Andy Weir es, al menos para mí, un completo desconocido, y esta es su primera novela. La autopublicó en 2012 y eso, en el mundo editorial, suele ser visto como un grave pecado que, a la larga, impide la contratación y edición: un editor profesional tiende a ver con malos ojos una novela autopublicada...

Sin embargo, la novela de Andy Weir es tan buena (y tan distinta de lo habitual) que la editora estadounidense Crown Publishing Group se arriesgó, compró los derechos, la publicó de nuevo (esta vez profesionalmente) y ahora mira esperanzada el interés de Hollywood por hacer una película basada en ella.

También les puedo contar que, esta vez (y me temo que sin que sirva de precedente, aunque vaya usted a saber...), no solo me recomendaron la novela algunos de mis amigos editores, escritores y aficionados a la ciencia ficción de Estados Unidos. Ocurrió incluso que un compañero de mi departamento, Marc Alier, que suele tener el «vicio» de escuchar audiolibros en inglés, se agenció EL MARCIANO y, nada más terminarla, parece que le faltó tiempo para recomendármela. También me he enterado de que otros amigos, gracias a esta «modernez» de los e-books, la han leído y dicen buenas cosas de ella.

La otra noticia complementaria, y tal vez la que explica la decisión del Crown Publishing Group, es que a finales de 2013 (la edición profesional estadounidense apareció en febrero de 2014 aunque la versión en audiolibro estaba ya disponible en marzo de 2013) la Twentieth Century Fox se interesó por los derechos cinematográficos. La versión en e-book para kindle, por su parte, parece haber vendido 35.000 copias solo los tres primeros meses. En marzo de este año se difundió también la noticia de que la Fox estaba en contacto con Ridley Scott para dirigir la película y que Matt Damon podría ser el protagonista. Vaya usted a saber... Hollywood es todo un mundo, y si lo dudan preguntan a John Varley u Orson Scott Card lo mucho que sufrieron por el traslado de sus novelas al cine...

Por si quieren otras reacciones, el Wall Street Journal (que no es precisamente conocido por su atención a la ciencia ficción...) ha dicho de EL MARCIANO que se trata de «la mejor novela de ciencia ficción en años», y el Publishers Weekly (ya más conocido en el mundo de la crítica de novelas de ciencia ficción) afirma que «Weir enlaza los detalles técnicos con suficiente ingenio para satisfacer al mismo tiempo el interés de los aficionados a la ciencia ficción y al lector en general».

Y, ¿qué tiene EL MARCIANO para justificar todo eso?

Pues la historia es bien simple: una historia de supervivencia que a mí me recordó la clásica La isla misteriosa (1874) de Jules Verne. Si recuerdan, en esa novela los escapados de un campo de prisioneros durante la guerra de Secesión estadounidense, llegan en globo a una misteriosa isla. Allí, dirigidos por el ingeniero y capitán Cyrus Smith, han de luchar por su supervivencia con la ayuda de los amplios conocimientos científicos (principalmente de química) de Smith y gracias a la colaboración de un misterioso personaje que, al final, resulta ser el capitán Nemo en su retiro final.

En EL MARCIANO ocurre que la nave del Proyecto Ares, un viaje tripulado a Marte, ha de huir apresuradamente hacia la

Tierra, dejando Marte, ante una peligrosa tormenta de arena. Atrás dejan también el cuerpo supuestamente sin vida del astronauta Mark Watney (botánico e ingeniero mecánico). Pero, como era de temer, Watney no ha muerto y como náufrago solitario en Marte ha de utilizar todo su saber y sus recursos para sobrevivir. Y, también, avisar a la Tierra de que sigue con vida para que acudan en su rescate.

Hay mucho de Cyrus Smith en ese Mark Watney y, también, una importante ayuda exterior. No se trata en EL MARCIANO del capitán Nemo, evidentemente, sino de una ayuda nada misteriosa: la comunidad internacional que aúna esfuerzos para salvar la vida del astronauta abandonado cual Robinsón Crusoe en una «isla» inhóspita como puede ser el planeta Marte.

Por si todo ello fuera poco, el propio texto es claramente cinematográfico en su redacción y reserva una brillante sorpresa final que, evidentemente, no voy a desvelar aquí...

Por fortuna, la ciencia ficción que sabe usar de la ciencia y la tecnología para fines importantes (salvar la vida de un ser humano) todavía existe, no ha muerto y, lo deseo con fervor, le quedan muchos años por delante aunque sea compitiendo en el mercado con la fantasía moderna de la que hemos hablado.

En realidad, por poner un ejemplo evidente, cuando me preguntan qué música me gusta, suelo dar una lista que incluye a Vivaldi, Bach, Mozart, Beethoven, Stravinsky, John Coltrane, Miles Davis, los Rolling Stones y los Beatles, sin olvidar a Elvis Presley o Frank Sinatra, entre otros. En resumen: la buena música.

Igual me ocurre hoy con la ciencia ficción y la fantasía: me gusta la buena ciencia ficción y también la buena fantasía, y si Tolkien, Le Guin, Bradley, Sanderson y Martin son buenos, también lo es, afortunadamente, este desconocido Andy Weir del que espero poder leer nuevas novelas tan interesantes y revitalizadoras de un género como es esta de EL MARCIANO.

Que ustedes la disfruten.

MIQUEL BARCELÓ

A mamá,
que me llama Pepinillo,
y a papá,
que me llama Tío.

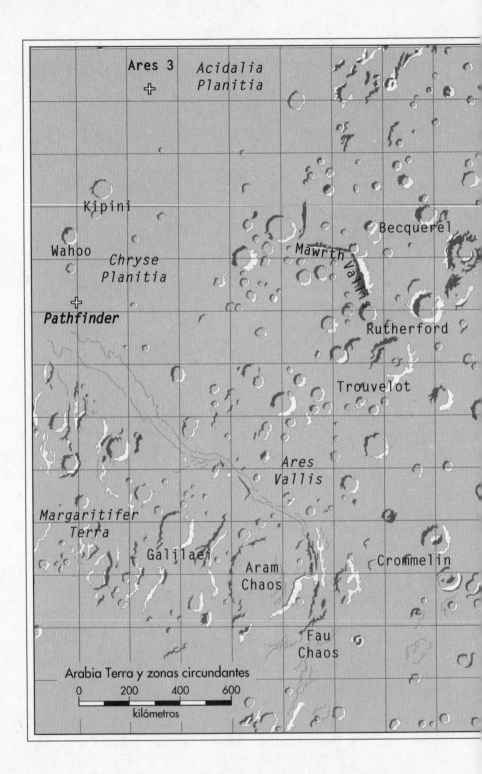

Ares 3
✛

Acidalia Planitia

Kipini

Wahoo

Chryse Planitia

✛
Pathfinder

Becquerel

Mawrth Vallis

Rutherford

Trouvelot

Ares Vallis

Margaritifer Terra

Galilaei

Aram Chaos

Crommelin

Fau Chaos

Arabia Terra y zonas circundantes

0	200	400	600

kilómetros

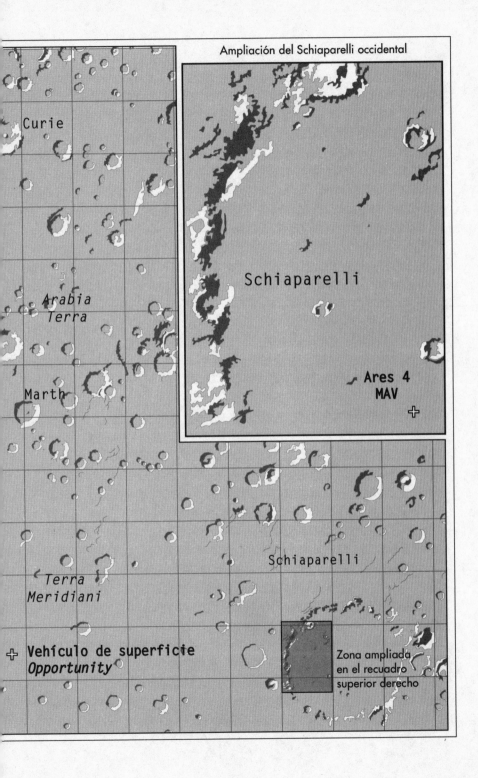

Ampliación del Schiaparelli occidental

Curie

Arabia
Terra

Marth

Schiaparelli

Ares 4
MAV

Terra
Meridiani

Schiaparelli

✛ Vehículo de superficie
Opportunity

Zona ampliada
en el recuadro
superior derecho

1

Estoy bien jodido.

Esa es mi considerada opinión.

Jodido.

Llevo seis días de lo que deberían ser los dos meses más extraordinarios de mi vida y que se han convertido en una pesadilla.

Ni siquiera sé quién leerá esto. Supongo que alguien lo encontrará, tarde o temprano. Tal vez dentro de cien años.

Para que conste: yo no fallecí en sol 6. Desde luego, el resto de la tripulación así lo cree y no puedo culparlos. Tal vez habrá un día de duelo nacional por mí y en mi página de la Wikipedia pondrá: «Mark Watney es el único ser humano que ha muerto en Marte.»

Y será cierto, con toda probabilidad. Porque seguramente moriré aquí, pero no lo habré hecho en sol 6 ni cuando todos creen.

Vamos a ver, ¿por dónde empiezo?

El Programa Ares. El intento de la humanidad de llegar a Marte, de enviar gente a otro planeta por primera vez y expandir los horizontes de la humanidad y bla, bla, bla. La tripulación de la misión Ares 1 cumplió su cometido y todos regresaron como héroes. Hubo desfiles y fueron recompensados con la fama y el amor del mundo.

La de la misión Ares 2 consiguió lo mismo en un lugar diferente de Marte. Recibieron un firme apretón de manos y una taza de café caliente cuando llegaron a casa.

La de la misión Ares 3... Bueno, esa era mi misión; vale, no mía *per se*. La comandante Lewis era quien estaba al mando. Yo solo era un miembro de la tripulación. El de menor graduación, de hecho. Solo habría estado «al mando» de la misión de haber sido el último que quedara.

Mira por donde, estoy al mando.

Me pregunto si recuperarán esta bitácora antes de que el resto de miembros de la tripulación mueran de viejos. Supongo que volverán a la Tierra sanos y salvos. Chicos, si estáis leyendo esto: no fue culpa vuestra. Hicisteis lo que teníais que hacer. En vuestra situación, yo habría hecho lo mismo. No os culpo, y me alegro de que sobrevivierais.

Supongo que debería explicar cómo funcionan las misiones a Marte para cualquier profano en la materia que pueda estar leyendo esto. Llegamos a la órbita de la Tierra del modo habitual, en viaje ordinario hasta la *Hermes*. Todas las misiones Ares utilizan la *Hermes* para ir a Marte y volver. Es realmente grande y costó un montón, así que la NASA solo construyó una.

Una vez llegados a la *Hermes*, cuatro misiones adicionales no tripuladas nos trajeron combustible y víveres mientras nos preparábamos para el viaje. Cuando estuvo todo listo, partimos hacia Marte. No íbamos muy deprisa. Atrás quedaron los días de quemar cantidades ingentes de combustible químico y de las órbitas de inyección transmarcianas.

La *Hermes* está propulsada por motores iónicos. Expulsan argón por la parte posterior de la nave a mucha velocidad para conseguir una pequeña cantidad de aceleración. La cuestión es que no precisa tanta masa reactiva, así que un poco de argón (y un reactor nuclear para dar potencia) nos permitió acelerar de forma constante hasta aquí. Te asombraría la velocidad que puedes alcanzar con una pequeña aceleración durante un período prolongado.

Podría obsequiaros con historias sobre lo mucho que nos divertimos en el viaje, pero no lo haré. No me siento con ganas de revivirlo ahora mismo. Baste con decir que llegamos a la órbita de Marte ciento veinticuatro días después de despegar sin estrangularnos unos a otros.

Desde allí tomamos el VDM (vehículo de descenso a Marte) hasta la superficie. El VDM es básicamente una lata grande con algunos propulsores ligeros y paracaídas. Su único propósito consiste en llevar a seis humanos de la órbita de Marte a la superficie sin matar a ninguno.

Y ahora llegamos al gran truco de la exploración de Marte: mandar todo lo necesario por anticipado.

Un total de catorce misiones no tripuladas depositaron todo lo que necesitaríamos durante las operaciones de superficie. La NASA hizo todo lo posible para que todas las naves de suministros aterrizaran aproximadamente en la misma zona, y su trabajo fue razonablemente bueno. El material no es ni de lejos tan frágil como los seres humanos y puede impactar en el suelo con mucha fuerza, aunque tiende a rebotar mucho.

Naturalmente, no nos enviaron a Marte hasta que confirmaron que todos los suministros habían llegado a la superficie y sus contenedores estaban intactos. De principio a fin, contando las misiones de suministro, una misión a Marte dura unos tres años. De hecho, ya había material de la misión Ares 3 en camino cuando la tripulación de la Ares 2 todavía estaba regresando a casa.

El elemento más importante de los suministros de avanzadilla, por supuesto, era el VAM. El vehículo de ascenso desde Marte. En él volveríamos a la *Hermes* una vez terminadas las operaciones de superficie. El VAM aterrizó con suavidad (a diferencia del festival de rebotes de los otros suministros). Por supuesto, se mantenía en comunicación constante con Houston, y si hubiera tenido problemas, habríamos pasado de largo Marte y proseguido sin siquiera pisar su superficie.

El VAM está muy bien. Resulta que gracias a una serie de reacciones químicas con la atmósfera marciana, por cada kilogramo de hidrógeno que traes a Marte puedes producir trece kilos de combustible. Es un proceso lento, eso sí. Hacen falta veinticuatro meses para llenar el depósito. Por eso lo mandan mucho antes de que lleguemos aquí.

Puedes imaginar el disgusto que me llevé cuando descubrí que el VAM ya no estaba.

Fue una secuencia absurda de hechos la que me llevó al borde de la muerte y una secuencia aún más absurda la que propició que sobreviviera.

La misión estaba concebida para soportar tormentas de arena de hasta 150 km/h. Así que en Houston se pusieron comprensiblemente nerviosos cuanto nos azotaron vientos de 175 km/h. Todos nos pusimos el traje espacial y nos acurrucamos en el centro del Hab, por si se despresurizaba. Pero el problema no fue el Hab.

El VAM es una nave espacial. Tiene muchas piezas delicadas. Puede resistir hasta cierto punto las tormentas, pero no estar sometido permanentemente a tormentas de arena. Al cabo de una hora de viento inusualmente sostenido, la NASA dio la orden de abandonar la misión. Nadie quería cancelar una misión de un mes de duración a los seis días de su comienzo, pero si el VAM sufría un mayor castigo, todos quedaríamos atrapados en Marte.

Teníamos que salir del Hab en plena tormenta para llegar al VAM. Sería arriesgado, pero ¿qué alternativa teníamos?

Todos lo consiguieron menos yo.

Nuestra principal antena parabólica de comunicaciones, que transmitía señales del Hab a la *Hermes*, actuó como un paracaídas cuando el viento la arrancó de su base y la arrastró. En su trayectoria, chocó con la antena de recepción y uno de sus brazos, largos y finos, se me clavó. Me atravesó el traje como una bala perfora la mantequilla y sentí el peor dolor de mi vida cuando se me clavó en el costado. Recuerdo vagamente que me quedé sin aire (literalmente) y que me zumbaron dolorosamente los oídos cuando el traje se despresurizó.

Lo último que recuerdo fue ver a Johanssen estirándose con impotencia hacia mí.

Me despertó la alarma de oxígeno de mi traje: un pitido continuado tan odioso que al final me sacudió un profundo deseo de morirme de una puta vez.

La tormenta había amainado; yo estaba boca abajo, enterrado casi por completo en la arena. Al recuperar la conciencia, todavía grogui, me pregunté por qué no estaba muerto.

La antena había tenido fuerza suficiente para atravesar el traje y mi costado, pero se había detenido en mi pelvis. Así que solo había un agujero en el traje (y uno en mí, por supuesto).

El impacto me había derribado y me había hecho rodar por una empinada cuesta. De alguna manera aterricé boca abajo, la antena se dobló en un ángulo muy oblicuo y retorció el agujero del traje, sellándolo débilmente.

La sangre que me manaba copiosamente de la herida alcanzó el agujero del traje y el agua que contenía se evaporó rápidamente debido a la circulación de aire y la baja presión. Quedó un residuo espeso. La sangre que siguió llegando también se redujo a pasta y terminó por sellar el agujero y reducir el escape hasta un punto que el traje era capaz de compensar.

El traje cumplió con su función de manera admirable. Al registrar el descenso de presión, se estuvo rellenando constantemente con aire de mi depósito de nitrógeno para equilibrar la presión interna con la externa. Cuando el escape se volvió controlable, el traje solo tuvo que introducir lentamente aire nuevo para compensar el perdido.

Al cabo de un rato, los absorbedores de CO_2 (dióxido de carbono) del traje se agotaron. Ese es realmente el factor que limita el soporte vital: la cuestión no es la cantidad de oxígeno que llevas, sino la cantidad de CO_2 que puedes eliminar. En el Hab tengo un oxigenador, un gran aparato que descompone el CO_2 para recuperar el oxígeno. Pero los trajes espaciales hay que poder llevarlos puestos, así que utilizan un proceso de absorción química simple con filtros descartables. Había estado dormido el tiempo suficiente para que mis filtros estuvieran inservibles.

El traje percibió este problema y entró en un modo de emergencia que los ingenieros llaman «de sangradura». Sin forma de eliminar el CO_2, el traje deliberadamente soltó aire a la atmósfera marciana y se rellenó con nitrógeno. Entre el escape y la sangradura, no tardó en quedarse sin nitrógeno. No le quedaba más que mi depósito de oxígeno, así que hizo lo único que podía hacer para mantenerme vivo. Empezó a rellenarse con oxígeno puro. En ese momento corrí el riesgo de morir por la toxicidad del oxígeno, porque su elevada saturación amenazaba con quemarme el sistema nervioso, los pulmones y los ojos. Una muerte irónica para alguien metido en un traje espacial no estanco: por demasiado oxígeno.

Seguramente en cada etapa del proceso habían sonado alarmas, alertas y advertencias, pero fue la advertencia de nivel excesivo de oxígeno la que me despertó.

La cantidad de entrenamiento para una misión espacial es asombrosa. Me había pasado una semana en la Tierra practicando simulacros de emergencias con el traje espacial. Sabía qué hacer.

Buscando cuidadosamente en el lateral del casco, cogí el kit de reparación de fugas. Es un simple embudo con una válvula en el extremo estrecho y una resina increíblemente pegajosa en el extremo ancho. La idea es poner el extremo ancho sobre un agujero, de modo que el aire pueda escapar por la válvula abierta del extremo fino para que la resina selle bien el agujero. Luego cierras la válvula y adiós fuga.

Lo complicado era extraer la antena. Tiré de ella con decisión, estremeciéndome porque la repentina bajada de presión me mareó y la herida del costado me hizo gritar de dolor.

Cubrí con el kit de fuga el agujero y lo sellé. Resistió. El traje suplió el aire que faltaba con más oxígeno. Leyendo los indicadores del brazo, vi que había alcanzado un 85 % de saturación. Para que sirva de referencia, la atmósfera de la Tierra tiene alrededor de un 21 % de oxígeno. No me ocurriría nada siempre y cuando no pasara demasiado tiempo sometido a aquellas condiciones.

Subí tropezando por la colina hacia el Hab. Al coronar la cima, vi algo que me hizo muy feliz y algo que me entristeció mucho: el Hab estaba intacto (¡yuju!) y el VAM había desaparecido (¡aaah!).

En ese mismo momento supe que estaba jodido. Pero no quería morir en la superficie. Volví renqueando al Hab y entré a trompicones por una de las esclusas. En cuanto se hubo igualado la presión me quité el casco.

Una vez dentro del Hab, me quité el traje y me miré por primera vez la herida. Necesitaría puntos de sutura. Por fortuna, a todos nosotros nos habían preparado para los procedimientos médicos básicos, y el Hab disponía de excelentes suministros médicos. Una rápida inyección de anestesia local, irrigar la herida, nueve puntos de sutura y listo. Tomaría antibióticos durante un par de semanas, pero, aparte de eso, estaría bien.

Sabía que era inútil, pero traté de arreglar las comunicaciones. Ninguna señal, por supuesto. La antena parabólica principal del satélite estaba rota, ¿recuerdas? Y había arrastrado consigo la antena de recepción. El Hab contaba con sistemas de comunicaciones secundarios y terciarios, pero ambos eran para hablar con el VAM, cuyos sistemas, mucho más potentes, retransmiten a la *Hermes*. La cuestión es que solo funciona si el VAM está cerca.

No tenía forma de hablar con la *Hermes*. Con tiempo quizá localizara la antena en la superficie, pero tardaría semanas en repararla y ya sería demasiado tarde. Cancelada la operación, la *Hermes* abandonaría la órbita en veinticuatro horas. La dinámica orbital hace que el viaje sea más seguro y más corto cuanto antes la abandonas, así que ¿por qué esperar?

Al verificar mi traje, vi que la antena había atravesado mi ordenador de biomonitorización. Durante una EVA (actividad extravehicular), todos los trajes de la tripulación estaban conectados, de modo que todos podíamos ver el estado de los demás. El resto de la tripulación tenía que haber visto que la presión de mi traje caía hasta casi cero y que inmediatamente mis signos vitales adoptaban la forma de una línea plana. Si a eso se añade verme caer por una colina con una lanza clavada en el costado en medio de una tormenta de arena... Sí. Me habrían dado por muerto. ¿Cómo podía ser de otra manera?

Hasta es posible que tuvieran una breve discusión respecto a recuperar mi cadáver, pero las normas son claras. En caso de que muera un miembro de la tripulación en Marte, se queda en

Marte. Dejar su cadáver reduce la carga del VAM en el viaje de vuelta. Eso supone disponer de más combustible y de un margen de error más amplio para la propulsión de retorno. No tiene sentido renunciar a eso por sentimentalismo.

Así que esta es la situación. Estoy atrapado en Marte. No tengo forma de comunicarme con la *Hermes* ni con la Tierra. Todos piensan que estoy muerto. Estoy en un Hab diseñado para durar treinta días.

Si el oxigenador se rompe, me asfixiaré. Si el purificador de agua se rompe, moriré de sed. Si el Hab pierde estanqueidad, más o menos explotaré. Si no ocurre ninguna de esas cosas, finalmente me quedaré sin comida y moriré de hambre.

Así que sí. Estoy jodido.

2

Vale, he dormido bien esta noche y la situación no parece tan desesperada como ayer.

Hoy he estudiado el estado de los suministros y he realizado una rápida EVA para verificar el equipamiento externo.

Mi situación es la siguiente:

Estaba previsto que la misión en superficie durara treinta y un días. Por seguridad, las sondas de suministro contenían suficientes provisiones para alimentar a toda la tripulación durante cincuenta y seis. De ese modo, si una o dos sondas fallaban, íbamos a tener comida suficiente para completar la misión.

Habían pasado seis días cuando se abrió la caja de Pandora, de manera que queda suficiente comida para seis personas durante cincuenta días. Estoy solo, así que me durará trescientos días. Y eso si no la raciono. Así que me queda bastante tiempo.

También tengo bastantes trajes EVA. Cada miembro de la tripulación tenía dos trajes espaciales: uno de vuelo, para llevar durante el descenso y el ascenso, y el mucho más voluminoso y más robusto traje EVA para las operaciones de superficie. Mi traje de vuelo tiene un agujero, y por supuesto los miembros de la tripulación llevaban los otros cinco cuando regresaron a la *Hermes*, pero los seis trajes EVA siguen aquí y en perfecto estado.

El Hab ha soportado bien la tormenta. Fuera, la situación no es tan de color de rosa. No encuentro la antena parabólica satelital. Probablemente fue arrastrada muchos kilómetros.

El VAM ha desaparecido, por supuesto. Mis compañeros de tripulación se marcharon en él a la *Hermes*. Sin embargo, la mitad inferior (el tren de aterrizaje) sigue aquí. No hay razón para llevarse esa parte cuando el peso es el enemigo. Incluye el motor de aterrizaje, la planta de combustible y cualquier otra cosa que la NASA considera innecesaria para el viaje de vuelta a la órbita.

El VDM ha volcado y tiene una fisura en el casco. Parece que la tormenta arrancó el carenado del paracaídas de reserva (el que no tuvimos que utilizar en el aterrizaje). Una vez expuesto, el paracaídas arrastró al VDM de acá para allá hasta aplastarlo contra las rocas de la zona. No es que el VDM fuera a servirme de mucho. Los propulsores no pueden ni levantar su propio peso. Pero algunos componentes podrían haberme sido útiles. Aún podrían sérmelo.

Ambos vehículos de superficie están semienterrados en la arena, pero por lo demás se encuentran en buen estado. Los cierres de presión están intactos. Tiene sentido. El protocolo operativo dicta que, cuando se desata una tormenta, hay que detener todo movimiento y esperar a que pase. Están hechos para soportar cualquier cosa. Podré desenterrarlos en un día de trabajo, más o menos.

He perdido el contacto con las estaciones meteorológicas situadas a un kilómetro de distancia del Hab en las cuatro direcciones. Podrían estar en perfecto estado por lo que sé. Las comunicaciones del Hab son tan débiles ahora mismo que probablemente no alcanzan un kilómetro.

El panel solar fotovoltaico estaba cubierto de arena. La capa de arena lo inutilizaba (pista: las células fotovoltaicas necesitan luz solar para generar electricidad), pero después de limpiarlo ha recuperado plenamente la eficiencia. Sea lo que sea que termine haciendo, tendré mucha energía para ello. Doscientos metros cuadrados de placas solares, con células de combustible de hidrógeno para almacenar una gran reserva. Lo único que debo hacer es limpiarlas cada varios días.

La situación dentro es óptima gracias al diseño robusto del Hab.

He realizado un diagnóstico completo del oxigenador. Dos veces. Está en perfecto estado. Si falla por algún motivo, hay uno de repuesto que puedo usar un rato mientras reparo el principal, porque es solamente para emergencias. De hecho, el de repuesto no rompe las moléculas de CO_2 para recuperar el oxígeno. Solo absorbe el CO_2, como los trajes espaciales. Está diseñado para durar cinco días antes de que se saturen los filtros, y eso significa que a mí me durará treinta (una sola persona respirando en lugar de seis). Así que hay cierta seguridad en ese aspecto.

El purificador de agua también funciona bien. La mala noticia es que no hay otro de repuesto. Si deja de funcionar, beberé agua de reserva mientras fabrico una destilería rudimentaria para hervir orina. También perderé medio litro de agua diario por la respiración hasta que la humedad en el Hab alcance su máximo y el agua empiece a condensarse en las superficies. Entonces lameré las paredes. Sí. De todos modos, por ahora, no tengo problemas con el purificador de agua.

¡Ah, sí! Comida, agua, cobijo, todo eso está controlado. Voy a empezar a racionar la alimentación ahora mismo. Las raciones ya son mínimas, pero creo que puedo tomar tres cuartos de cada comida sin que me pase nada. Haciendo eso debería estirar mis trescientos días de comida hasta cuatrocientos. Buscando en la zona médica, encontré el frasco principal de vitaminas. Hay suficientes multivitaminas para años. Así que no tendré problemas nutricionales (aunque de todos modos me moriré de hambre cuando me quede sin comida, por más vitaminas que tome).

En la zona médica hay morfina para emergencias y es suficiente para una dosis letal. No voy a morirme de hambre lentamente, te lo aseguro. Si llego a ese punto, terminaré de una manera más fácil.

Todos en la misión tenían dos especialidades. Yo soy botánico e ingeniero mecánico; básicamente, el manitas de la misión que juega con plantas. La ingeniería mecánica podría salvarme la vida si algo se rompe.

He estado pensando en cómo sobrevivir a esta situación. No

es completamente desesperada. Habrá humanos en Marte dentro de unos cuatro años, cuando llegue la misión Ares 4 (suponiendo que no cancelen el programa a consecuencia de mi «muerte»).

La misión Ares 4 aterrizará en el cráter Schiaparelli, que está a unos 3.200 kilómetros del lugar donde me encuentro: la Acidalia Planitia. No tengo forma de llegar allí por mis propios medios. Pero si pudiera comunicarme, tal vez consiguiera que me rescataran. No estoy seguro de cómo se las arreglarían para hacerlo con los recursos disponibles, pero en la NASA hay un montón de gente lista.

Así que esa es mi misión ahora: encontrar una forma de comunicarme con la Tierra. Si no puedo conseguirlo, encontrar una forma de comunicarme con la *Hermes* cuando regrese dentro de cuatro años con la tripulación de la misión Ares 4.

Por supuesto, no tengo ningún plan para sobrevivir cuatro años con comida para un año. Pero vayamos paso a paso. Por ahora estoy bien alimentado y tengo un propósito: reparar la maldita radio.

ENTRADA DE DIARIO: SOL 10

Bueno, he hecho tres EVA y no he encontrado ni rastro de la antena parabólica de comunicaciones.

Desenterré uno de los vehículos de superficie y di un montón de vueltas, pero después de vagar durante días, creo que es el momento de renunciar. La tormenta probablemente arrastró lejos la antena y borró cualquier marca de arrastre o rozadura que pudiera haberme servido de pista. Seguramente también la enterró.

Pasé la mayor parte del día con lo que quedaba del equipo de comunicaciones. Es realmente un panorama deprimente. Para el caso, podría haber gritado hacia la Tierra y me hubiera servido igual.

También podría montar una parabólica rudimentaria con el metal que hay en torno a la base, pero no se trata de fabricar un *walkie-talkie*. Comunicarse con la Tierra desde Marte es complicado y hacerlo requiere un equipo extremadamente especializado. No me las arreglaré con papel de estaño y chicle.

Tengo que ser prudente con las EVA igual que con la comida. Los filtros de CO_2 no pueden limpiarse. Cuando se saturan, se acabó. La misión tenía prevista una EVA de cuatro horas por miembro de la tripulación y día. Por fortuna, los filtros de CO_2 son ligeros y pequeños, con lo cual la NASA se dio el lujo de enviar más de los que necesitábamos. En total, tengo filtros de CO_2 para unas mil quinientas horas. Después cualquier EVA que haga será a costa de una sangradura de aire.

Mil quinientas horas puede parecer mucho tiempo, pero me enfrento a pasar al menos cuatro años aquí si quiero tener alguna esperanza de ser rescatado, y debo dedicar un mínimo de varias horas por semana a limpiar los paneles fotovoltaicos. En fin. Nada de EVA superfluas.

En otro orden de cosas, estoy empezando a darle vueltas a una idea para la comida. Mis conocimientos botánicos podrían resultarme útiles al final.

¿Por qué llevar un botánico a Marte? Al fin y al cabo, el planeta es famoso porque no crece nada en él. Bueno, la idea era descubrir cómo lograr que creciera algo en la gravedad de Marte y ver qué podíamos hacer, si es que podíamos hacer algo, con el suelo marciano. Este contiene los elementos básicos necesarios para que crezca una planta, pero hay muchas cosas en el suelo terrestre de las que carece el marciano, ni siquiera cuando se lo somete a una atmósfera terrestre y se le aporta mucha agua. La actividad bacteriana, ciertos nutrientes proporcionados por la vida animal, etcétera: nada de eso se da en Marte. Una de mis tareas en la misión consistía en ver cómo crecían las plantas aquí en combinaciones de suelo y atmósfera de la Tierra y de Marte diversas. Por eso tengo una pequeña cantidad de suelo de la Tierra y un puñado de semillas para plantar.

Más vale que no me entusiasme demasiado, sin embargo. Se trata de la cantidad de tierra que cabe en una jardinera y las únicas semillas que tengo son de hierbas y helechos, las plantas más toscas y que crecen con más facilidad en la Tierra, por eso la NASA las escogió como sujetos de pruebas.

Así que tengo dos problemas: insuficiente tierra y nada comestible que plantar en ella.

Pero soy botánico, maldita sea. Debería poder encontrar una forma de conseguirlo. Si no lo hago, seré un botánico realmente hambriento dentro de aproximadamente un año.

ENTRADA DE DIARIO: SOL 11

Me pregunto qué estarán haciendo los Cubs.

ENTRADA DE DIARIO: SOL 14

Obtuve mi diplomatura en la Universidad de Chicago. La mitad de los que estudiaban botánica eran *hippies* que creían factible retornar a un sistema mundial natural y de algún modo alimentar a siete mil millones de personas mediante el cultivo ecológico. Pasaban la mayor parte de su tiempo ideando maneras mejores de cultivar maría. No me caían bien. Yo siempre estuve por la ciencia, no por esa chorrada del Nuevo Orden Mundial.

Cuando formaban montones de compost y trataban de conservar hasta la última gota de materia viva, me reía de ellos: «¡Mira qué tontos los *hippies*! Fíjate en sus intentos patéticos de simular un ecosistema mundial complejo en su patio trasero.»

Por supuesto, ahora estoy haciendo exactamente eso. Estoy guardando hasta el último resto de biomateria que puedo encontrar. Cada vez que termino una comida, los restos van al cubo de compost. En cuanto al otro material biológico...

El Hab tiene lavabos sofisticados. Los excrementos normalmente se secan al vacío, luego se acumulan en bolsas cerradas para ser descartadas en la superficie.

¡Se acabó!

De hecho, incluso hice una EVA para recuperar la bolsas de

excrementos de antes de que se marchara la tripulación. Completamente desecadas, estas heces ya no contenían bacterias, pero sí proteínas complejas, así que servirían como estiércol.

Encontré un gran contenedor y metí en él un poco de agua, luego añadí los excrementos secos. Desde entonces, le he añadido también mis heces. Cuanto peor huela, mejor irán las cosas. ¡Eso es que las bacterias trabajan!

Cuando introduzca un poco de tierra de Marte aquí, puedo mezclarla con las heces, extenderla y cubrirlo todo con suelo terrestre. A lo mejor no te parece un paso importante, pero lo es. En el suelo terrestre viven decenas de especies de bacterias fundamentales para el crecimiento de plantas. Se extenderán y se reproducirán como..., bueno, como una infección bacteriana.

La gente ha estado usando detritos humanos como fertilizante durante siglos. No es la forma ideal de cultivar porque propaga enfermedades: las heces humanas contienen patógenos que, lo has adivinado, infectan a otros humanos. Pero no es un problema en mi caso: los únicos patógenos de estos excrementos son los que ya tengo.

Dentro de una semana el suelo marciano estará preparado para que germinen plantas en él. Todavía no sembraré, sin embargo: traeré más suelo sin vida del exterior y lo cubriré con parte del suelo vivo. «Infectará» el suelo nuevo y tendré el doble del que tenía al comienzo. Al cabo de otra semana, lo doblaré otra vez, y así sucesivamente. Por supuesto, durante ese tiempo iré añadiendo todo el nuevo estiércol al proyecto.

Mi trasero está contribuyendo a mantenerme vivo tanto como mi cerebro.

Esto no es ningún concepto nuevo que se me acabe de ocurrir. La gente lleva décadas especulando acerca de cómo obtener suelo apto para el cultivo de la tierra marciana. Simplemente, lo pondré en práctica por primera vez.

Busqué entre las provisiones de alimento y encontré toda clase de cosas que puedo plantar. Guisantes, por ejemplo. Muchas alubias también. Varias patatas. Si después de la terrible experiencia germinaran, sería genial. Con un suministro de vitaminas casi infinito, todo lo que necesito son calorías de cualquier tipo para sobrevivir.

El espacio de suelo total del Hab es de alrededor de noventa y dos metros cuadrados. Planeo dedicarlo por completo a este empeño. No me importa pisar tierra. Será mucho trabajo, pero voy a tener que cubrir toda la superficie con una capa de 10 centímetros de grosor, lo que implica transportar 9,2 metros cúbicos de suelo marciano al Hab. Puedo entrar quizá la décima parte de un metro cúbico por la esclusa cada vez, así que reunir la cantidad total necesaria será un trabajo agotador. Pero, al final, si todo sale según mi plan, tendré 92 metros cuadrados de suelo cultivable.

¡Diablos, sí que soy un botánico! ¡Cuidado con mis poderes botánicos!

ENTRADA DE DIARIO: SOL 15

Uf. Esto es un trabajo agotador.

Hoy me he pasado doce horas en salidas EVA para traer suelo al Hab. Solo he conseguido cubrir un rincón de la base de unos cinco metros cuadrados. A este paso tardaré semanas en entrarlo todo, aunque, bueno..., tiempo es lo único que tengo.

Las primeras EVA han sido bastante ineficaces: iba llenando pequeños recipientes y entrándolos por la esclusa. Luego me he espabilado y he dejado un recipiente grande en la esclusa que he ido llenando con el contenido de otros más pequeños. Eso ha acelerado mucho las cosas porque la esclusa tarda unos diez minutos en abrirse y cerrarse.

Me duele todo. Y las palas que tengo están hechas para tomar muestras, no para cavar en serio. La espalda me está matando. He buscado en los suministros médicos y he encontrado Vicodin. La he tomado hace diez minutos. Debería hacerme efecto pronto.

De todos modos, me gusta ver el progreso. Es hora de empezar a poner bacterias a trabajar con estos minerales. Después de comer. Nada de tres cuartos de ración: hoy me he ganado una comida completa.

Una complicación en la que no había pensado: el agua.

Durante un millón de años en la superficie de Marte, el suelo ha perdido toda el agua. Puesto que soy diplomado en botánica estoy bastante seguro de que las plantas necesitan suelo húmedo para crecer, ya no digamos las bacterias que tienen que vivir en ese suelo para empezar.

Por fortuna, tengo agua, pero no tanta como quisiera. Para ser viable, el suelo necesita 40 litros de agua por metro cúbico. Mi plan general requiere 9,2 metros cúbicos de suelo. Así que necesitaré 368 litros de agua para alimentarlo.

El Hab tiene un purificador de agua excelente, la mejor tecnología disponible en la Tierra, así que en la NASA pensaron: «¿Para qué mandar una gran cantidad de agua? Mejor enviar solo la necesaria para una emergencia.» Los humanos necesitan tres litros de agua al día para estar cómodos. Nos asignaron 50 litros por cabeza, lo que hace un total de 300 litros en el Hab.

Estoy dispuesto a dedicarla toda menos 50 litros (por precaución) a la causa. Eso significa que puedo regar 62,5 metros cuadrados de terreno hasta una profundidad de 10 centímetros: alrededor de dos tercios del suelo del Hab. Tendrá que bastar. Ese es el plan a largo plazo. Para hoy, mi objetivo son cinco metros cuadrados.

He apilado mantas y uniformes de mis compañeros de tripulación ausentes para crear uno de los bordes de la zona de siembra. Las paredes curvas del Hab completan el perímetro. Es lo más parecido a cinco metros cuadrados que puedo delimitar. He llenado con una capa de arena de 10 centímetros el espacio. Luego he sacrificado 20 litros de preciosa agua a los dioses del suelo.

Después las cosas se han puesto feas. He vaciado mi gran contenedor de excrementos en el suelo y casi he vomitado por el olor. He mezclado arena y heces con una pala y he extendido una capa regular. Más tarde he esparcido suelo de la Tierra encima. A trabajar, bacterias. Cuento con vosotras. El hedor también va a permanecer algún tiempo. No puedo abrir una ventana. En cualquier caso, uno se acostumbra.

En otro orden de cosas, hoy es el Día de Acción de Gracias. Mi familia estará reunida en Chicago para la fiesta habitual en casa de mis padres. Supongo que no será muy alegre, teniendo en cuenta que llevo diez días muerto. ¡Demonios, probablemente acaba de terminar mi funeral!

Me pregunto si alguna vez descubrirán lo que ocurrió en realidad. He estado tan ocupado manteniéndome vivo que no he pensado en cómo debe de ser esto para mis padres. Ahora mismo están sufriendo el peor dolor que se puede soportar. Daría cualquier cosa para que supieran que sigo vivo.

Tendré que sobrevivir para compensarlos por esto.

ENTRADA DE DIARIO: SOL 22

¡Vaya! Las cosas salen.

Tengo toda la arena dentro y preparada. Dos tercios de la base son ya de tierra y hoy la he doblado en cantidad por primera vez. Ha pasado una semana y el antiguo suelo marciano es rico y estupendo. Bastará con doblarlo dos veces más para cubrir todo el campo.

Todo ese trabajo ha sido fantástico para mi moral. Me ha mantenido ocupado, con algo que hacer. Pero cuando las cosas se han asentado un poco y me he puesto a cenar escuchando una colección de música de los Beatles de Johanssen, me he deprimido otra vez.

Haciendo cálculos, nada de esto evitará que muera de hambre.

Mi mejor apuesta calórica son las patatas. Crecen prolíficamente y tienen un contenido calórico razonable (770 calorías por kilo). Estoy seguro de que las que tengo germinarán. El problema es que no puedo cultivar suficientes. En 62 metros cuadrados podría cultivar quizá 150 kilos de patatas en 400 días (el tiempo que tengo antes de quedarme sin comida). Suman un total de 115.500 calorías, un promedio sostenible de 288 calorías por día. Con mi estatura y mi peso, y estando dispuesto a pasar un poco de hambre, necesito 1.500 calorías diarias.

Ni siquiera me acerco a la cantidad necesaria, así que no podré vivir del producto de la tierra para siempre, aunque sí prolongar mi vida. Las patatas me durarán setenta y seis días.

Las patatas siguen produciendo, así que en esos 76 días puedo cultivar otras 22.000 calorías de tubérculos para alimentarme 15 días más. Después ya no merece la pena que siga contando; en total me servirán para unos 90 días.

Así que empezaré a morirme de hambre en sol 490 en lugar de hacerlo en sol 400. Es un progreso, pero cualquier esperanza de supervivencia se basa en que sobreviva hasta sol 1.412, cuando aterrice la misión Ares 4.

Son alrededor de mil días de comida de la que carezco y para cuya obtención no tengo plan.

Mierda.

3

¿Recuerdas esas preguntas de la clase de álgebra? El agua entra en un depósito a cierto ritmo y sale a un ritmo diferente y tienes que averiguar cuándo se vaciará. Bueno, ese concepto es fundamental para el proyecto «Mark Watney no muere» en el que estoy trabajando.

Necesito crear calorías, las suficientes para vivir los 1.387 soles que faltan para que llegue la misión Ares 4. Si no me rescata la Ares 4, estoy irremisiblemente muerto. Un sol dura 39 minutos más que un día, así que 1.387 soles equivalen a 1.425 días. Ese es mi objetivo: obtener 1.425 días de comida.

Tengo muchas multivitaminas, más del doble de las que necesito, y cada *pack* de comida contiene cinco veces el mínimo de las proteínas que me hacen falta. Con un racionamiento cuidadoso de las porciones tendré cubiertas mis necesidades proteicas por lo menos cuatro años. Mi nutrición básica está garantizada. Solo debo conseguir calorías.

Necesito 1.500 calorías al día. Tengo comida para 400 días, para empezar. Entonces, ¿cuántas calorías diarias tengo que generar a lo largo de todo el período para permanecer con vida alrededor de 1.425 días?

Te ahorraré los cálculos. La respuesta es que alrededor de 1.100. Necesito crear 1.100 calorías por día con mi granja para sobrevivir hasta que llegue la Ares 4. En realidad, un poco más, porque hoy es sol 25 y todavía no he plantado nada.

Con mis 62 metros cuadrados de tierra, llegaré a obtener unas 288 calorías diarias. Así que necesito cuatro veces mi actual plan de producción para sobrevivir.

Eso significa que necesito más superficie de cultivo y más agua para hidratar el suelo. Será mejor que me ocupe de los problemas de uno en uno.

¿De cuánta tierra cultivable puedo disponer?

Hay 92 metros cuadrados en el Hab. Digamos que puedo utilizarlos todos.

Además, hay cinco camas vacías. Supongamos que pongo suelo en ellas también. Miden 2 metros cuadrados cada una, lo que me da 10 metros cuadrados más. Así que tengo 102.

En el Hab hay tres mesas de laboratorio de unos 2 metros cuadrados cada una. Quiero una para mi propio uso; quedan dos para la causa. Son otros cuatro metros cuadrados. Ya tengo un total de 106.

Dispongo de dos vehículos de superficie cuyos cierres de presión permiten a sus ocupantes conducir sin traje espacial durante largos períodos. Hay en ellos muy poco espacio para sembrar y, además, quiero poder conducirlos, pero ambos llevan una tienda de emergencia.

Hay un montón de problemas para usar tiendas de campaña como terreno de cultivo, pero cada una aporta 10 metros cuadrados de suelo. Suponiendo que pueda solventar los problemas, dispondré de otros 20 metros cuadrados, de 126 metros cuadrados de tierra de cultivo en total.

Con 126 metros cuadrados de tierra cultivable se puede trabajar. Sigo sin tener agua para humedecer todo ese suelo, pero, como he dicho, paso a paso.

La siguiente cuestión que debo tener en cuenta es lo eficiente que puedo llegar a ser cultivando patatas. He basado mis cálculos de cultivo en la industria de patatas terrestre. Pero las granjas de patatas no están metidas en una carrera de supervivencia desesperada como yo. ¿Puedo obtener un rendimiento mayor?

Prestar atención a cada planta en particular, para empezar. Recortarlas y mantenerlas sanas y que no compitan entre sí. Además, cuando sus cuerpos florecientes alcancen la superficie, replantarlas a más profundidad y plantar plantas más jóvenes encima. A los cultivadores de patatas normales no les merece la pena hacerlo, porque literalmente están trabajando con millones de plantas.

Además, esta clase de cultivo agota el suelo. Cualquier granjero que lo usara convertiría su tierra en un yermo en doce años. No es sostenible, pero ¿a quién le importa? Solo necesito sobrevivir cuatro años.

Calculo que obtendré un 50 % más de rendimiento usando esta táctica. Y teniendo 126 metros cuadrados de tierra cultivable (algo más del doble que los 62 metros cuadrados que tengo ahora) conseguiré más de 850 calorías diarias.

Es un verdadero progreso. Todavía estoy en peligro de inanición, pero en el rango de la supervivencia. Podría conseguir quedar al borde de la inanición pero sin llegar a morir. Podría reducir mi consumo calórico reduciendo al mínimo el trabajo manual. Podría subir la temperatura del Hab más de lo normal, para gastar menos energía en mantener la corporal. Podría cortarme un brazo y comérmelo: obtendría calorías valiosas al tiempo que reduciría mi necesidad calórica.

No, la verdad es que no.

Así que digamos que puedo conseguir toda esa cantidad de tierra de cultivo. Parece razonable. ¿Dónde consigo agua? Para pasar de 62 a 126 metros cuadrados de tierra cultivable con una profundidad de 10 centímetros, necesitaré 6,4 metros cúbicos más de suelo (cavar más, vaya), que a su vez requerirá otros 250 litros de agua.

Los 50 litros que tengo son para beber si el purificador de agua se estropea, así que de los 250 litros que necesito me faltan 250.

Vaya. Me voy a acostar.

ENTRADA DE DIARIO: SOL 26

Ha sido un día agotador pero productivo.

Estaba harto de pensar, así que en lugar de intentar averiguar de dónde sacar 250 litros de agua, me he dedicado a trabajar. Necesito meter un montón de suelo en el Hab, aunque ahora sea seco y estéril.

He metido un metro cúbico antes de quedar exhausto.

Luego se ha desatado una tormenta de arena menor que ha cubierto de polvo las placas solares durante una hora. Así que he tenido que vestirme otra vez y salir para otra EVA. He estado de pésimo humor todo el tiempo. Barrer un enorme campo de placas fotovoltaicas es aburrido y físicamente exigente. Pero, una vez hecho el trabajo, he vuelto a mi pequeño «Hab de la pradera».

Era el momento de doblar una vez más la tierra, así que me ha parecido que podía quitármelo de encima. He tardado una hora. Cuando doble la tierra la próxima vez, todo el suelo usable estará listo.

Además, me ha parecido que ya era hora de empezar una cosecha de semillas. He agrandado el terreno lo suficiente para permitirme dejar un rinconcito libre. Tenía doce patatas con las que trabajar.

Soy un tipo afortunado: no están congeladas ni enmohecidas. ¿Por qué la NASA envió doce patatas enteras, refrigeradas pero sin congelar? ¿Y por qué las envió con nosotros, en un cargamento sometido a presión, en lugar de hacerlo en un cajón con el resto de los suministros del Hab? Porque el Día de Acción de Gracias iba a coincidir con nuestras operaciones de superficie, y los cerebros de la NASA pensaron que sería bueno que comiéramos juntos. No solo que comiéramos, sino que cocináramos. Probablemente algún sentido tiene, pero ¿a quién le importa?

He cortado cada patata en cuatro trozos, asegurándome de que cada trozo tuviera al menos dos ojos, a partir de los cuales la planta se desarrollará. He dejado que se secaran un poco durante unas horas, luego los he sembrado, bien espaciados, en la esquina. ¡Que Dios os ayude, patatitas! Mi vida depende de vosotras.

Normalmente, hacen falta al menos 90 días para conseguir patatas de tamaño medio. Pero no puedo esperar tanto. Necesitaré cortar todas las patatas de esta cosecha para sembrar el resto del campo.

Subiendo la temperatura del Hab hasta unos agradables 25,5 °C, conseguiré que las plantas crezcan más deprisa. Además, las luces internas proporcionarán mucha «luz solar», y me aseguraré de que tengan abundante agua (en cuanto descubra de dónde sacarla). No soportarán el mal tiempo, ni habrá parásitos que las acosen, ni malas hierbas que compitan con ellas por el suelo o los nutrientes. Con todos estos aspectos a su favor, deberían dar tubérculos sanos y germinables en cuarenta días.

Me ha parecido que ya bastaba de Granjero Mark por hoy.

Una comida completa para cenar. Me la había ganado. Además, había quemado una tonelada de calorías y quería recuperarlas.

He hurgado en el material de la comandante Lewis hasta encontrar su memoria de datos personal. Todos teníamos que traernos el entretenimiento digital que quisiéramos, y estaba cansado de escuchar los álbumes de los Beatles de Johanssen. A ver qué tenía Lewis.

Programas de televisión basura. Eso era lo que tenía. Incontables programas de televisión de hace una eternidad.

Bueno. Los mendigos no pueden elegir. Que sea *Tres son multitud*.

ENTRADA DE DIARIO: SOL 29

Durante los últimos días he entrado toda la tierra que necesito. Preparé las mesas y literas para que soportaran el peso e incluso las cubrí de tierra. Todavía no dispongo de agua para que sea viable, pero tengo algunas ideas; ideas francamente malas, pero ideas al fin.

El gran éxito de hoy ha sido preparar las tiendas de montaje automático.

El problema con las tiendas de los vehículos de superficie es que no están diseñadas para su uso frecuente.

La idea era lanzar una tienda, meterte dentro y esperar el rescate. La esclusa consiste simplemente en dos puertas y unas válvulas. Igualar la presión del aire, meterte en la esclusa, igualar la del otro lado, salir fuera. Esto significa que pierdes mucho aire en cada uso. Y tendré que meterme allí al menos una vez al día. El volumen total de cada tienda es muy pequeño, de manera que no puedo permitirme perder aire.

He pasado horas tratando de concebir cómo conectar la esclusa de la tienda a la esclusa del Hab. Hay tres en el Hab. Estoy dispuesto a dedicar dos a las tiendas. Eso sería estupendo.

Lo frustrante es que las esclusas de la tienda sí que pueden conectarse a otras esclusas de aire. Podría haber heridos o podrían faltar trajes espaciales. Tienes que poder sacar a la gente sin exponerla a la atmósfera marciana.

El problema es que las tiendas se diseñaron para que tus compañeros de tripulación acudieran al rescate en un vehículo de superficie. Las esclusas del Hab son mucho más grandes y completamente diferentes de las de los vehículos de superficie. Pensándolo bien, la verdad es que no hay ninguna razón para conectar una tienda al Hab, a menos que te quedes atrapado en Marte, que todo el mundo te haya dado por muerto y estés luchando desesperadamente contra el tiempo y los elementos para mantenerte vivo. Pero, ya ves tú: aparte de este caso extremo, no hay ninguna razón.

De modo que finalmente decidí encajar el golpe. Perderé algo de aire cada vez que entre o salga de la tienda. La buena noticia es que cada una tiene una potente válvula de entrada de aire en la parte exterior. No olvides que son refugios de emergencia. Sus ocupantes podrían necesitar aire, y un vehículo de superficie conectado a la entrada de aire se lo proporcionaría mediante una línea de aire: un tubo que iguala el aire del vehículo con el de la tienda.

El Hab y los vehículos de superficie usan la misma válvula y los mismos tubos, con lo cual pude conectar las tiendas directamente al Hab. Así se repondrá automáticamente el aire que pierdo con mis entradas y salidas (lo que la gente de la NASA llamamos ingreso y egreso).

La NASA no se anduvo con chiquitas con estas tiendas de emergencia. En el momento en que he pulsado el botón de pánico del vehículo, con un zumbido ensordecedor la tienda se ha desplegado conectada al conducto de aire del vehículo de superficie. Ha tardado unos dos segundos.

He cerrado la esclusa del lado del vehículo y he conseguido una bonita tienda aislada. Conectar la manguera de igualación de aire era trivial (por una vez estaba usando mi equipo del modo en que estaba diseñado para ser usado). Después de ir y venir varias veces a través de la esclusa (con la pérdida de aire automáticamente compensada por el Hab) he entrado la tierra.

He repetido el proceso con la otra tienda. Ha ido como la seda.

Suspiro..., agua.

En el instituto jugaba mucho a *Dragones y Mazmorras*. (No habrías dicho que este ingeniero botánico-mecánico era un poco rarito entonces, ¿a que no?, pero lo era.) En el juego era un clérigo. Uno de los hechizos que podía lanzar era el de «crear agua». Siempre lo encontré un hechizo realmente estúpido y nunca lo usé. ¡Lo que daría por poder usarlo ahora en la vida real!

Da igual. Es un problema para mañana.

Esta noche veré de nuevo *Tres son multitud*. Lo dejé anoche a mitad del episodio en que el señor Roper veía algo que sacaba de contexto.

ENTRADA DE DIARIO: SOL 30

Tengo un plan estúpidamente peligroso para conseguir el agua que necesito. Y digo peligroso en serio. Pero no tengo elección. Me he quedado sin ideas y debo volver a doblar la cantidad de tierra dentro de unos días. Cuando lo haga por última vez, tendré el doble de todo el nuevo suelo que traje. Si no lo humedezco antes, simplemente morirá.

No hay mucha agua aquí en Marte. Hay hielo en los polos, pero están demasiado lejos. Si quiero agua, tendré que crearla partiendo de cero. Por fortuna tengo la receta. Coges hidrógeno, le añades oxígeno, lo quemas.

Vamos por partes. Empezaré por el oxígeno.

Tengo una buena reserva de O_2, pero no suficiente para preparar 250 litros de agua. Dos depósitos de alta presión en un lado del Hab son todo mi suministro (además del aire del Hab, por supuesto). Cada depósito contiene 25 litros de O_2 líquido. El Hab solo lo usaría en caso de emergencia, porque ya tiene el oxigenador para mantener la atmósfera. Los depósitos de O_2 están para alimentar los trajes espaciales y los vehículos de superficie.

De todos modos, el oxígeno de reserva me bastaría para preparar 100 litros de agua solamente (50 litros de O_2 generan 100 litros de moléculas de una sola O), con lo que no podría salir al exterior, me quedaría sin ninguna reserva de emergencia y obtendría menos de la mitad del agua que necesito. Descartado.

Sin embargo, es más fácil encontrar oxígeno en Marte de lo que puedas pensar. La atmósfera contiene un 95 % de CO_2. Y resulta que tengo una máquina cuyo único propósito es liberar oxígeno del CO_2. Sí, un oxigenador.

Un problema: la atmósfera es muy ligera; ejerce menos de un uno por ciento de la presión que ejerce sobre la Tierra. Así que es difícil atrapar el aire: pasarlo del exterior al interior es casi imposible. El único propósito del Hab es precisamente impedir que eso ocurra. La pequeña cantidad de atmósfera de Marte que entra cuando uso una esclusa es insignificante.

Ahí es donde entra en juego la planta generadora de combustible del VAM.

Mis compañeros de tripulación se llevaron el VAM hace unas semanas, pero la mitad inferior se quedó aquí. La NASA no tiene la costumbre de poner en órbita masa innecesaria. El tren de aterrizaje, la rampa de ingreso y la planta de combustible siguen ahí. ¿Recuerdas que el VAM fabricaba su propio combustible con la ayuda de la atmósfera marciana? El primer paso consiste en reunir CO_2 y almacenarlo en un depósito de alta presión. Cuando consiga conectar la planta de combustible a la corriente del Hab me proporcionará medio litro de CO_2 líquido por hora indefinidamente. Dentro de diez soles habrá preparado 125 litros de CO_2 de los que obtendré 125 litros de O_2 al procesarlo con el oxigenador.

Con eso me bastará para preparar 250 litros de agua. Así que tengo un plan para conseguir el oxígeno.

Conseguir el hidrógeno será un poco más complicado.

Había pensado recurrir a las células de combustible de hidrógeno, pero necesito esas baterías para mantener la potencia por la noche. Si no las tengo, el ambiente se enfriará demasiado. Podría abrigarme, pero el frío mataría mis cultivos. Además, cada célula de combustible contiene solo una pequeña cantidad de H_2. Simplemente no merece la pena sacrificar tanta utilidad para obtener tan poca ganancia. La única cosa que juega a mi favor es que no tengo problemas de energía. No quiero renunciar a esa ventaja, así que tendré que usar un método diferente.

He hablado con frecuencia del VAM, pero ahora quiero hablar del VDM.

Durante los veintitrés minutos más aterradores de mi vida, cuatro de mis compañeros de tripulación y yo intentamos no cagarnos encima mientras Martinez pilotaba el VDM hasta la superficie. Fue como estar en una centrifugadora.

Primero descendimos de la *Hermes* y redujimos nuestra velocidad orbital para empezar a caer. Todo fue suave hasta que llegamos a la atmósfera. Si crees que las turbulencias son bruscas en un reactor de pasajeros que va a 720 km/h, imagina cómo serán a 28.000 km/h.

Varios juegos de paracaídas se desplegaron automáticamente para frenar nuestro descenso. Luego Martinez pilotó manualmente para llevarnos hasta el suelo usando los propulsores para frenar el descenso y controlar nuestro desplazamiento lateral. Martinez se había entrenado para eso durante años y llevó a cabo su trabajo extraordinariamente bien. Superó todas las expectativas de un aterrizaje al dejarnos a solo nueve metros del objetivo. El tipo estuvo sencillamente magistral.

¡Gracias, Martinez! ¡Puede que me hayas salvado la vida! No por tu aterrizaje perfecto, sino porque te sobró mucho combustible. Quedan cientos de litros de hidracina sin utilizar. Cada molécula de hidracina contiene cuatro átomos de hidrógeno. Así pues, cada litro de hidracina contiene suficiente hidrógeno para generar dos litros de agua.

He realizado una breve EVA hoy para hacer comprobaciones. Quedan 292 litros de combustible en los depósitos del VAM. ¡Suficientes para producir casi 600 litros de agua! Mucho más de la que necesito.

Solo hay una pega: liberar el hidrógeno de la hidracina es..., bueno, así funcionan los cohetes. Produce mucho, mucho calor. Y es muy peligroso. Si lo hago en una atmósfera con oxígeno, el calor y el hidrógeno recién liberado explotarán. Habrá mucha H_2O al final, pero yo estaré demasiado muerto para disfrutar de ella.

En esencia, la hidracina es muy sencilla. Los alemanes ya la usaron en la Segunda Guerra Mundial como propulsor de cohetes (y en ocasiones volaron por los aires).

Basta con pasarla por un catalizador (que puedo extraer del motor del VDM) para separarla en nitrógeno e hidrógeno. Te ahorraré la química, pero el resultado es que cinco moléculas de hidracina se convierten en cinco moléculas de N_2 inocuo y diez moléculas de encantador H_2. Durante una etapa intermedia de este proceso es amoníaco. La química, que es una mala zorra, se asegura de que parte del amoníaco no reaccione y siga siendo amoníaco. ¿Te gusta el olor del amoníaco? Bueno, será corriente en mi existencia cada vez más infernal.

La química está de mi parte. La cuestión ahora es cómo voy a conseguir que esta reacción se produzca lentamente y cómo voy a recoger el hidrógeno. La respuesta es que no lo sé.

Supongo que ya se me ocurrirá algo. Eso o moriré.

De todos modos y mucho más importante: no soporto la sustitución de Chrissy por Cindy. *Tres es multitud* nunca será lo mismo después de este fiasco. El tiempo lo dirá.

4

Mi plan para obtener agua tiene un puñado de problemas. Mi idea es conseguir 600 litros (cantidad limitada por el hidrógeno que puedo extraer de la hidracina). Eso significa que necesitaré 300 litros de O_2 líquido.

Puedo crear O_2 con facilidad. Hacen falta veinte horas para que la planta de combustible del VDM llene de CO_2 su depósito de 10 litros. El oxigenador puede convertirlo en O_2, tras lo cual el regulador atmosférico detectará que el contenido de oxígeno del Hab es demasiado alto y lo eliminará del aire almacenándolo en los depósitos principales de O_2. Como estos acabarán por llenarse, tendré que transferir O_2 a los depósitos de los vehículos de superficie e incluso a los de los trajes espaciales si es necesario.

No puedo obtenerlo muy deprisa, sin embargo. A medio litro de CO_2 por hora tardaría veinticinco días en generar el oxígeno que necesito. Eso es mucho más tiempo de lo que me conviene.

Además, está el problema de almacenar el hidrógeno. Los depósitos de aire del Hab, los vehículos de superficie y todos los trajes espaciales suman exactamente 374 litros de capacidad. Para conservar todos los elementos necesarios para fabricar agua, necesitaría unos asombrosos 900 litros de capacidad.

Me planteé usar un vehículo de superficie como «depósito». Desde luego, sería lo bastante grande, pero no está diseñado para aguantar tanta presión. Está hecho para resistir (lo has adivinado) una atmósfera. Necesito depósitos capaces de aguantar cincuenta veces esa presión. Estoy seguro de que un vehículo de superficie estallaría.

La mejor forma de almacenar los componentes del agua es convertidos en agua, así que eso tendré que hacer.

El concepto es sencillo, pero la ejecución será increíblemente peligrosa.

Cada veinte horas obtendré 10 litros de CO_2 gracias a la planta de combustible del VAM. Lo trasvasaré al Hab mediante el método altamente científico de desconectar el depósito del VAM del tren de aterrizaje, traerlo al Hab y luego abrir la válvula hasta que se vacíe.

El oxigenador lo convertirá en oxígeno a su debido tiempo.

Luego, soltaré hidracina, muy lentamente, en el catalizador de iridio para convertirla en N_2 y H_2. Dirigiré el hidrógeno a una pequeña zona y lo quemaré.

Como puedes ver, este plan proporciona muchas oportunidades de morir en una brutal explosión.

En primer lugar, la hidracina te mata bien muerto. Si cometo errores, no quedará de mí más que el «Cráter en Memoria de Mark Watney» allí donde estuvo el Hab.

Suponiendo que no meta la pata con la hidracina, está la cuestión de quemar hidrógeno. Voy a prenderle fuego; en el Hab; a propósito.

Si le preguntas a cualquier ingeniero de la NASA cuál es el peor escenario para el Hab, todos responderán que el fuego. Si les preguntas cuál sería el resultado, responderán «morir quemado».

Pero si puedo evitarlo, produciré agua de manera continuada, sin necesidad de almacenar hidrógeno ni oxígeno. Se mezclarán en la atmósfera como humedad, pero el deshumidificador la retendrá.

Ni siquiera tengo que combinar a la perfección la parte de la hidracina con la parte de la planta de combustible de CO_2. Hay mucho oxígeno en el Hab y mucho más en reserva. Solo necesito asegurarme de no fabricar tanta agua que me quede sin O_2.

He conectado la planta de combustible del VAM a la fuente de alimentación del Hab. Por fortuna, ambas usan el mismo voltaje. Está resoplando, recolectando CO_2 para mí.

Media ración para cenar. Lo único que he conseguido hoy es concebir un plan que me matará; eso no requiere mucha energía.

Voy a ver el último capítulo *Tres es multitud* esta noche. Francamente, prefiero el señor Furley a los Roper.

ENTRADA DE DIARIO: SOL 33

Esta podría ser mi última entrada.

Desde sol 6 sé que tengo muchas posibilidades de morir aquí, pero había imaginado que sería cuando me quedara sin comida. No pensaba que pudiera ocurrir tan pronto.

Estoy a punto de quemar la hidracina.

Nuestra misión se planeó sabiendo que cualquier cosa podría requerir mantenimiento, así que tengo muchas herramientas. Incluso con el traje espacial he logrado arrancar del VDM los paneles de acceso y he conseguido los seis depósitos de hidracina. Los he preparado a la sombra de un vehículo de superficie para evitar que se calentaran demasiado. Hay más sombra y menos temperatura cerca del Hab, pero a la mierda. Si van a estallar, que se lleven por delante un vehículo de superficie y no mi casa.

Luego he arrancado la cámara de reacción. Me ha llevado bastante trabajo y he partido el maldito trasto en dos, pero lo he sacado. Por suerte para mí, no necesito una adecuada reacción del combustible. De hecho, por nada del mundo querría eso.

He traído la cámara de reacción. Me había planteado llevar solo un depósito de hidracina cada vez, para reducir riesgos, pero unos cálculos de servilleta me han bastado para comprobar que incluso un solo depósito basta para volar todo el Hab, así que los he traído todos. ¿Por qué no?

Los depósitos tienen válvulas de ventilación manuales. No estoy del todo seguro de para qué sirven. Desde luego, nunca se esperó que las usáramos. Creo que eran para soltar presión en los numerosos controles de calidad que se realizaron durante su construcción, antes de llenarlos. Sea cual sea la razón, tengo válvulas con las que trabajar. Lo único que me hace falta es una llave inglesa.

He quitado una manguera de agua sobrante del purificador de agua. Con un poco de hilo arrancado de un uniforme (lo siento, Johanssen), la he atado a la salida de la válvula. La hidracina es líquida, así que lo único que tenía que hacer era trasvasarla a la cámara de reacción (que ahora es más bien un «bol de reacción»).

Entretanto, la planta de combustible del VAM sigue funcionando. Ya he traído un depósito de CO_2, lo he ventilado y lo he devuelto para rellenarlo.

De manera que no hay más excusas. Ha llegado la hora de empezar a fabricar agua.

Si encuentras los restos calcinados del Hab, significa que hice algo mal. Estoy copiando este diario en ambos vehículos de superficie, así que es probable que no se destruya.

A ver cómo va.

ENTRADA DE DIARIO: SOL 33 (2)

Bueno, no he muerto.

Lo primero que he hecho ha sido ponerme el forro de mi traje EVA. No el traje en sí, sino solo la ropa interior que llevo debajo, incluidos los guantes y las botas. Luego he sacado una máscara de oxígeno de los suministros médicos y unas gafas de laboratorio del kit de química de Vogel. Tenía prácticamente todo el cuerpo protegido y estaba respirando aire enlatado.

¿Por qué? Porque la hidracina es muy tóxica. Si respiras demasiada hidracina, tienes problemas pulmonares graves. Si entra en contacto con la piel, te produce quemaduras químicas para toda la vida. No iba a correr riesgos.

He girado la válvula hasta que ha salido un chorro de hidracina. He dejado que cayera una gota en el bol de iridio.

De manera poco dramática ha chisporroteado y ha desaparecido.

Pero... ¡Eh, eso es lo que quería! Acababa de liberar hidrógeno y nitrógeno. ¡Yuju!

Una cosa que tengo en abundancia son bolsas. No son muy distintas de las bolsas de basura corrientes, aunque estoy seguro de que cuestan 50.000 dólares porque son de la NASA.

Además de ser nuestra comandante, Lewis era también la geóloga. Estaba recogiendo rocas y muestras de suelo en toda la zona de operaciones (dentro de un radio de 10 kilómetros). Los límites de peso restringían mucho lo que podía llevarse a la Tierra, así que primero iba a tomar muchas muestras y luego ya elegiría los 50 kilos más interesantes que llevarse a casa. Las bolsas eran para almacenar y etiquetar esas muestras. Algunas son más pequeñas que las de cierre hermético, mientras que otras son grandes como las de un cortacésped.

Además, tengo cinta aislante. Cinta aislante normal y corriente, de la que venden en las ferreterías. Resulta que ni siquiera la NASA puede mejorar la cinta aislante.

He cortado bolsas tamaño industrial y las he juntado con cinta aislante para formar una especie de tienda. Realmente era más bien una bolsa inmensa con la que he podido cubrir toda la mesa donde estaba mi preparación de hidracina de científico loco. He puesto unos cuantos chismes encima de la mesa para impedir el contacto entre el plástico y el bol de iridio. Afortunadamente las bolsas son transparentes, así que podía ver lo que estaba pasando.

A continuación he sacrificado un traje espacial a la causa. Necesitaba un tubo de aire. Al fin y al cabo, tengo un excedente de trajes espaciales. Un total de seis; uno para cada miembro de la tripulación. Así que no me importa perder uno.

He hecho un agujero en el plástico y le he sujetado el tubo con cinta aislante. Bastante hermético, creo.

Con algo más de hilo de la ropa de Johanssen, he colgado el otro extremo del tubo de la parte superior de la cúpula del Hab, creando una chimenea fina. Confiaba que el tubo, de un centímetro de diámetro, fuera una abertura suficiente.

El hidrógeno estaría caliente después de la reacción y tendería a subir, así que lo dejaría ascender por la chimenea y quemarse al ir saliendo.

Después he tenido que inventar el fuego.

La NASA se esforzó mucho para asegurarse de que nada de lo que hay aquí pueda arder. Todo está hecho de metal o plástico ignífugo, y los uniformes son sintéticos. Necesitaba algo capaz de mantener una llama, una especie de luz piloto. No tengo la capacidad de mantener suficiente H_2 fluyendo para alimentar una llama sin matarme. El margen es demasiado estrecho.

Después de un registro de los efectos personales de todos (eh, si querían intimidad que no me hubieran abandonado en Marte con sus cosas) he encontrado la respuesta.

Martinez es un católico devoto. Eso lo sabía. Lo que no sabía era que se trajo una crucecita de madera. Estoy seguro de que la NASA lo puso a parir por eso, pero también sé que Martinez es un cabrón tozudo.

He cortado su sagrado símbolo religioso en astillas alargadas usando un par de alicates y un destornillador. Supongo que si existe un Dios no le importará, teniendo en cuenta la situación en la que me encuentro.

Si arruinar el único icono religioso que tengo me hace vulnerable a los vampiros marcianos, tendré que arriesgarme.

Hay muchos cables y baterías alrededor para generar una chispa, pero la madera no prende con una chispita eléctrica, así que he recogido tiras de corteza de palmera y luego he recogido un par de palos y los he frotado entre sí para crear suficiente fricción...

No, la verdad es que no. He echado oxígeno puro hacia la astilla y he provocado una chispa. Se ha encendido como una cerilla.

Con esa miniantorcha a mano, he iniciado un lento flujo de hidracina. Chisporroteaba en el iridio y desaparecía. Pronto han salido llamitas de la chimenea.

Lo principal que tenía que controlar era la temperatura. La

hidracina es extremadamente exotérmica al descomponerse. Así pues, lo he hecho poco a poco, vigilando constantemente la lectura con un termopar conectado a la cámara de iridio.

La cuestión es que el proceso ha funcionado.

Cada depósito de hidracina contiene poco más de 50 litros, lo cual bastaría para generar 100 litros de agua. Estoy limitado por mi producción de oxígeno, pero también muy nervioso, de modo que estoy dispuesto a usar la mitad de mis reservas. Para abreviar, pararé cuando el depósito esté medio vacío, y al final ¡tendré 50 litros de agua!

ENTRADA DE DIARIO: SOL 34

Bueno, he tardado mucho. Me he pasado toda la noche con la hidracina, pero he terminado el trabajo.

Podría haber terminado más deprisa, pero me ha parecido mejor ser prudente encendiendo combustible de cohete en un espacio cerrado.

Chico, este sitio se ha convertido en una selva tropical, te lo digo yo.

Hay casi 30 °C de temperatura y una humedad agobiante. Acabo de agregar una tonelada de calor y 50 litros de agua al aire.

Durante este proceso, el pobre Hab ha tenido que ser como la madre de un niño revoltoso. Ha estado sustituyendo el oxígeno que he usado y ahora el deshumidificador está tratando de reducir la humedad a niveles sanos. Nada que hacer respecto al calor. En realidad no hay aire acondicionado en el Hab. Marte es frío. No esperábamos tener que desembarazarnos de un exceso de calor.

Ya me he acostumbrado a oír las alarmas que suenan a todas horas. La alarma de incendios se ha callado por fin, ahora que ya no hay fuego. La alarma de escasez de oxígeno se parará pronto. La alarma de humedad elevada tardará un rato más. El deshumidificador ha dejado de funcionar hoy.

Por un momento, hubo una alarma más. El depósito del deshumidificador estaba lleno. ¡Toma! ¡Esa es la clase de problema que quiero tener!

¿Recuerdas el traje espacial que destrocé ayer? Lo he colgado en su percha y he llevado cubos de agua hasta él desde el deshumidificador. Puede mantener una atmósfera de aire en su interior. Debería poder resistir unos cuantos cubos de agua.

Tío, estoy cansado. Llevo despierto toda la noche y es hora de dormir. Me deslizaré a la tierra de los sueños con el mejor humor que he tenido desde sol 6.

Las cosas por fin me van bien. De hecho, me van estupendamente. Tengo una posibilidad de sobrevivir.

ENTRADA DE DIARIO: SOL 37

Estoy jodido y voy a morir.

Vale, calma. Estoy seguro de que puedo solventar esto.

Estoy escribiendo este diario para ti, querido futuro arqueólogo de Marte, desde el vehículo de superficie 2. Puede que te preguntes por qué no estoy ahora mismo en el Hab. Porque salí huyendo aterrorizado, ¡por eso! Y no estoy seguro de qué demonios haré a continuación.

Supongo que debería explicar qué ha pasado. Si esta es mi última entrada, al menos sabrás por qué.

Durante los últimos días he estado fabricando agua alegremente. Incluso reforcé el compresor de la planta de combustible del VAM. Un trabajo muy técnico (incrementé el voltaje de la bomba). Así que estaba produciendo agua más deprisa.

Después de mis primeros 50 litros de golpe, decidí calmarme y producir agua solo al mismo ritmo que conseguía O_2. No estaba dispuesto a bajar de una reserva de 25 litros, así que cuando bajaba demasiado, dejaba en paz la hidracina hasta que conseguía subir el O_2 muy por encima de los 25 litros.

Nota importante: cuando digo que obtuve 50 litros de agua, me refiero a que los obtuve teóricamente. No logré almacenarlos realmente. El suelo con el que llené el Hab estaba extremadamente seco y chupaba con avidez un montón de humedad. De todos modos, al suelo era donde quería que fuera el agua, así que me dio igual y no me sorprendió que el deshumidificador no almacenara ni de cerca 50 litros.

Conseguía 10 litros de CO_2 cada quince horas después de trucar la bomba. Repetí este proceso cuatro veces. Según mis cálculos, contando con los iniciales 50 litros obtenidos de golpe, debería haber añadido 130 litros de agua al sistema.

Bueno, mis cálculos me habían engañado.

Tenía almacenados 70 litros en el deshumidificador y el traje espacial convertido en depósito de agua. Había mucha condensación en las paredes y el techo abovedado. El suelo, desde luego, estaba absorbiendo su parte de humedad, pero eso no bastaba para explicar que faltaran 60 litros de agua. Algo iba mal.

Fue entonces cuando me fijé en el otro depósito de O_2.

El Hab tiene dos depósitos de O_2 de reserva. Uno a cada lado de la estructura, por razones de seguridad. El Hab puede decidir cuál usar en cada momento. Resulta que ha estado alimentando la atmósfera desde el depósito uno, pero cuando yo añadía O_2 al sistema (a través del oxigenador), el Hab distribuía uniformemente el incremento entre ambos depósitos. En el depósito 2 el oxígeno ha ido subiendo lentamente.

Eso no es ningún problema. El Hab simplemente hace su trabajo. Sin embargo, si se ha estado incrementando la cantidad de O_2 con el tiempo, significa que no lo estoy consumiendo tan deprisa como pensaba.

De entrada pensé: «¡Qué bien, más oxígeno! Ahora puedo hacer agua más deprisa.» Luego se me ocurrió una idea más inquietante.

Para que lo entiendas: estoy ganando O_2 cuando la cantidad que incorporo del exterior es constante; la única explicación es que estoy usando menos oxígeno del que creía. Sin embargo, he estado produciendo la reacción de hidracina sobre la hipótesis de que lo estaba usando todo.

No hay otra explicación: no he estado quemando todo el hidrógeno liberado.

Ahora es obvio, a toro pasado. Sin embargo, no se me había ocurrido que parte del hidrógeno no ardería. Atravesó la llama y continuó alegremente. ¡Maldita sea, soy botánico, no químico!

La química es enrevesada... Hay hidrógeno sin quemar en el aire, a mi alrededor, mezclado con el oxígeno. Simplemente..., flotando, esperando a que una chispa haga estallar el Hab.

En cuanto lo he comprendido y me he sobrepuesto, he cogido una bolsa de muestras pequeña, la he agitado un poco y la he cerrado. A continuación, una rápida EVA hasta el vehículo de superficie, donde tenemos los analizadores atmosféricos. Nitrógeno: 22 %. Oxígeno: 9 %. Hidrógeno: 64 %.

Llevo metido en el vehículo de superficie desde entonces.

El Hab es ahora Hidrogenópolis.

Tengo mucha suerte de que no haya estallado. Una simple descarga de energía estática podría desencadenar mi *Hindenburg* particular.

Así pues, aquí estoy, en el vehículo de superficie 2. Puedo quedarme un día o dos a lo sumo antes de que los filtros de CO_2 tanto del vehículo como de mi traje espacial se saturen. Dispongo de ese tiempo para decidir cómo enfrentarme a esto.

El Hab es una bomba.

5

Todavía estoy acobardado en el vehículo de superficie, pero he tenido tiempo para pensar. Ahora sé cómo ocuparme del hidrógeno.

He pensado que el regulador atmosférico se fija en lo que hay en el aire y lo equilibra. De este modo el exceso de O_2 que he estado importando termina en los depósitos. El problema es que no está construido para extraer hidrógeno del aire.

El regulador separa los gases por congelación. Cuando decide que hay demasiado oxígeno, empieza recogiendo aire en un depósito y lo enfría a 90 kelvin. A esa temperatura el oxígeno se vuelve líquido, pero el nitrógeno, cuyo punto de condensación es de 77 K, continúa en estado gaseoso. Luego almacena el O_2.

Sin embargo, no puedo conseguir que haga eso mismo con el hidrógeno, porque tiene que bajar de 21 kelvin para volverse líquido y el regulador no consigue que la temperatura baje tanto. Callejón sin salida.

Esta es la solución: el hidrógeno es peligroso porque puede explotar. Ahora bien, solo puede explotar si hay oxígeno alrededor. El hidrógeno sin oxígeno es inofensivo, y la función del regulador es extraer el oxígeno del aire.

Hay cuatro cierres de seguridad diferentes que impiden que el regulador permita que el nivel de oxígeno del Hab baje demasiado. Están preparados para seguir funcionando aun en caso de fallo técnico, pero no para soportar un sabotaje deliberado (¡toma ya!).

En resumen, si manipulo el regulador para que extraiga todo el oxígeno del Hab y luego me pongo el traje espacial para respirar, podré hacer lo que quiera sin miedo a volar por los aires.

Usaré un depósito de O_2 para incorporar pequeñas cantidades de oxígeno al hidrógeno y generaré una chispa con un par de cables y una batería. El hidrógeno arderá, pero solo hasta que se agote la ínfima cantidad de oxígeno.

Haré eso una y otra vez, en estallidos controlados, hasta que haya quemado todo el hidrógeno.

Un pequeño defecto de ese plan es que destruirá mi tierra.

La tierra solo es fértil por las bacterias que crecen en ella. Si me deshago de todo el oxígeno, las bacterias morirán. No tengo cien mil millones de pequeños trajes espaciales a mano.

Es una solución a medias, de todos modos.

Me toca dejar de pensar un rato.

La comandante Lewis fue la última en usar este vehículo de superficie. Tenía programado usarlo otra vez en sol 7, pero se fue a casa. Su equipo de viaje sigue en la parte de atrás. Examinándolo he encontrado una barrita de proteínas y un USB personal, probablemente lleno de música para escuchar por el camino.

Me toca darme un atracón y comprobar qué música se trajo la buena de la comandante.

ENTRADA DE DIARIO: SOL 38 (2)

Música disco. Maldita sea, Lewis.

ENTRADA DE DIARIO: SOL 39

Creo que lo tengo.

Las bacterias del suelo están acostumbradas a los inviernos. En invierno reducen su actividad y requieren menos oxígeno para sobrevivir. Puedo reducir la temperatura del Hab a 1°C y casi hibernarán. Estas cosas ocurren en la Tierra cada dos por tres. Las bacterias pueden sobrevivir un par de días a esa temperatura. Si te estás preguntando cómo sobreviven la bacterias de la Tierra a períodos de frío más prolongados, la respuesta es que no lo hacen. Las bacterias que viven a mayor profundidad, donde hay más calor, se reproducen para sustituir a las muertas.

Seguirán necesitando oxígeno, pero no mucho. Creo que con un 1 % bastará: lo suficiente en el aire para que las bacterias respiren, pero no lo bastante para alimentar un fuego. Así que el hidrógeno no se inflamará.

Sin embargo, esto plantea otro problema: a las patatas no les gustará.

No les afectará la falta de oxígeno, pero el frío las matará. Así que tendré que ponerlas en macetas (en bolsas, de hecho) y pasarlas al vehículo de superficie. Todavía no han germinado, así que no necesitan luz.

Ha sido todo un incordio encontrar una forma de conseguir que la calefacción permanezca encendida sin que haya nadie en el vehículo de superficie, pero la he encontrado. Al fin y al cabo, si algo me sobra es tiempo.

Por tanto, este es el plan. Primero poner las patatas en bolsas, llevarlas al vehículo de superficie y asegurarme de que la calefacción no se apaga. Luego bajar la temperatura del Hab a 1°C. A continuación reducir el contenido de O_2 al 1 %. Después quemar el hidrógeno con una batería, algunos cables y un depósito de O_2.

Sí. Parece una gran idea sin posibilidades de fallo catastrófico.

Estoy siendo sarcástico, por cierto.

Bueno, me voy.

Las cosas no han salido al ciento por ciento bien.

Dicen que ningún plan soporta su puesta en práctica. Estoy de acuerdo.

Esto es lo que ha ocurrido.

He reunido el valor suficiente para regresar al Hab. Una vez allí, me he sentido un poco más seguro de mí mismo. Todo estaba como lo había dejado. (¿Qué esperaba? ¿Marcianos saqueando mi material?)

El Hab tardaría un rato en enfriarse, así que enseguida he bajado la temperatura a 1 °C.

He metido las patatas en bolsas, y he tenido la oportunidad de controlarlas mientras lo hacía. Se están arrugando bien y ya están a punto de germinar. Una cosa que no había tenido en cuenta era cómo transportarlas del Hab a los vehículos de superficie.

La respuesta era muy fácil. Las he metido todas en el traje espacial de Martinez y lo he arrastrado hasta el vehículo que había preparado como invernadero provisional.

Me he asegurado de trucar la calefacción para que no se apagara y he vuelto al Hab.

Ya hacía mucho frío en él. La temperatura había descendido a 5 °C. Temblando y observando que mi aliento se condensaba delante de mí, me he puesto más capas de ropa. Por suerte no soy un hombre muy corpulento. La ropa de Martinez me queda bien encima de la mía, y la de Vogel encima de la de Martinez. Esta ropa de mierda está diseñada para su uso en un entorno de temperatura controlada. Incluso con tres capas tenía frío. He subido a la litera y me he metido debajo de las mantas para estar más caliente.

Cuando la temperatura ha llegado a 1 °C he esperado otra hora, solo para asegurarme de que las bacterias del suelo se acordaran de que era hora de ir más despacio.

El siguiente problema con el que me he encontrado ha sido el regulador. A pesar de mi bravuconería, no he podido con él. Se niega a extraer demasiado O_2 del aire. Lo más bajo que he logrado llegar ha sido al 15 %. A partir de ahí se ha negado en redondo a seguir reduciendo el porcentaje de oxígeno y nada de lo que he hecho ha servido. Tenía muchos planes para entrar y reprogramarlo, pero resulta que los protocolos de seguridad estaban en ROM.

No puedo quejarme. Su único propósito es impedir que la atmósfera se vuelva letal. A nadie de la NASA se le ocurrió: «Eh, permitamos una falta de oxígeno fatal para que todos caigan muertos.» Así que he tenido que recurrir a un plan más primitivo.

Para tomar muestras, el regulador usa un conjunto distinto de respiraderos que para descomponer el aire. El aire que descompone por congelación entra por un único gran conducto en la unidad principal. En cambio, el aparato toma muestras de aire por nueve pequeños respiraderos que vuelven a la unidad principal. De esa forma consigue en el Hab un buen promedio que un desequilibrio puntual no desbarate.

He tapado con cinta ocho de las tomas, dejando solo una operativa. A continuación he sujetado la parte de arriba de una bolsa industrial en el cuello de un traje espacial (esta vez el de Johanssen). En el fondo de la bolsa he abierto un agujerito y lo he sujetado al respiradero restante. Después he inflado la bolsa con O_2 puro de los depósitos del traje. «Cielo santo —ha pensado el regulador—, mejor será que elimine ahora mismo el O_2.»

¡Ha funcionado a la perfección!

Al final he decidido no ponerme un traje espacial. La presión atmosférica no iba a ser un problema. Lo único que necesitaba era oxígeno, así que he cogido una botella de O_2 y una mascarilla de respiración del almacén médico. De esta forma tenía mucha más libertad de movimientos. Incluso tenía una cinta elástica para sujetarme la mascarilla sobre la cara.

Eso sí, puesto que el ordenador principal estaba convencido de que el aire era 100 % O_2, necesitaba un traje espacial para monitorizar el verdadero nivel de oxígeno del Hab. A ver: el traje espacial de Martinez estaba en el vehículo de superficie; el de Johanssen estaba engañando al regulador; el de Lewis estaba sirviendo como depósito de agua. No quería hacer el tonto con el mío (eh, ¡está hecho a medida!). Me quedaban dos trajes con los que trabajar.

He cogido el de Vogel y he activado los sensores internos de aire, pero sin ponerme el casco. Cuando el nivel de oxígeno ha bajado al 12 %, me he puesto la mascarilla para respirar. He observado cómo el nivel caía progresivamente y, cuando ha alcanzado el 1 %, he desconectado el regulador. Aunque no pueda reprogramarlo, puedo apagar ese cabrón por completo.

El Hab tiene linternas de emergencia en muchas ubicaciones, por si acaso se produce un fallo de energía crítico. He arrancado las bombillas LED de una y he juntado mucho los dos cables pelados. En cuanto la he encendido se ha producido una pequeña chispa.

He atado una cinta a los extremos de una botella de oxígeno del traje de Vogel y me la he colgado del hombro. Luego he conectado el extremo de un tubo a la botella y he pellizcado el otro. He soltado un chorro muy débil de O_2, lo bastante débil para que no saliera del tubo.

De pie en la mesa, con un «chispero» en una mano y mi tubo de oxígeno en la otra, he levantado el brazo y lo he intentado.

Y cielos, ¡ha funcionado! Soltando O_2 sobre el chispero, he pulsado el interruptor de la linterna y una maravillosa llama ha salido del tubo. Se ha disparado la alarma contra incendios, por supuesto, pero la he oído tanto últimamente que apenas he reparado en ella.

Luego lo he hecho otra vez. Y una vez más. En llamaradas cortas. Nada espectacular. Estaba encantado de tomarme mi tiempo.

Me sentía eufórico. Era el mejor plan de la historia. No solo estaba eliminando el hidrógeno, sino ¡obteniendo más agua!

Todo iba de perlas hasta que se ha producido la explosión.

En un momento estaba tan contento quemando hidrógeno; al siguiente estaba al otro lado del Hab, y han caído un montón de cosas. Me he incorporado con dificultad y he visto el Hab patas arriba.

Mi primer pensamiento ha sido: «Me duelen muchísimo los oídos.»

Luego he pensado: «Estoy mareado.» He caído de rodillas y,

al cabo de un momento, de bruces. ¡Estaba muy mareado! Me he palpado la cabeza con las manos, buscando una herida que deseaba desesperadamente no encontrar. No parecía tener ninguna.

Pero al palparme la cabeza y la cara he descubierto el verdadero motivo de mi mareo. La explosión me había arrancado la mascarilla de oxígeno. Estaba respirando casi nitrógeno puro.

El suelo del Hab era un revoltijo. No había manera de encontrar la bombona de oxígeno. No tenía esperanza de encontrar nada en aquel desastre antes de desmayarme. Entonces he visto el traje de Lewis colgado justo donde debía estar. No se había caído con la explosión. Era pesado de por sí y encima contenía 70 litros de agua.

Me he apresurado hacia él, he conectado rápidamente el O_2 y he metido la cabeza en el agujero del cuello (le había quitado el casco hace tiempo para acceder con más facilidad al agua). He respirado un poco hasta que el mareo ha remitido, luego he respirado profundamente y he contenido el aliento.

Todavía conteniendo el aliento, he mirado el traje espacial y la bolsa tamaño industrial que había usado para engañar al regulador. Ocho de las nueve tomas del aparato seguían embolsadas, pero esa al menos contaría la verdad.

A trompicones, me he acercado al regulador y he vuelto a activarlo.

Después de un proceso de arranque de dos segundos (estaba hecho para arrancar deprisa por razones obvias), ha identificado inmediatamente el problema.

La estridente alarma de oxígeno bajo ha sonado en el Hab cuando el regulador ha incorporado oxígeno puro a la atmósfera de la manera más rápida en que podía hacerlo con seguridad. Separar el oxígeno de la atmósfera es difícil y consume tiempo, pero añadirlo es tan sencillo como abrir una válvula.

He pasado sobre los desechos para volver al traje espacial de Lewis y he metido de nuevo la cabeza en él para inhalar aire. A los tres minutos, el regulador había restablecido el nivel de oxígeno del Hab.

Me he fijado por primera vez en lo quemada que estaba mi ropa. Menos mal que llevaba tres capas. La peor parte se la habían llevado las mangas. La capa exterior había desaparecido; la capa intermedia, mi propio uniforme, estaba en razonable buen estado. Parece que me he quedado sin suerte otra vez.

Además, en el ordenador principal del Hab he visto que la temperatura había subido a 15 °C. Algo muy explosivo y que desprendía mucho calor había ocurrido, y no estaba seguro de qué, ni de cómo.

Y así sigo, preguntándome qué demonios ocurrió.

Después de todo el trabajo y de salir volando, estoy exhausto. Mañana tendré que comprobar un millón de cosas del equipo y tratar de averiguar qué ha explotado, pero por ahora solo quiero dormir.

Estoy en el vehículo de superficie otra vez esta noche. Incluso sin hidrógeno, no me apetece estar en un Hab que tiene un historial de explosiones inmotivadas. Además, no puedo estar seguro de que no haya perdido estanqueidad.

Esta vez me he traído una comida como es debido, y algo para escuchar que no es disco.

DIARIO DE ENTRADA: SOL 41

He pasado el día haciendo todos los diagnósticos posibles de los sistemas del Hab. Ha sido increíblemente aburrido, pero mi supervivencia depende de estas máquinas, así que había que hacerlo. No puedo simplemente dar por sentado que la explosión no causó daños permanentes.

He empezado por los test más críticos. El número uno era la integridad de la lona del Hab. Estaba bastante seguro de su buen estado, porque tras pasar unas cuantas horas durmiendo en el vehículo de superficie antes de regresar al Hab, la presión seguía estando bien. El ordenador indica que no hubo cambios de presión durante ese tiempo, salvo una fluctuación menor basada en la temperatura.

A continuación he verificado el oxigenador. Si deja de funcionar y no puedo arreglarlo soy hombre muerto. Sin problemas.

Luego el regulador atmosférico. Una vez más, sin problemas.

Unidad de calefacción, batería primaria, depósitos de O_2 y N_2, purificador de agua, las tres esclusas de aire, sistemas de iluminación, ordenador principal... He continuado paso a paso, sintiéndome cada vez mejor al ver que cada uno de los sistemas demostraba estar en perfecto estado.

Gracias a la NASA. No se andan con chiquitas fabricando estas cosas.

Luego ha llegado la parte crítica: comprobar la tierra. He tomado unas pocas muestras de todo el Hab (recuerda que ahora tiene el suelo de tierra) y las he puesto en portaobjetos.

Con manos temblorosas he colocado un portaobjetos en el microscopio y he llevado la imagen a la pantalla. ¡Ahí estaban! Bacterias sanas y activas haciendo su trabajo. Parece que no me moriré de hambre en sol 400 después de todo. Me he derrumbado en una silla y he dejado que mi respiración se normalizara. Luego me he puesto a limpiar el zafarrancho. Y he tenido mucho tiempo para pensar en lo ocurrido.

¿Qué ocurrió, por tanto? Bueno, tengo una teoría.

Según el ordenador principal, durante la explosión la presión interna subió a 1,4 atmósferas y la temperatura se elevó a 15 °C en menos de un segundo. Pero la presión disminuyó inmediatamente hasta 1 atm. Esto tendría sentido si el regulador atmosférico hubiera estado funcionando, pero yo lo había desconectado.

La temperatura se mantuvo en 15 °C un rato, así que cualquier expansión debida al calor debería haberse mantenido también. En cambio, la presión cayó, así que ¿adónde fue esa presión adicional? Elevar la temperatura del mismo número de átomos debería elevar la presión permanentemente. Pero no fue así.

Enseguida me di cuenta de la respuesta. El hidrógeno (la única cosa que podía arder) se combinó con oxígeno (de ahí la combustión) y se convirtió en agua. El agua es mil veces más densa que un gas. Así que el calor se sumó a la presión y la transformación de hidrógeno y oxígeno en agua la hizo bajar otra vez.

La pregunta del millón es de dónde demonios salió el oxígeno. Todo el plan consistía en limitar el oxígeno e impedir que se produjera una explosión, y estuvo funcionando un rato.

Creo que tengo la respuesta. Fue toda una cagada. ¿Recuerdas que decidí no ponerme el traje espacial? Esa decisión casi me mata.

La botella de O_2 para uso médico mezcla oxígeno puro con el aire que rodea al paciente y luego le suministra esa mezcla mediante una mascarilla. La mascarilla se sostiene sobre la cara sujeta por un elástico que pasa por la nuca. No es un cierre hermético.

Sé lo que estás pensando. La máscara perdía oxígeno. Pero no. Yo lo estaba respirando. Cuando inhalaba, creaba un cierre casi hermético con la máscara pegada a la cara.

El problema se producía al exhalar. ¿Sabes cuánto oxígeno del aire absorbe tu organismo en cada inspiración normal? Yo tampoco lo sé, pero no es el 100 %. Cada vez que exhalaba, añadía oxígeno al sistema.

Simplemente, eso no se me ocurrió, aunque debería habérseme ocurrido. Si los pulmones absorbieran todo el oxígeno, la reanimación boca a boca no funcionaría. ¡Soy un estúpido por no pensar en eso! Y mi estupidez casi me mata.

Voy a tener que ser más cuidadoso.

Suerte que quemé la mayoría del hidrógeno antes de la explosión. De lo contrario habría sido el fin. Tal y como ocurrió, la explosión no fue tan fuerte como para volar el Hab, aunque sí lo bastante para casi reventarme los tímpanos.

Todo esto empezó cuando me fijé en la falta de los 60 litros en la producción de agua. Tras la quema deliberada y una pequeña e imprevista explosión, estoy de nuevo sobre la pista. El purificador de agua hizo su trabajo anoche y sacó 50 litros de recién creada agua del aire. La está almacenando en el traje espacial de Lewis; a partir de ahora lo llamaré «la Cisterna» porque suena mejor. Los otros 10 litros de agua fueron absorbidos directamente por el suelo seco.

Mucho trabajo físico hoy. Me he ganado una comida completa. Y para celebrar mi primera noche de vuelta en el Hab, veré algo de televisión de porquería del siglo XX, cortesía de la comandante Lewis.

El sheriff chiflado, ¿eh? Le daré una oportunidad.

ENTRADA DE DIARIO: SOL 42

He dormido hasta tarde hoy. Me lo merecía. Después de cuatro noches de dormir fatal en el vehículo de superficie, la litera me ha parecido el más suave y hermoso lecho de plumas de la historia.

Cuando por fin me he levantado de la cama, he terminado la limpieza postexplosión.

He vuelto a entrar las patatas. Justo a tiempo, además. Están germinando. Tienen un aspecto sano y feliz. Esto no es química ni medicina ni bacteriología ni análisis nutricional ni dinámica de explosiones ni ninguna otra mierda de las que he estado haciendo últimamente. Esto es botánica. Estoy seguro de que al menos puedo cultivar algunas plantas sin cagarla.

¿Sí?

¿Sabes lo que de verdad es un palo? Solo he producido 130 litros de agua. Me faltan otros 470 litros. Pensarás que después de casi matarme dos veces dejaría de hacer el tonto con la hidracina, pero no. Reduciré la hidracina y quemaré hidrógeno en el Hab cada diez horas, durante otros diez días. Lo haré mejor a partir de ahora. En lugar de contar con una reacción limpia, haré frecuentes «limpiezas de hidrógeno» con una llamita. Se quemará gradualmente en lugar de llegar a niveles mata-Mark.

Tendré un montón de tiempo libre. Cada depósito de CO_2 tarda diez horas en llenarse del todo. Solo hacen falta veinte minutos para reducir la hidracina y quemar el hidrógeno. Pasaré el resto del tiempo mirando la tele.

Y, de veras... Es evidente que el General Lee corre más que un coche patrulla. ¿Por qué Rosco no va a la granja de los Duke y los detiene cuando no están en el coche?

6

Venkat Kapoor regresó a su oficina, dejó el maletín en el suelo y se derrumbó en el sillón de cuero. Se tomó un momento para mirar por la ventana. Desde su oficina del Edificio 1 disfrutaba de una panorámica del gran parque situado en el centro del Centro Espacial Johnson. Más allá, decenas de edificios diseminados dominaban la vista hasta el distante lago Mud.

Mirando a la pantalla de su ordenador, se fijó en que cuarenta y siete mensajes de correo electrónico sin leer requerían con urgencia su atención. Podían esperar. Había sido un día triste. Había sido el día del funeral de Mark Watney.

El presidente había dado un discurso alabando la valentía y el sacrificio de Watney, así como la rapidez de acción de la comandante Lewis para poner a salvo a todos los demás. La comandante Lewis y el resto de supervivientes de la tripulación, en un comunicado de larga distancia desde la *Hermes*, hicieron panegíricos del camarada fallecido desde el espacio exterior. Tenían otros diez meses de viaje por delante.

El administrador también había pronunciado un discurso, recordando a todos que un viaje espacial es increíblemente peligroso, y que «no retrocederemos ante la adversidad».

Habían preguntado a Venkat si quería decir unas palabras. Rechazó la oferta. ¿Qué sentido tenía? Watney estaba muerto. Unas bonitas palabras del director de operaciones de Marte no lo devolverían a la vida.

—¿Estás bien, Venk? —le preguntó una voz familiar desde el umbral.

Venkat se volvió.

—Supongo que sí —dijo.

Teddy Sanders eliminó un hilo de su por lo demás inmaculado *blazer*.

—Podrías haber hecho un discurso.

—No quería. Ya lo sabes.

—Sí, lo sé. Yo tampoco quería. Pero soy el administrador de la NASA. Es lo que se espera de mí. ¿Estás seguro de que estás bien?

—Sí, estoy bien.

—Bueno —dijo Teddy, ajustándose los puños de la camisa—. Volvamos al trabajo, pues.

—Claro. —Venkat se encogió de hombros—. Empieza por autorizar mi tiempo de satélite.

Teddy se apoyó en la pared y suspiró.

—Otra vez.

—Sí —dijo Venkat—. Otra vez. ¿Cuál es el problema?

—Está bien, explícame. ¿Qué buscas exactamente?

Venkat se inclinó hacia delante.

—La misión Ares 3 fue un fracaso, pero podemos salvar algo de la operación. Tenemos financiación para cinco operaciones Ares. Creo que podemos convencer al Congreso para que financie una sexta.

—No sé, Venk...

—Es sencillo, Teddy —insistió Venkat—. Evacuaron después de seis soles. Hay allí suministros para casi una misión entera. Solo costaría una fracción de lo que cuesta una misión normal. Normalmente, hacen falta catorce sondas de preabastecimiento para preparar un sitio. Es posible que podamos enviar lo que falta en tres, incluso en dos.

—Venk, una tormenta de arena de ciento setenta y cinco kilómetros por hora golpeó el Hab. Estará en muy mal estado.

—Por eso quiero imágenes —dijo Venkat—. Solo necesito un par de imágenes del lugar. Aprenderíamos mucho.

—¿Como qué? ¿Crees que enviaríamos gente a Marte sin estar seguros de que todo está en perfecto estado?

—No hace falta que todo esté perfecto —dijo Venkat con

rapidez—. Enviaremos repuestos para sustituir lo que esté roto.

—¿Cómo sabremos qué está roto a partir de imágenes?

—Es solo un primer paso. Evacuaron porque el viento era una amenaza para el VAM, pero el Hab puede resistir un castigo mucho mayor. Es posible que siga entero.

»Y será muy obvio. Si explotó, se habrá derrumbado por completo. Si sigue en pie, todo lo que hay dentro estará bien. Y los vehículos de superficie son sólidos. Pueden soportar cualquier tormenta de arena de Marte. Solo déjame echar un vistazo, Teddy, es lo único que quiero.

Teddy caminó hasta la ventana y miró la vasta extensión de edificios.

—No eres el único que quiere tiempo de satélite, ya lo sabes. Tenemos misiones de suministro para la Ares 4 en camino. Necesitamos concentrarnos en el cráter Schiaparelli.

—No lo entiendo, Teddy. ¿Cuál es el problema? —preguntó Venkat—. Estoy hablando de garantizar otra misión. Tenemos doce satélites en la órbita de Marte; estoy seguro de que puedes prescindir de uno o dos durante un par de horas. Puedo darte el lapso de tiempo para cada uno de ellos cuando estén en el ángulo adecuado para fotografiar la Ares 3...

—No se trata del tiempo de satélite, Venk —lo interrumpió Teddy.

Venkat se quedó helado.

—Entonces..., pero..., qué...

Teddy se volvió para mirarlo de cara.

—Somos una organización pública. No existen los secretos ni la información segura.

—¿Y?

—Cualquier imagen que tomemos llega directamente al público.

—¿Y?

—El cadáver de Mark Watney estará a veinte metros del Hab, quizá parcialmente enterrado en arena, pero todavía muy visible y con una antena de comunicaciones clavada en el pecho. Saldrá en cualquier imagen que tomemos.

Venkat lo fulminó con la mirada.

—¿Por eso me has estado negando las peticiones de toma de imágenes durante dos meses?

—Venk, vamos...

—¿En serio, Teddy? —dijo—. ¿Temías un problema de relaciones públicas?

—La obsesión de los medios de comunicación con la muerte de Watney está empezando a disminuir —dijo Teddy sin alterarse—. Hemos tenido mala prensa y más mala prensa durante dos meses. El funeral de hoy ha puesto punto final y la gente y los medios pueden pasar a otra historia. Lo último que queremos es volver a removerlo todo.

—Entonces, ¿qué hacemos? No se va a descomponer. Estará allí para siempre.

—No para siempre —dijo Teddy—. Dentro de un año estará cubierto de arena por la actividad climática normal.

—¿Un año? —dijo Venkat, levantándose—. Es ridículo. No podemos esperar un año para esto.

—¿Por qué no? La misión Ares 4 no se lanzará hasta dentro de otros cinco años. Hay mucho tiempo.

Venkat inspiró profundamente.

—Vale, plantéate lo siguiente —dijo, tras pensárselo un momento—: todos se compadecen mucho por la familia de Watney. La misión Ares 6 podría recuperar el cadáver. No decimos que sea el propósito de la misión, pero podemos dejar claro que formaría parte de ella. Si lo planteamos así tendríamos más apoyo en el Congreso, pero no si esperamos un año. Dentro de un año a la gente ya no le importará.

Teddy se frotó la barbilla.

—Humm...

Mindy Park miraba al cielo. Tenía poco más que hacer. El turno de las tres de la mañana era bastante aburrido. Solo un constante flujo de café la mantenía despierta.

Monitorizar el estado de los satélites en torno a Marte le había parecido una propuesta emocionante cuando aceptó el traslado. Sin embargo, los satélites se cuidaban solos. El trabajo de

Mindy consistía en enviar mensajes de correo electrónico cuando había imágenes disponibles.

—Licenciada en ingeniería mecánica —murmuró— y trabajo en un fotomatón abierto toda la noche. —Tomó un sorbo de café.

Un destello en la pantalla anunció que otro grupo de imágenes estaba listo para enviar. Miró el nombre de la orden de trabajo. Venkat Kapoor.

Envió los datos directamente al servidor interno y escribió un mensaje al doctor Kapoor. Al introducir la latitud y la longitud del punto donde había sido tomada la fotografía, reconoció las coordenadas.

«31,2° N, 28,5° O... Acidalia Planitia... ¿La misión Ares 3?»

Picada por la curiosidad, miró la primera de las diecisiete imágenes.

Como sospechaba era la ubicación de la Ares 3. Había oído que iban a fotografiarla. Ligeramente avergonzada de sí misma, estudió la foto en busca de algún indicio de la presencia del cadáver de Mark Watney. Al cabo de un minuto de búsqueda infructuosa, se sintió al mismo tiempo aliviada y decepcionada.

Continuó estudiando la imagen. El Hab estaba intacto; el doctor Kapoor estaría contento de verlo.

Se llevó la taza de café a los labios y se quedó de piedra.

—¡Oh! —murmuró para sus adentros—. Eh...

Abrió la intranet de la NASA y navegó por el sitio concretamente hasta las misiones Ares. Tras una breve investigación, cogió el teléfono.

—Soy Mindy Park, de SatCon. Necesito los diarios de la misión Ares 3, ¿dónde puedo conseguirlos? Ajá..., ajá... Vale, gracias.

Después de pasar un rato más en la intranet, se recostó en la silla. Ya no necesitaba el café para mantenerse despierta.

Cogió el teléfono otra vez.

—Hola. ¿Seguridad? Soy Mindy Park, de SatCon. Necesito el teléfono de contacto de emergencia del doctor Venkat Kapoor... Sí, es una emergencia.

Mindy se movió nerviosa en el asiento cuando entró Venkat. Que el director de operaciones de Marte visitara SatCon era inusual. Verlo en tejanos y camiseta era más inusual todavía.

—¿Eres Mindy Park? —le preguntó con el ceño de un hombre que ha dormido dos horas.

—Sí —repuso Mindy temblando—. Siento haberle despertado.

—Supongo que tienes una buena razón...

—Bueno... —dijo ella, bajando la mirada—. Bueno, sí. Las imágenes que pidió. Eh... Venga y mire.

Venkat acercó otra silla al puesto de trabajo de Mindy y se sentó.

—¿Se trata del cadáver de Watney? ¿Por eso me ha despertado?

—No —dijo ella—. Bueno..., eh. —Gimió por su propia torpeza e indicó la pantalla.

Venkat estudió la imagen.

—Parece que el Hab está de una pieza. Eso es una buena noticia. Los paneles solares parecen en buen estado. Los vehículos de superficie también están bien. Falta la antena parabólica principal. No es ninguna sorpresa. ¿Cuál es la gran emergencia?

—Bueno... —dijo ella, tocando la pantalla con un dedo—. Eso.

Venkat se acercó y miró con más atención. Justo debajo del Hab, al lado de los vehículos de superficie, había dos círculos blancos en la arena.

—Vaya. Parece lona del Hab. Tal vez no esté tan bien después de todo. Supongo que se soltaron trozos y...

—Hum —lo interrumpió ella—. Parecen las tiendas de campaña del vehículo de superficie.

Venkat miró otra vez.

—Eh, probablemente.

—¿Quién las ha instalado? —preguntó Mindy.

Venkat se encogió de hombros.

—La comandante Lewis probablemente ordenó que las desplegaran durante la evacuación. No fue mala idea tener refugios de emergencia preparados por si el VAM no funcionaba y fallaba el Hab.

—Sí, ya —dijo Mindy, abriendo un documento en su ordenador—. Estos son los diarios completos de la misión desde sol 1 hasta sol 6. Desde el aterrizaje del VDM hasta la salida de emergencia del VAM.

—Bien, ¿y?

—Los he leído. Varias veces. Nunca montaron las tiendas. —Se le quebró la voz en la última palabra.

—Bueno, eh... —Venkat frunció el entrecejo—. Obviamente lo hicieron pero no lo apuntaron en el diario.

—¿Montaron dos tiendas de emergencia y no se lo dijeron a nadie?

—Eso no tiene mucho sentido, no. Quizá la tormenta afectó a los vehículos de superficie y se desplegaron solas.

—Entonces, ¿después de autodesplegarse se separaron de los vehículos de superficie y se alinearon a veinte metros de distancia?

Venkat volvió a mirar la imagen.

—Bueno, obviamente se desplegaron de alguna manera.

—¿Por qué están limpias las placas solares? —dijo Mindy, luchando por contener las lágrimas—. Hubo una tormenta de arena tremenda. ¿Por qué no están cubiertas de arena?

—¿Un buen viento podría haberlas limpiado? —sugirió Venkat, inseguro.

—¿He mencionado que no he visto el cadáver de Watney? —dijo ella, gimoteando.

Venkat miró la foto con unos ojos como platos.

—Oh... —dijo en un susurro—. Oh, Dios...

Mindy se tapó la cara con las manos y sollozó en silencio.

—Joder —masculló Annie Montrose—. ¿Me estás tomando el pelo?

Teddy miró a su directora de relaciones con los medios desde detrás del inmaculado escritorio de roble de su despacho.

—Eso no ayuda, Annie. —Se volvió hacia su director de operaciones de Marte—. ¿Hasta qué punto estás seguro de esto?

—Casi al cien por cien —repuso Venkat.

—¡Joder! —repitió Annie.

Teddy desplazó una carpeta ligeramente hacia la derecha de su escritorio para alinearla con la almohadilla del ratón.

—Es lo que hay. Debemos afrontarlo.

—¿Tienes alguna idea de la tormenta de mierda que va a generar esto? —repuso ella—. Tú no te enfrentas a esos malditos periodistas a diario. ¡Yo sí!

—Vamos paso a paso —dijo Teddy—. Venk, ¿qué te hace estar seguro de que sigue vivo?

—Para empezar, no hay cadáver —explicó Venkat—. Además, las tiendas están montadas y las placas solares fotovoltaicas limpias. Por cierto, podéis darle las gracias a Mindy Park, de Sat-Con, por fijarse en todo eso.

»Sin embargo, su cadáver podría haber sido enterrado por la tormenta de sol 6, las tiendas podrían haberse desplegado solas y el viento podría haberlas movido. Un viento de 30 km/h tiempo después habría bastado para limpiar las placas solares, pero no habría sido lo suficientemente fuerte como para arrastrar consigo la arena. No es probable, pero es posible.

»Así que he pasado las últimas horas comprobando cuanto he podido. La comandante Lewis hizo dos salidas en el vehículo de superficie 2. La segunda en sol 5. Según los diarios, después de regresar, lo conectó al Hab para recargarlo. El vehículo no volvió a usarse y, trece horas después, evacuaron.

Deslizó una foto por el escritorio hacia Teddy.

—Esta es una de las imágenes tomadas anoche. Como puedes ver, el vehículo de superficie 2 está lejos del Hab. El puerto de carga se encuentra en su parte delantera y el cable no es tan largo.

Teddy giró la imagen con aire ausente para ponerla en paralelo con el borde del escritorio.

—Debió de aparcarlo de cara al Hab o no habría podido conectarlo —dijo—. Lo han movido desde sol 5.

—Sí —dijo Venkat, deslizando otra imagen hacia Teddy—. Pero esta es la prueba definitiva. En la parte inferior derecha de la foto se ve el VDM. Lo han desmontado. Estoy seguro de que no lo habrían hecho sin decírnoslo.

»Y la clave está en la parte derecha de la imagen, en los montantes del tren de aterrizaje del VAM. Parece que han quitado el depósito de combustible, dañándolos considerablemente en el proceso. No hay forma de que eso ocurriera antes del despegue. Habría puesto demasiado en peligro el VAM para que Lewis lo permitiera.

—¡Eh! —dijo Annie—. ¿Por qué no hablamos con Lewis? Vamos al centro de comunicaciones y se lo preguntamos directamente.

En lugar de responder, Venkat miró a Teddy con gesto conocedor.

—Porque si Watney realmente está vivo —dijo este último—, no queremos que la tripulación de la Ares 3 se entere.

—¿Qué? —se extrañó Annie—. ¿Cómo es posible que no se lo digas?

—Les quedan otros diez meses de viaje de regreso a casa —le explicó Teddy—. Un viaje espacial es peligroso. Necesitan estar atentos, no distraídos. Están tristes por haber perdido a un miembro de la tripulación, pero estarían desolados si descubrieran que lo abandonaron vivo.

Annie miró a Venkat.

—¿Estás de acuerdo?

—Es evidente —dijo Venkat—. Dejemos que afronten este trauma emocional cuando no estén viajando en una nave espacial.

—Esto será lo más comentado desde el éxito de la misión Apolo 11 —dijo Annie—. ¿Cómo se lo ocultarás?

Teddy se encogió de hombros.

—Fácil. Controlamos todas las comunicaciones con ellos.

—Joder —dijo Annie, abriendo el portátil—. ¿Cuándo quieres hacerlo público?

—¿Qué opinas tú? —le preguntó él a su vez.

—Hum —dijo Annie—. Podemos retener las fotos veinticuatro horas antes de que nos exijan su publicación. Tendremos que adjuntar una declaración. No queremos que sea la gente la que lo descubra. Pareceríamos gilipollas.

—De acuerdo —coincidió Teddy—, prepara una declaración.

—¡Qué divertido! —refunfuñó ella.

—¿Qué haremos luego? —le preguntó Teddy a Venkat.

—El primer paso es la comunicación —dijo Venkat—. De las fotos se deduce que la antena de comunicación está destrozada. Necesitamos una forma de hablar con él. Cuando hablemos, podremos valorar la situación y hacer planes.

—Muy bien —dijo Teddy—. Ponte a ello. Coge a quien te plazca de cualquier departamento. Invierte todas las horas extra que quieras. Encuentra la forma de hablar con él. Será tu único trabajo a partir de ahora.

—Entendido.

—Asegúrate de que nadie se entere de esto hasta que lo anunciemos, Annie.

—Bien —convino ella—. ¿Quién más lo sabe?

—Solo nosotros tres y Mindy Park, de SatCon —dijo Venkat.

—Hablaré con ella —dijo Annie.

Teddy se levantó y abrió el teléfono móvil.

—Me voy a Chicago. Volveré mañana.

—¿Por qué? —preguntó Annie.

—Allí viven los padres de Watney —dijo Teddy—. Les debo una explicación en persona antes de que esto salga en las noticias.

—Estarán contentos de saber que su hijo sigue vivo —dijo Annie.

—Sí, sigue vivo —dijo Teddy—, pero si no me fallan los cálculos está condenado a morir de hambre antes de que podamos ayudarle. No estoy ansioso por tener esa conversación.

—Joder —dijo Annie pensativamente.

—¿Nada? ¿Nada en absoluto? —gruñó Venkat—. ¿Me tomas el pelo? Tienes a veinte expertos trabajando en esto desde hace doce horas. Tenemos una red de comunicaciones que vale miles de millones de dólares. ¿No se os ocurre ninguna forma de hablar con él?

Los dos hombres sentados en la oficina de Venkat se movieron nerviosos en la silla.

—No tiene radio —dijo Chuck.

—En realidad —dijo Morris—, tiene radio pero no tiene antena.

—La cuestión es que, sin antena —continuó Chuck—, una señal tendría que ser tremendamente intensa...

—Tan intensa como para desintegrar palomas —sugirió Morris.

—... para que llegara hasta él —terminó Chuck.

—Hemos tenido en cuenta los satélites marcianos —dijo Morris—. Están más cerca. Pero los cálculos no salen. Incluso el transmisor del *SuperSurveyor 3*, que es el más potente, tendría que serlo catorce veces más...

—Diecisiete veces —lo corrigió Chuck.

—Catorce veces —insistió Morris.

—No, son diecisiete. Te olvidas del amperaje mínimo para que los calentadores mantengan el...

—Chicos —los interrumpió Venkat—. Me hago una idea.

—Lo siento.

—Lo siento.

—Lamento estar de mal humor —dijo Venkat—. Anoche solo dormí dos horas.

—No pasa nada —dijo Morris.

—Es totalmente comprensible —comentó Chuck.

—Vale —dijo Venkat—. Explicadme cómo una simple tormenta de arena nos ha dejado sin posibilidad alguna de hablar con la misión Ares 3.

—Por falta de imaginación —dijo Chuck.

—No lo previeron —convino Morris.

—¿Cuántos sistemas de comunicación de reserva tiene una misión Ares? —preguntó Venkat.

—Cuatro —dijo Chuck.

—Tres —dijo Morris.

—No, son cuatro —lo corrigió Chuck.

—Ha dicho sistemas de reserva —insistió Morris—. Eso significa que el principal no se incluye.

—Oh, vale. Tres.

—Así que cuatro sistemas en total, pues —dijo Venkat—. Explicadme cómo hemos perdido los cuatro.

—Bueno —dijo Chuck—. El principal utilizaba la gran antena parabólica. La antena se voló con la tormenta. El resto de los equipos de reserva estaban en el VAM.

—Sí —concedió Morris—. El VAM es como una máquina de comunicación. Puede hablar con la Tierra, la *Hermes*, incluso con los satélites que orbitan alrededor de Marte si hace falta. Y tiene tres sistemas independientes para garantizar que nada inferior al impacto de un meteoro pueda impedir la comunicación.

—El problema —dijo Chuck— es que la comandante Lewis y los demás se llevaron el VAM cuando se marcharon.

—Así que de cuatro sistemas de comunicación independientes queda uno, y está roto —concluyó Morris.

Venkat se pellizcó el puente de la nariz.

—¿Cómo podemos superar este inconveniente?

Chuck se encogió de hombros.

—No se nos ocurrió nunca que alguien estaría en Marte sin un VAM.

—Me refiero a que, ¡venga ya! —dijo Morris—. ¿Cuáles son las probabilidades de que eso se dé?

Chuck se volvió hacia él.

—Hay una posibilidad entre tres de que suceda, basándonos en datos empíricos, lo que, bien pensado, no es demasiado halagüeño.

Iba a ser duro y Annie lo sabía. No solo tenía que entonar el mayor mea culpa de la historia de la NASA, sino que cada segundo de lo que dijera sería permanentemente recordado. Millones de personas serían testigos una y otra vez de cada movimiento de sus brazos, su expresión facial y su entonación. No solo inmediatamente, en la prensa, sino también en las décadas venideras. Cada documental sobre la situación de Watney incluiría ese clip.

Estaba segura de que cuando subiera al estrado esta preocupación no se le notaría en absoluto.

—Gracias a todos por venir después de avisarlos con tan corto margen de tiempo —dijo a los periodistas reunidos—. Tenemos que hacer un anuncio importante. Si hacen el favor de tomar asiento...

—¿De qué se trata, Annie? —preguntó Bryan Hess, de la NBC—. ¿Le ha ocurrido algo a la *Hermes*?

—Por favor, tomen asiento —repitió Annie.

Los periodistas se agolparon y hablaron entre sí un ratito hasta que finalmente se acomodaron en los asientos.

—Se trata de un anuncio breve pero muy importante —dijo Annie—. No responderé ninguna pregunta en esta ocasión, pero daremos una conferencia de prensa con preguntas y respuestas dentro de aproximadamente una hora. Recientemente hemos revisado imágenes satelitales de Marte y hemos confirmado que el astronauta Mark Watney está vivo.

Después de un segundo entero de completo silencio, la sala se convirtió en un pandemonio.

Una semana después, el asombroso anuncio seguía siendo noticia de portada en todas las cadenas de noticias del mundo.

—Me estoy hartando de dar conferencias de prensa todos los días —le susurró Venkat a Annie.

—Yo me estoy hartando de dar conferencias de prensa a todas horas —le respondió Annie también susurrando.

Los dos estaban con un nutrido grupo de gerentes y ejecutivos de la NASA, en la pequeña tribuna de la sala de prensa. Se enfrentaban a una caterva de reporteros hambrientos, desesperados por cualquier migaja de información nueva.

—Lo siento, llego tarde —dijo Teddy, entrando por la puerta lateral.

Sacó unas cuantas tarjetas del bolsillo, las ordenó pulcramente y se aclaró la garganta.

—En los nueve días transcurridos desde el anuncio de que Mark Watney ha sobrevivido hemos recibido un generoso apoyo de todos los sectores —comenzó—. Estamos aprovechándolo de todas las formas posibles.

Una risita recorrió la sala.

—Ayer, a petición nuestra, toda la red SETI se concentró en

Marte por si Watney estaba enviando una señal de radio débil. Resultó que no, pero eso indica el grado de compromiso de todos en ayudarnos.

»La opinión pública está sensibilizada y haremos lo posible para mantener a todos informados. Recientemente me he enterado de que la CNN dedicará un segmento de programación diario de media hora para informar sobre esta cuestión. Asignaremos varios miembros de nuestro equipo de relaciones con los medios a dicho programa, para que el público reciba la última información lo más deprisa posible.

»Hemos ajustado las órbitas de tres satélites para obtener más tiempo de visión sobre Ares 3 con la esperanza de captar pronto una imagen de Mark en el exterior. Si lo vemos en el exterior, podremos sacar conclusiones sobre su estado físico basándonos en su postura y sus actividades.

»Hay muchas preguntas en el aire. ¿Cuánto tiempo sobrevivirá? ¿Cuánta comida le queda? ¿Podrá rescatarlo la misión Ares 4? ¿Cómo hablar con él?

»No puedo prometer el éxito de su rescate, pero sí esto: el único objetivo de la NASA será traer a Mark Watney a casa. Esa será nuestra mayor preocupación y nuestra única obsesión hasta que esté de vuelta en la Tierra o se confirme su muerte en Marte.

—Bonito discurso —le dijo Venkat al entrar en su oficina.

—He dicho en serio todas y cada una de mis palabras —dijo Teddy.

—Oh, lo sé.

—¿Qué puedo hacer por ti, Venk?

—Tengo una idea. Bueno, el JPL* tiene una idea. Yo soy el mensajero.

—Me gustan las ideas. —Teddy le hizo un gesto para que tomara asiento.

* El Jet Propulsion Laboratory (Laboratorio de Propulsión a Chorro) construye y opera naves espaciales no tripuladas para la NASA. (N. del T.)

Venkat se sentó.

—Podemos rescatarlo con la misión Ares 4. Es muy arriesgado. Hemos planteado la idea a la tripulación de la Ares 4 y no solo están deseando hacerlo, sino que insisten en ello.

—Por supuesto —dijo Teddy—. Los astronautas están inherentemente locos, y son realmente nobles. ¿Cuál es la idea?

—Bueno, está en fase incipiente, pero el JPL cree que se puede usar el VDM para salvarlo.

—La misión Ares 4 ni siquiera ha despegado. ¿Por qué usar un VDM? ¿Por qué no algo mejor?

—No tenemos tiempo de construir una nave a medida. En realidad, ni siquiera sobrevivirá hasta la llegada de la Ares 4, pero ese es un problema distinto.

—Bueno, háblame del VDM.

—El JPL lo desmonta, elimina algo de peso y le añade depósitos de combustible. La tripulación de la Ares 4 aterriza en el mismo lugar que aterrizó la Ares 3 de manera muy eficiente. Luego, quemando a tope, y me refiero a quemar a tope, despegan otra vez. No pueden volver a la órbita, pero sí llegar al emplazamiento de la Ares 4 siguiendo una trayectoria lateral. Eso es, bueno..., aterrador. Luego tendrán un VAM.

—¿Cómo van a eliminar peso? —preguntó Teddy—. ¿No es ya lo más ligero que puede ser?

—Sacando material de seguridad y emergencia.

—Maravilloso —dijo Teddy—. Así que vamos a arriesgar la vida de seis personas más.

—Sí —dijo Venkat—. Sería más seguro dejar la tripulación de la misión Ares 4 a salvo en la *Hermes* y enviar solo al piloto en el VDM. Pero eso implicaría renunciar a la misión, y prefieren arriesgarse a morir.

—Son astronautas —dijo Teddy.

—Son astronautas —confirmó Venkat.

—Bueno. Es una idea ridícula y nunca la aprobaré.

—La trabajaremos más —dijo Venkat—. Trataremos de hacerla más segura.

—Hazlo. ¿Alguna idea para mantenerlo vivo cuatro años?

—No.

—Trabaja en eso también.

—Lo haré —dijo Venkat.

Teddy giró en su silla y miró al cielo por la ventana. Estaba anocheciendo.

—¿Cómo será estar atrapado allí? —reflexionó—. Cree que está completamente solo, que todos nos hemos olvidado de él. ¿Qué clase de efecto surte eso en la psique de un hombre? —Se volvió hacia Venkat—. Me pregunto qué estará pensando ahora mismo.

ENTRADA DE DIARIO: SOL 61

¿Cómo es que Aquaman controla las ballenas? ¡Son mamíferos! No tiene sentido.

7

Terminé de fabricar agua hace tiempo. Ya no corro peligro de volar en pedazos. Las patatas crecen bien. Nada ha conspirado para matarme desde hace semanas y la tele de los setenta me mantiene inquietantemente más entretenido de lo que debiera. Las cosas están estables aquí en Marte.

Es hora de empezar a pensar a largo plazo.

Aunque encuentre una forma de informar a la NASA de que estoy vivo, no hay garantía de que puedan salvarme. Necesito ser proactivo. Necesito pensar en cómo acceder a la misión Ares 4.

No será fácil.

La Ares 4 aterrizará en el cráter Schiaparelli, a 3.200 kilómetros de distancia. De hecho, su VAM ya está allí. Lo sé porque vi a Martinez aterrizándolo.

Hacen falta dieciocho meses para que el VAM fabrique su combustible, así que es lo primero que la NASA envía. Su envío cuarenta y ocho meses antes proporciona mucho tiempo adicional en caso de que las reacciones de combustible sean más lentas de lo esperado y, mucho más importante, significa que un piloto en órbita puede efectuar un aterrizaje suave por control remoto. La operación remota desde Houston no es una opción; está a entre cuatro y veinticuatro minutos luz de distancia.

El VAM de la Ares 4 tardó once meses en llegar a Marte. Salió antes que nosotros y llegó aquí más o menos al mismo tiempo que nosotros. Como se esperaba, Martinez lo aterrizó a la perfección. Fue una de las últimas cosas que hicimos antes de meternos en nuestro VDM y dirigirnos a la superficie. ¡Ah, los viejos tiempos en que tenía una tripulación a mi lado!

Tengo suerte. Los 3.200 kilómetros no están tan mal. Podrían haber sido 10.000. Además, como estoy en la zona más llana de Marte, los primeros 650 kilómetros son de terreno nivelado y suave (sí, la Acidalia Planitia), pero el resto es complicado, rugoso y está lleno de cráteres.

Obviamente, tendré que usar un vehículo de superficie, y ¿sabes qué?, no están diseñados para viajes larguísimos.

Va a ser un esfuerzo de investigación con una buena dosis de experimentación. Tendré que convertirme en mi propia pequeña NASA y descubrir cómo explorar lejos del Hab. La buena noticia es que tengo mucho tiempo para pensar: casi cuatro años.

Algunas cosas son obvias. Tendré que usar un vehículo de superficie. Tardaré mucho, de modo que necesitaré llevar provisiones. Necesito recargar en ruta y los vehículos de superficie no tienen células solares fotovoltaicas, de modo que me veré obligado a robar algunas de la granja solar del Hab. Durante el viaje me hará falta respirar, comer y beber.

Por suerte para mí, las especificaciones técnicas de todo están aquí mismo, en el ordenador.

Me veré obligado a trucar un vehículo de superficie para convertirlo básicamente en un Hab móvil. Elegiré el vehículo de superficie 2 para eso. Hay cierto vínculo entre nosotros desde que pasé dos días en él durante el Gran Susto del Hidrógeno de sol 37.

Hay demasiadas complicaciones para resolverlas todas al mismo tiempo, así que, por ahora, me centraré en la potencia.

Nuestra misión tenía un radio operativo de 10 kilómetros. Sabiendo que no nos moveríamos en línea recta, la NASA diseñó los vehículos de superficie para que recorrieran 35 kilómetros con la batería cargada al máximo, presumiblemente por un terreno razonablemente llano. Cada vehículo dispone de una batería de 9.000 vatios/hora.

El primer paso es quitar la batería del vehículo de superficie 1 e instalarla en el vehículo de superficie 2. ¡Tachín! Acabo de doblar el radio de alcance.

Hay solo una complicación: la calefacción.

Parte de la potencia de la batería se dedica a calentar el vehículo. Marte es realmente frío. Por lo general, se espera que todas nuestras EVA duren menos de cinco horas. Sin embargo, yo estaré en él las veinticuatro horas del día. Según las especificaciones, el consumo del aparato de calefacción es de 400 vatios/hora. Mantenerlo en funcionamiento consumiría 9.800 vatios al día. Más de la mitad de mi suministro de potencia, ¡cada día!

Pero tengo una fuente de calor gratuita: yo. Un par de millones de años de evolución me han hecho de «sangre caliente». Puedo apagar la calefacción y ponerme capas de ropa. El vehículo de superficie tiene un buen aislamiento. Tendrá que bastar; necesito hasta la última gota de potencia.

Según mis aburridos cálculos, desplazar el vehículo consume 200 vatios/hora de combustible por kilómetro, así que, usando los 18.000 vatios/hora para moverme (menos una cantidad ínfima para el ordenador, el soporte vital, etcétera) podré viajar 90 kilómetros. Esto es otra cosa.

En realidad, no recorreré 90 kilómetros con una sola carga. Tendré que enfrentarme a colinas y terreno escabroso, arena, etcétera. No obstante, es un buen punto de partida. Tardaré al menos 35 días en llegar a la Ares 4, probablemente 50, pero es algo plausible, al menos.

A la asombrosa velocidad de 25 km/h del vehículo de superficie, tardaré tres horas y media en agotar la batería. Puedo conducir en el crepúsculo y reservar las horas de sol para recargar. En esta época del año hay unas trece horas de luz. ¿Cuántas placas solares tendré que sacar de la granja del Hab?

Gracias a los contribuyentes estadounidenses, tengo más de 100 metros cuadrados del huerto solar más caro jamás fabricado. Tiene una asombrosa eficiencia del 10,2 %, lo cual está muy bien, porque Marte no recibe tanta luz solar como la Tierra (solo de 500 a 700 vatios por metro cuadrado en comparación con los 1.400 de nuestro planeta).

Resumiendo: necesito veintiocho metros cuadrados de placas fotovoltaicas, el equivalente a catorce paneles.

Puedo poner dos montones de siete en el tejado. Sobresaldrán por los bordes, pero mientras aguanten, estaré feliz. Cada jornada, después de conducir, las extenderé y esperaré todo el día. Será un peñazo.

Bueno, es un comienzo. Misión para mañana: transferir la batería del vehículo de superficie 1 al vehículo de superficie 2.

ENTRADA DE DIARIO: SOL 64

A veces las cosas son fáciles y a veces no. Sacar la batería del vehículo de superficie 1 ha sido fácil. He quitado los dos pernos de la parte inferior y ha salido enseguida. El cableado también era fácil de desconectar, solo tiene un par de enchufes complicados.

En cambio, llevarla al vehículo de superficie 2 ha sido harina de otro costal. No había dónde ponerla.

Es enorme. Apenas podía arrastrarla, y eso en la gravedad de Marte.

Simplemente es demasiado grande. No hay espacio en la parte inferior del vehículo para añadirle una segunda batería, ni espacio en el techo, donde irán las células fotovoltaicas. No hay sitio dentro de la cabina, y tampoco encaja en la esclusa de aire.

Pero no temas, he encontrado una solución.

Para emergencias que no tienen nada que ver con esta, la NASA nos proporcionó seis metros cuadrados suplementarios de lona del Hab y una resina realmente impresionante. La misma resina, de hecho, que me salvó la vida en sol 6 (con el kit de parches que usé para el agujero de mi traje).

En el caso de que el Hab pierda estanqueidad, todos corremos a las esclusas. El procedimiento consiste en dejar que el Hab reviente en lugar de morir tratando de impedirlo. Luego, nos vestimos y valoramos los daños. Una vez localizada la fisura, la sellamos con la lona sobrante y la resina. Volvemos a inflar el Hab y como nuevo.

Los seis metros cuadrados de lona de sobra estaban en una conveniente pieza de seis metros por uno. He cortado tiras de 10 centímetros de anchura y he fabricado con ellas una especie de arnés.

He usado resina y correas para formar dos círculos de 10 metros de perímetro a los que he adosado un gran pedazo de lona. Ya tengo alforjas para mi vehículo de superficie.

Esto cada vez se parece más a *Caravana*.

La resina se seca casi al instante, pero se endurece al cabo de una hora. He esperado lo necesario, me he puesto el traje y me he dirigido al vehículo de superficie.

He arrastrado la batería hasta el vehículo y la he rodeado con un extremo del arnés. Luego he pasado el otro extremo por encima del techo y lo he llenado de rocas al otro lado del vehículo. Cuando los dos pesos ya eran aproximadamente iguales, he conseguido tirar de las rocas hacia abajo y subir la batería.

¡Sí!

He desenchufado la batería del vehículo de superficie 2 y la he conectado al vehículo de superficie 1. Luego he atravesado la esclusa de este y he comprobado todos los sistemas. Todo estaba en orden.

He conducido un poco para asegurarme de que el arnés era seguro. Incluso he pasado por encima de unas cuantas rocas grandes, para agitar la carga. El arnés ha resistido. ¡Cielos, sí!

Me he pasado un rato pensando en cómo empalmar los cables de la segunda batería a la toma principal de corriente. Mi conclusión ha sido que a la mierda con ello.

No hay necesidad de tener una fuente de alimentación continuada. Cuando la batería 1 se agote, puedo salir, desenchufarla y conectar la batería 2. ¿Por qué no? Será una EVA de diez minutos, una vez al día. Tendré que cambiar las baterías otra vez cuando las esté recargando, pero, ¿y qué?

He pasado el resto del día barriendo el huerto solar. Pronto voy a saquearlo.

Las placas solares me han dado menos problemas que la batería.

Son finas, ligeras y estaban simplemente esparcidas por el suelo. Además tienen una ventaja adicional: fui yo quien las instaló.

Bueno, vale. No lo hice yo solo. Vogel y yo trabajamos juntos en esto. Y chico, vaya si nos entrenamos. Nos pasamos casi una semana entera practicando el montaje del huerto solar. Seguimos entrenándonos cada vez que teníamos un momento libre. El huerto era esencial para la misión. Si rompíamos las placas o las inutilizábamos, el Hab no podría generar energía y la misión se terminaría.

Puede que te preguntes qué estaba haciendo el resto de la tripulación mientras nosotros montábamos el huerto. Los demás estaban preparando el Hab. Recuerda: todo en mi glorioso reino llegó aquí en cajas. Tuvimos que montarlo en sol 1 y sol 2.

Cada placa solar está en un entramado ligero que la sostiene en un ángulo de 14 grados. Reconozco que no sé por qué el ángulo ha de ser de 14 grados. Tiene que ver con aprovechar al máximo la energía solar. De todos modos, desmontar las placas ha sido sencillo y el Hab puede pasar sin ellas. Con la reducción de carga que supone tener que sustentar solo a un humano en lugar de a seis, un 14 % de pérdida de energía es irrelevante.

A continuación he tenido que apilarlas en el vehículo de superficie.

Me he planteado quitar el contenedor de muestras de rocas. No es nada más que una bolsa de lona sujeta al techo, grande pero demasiado pequeña para las células solares. Tras pensarlo un poco lo he dejado en su sitio. He supuesto que me proporcionará una buena amortiguación.

Las placas se amontonan bien (están hechas para su transporte a Marte), y las dos pilas se han asentado a la perfección en el techo. Sobresalen por ambos lados, pero como no voy a atravesar túneles no me importa.

Abusando un poco más del material de emergencia del Hab, he hecho correas y las he atado. El vehículo de superficie tiene asideros externos cerca de la parte delantera y de la trasera. Su razón de ser era ayudarnos a cargar rocas en el techo. Son puntos de anclaje perfectos para las correas.

He retrocedido para admirar mi trabajo. ¡Eh, victoria! Aún no era mediodía y había terminado.

He vuelto al Hab, he comido un poco y he trabajado en mis plantaciones durante el resto del sol. Han pasado treinta y nueve soles desde que planté las patatas (unos cuarenta días de la Tierra) y ya era hora de cosechar y volver a sembrar.

Crecen todavía mejor de lo que había esperado. En Marte no hay insectos, parásitos ni plagas perjudiciales, y el Hab mantiene una temperatura de crecimiento y una humedad perfectas a todas horas.

Las patatas son más pequeñas que las que comes normalmente, pero da igual. Lo único que quiero es que tengan suficientes brotes para obtener nuevas plantas.

Las he desenterrado, con cuidado de dejar sus plantas vivas. Luego las he cortado en trozos pequeños con un ojo cada uno que he vuelto a sembrar en suelo nuevo. Si siguen creciendo así de bien, podré sobrevivir mucho tiempo aquí.

Después de tanto trabajo físico, merecía un descanso. He repasado el ordenador de Johanssen hoy y he encontrado una fuente inagotable de libros digitales. Parece que es una gran admiradora de Agatha Christie. Los Beatles, Christie... Supongo que es un poco anglófila.

Recuerdo que me gustaban los especiales para la televisión de Hercule Poirot cuando era niño. Empezaré con *El misterioso caso de Styles*. Parece que es el primero.

ENTRADA DE DIARIO: SOL 66

¡Ha llegado el momento (ominoso *crescendo* musical) de realizar algunas misiones!

Si la NASA pone a sus misiones nombre de dioses y cosas

así, ¿por qué yo no? Las misiones experimentales del vehículo de superficie serán misiones Sirius. ¿Lo pillas? ¿La estrella Perro?* Bueno, si no, jódete.

La misión Sirius 1 será mañana.

La misión: empezar con baterías completamente cargadas y las placas fotovoltaicas en el techo, conducir hasta quedarme sin energía y ver hasta dónde consigo llegar.

No seré un idiota. No me alejaré del Hab. Conduciré a lo largo de medio kilómetro, adelante y atrás. Estaré cerca de casa a todas horas.

Esta noche cargaré ambas baterías para que estén listas para un pequeño viaje mañana. Calculo tres horas y media al volante, así que necesitaré llevar filtros de CO_2 de recambio. Iré con la calefacción apagada, así que llevaré tres capas de ropa.

ENTRADA DE DIARIO: SOL 67

¡Misión Sirius 1 completada!

Para ser más precisos, la cancelé a la hora de empezar. Supongo que puedes considerarlo un fracaso, pero yo prefiero considerarlo una «experiencia de aprendizaje».

Las cosas han empezado bien. He conducido hasta un lugar llano situado a un kilómetro del Hab, luego he empezado a ir y venir por un tramo de 500 metros.

Me he dado cuenta enseguida de que sería un test penoso. Después de unas pocas idas y venidas había apisonado el suelo lo suficiente para crear una senda firme. En suelo compacto la eficiencia energética es anormalmente alta. No será igual en un viaje largo.

Así que lo he complicado un poco. He empezado a conducir por rutas escogidas de manera aleatoria, asegurándome de mantenerme dentro de un radio de un kilómetro del Hab. Un test un poco más realista.

* También llamada Alfa Canis Maioris, situada en la constelación del hemisferio celeste sur Canis Maior. (N. del T.)

Al cabo de una hora, ha empezado el frío. Y me refiero a frío de verdad.

El vehículo de superficie siempre está frío cuando te metes en él. Cuando no has desactivado la calefacción, se calienta enseguida. Esperaba que hiciera frío, pero ¡joder!

He estado bien un rato. Mi calor corporal más tres capas de ropa me mantenían caliente, y el aislamiento del vehículo es fenomenal. El calor que escapaba de mi cuerpo calentaba el interior. Pero no existe el aislamiento perfecto y el calor ha empezado a escapar mientras que yo me enfriaba cada vez más.

Al cabo de una hora me castañeteaban los dientes y estaba entumecido. Basta. No hay forma de hacer un viaje largo en estas condiciones.

He conectado la calefacción y he vuelto al Hab.

Al llegar a casa, me he pasado un rato enfurruñado. Todos mis planes brillantes frustrados por la termodinámica. ¡Maldita seas, entropía!

Estoy en un brete. La maldita calefacción consumirá la mitad de la potencia de mis baterías cada día. Podría mantenerla baja, pasar un poco de frío sin llegar a morirme congelado. Aun así perdería al menos una cuarta parte.

Esto requiere un poco de reflexión. Tengo que preguntarme qué haría Poirot. Tendré que poner mis «células grises» a trabajar en el problema.

ENTRADA DE DIARIO: SOL 68

Bueno, mierda.

Se me ha ocurrido una solución, pero... ¿Recuerdas cuando quemé el combustible de cohete en el Hab? Esto será más peligroso.

Voy a usar el RTG.

El RTG (generador termoeléctrico de radioisótopos) es una gran caja de plutonio, pero no del mismo que se usa en bombas nucleares. No, no. Este plutonio es mucho más peligroso.

El plutonio-238 es un isótopo increíblemente inestable, tan radiactivo que se pondría al rojo vivo por sí solo. Como puedes imaginar, un material literalmente capaz de freír un huevo con su radiación es bastante peligroso.

El RTG almacena plutonio, capta la radiación en forma de calor y la convierte en electricidad. No es un reactor. La radiación puede incrementarse o reducirse. Se trata de un proceso puramente natural que se produce a nivel atómico.

En los años sesenta, la NASA empezó a usar RTG para dar potencia a misiones no tripuladas. Tienen montones de ventajas respecto a la energía solar. Las tormentas no los afectan; trabajan día y noche; son completamente internos, de modo que no necesitas delicadas placas solares en la sonda espacial.

Pero nunca se habían usado grandes RTG en misiones tripuladas hasta el Programa Ares.

¿Por qué no? La razón debería ser condenadamente obvia. ¡No quieren poner astronautas al lado de una bola encendida de muerte radiactiva!

Estoy exagerando un poco. El plutonio está dentro de una serie de bolitas, cada una de ellas sellada y aislada para impedir que se filtre radiación aun en caso de rotura del contenedor externo. Así pues, con el Programa Ares corrieron el riesgo.

La clave de una misión Ares es el VAM. Es el componente más importante. Es uno de los pocos sistemas que no puede sustituirse y del que no se puede prescindir. Es el único componente que hace que una misión se vaya completamente al traste si no funciona.

Las placas fotovoltaicas son fantásticas a corto plazo, y son buenas a largo plazo si hay humanos para limpiarlas. Pero el VAM se queda solo durante años generando combustible, librado a su suerte hasta que llega su tripulación. Aunque no haga nada, necesita potencia, así que la NASA puede monitorizarlo de manera remota y darle instrucciones para que lleve a cabo autocomprobaciones.

La perspectiva de cancelar una misión porque se hubiera ensuciado una placa fotovoltaica era inaceptable. Necesitaban una fuente de alimentación más fiable. Así que el VAM viene equipado con un RTG que contiene 2,6 kilogramos de plutonio-238 que desprende casi 1.500 vatios de calor convertibles en 100 vatios de electricidad. El VAM funciona con eso hasta que llega la tripulación.

Un centenar de vatios no basta para mantener la calefacción en marcha, pero no me preocupa la producción eléctrica. Quiero el calor. Un calentador de 1.500 vatios está tan caliente que tendré que romper el aislamiento del vehículo de superficie para impedir que la temperatura suba demasiado.

En cuanto los vehículos de superficie estuvieron descargados y activados, la comandante Lewis tuvo el placer de desprenderse del RTG. Lo desconectó del VAM, se alejó cuatro kilómetros y lo enterró. Por seguro que pueda ser, sigue teniendo un núcleo radiactivo y la NASA no lo quería demasiado cerca de sus astronautas.

Los parámetros de la misión no proporcionan una ubicación específica para desembarazarse del RTG. «Al menos a cuatro kilómetros de distancia», eso es todo. Así que tendré que encontrarlo.

Dos cosas juegan a mi favor. Estaba montando placas solares con Vogel cuando la comandante Lewis se alejó y vi que se dirigía al sur. Además, la comandante clavó una pértiga de tres metros con una bandera verde en el punto donde enterró el RTG. El verde destaca mucho contra el terreno marciano. Estaba pensada para que evitáramos el lugar en caso de que nos perdiéramos en una EVA con el vehículo de superficie.

Así que mi plan consiste en dirigirme cuatro kilómetros hacia el sur y luego buscar hasta que vea la bandera verde.

Como he inutilizado el vehículo de superficie 1, tendré que usar mi vehículo mutante para el viaje. Haré de esta una misión útil de comprobación. Veré qué tal funciona el arnés de la batería en un viaje real y si las placas solares se mantienen bien sujetas al techo.

La llamaré misión Sirius 2.

No soy un extraño en Marte. Llevo aquí mucho tiempo, pero nunca había perdido de vista el Hab hasta hoy. Pensarás que eso no debería cambiar nada, pero no es así.

Al avanzar hacia el lugar donde está enterrado el RTG, me he dado cuenta: Marte es una tierra desolada y estoy completamente solo en ella. Eso ya lo sabía, por supuesto. Sin embargo, hay una diferencia entre saberlo y experimentarlo realmente. A mi alrededor no había nada más que polvo, rocas y un desierto interminable en todas direcciones. El famoso color rojo del planeta se debe a la capa de óxido de hierro que lo cubre todo. Por tanto, no es simplemente un desierto: es un desierto tan viejo que está literalmente oxidado.

El Hab es mi único atisbo de civilización, y verlo desaparecer de ese modo me ha hecho sentir más incómodo de lo que me gusta admitir.

He dejado esos pensamientos atrás concentrándome en lo que tenía ante mí. He encontrado el RTG justo donde se suponía que estaba, a cuatro kilómetros en línea recta hacia el sur desde el Hab.

No ha sido difícil dar con él. La comandante Lewis lo enterró en la cima de una pequeña colina. Probablemente quería asegurarse de que todos vieran la bandera, y ha funcionado de maravilla, salvo que en lugar de evitarla yo he ido hacia ella en línea recta y la he arrancado. No era exactamente eso lo que ella pretendía.

El RTG es un gran cilindro con disipadores de calor por todo su contorno. He notado el calor que desprendía incluso a través de los guantes. Es realmente desconcertante. Sobre todo cuando sabes que la raíz del calor es radiación.

No tenía sentido ponerlo en el techo del vehículo; mi plan era llevarlo en la cabina. Así que lo he metido en la cabina, he apagado la calefacción y he puesto rumbo al Hab.

En los diez minutos que he tardado en llegar a casa, incluso con la calefacción apagada, el interior del vehículo de superficie ha alcanzado una incómoda temperatura de 37 °C. El RTG desde luego podría mantenerme caliente.

El viaje también ha demostrado que mis aparejos funcionan. Las placas solares y la batería adicional han permanecido en su lugar mientras recorría ocho kilómetros de terreno.

He declarado el éxito de la Sirius 2.

He pasado el resto del día desvalijando el interior del vehículo de superficie. El compartimento de presión es de un compuesto de carbono. En su interior hay una capa de material aislante cubierta a su vez de plástico duro. He usado un sofisticado método para romper trozos de ese plástico (un martillo) y a continuación he retirado cuidadosamente la espuma aislante solidificada (también con un martillo).

Después de arrancar parte del aislamiento, me he puesto el traje y he sacado el RTG. El vehículo no ha tardado en enfriarse otra vez y he vuelto a entrar en mi calentador. He observado cómo la temperatura subía lentamente, aunque no tan deprisa como en mi viaje de vuelta desde donde estaba enterrado el RTG.

Cuidadosamente, he eliminado más aislamiento (con un martillo) y he vuelto a comprobarlo. Después de repetir el proceso unas cuantas veces había arrancado tanto aislamiento que el RTG apenas podía compensar la pérdida de calor. De hecho era una batalla perdida. Con el tiempo el calor se perdía lentamente. Está bien. Puedo poner la calefacción durante breves períodos cuando sea necesario.

Me he traído las piezas de aislamiento al Hab. Usando técnicas de construcción avanzadas (con cinta aislante), he vuelto a montar parte de ellas formando un cuadrado. Supongo que si el frío aprieta en serio, podré fijarlo al vehículo de superficie y el RTG ganará la «batalla del calor».

Mañana, la Sirius 3 (que vuelve a ser la Sirius 1 pero sin congelarme).

ENTRADA DE DIARIO: SOL 70

Hoy te escribo desde el vehículo de superficie. Estoy a medio camino del que debe recorrer la Sirius 3 y las cosas están yendo bien.

He salido con la primera luz y he dado vueltas en torno al Hab, tratando de permanecer en terreno virgen. La primera batería ha durado un poco menos de dos horas. Después de una breve EVA para cambiar los cables, me he vuelto a poner al volante. Al final he conducido 81 kilómetros en 3 horas y 27 minutos.

¡Eso está muy bien! Eso sí, el terreno que rodea el Hab es realmente llano, como toda la Acidalia Planitia. No tengo ni idea de cuál será mi eficiencia en el terreno más desigual que recorreré para llegar a la Ares 4.

A la segunda batería aún le queda un poco de energía, pero no puedo agotarla antes de parar; recuerda que necesito soporte vital mientras recargo. El CO_2 se absorbe mediante un proceso químico, pero si el ventilador que lo empuja no está funcionando, me ahogaré. La bomba de oxígeno también es muy importante.

Después de conducir, he preparado las placas solares fotovoltaicas. Ha sido un trabajo duro; la última vez contaba con la ayuda de Vogel. No pesan, pero son voluminosas. Llevaba colocadas la mitad cuando se me ha ocurrido que podía arrastrarlas en lugar de acarrearlas, y eso ha acelerado las cosas.

Ahora solo estoy esperando a que las baterías se recarguen. Me aburro, así que actualizo el diario. Tengo todos los libros de Poirot en mi ordenador. Me ayudarán a pasar el rato. No en vano la recarga dura doce horas.

¿Qué dices? ¿Que doce horas no son? ¿Que antes dije trece horas? Bueno, amigo mío, deja que te lo explique.

El RTG es un generador. Proporciona una cantidad de potencia mísera en comparación con lo que consume el vehículo, pero algo es algo. Son cien vatios. Reduce una hora el tiempo de recarga total. ¿Por qué no usarlo?

Me pregunto lo que pensarían los de la NASA de que esté trasteando así con el RTG. Probablemente se esconderían debajo de las mesas acurrucados con sus reglas de cálculo.

Como predije, tardé doce horas en cargar las baterías por completo. Fui derecho a casa en cuanto terminó la recarga.

Hora de hacer planes para la misión Sirius 4. Y creo que será un viaje de campo de varios días.

Parece que la potencia y la recarga de las baterías están resueltas. La comida no es un problema; hay mucho espacio para almacenar cosas. El agua es aún menos problemática que la comida: con dos litros por día estaré cómodo.

Cuando haga mi viaje a la Ares 4 en serio, tendré que llevar el oxigenador, pero es grande y no quiero trastear con él por ahora. Así que confío en los filtros de O_2 y CO_2 para la Sirius 4.

El CO_2 no es ningún inconveniente. Empecé esta fascinante aventura con 1.500 horas de filtros de CO_2, además de otras 720 para emergencias. Todos los sistemas llevan filtros estándar (con la Apolo 13 aprendimos lecciones importantes). Desde entonces he usado 131 horas de filtros en diversas EVA. Me quedan 2.089. Suficientes para ochenta y siete días. Mucho.

La cuestión del oxígeno es un poco más complicada. El vehículo de superficie está diseñado para dar soporte a tres personas durante dos días y lleva además algo de reserva para más seguridad. Así que sus depósitos de O_2 contienen el suficiente para que me dure siete días. No basta.

En Marte casi no hay presión atmosférica. En el interior del vehículo de superficie la presión es de una atmósfera, así que los depósitos de oxígeno están en el interior (hay menos diferencia de presión a la que enfrentarse). ¿Por qué importa eso? Implica que puedo llevar otros depósitos de oxígeno e igualarlas con los depósitos del vehículo sin necesidad de hacer una EVA.

Así que hoy he desconectado uno de los depósitos de oxígeno líquido de 25 litros del Hab y lo he llevado al vehículo de superficie. Según la NASA, un humano necesita 588 litros de oxígeno por día para vivir. El O_2 líquido comprimido es alrededor de 1.000 veces más denso que el O_2 gaseoso en una atmósfera confortable. Resumiendo: con el depósito del Hab tendré suficiente O_2 para cuarenta y nueve días. Habrá mucho.

La misión Sirius 4 será un viaje de veinte días. Puede parecer un poco largo, pero tengo un objetivo concreto en mente. Además, mi viaje a la Ares 4 durará al menos cuarenta días. Será un buen modelo a escala.

Mientras esté fuera, el Hab puede cuidar de sí mismo, pero las patatas son un problema. Saturaré el suelo con la mayor parte del agua que tengo. Luego desactivaré el regulador atmosférico, de manera que no extraiga agua del aire. Habrá una humedad infernal y el agua se condensará en todas las superficies. Eso mantendrá las patatas bien regadas mientras esté fuera.

Peor problema es el CO_2. Las patatas necesitan respirar. Sé lo que estás pensando: «Mark, colega. Tú produces dióxido de carbono. Todo forma parte del majestuoso ciclo natural.»

El problema es dónde meterlo. Desde luego, exhalo CO_2 con cada respiración, pero no tengo forma de almacenarlo. Podría apagar el oxigenador y el regulador atmosférico y, simplemente, llenar el Hab con mi respiración durante cierto tiempo. Pero el CO_2 es mortal para mí. He de soltar bastante de golpe y salir corriendo.

¿Recuerdas la planta de combustible del VAM? Recoge CO_2 de la atmósfera marciana. Un depósito de 10 litros de CO_2 líquido comprimido, volcado en el Hab, proporcionará suficiente CO_2. Tardará menos de un día en crearse.

Así que eso es todo. Una vez que vierta el CO_2 en el Hab, apagaré el regulador atmosférico y el oxigenador, echaré una tonelada de agua a la plantación y saldré.

Sirius 4. Un enorme paso adelante en mi investigación del vehículo de superficie. Y puedo empezar mañana.

8

—Hola y gracias por acompañarnos —dijo Cathy Warner a la cámara—. Hoy en *Informe Watney*, en la CNN: Varias EVA en los últimos días: ¿qué significan? ¿Qué progresos ha hecho la NASA en la opción de rescate y cómo afectarán a los preparativos de la misión Ares 4?

»Tenemos con nosotros al doctor Venkat Kapoor, director de operaciones de Marte de la NASA. Doctor Kapoor, gracias por venir.

—Es un placer estar aquí, Cathy —dijo Venkat.

—Doctor Kapoor, Mark Watney es el hombre más observado del Sistema Solar, ¿no le parece?

Venkat asintió con la cabeza.

—Desde luego es el más observado por la NASA. Tenemos a nuestros trece satélites marcianos sacando imágenes cada vez que su ubicación está a la vista. La Agencia Espacial Europea hace lo mismo con los dos suyos.

—En resumen, ¿con cuánta frecuencia obtienen estas imágenes?

—Cada pocos minutos. A veces hay una interrupción debida a las órbitas de los satélites, pero la frecuencia de obtención de imágenes es suficiente para seguir todas sus actividades EVA.

—Háblenos de estas últimas EVA.

—Bueno —dijo Venkat—, parece que está preparando el vehículo de superficie 2 para un largo viaje. En sol 64 sacó la batería del otro vehículo de superficie y la conectó al suyo con una estructura de sostén improvisada. Al día siguiente, desconectó catorce placas solares y las amontonó en el techo del mismo vehículo.

—Y luego dio un corto paseo, ¿no? —lo instó a responder Cathy.

—Sí, eso hizo. Paseó más o menos sin rumbo durante una hora y luego regresó al Hab. Probablemente lo estaba probando. La siguiente vez que lo vimos fue dos días después, cuando condujo cuatro kilómetros y volvió. Otra prueba más larga, creo. Durante los últimos dos días ha estado cargando suministros en el vehículo de superficie.

—Hum —dijo Cathy—, la mayoría de los analistas creen que la única esperanza de rescate para Mark es que consiga llegar a la ubicación de la Ares 4. ¿Creen que él ha llegado a la misma conclusión?

—Es posible —dijo Venkat—. No sabe que lo estamos observando. Desde su punto de vista, la Ares 4 es su única esperanza.

—¿Cree que está planeando ir pronto? Parece que se está preparando para un viaje.

—Espero que no —dijo Venkat—. No hay nada en ese sitio salvo el VAM. No hay ninguno de los otros preabastecimientos. Sería un viaje muy largo y peligroso y dejaría atrás la seguridad del Hab.

—¿Por qué arriesgarse a eso?

—Para comunicarse —dijo Venkat—. Cuando llegue al VAM podría ponerse en contacto con nosotros.

—Entonces, sería positivo, ¿no?

—Tener comunicación sería estupendo, pero recorrer 3.200 kilómetros hasta la Ares 4 es tremendamente peligroso. Preferiríamos que se quedara donde está. Si pudiéramos hablar con él, desde luego le diríamos eso.

—No puede quedarse allí para siempre, ¿no? En algún momento tendrá que ir hasta el VAM.

—No necesariamente —dijo Venkat—. El JPL está experimentando con modificaciones para que el VDM pueda hacer un breve vuelo después de tomar tierra.

—He oído que esa idea se rechazó por demasiado peligrosa —dijo Cathy.

—La primera propuesta lo era, sí. Desde entonces han estado trabajando en formas más seguras de hacerlo.

—Con solo tres años y medio para el despegue programado de la Ares 4, ¿hay suficiente tiempo para hacer modificaciones al VDM y probarlo?

—No puedo responderle a ciencia cierta. Pero recuerde, conseguimos un alunizaje partiendo de cero en siete años.

—Bien dicho. —Cathy sonrió—. Entonces, ¿cuáles son sus posibilidades ahora mismo?

—Ni idea —dijo Venkat—. Pero vamos a hacer todo lo posible para traerlo a casa vivo.

Mindy miró nerviosamente a su alrededor en la sala de conferencias. Nunca se había sentido en una situación jerárquica tan inferior en toda su vida. Tenía al doctor Venkat Kapoor, que estaba cuatro niveles de control por encima de ella, sentado a su izquierda.

Al lado de Kapoor se hallaba Bruce Ng, el director del JPL. Había viajado en avión a Houston desde Pasadena solo para asistir a aquella reunión. Nunca le había gustado perder su valioso tiempo, de manera que escribía furiosamente en su portátil. Sus grandes ojeras oscuras hicieron que Mindy se preguntara lo sobrepasado de trabajo que estaba.

Mitch Henderson, el director de vuelo de la Ares 3, se balanceaba adelante y atrás en la silla, con un auricular inalámbrico en la oreja mediante el cual escuchaba en tiempo real todas las comunicaciones de Control de Misión. No estaba de servicio, pero lo mantenían informado a todas horas.

Annie Montrose entró en la sala de conferencias enviando un mensaje de texto. Sin apartar los ojos del teléfono, avanzó con destreza por la sala evitando gente y sillas, y se sentó en su lugar habitual. Mindy sintió una punzada de envidia al ver a la directora de relaciones con los medios. Era todo lo que ella quería ser: segura de sí misma, con un cargo importante y respetada por todos en la NASA.

—¿Qué tal lo he hecho hoy? —preguntó Venkat.

—Eh —dijo Annie, apartando el teléfono—. No deberías decir cosas como «traerlo a casa vivo». Eso recuerda a la gente que podría morir.

—¿Crees que van a olvidarlo?

—Has pedido mi opinión. ¿No te gusta? Que te den.

—Muy fino lo tuyo, Annie. ¿Cómo terminaste de directora de relaciones con los medios de la NASA?

—Ni puta idea —dijo Annie.

—Chicos —intervino Bruce—. Tengo que coger un vuelo de regreso a Los Ángeles dentro de tres horas. ¿Va a venir Teddy o qué?

—Deja de quejarte, Bruce —le espetó Annie—. Nadie quiere estar aquí.

Mitch bajó el volumen de su auricular y miró a Mindy.

—¿Cómo has dicho que te llamas?

—Hum —dijo Mindy—. Soy Mindy Park. Trabajo en Sat-Con.

—¿Eres directora o algo?

—No, solo trabajo en SatCon. No soy nadie.

Venkat miró a Mitch.

—La he puesto a seguir a Watney. Ella nos proporciona las imágenes.

—Ah... —comentó Mitch—. ¿No lo hace el director de Sat-Con?

—Bob tiene otras cosas de las que ocuparse aparte de Marte. Mindy maneja todos los satélites marcianos y los mantiene enfocados en Mark.

—¿Por qué Mindy? —preguntó Mitch.

—Ella fue la primera en darse cuenta de que estaba vivo.

—¿La ascienden porque estaba en la silla cuando llegó la imagen?

—No. —Venkat torció el gesto—. La ascienden porque descubrió que estaba vivo. Deja de hacer el capullo, Mitch. Estás haciendo que se sienta incómoda.

Mitch arqueó las cejas.

—No había pensado en eso. Lo siento, Mindy.

Mindy miraba la mesa.

—Vale —logró decir.

Teddy entró en la sala.

—Siento llegar tarde. —Ocupó su asiento y sacó varias carpetas del maletín. Las apiló pulcramente, abrió la superior y ordenó las páginas que contenía—. Comencemos. Venkat, ¿cuál es el estado de Watney?

—Está vivo y bien —dijo Venkat—. No hay cambios desde el mensaje de correo que he enviado antes.

—¿Qué hay del RTG? ¿La opinión pública ya sabe eso? —preguntó Teddy.

Annie se inclinó hacia delante.

—De momento, no —dijo—. Las imágenes son públicas, pero no tenemos obligación de hablarles de nuestro análisis. Nadie lo ha descubierto todavía.

—¿Por qué lo desenterró?

—Para obtener calor, creo —dijo Venkat—. Quiere hacer largos viajes con el vehículo de superficie, que gasta mucha energía para mantener la temperatura. El RTG puede calentar la cabina sin agotar la batería. La verdad es que es buena idea.

—¿Qué peligro tiene? —preguntó Teddy.

—Mientras el contenedor esté intacto no hay ningún peligro. Aunque se resquebrajara no pasaría nada si las bolas de dentro no se rompieran. Pero si las bolas se rompen, es hombre muerto.

—Esperemos que eso no ocurra —dijo Teddy—. JPL, ¿cómo van los planes con el VDM?

—Se nos ocurrió un plan hace mucho tiempo —dijo Bruce—. Lo rechazaste.

—Bruce... —le advirtió Teddy.

Bruce suspiró.

—El VDM no se fabricó para el despegue ni para el vuelo lateral. Añadir más combustible no ayuda. Necesitaríamos un motor más grande y no tengo tiempo para inventar uno, así que necesitamos aligerar el VDM. Tenemos una idea para eso.

»El VDM puede pesar lo normal en el descenso primario. Si hacemos el escudo térmico y el casco exterior desmontables, la tripulación podría desprenderse de un montón de peso después de aterrizar junto a la Ares 3. Así tendrían una nave más ligera para el viaje hasta la Ares 4. Estamos haciendo los cálculos.

—Mantenme informado. —Teddy se volvió hacia Mindy—. Señorita Park, bienvenida a primera división.

—Señor —dijo Mindy. Trató de ignorar el nudo que tenía en la garganta.

—¿Cuál es la interrupción de cobertura más grande que tenemos con Watney ahora mismo?

—Hum —dijo Mindy—. Una vez cada cuarenta y una horas tendremos un agujero de diecisiete minutos. Las órbitas funcionan así.

—Tenías una respuesta a punto —dijo Teddy—. Bien. Me gusta que la gente esté preparada.

—Gracias, señor.

—Quiero reducir ese hueco a cuatro minutos —dijo Teddy—. Te doy autoridad total sobre las trayectorias de satélite y ajustes orbitales. Consíguelo.

—Sí, señor —dijo Mindy, sin tener ni idea de cómo hacerlo.

Teddy miró a Mitch.

—Mitch, ¿en tu mensaje de correo electrónico ponía que tenías una urgencia?

—Sí —dijo Mitch—. ¿Cuánto tiempo vamos a ocultar esto a la tripulación de la Ares 3? Todos creen que Watney está muerto. Es una enorme sangría para su moral.

Teddy miró a Venkat.

—Mitch —dijo este—. Ya discutimos esto...

—No, tú lo discutiste —lo interrumpió Mitch—. Creen que han perdido a un miembro de la tripulación. Están desolados.

—¿Y qué pasará cuando descubran que abandonaron a un miembro de la tripulación? —preguntó Venkat—. ¿Se sentirán mejor entonces?

Mitch dio un golpecito en la mesa con el dedo.

—Merecen saberlo. ¿Cree que la comandante Lewis no puede afrontar la verdad?

—Es una cuestión moral —dijo Venkat—. Deben concentrarse en volver a casa...

—Haré esa llamada —dijo Mitch—. Soy yo quien decide

qué es lo mejor para la tripulación. Y digo que los pongamos al día.

Al cabo de unos momentos de silencio todos los ojos se volvieron hacia Teddy.

—Lo siento, Mitch, estoy con Venkat en esto —dijo tras pensarlo brevemente—, pero en cuanto se nos ocurra un plan de rescate, podemos contárselo a la *Hermes*. Si no hay cierta esperanza no tiene sentido contárselo.

—Eso es una estupidez —gruñó Mitch, cruzando los brazos—. Una estupidez absoluta.

—Sé que estás inquieto —dijo Teddy con calma—. Lo haremos en cuanto tengamos una idea de cómo salvar a Watney.

Teddy dejó que pasaran unos segundos de silencio antes de continuar.

—Vale, el JPL está con la opción de rescate —dijo señalando a Bruce con la cabeza—. Pero formará parte de la misión Ares 4. ¿Cómo se mantiene con vida hasta entonces? ¿Venkat?

Venkat abrió una carpeta y miró los papeles que contenía.

—Hice que todos los equipos verificaran y volvieran a verificar la duración de los sistemas. Estamos seguros de que el Hab puede mantenerse en funcionamiento durante cuatro años. Sobre todo si un ocupante humano arregla los problemas que vayan surgiendo. Pero no hay forma de soslayar la cuestión de la comida. Empezará a morirse de hambre dentro de un año. Tenemos que enviarle suministros. Tan sencillo como eso.

—¿Y un preabastecimiento de la Ares 4? —dijo Teddy—. Que descienda junto a la Ares 3.

—Eso estamos valorando, sí —confirmó Venkat—. El problema es que el plan original era lanzar los preabastecimientos dentro de un año. Todavía no están listos.

—Hacen falta ocho meses para poner una sonda en Marte en el mejor momento. Las posiciones de la Tierra y Marte ahora mismo son... Ahora no es buen momento. Podríamos llegar allí dentro de nueve meses. Suponiendo que esté racionando la comida, tiene suficiente para que le dure trescientos cincuenta días más. Eso significa que debemos construir una sonda de preabastecimiento en tres meses. El JPL ni siquiera ha comenzado.

—Será muy justo —dijo Bruce—. Preparar un preabastecimiento es un proceso de seis meses. Estamos acostumbrados a producir varios al mismo tiempo, pero no a preparar uno con prisas.

—Lo siento, Bruce —se disculpó Teddy—. Sé que estoy pidiendo mucho, pero tienes que encontrar una forma de hacerlo.

—Encontraremos una —repuso Bruce—. Pero solo las horas extra ya serán una pesadilla.

—Empezad. Te conseguiré el dinero.

—También está el asunto del propulsor —dijo Venkat—. La única forma de poner una sonda en Marte estando los planetas en sus posiciones actuales es gastar una burrada de combustible. Solo tenemos un propulsor capaz de hacerlo: el Delta IX, que está en la lanzadera para la sonda *EagleEye 3* a Saturno. Tendremos que requisarlo. He hablado con la United Launch Alliance y no pueden fabricar otro cohete propulsor a tiempo.

—Al equipo de la *EagleEye 3* no le hará gracia, pero adelante —dijo Teddy—. Podemos retrasar su misión si el JPL prepara la carga a tiempo.

Bruce se frotó los ojos.

—Haremos lo posible.

—Se morirá de hambre si no lo haces —dijo Teddy.

Venkat tomó un sorbo de café y miró con mala cara el ordenador. Un mes antes habría sido impensable para él tomar café a las nueve de la noche. Ahora era el combustible que necesitaba. Organizar turnos, financiar asignaciones, juegos de manos con proyectos, saqueo absoluto de otros proyectos... Nunca en la vida había hecho tantos malabarismos.

Escribió:

La NASA es una gran organización. No afronta bien los cambios repentinos. Lo estamos consiguiendo únicamente debido a que las circunstancias son desesperadas.

Todos colaboran para salvar a Mark Watney, sin luchas interdepartamentales. No puedo explicarle lo raro que es eso, a pesar de lo cual esto va a costar decenas de millones, quizá cientos de millones de dólares. Solo las modificaciones del VDM son un proyecto entero al que se está dotando de personal. Cabe esperar que el interés público facilite su trabajo. Apreciamos su apoyo continuado, señor congresista, y esperamos que pueda convencer al comité de que nos conceda la financiación de emergencia que necesitamos.

Lo interrumpió una llamada a la puerta. Venkat levantó la mirada y vio a Mindy. Llevaba sudadera, camiseta y el pelo recogido en una rudimentaria cola de caballo. La moda tiende a sufrir cuando trabajas muchas horas.

—Lamento molestarlo —se disculpó la chica.

—No molestas —dijo Venkat—. Me vendrá bien un descanso. ¿Qué pasa?

—Se ha puesto en marcha —dijo ella.

Venkat se arrellanó en la silla.

—¿Hay alguna posibilidad de que sea un viaje de prueba?

Mindy negó con la cabeza.

—Condujo directamente desde el Hab durante casi dos horas, hizo una breve EVA y condujo otras dos. Creemos que la EVA fue para cambiar de batería.

Venkat suspiró pesadamente.

—A lo mejor es solo una prueba más larga. Tal vez un viaje para pasar la noche fuera.

—Está a setenta y seis kilómetros del Hab —dijo Mindy—. Para una prueba de pasar la noche fuera, ¿no se habría quedado a una distancia desde la que pudiera volver caminando?

—Sí —dijo Venkat—. ¡Maldita sea! Hemos tenido equipos manejando todos los escenarios concebibles. Sencillamente, no hay forma de que pueda llegar a la Ares 4 tal como va. No le hemos visto cargar el oxigenador ni el purificador de agua. Posiblemente no lleva suficientes víveres para sobrevivir tantos días.

—No creo que vaya a la Ares 4 —dijo Mindy—. En caso de que así sea, está siguiendo una ruta extraña.

—¿Sí?

—Va en dirección sursudoeste. El cráter Schiaparelli está al sureste.

—Vale, quizás hay esperanzas —dijo Venkat—. ¿Qué está haciendo ahora mismo?

—Recargar. Tiene todas las células solares extendidas —dijo Mindy—. La última vez que hizo eso, estuvo detenido doce horas. Me voy a casa a dormir un rato, si puedo.

—Claro, está bien. Veremos qué hace mañana. Quizá vuelva al Hab.

—Quizá —dijo Mindy sin convicción.

—Bienvenidos de nuevo —saludó Cathy mirando a la cámara—. Estamos charlando con Marcus Washington, del Servicio Postal de Estados Unidos. Así pues, señor Washington, entiendo que la misión Ares 3 ha causado un problema al Servicio Postal. ¿Puede explicar eso a nuestros televidentes?

—Ah, sí —dijo Marcus—. Todo el mundo creía que Mark Watney llevaba dos meses muerto. En ese tiempo, el Servicio Postal emitió una serie de sellos conmemorativos en su honor. Se imprimieron veinte mil, que fueron enviados a las estafetas de todo el país.

—Y luego resultó que estaba vivo —dijo Cathy.

—Sí, y puesto que no imprimimos sellos de gente viva, detuvimos la emisión de inmediato y solicitamos la devolución de los sellos, pero ya se habían vendido miles.

—¿Había ocurrido algo así anteriormente? —preguntó Cathy.

—No. Ni una sola vez en la historia del Servicio Postal.

—Apuesto a que esos sellos valen lo suyo ahora.

Marcus rio entre dientes.

—Quizá. Pero como he dicho, se han vendido miles de ellos. Serán raros, pero no rarísimos.

Ahora fue Cathy quien rio entre dientes antes de dirigirse a cámara.

—Hemos estado hablando con Marcus Washington, del Servicio Postal de Estados Unidos. Si usted tiene un sello conmemorativo de Mark Watney, puede que quiera conservarlo. Gracias por visitarnos, señor Washington.

—Gracias por invitarme.

—Nuestra siguiente invitada es la doctora Irene Shields, psicóloga de vuelo de las misiones Ares. Doctora Shields, bienvenida al programa.

—Gracias. —Irene se ajustó el clip del micrófono.

—¿Conoce personalmente a Mark Watney?

—Por supuesto —dijo Irene—, hice evaluaciones mensuales de cada miembro de la tripulación.

—¿Qué puede contarnos de él? De su personalidad, de su mentalidad.

—Bueno, es muy inteligente. Todos lo son, por supuesto. Pero él es particularmente ingenioso y muy bueno resolviendo problemas...

—Eso podría salvarle la vida —la interrumpió Cathy.

—Podría, desde luego —convino Irene—. Además, es un hombre de buen temple. Normalmente es alegre y tiene un gran sentido del humor. Es rápido con los chistes. En el mes previo al lanzamiento, la tripulación se sometió a un agotador programa de entrenamiento. Todos mostraron señales de estrés y depresión. Mark no fue una excepción, pero se desahogaba contando más chistes y haciendo reír a todos.

—Da la impresión de que es un gran tipo —dijo Cathy.

—Realmente lo es —le aseguró Irene—. Fue elegido para la misión en parte por su personalidad. Los componentes de una tripulación Ares tienen que convivir durante trece meses. La sociabilidad es esencial. Mark no solo encaja bien en cualquier grupo, sino que también es un catalizador para que el grupo trabaje mejor. Fue un golpe terrible para la tripulación cuando «murió».

—La tripulación de la Ares 3 todavía cree que ha muerto, ¿no?

—Sí, así es, por desgracia —confirmó Irene—. Las altas esferas han decidido no comunicarles que sigue con vida, al menos de momento. Estoy segura de que no ha sido una decisión fácil.

Cathy hizo una pausa antes de decir:

—Muy bien. Sabe que tengo que preguntárselo. ¿Qué está pasando por su cabeza ahora mismo? ¿Cómo responde un hombre como Mark Watney a una situación como esta? Atrapado, solo, sin tener ni idea de que estamos tratando de ayudarlo.

—No hay forma de estar seguros —dijo Irene—. La mayor amenaza es la pérdida de la esperanza. Si decide que no tiene ninguna posibilidad de sobrevivir, dejará de intentarlo.

—Entonces va bien por ahora —dijo Cathy—. Parece que trabaja con tesón, preparando el vehículo de superficie para un largo viaje y probándolo. Planea estar allí cuando llegue la Ares 4.

—Es una posible interpretación, sí —dijo Irene.

—¿Hay otra?

Irene preparó cuidadosamente su respuesta antes de hablar.

—Cuando se enfrenta a la muerte, la gente desea ser escuchada. Nadie quiere morir en soledad. A lo mejor solo pretende conseguir la radio del VAM para hablar con otro ser vivo antes de morir.

»Si ha perdido la esperanza, no le preocupa la supervivencia. Su única preocupación será llegar hasta la radio. Después probablemente elija el camino fácil para evitar morir de hambre. Los suministros médicos de una misión Ares incluyen suficiente morfina para una dosis letal.

Después de varios segundos de silencio absoluto en el estudio, Cathy se volvió hacia la cámara.

—Ahora volvemos —dijo.

—Oye, Venk. —La voz de Bruce salió del altavoz que había en el escritorio de Venkat.

—Hola, Bruce —repuso este sin dejar de escribir en su ordenador—. Gracias por dedicarme un poco de tiempo. Quería hablarte del preabastecimiento.

—Desde luego. ¿En qué estás pensando?

—Digamos que aterrizamos una sonda suavemente. ¿Cómo sabrá Mark que así ha sido? ¿Y cómo sabrá hacia dónde mirar?

—Hemos estado pensando en eso —dijo Bruce—. Tenemos algunas ideas.

—Soy todo oídos. —Venkat guardó el documento y cerró el portátil.

—Como le enviaremos un sistema de comunicación, podríamos hacer que se encienda después de la toma de tierra. Emitirá en las frecuencias del vehículo de superficie y del traje EVA. Además, será una señal fuerte, porque los vehículos de superficie están diseñados para comunicarse solo con el Hab y entre sí; la señal de origen iba a estar supuestamente como máximo a veinte kilómetros, así que los receptores no son muy sensibles. Los de los trajes EVA son todavía peores, pero si emitimos una señal fuerte podría funcionar. Una vez posado en el suelo el módulo de preabastecimiento, sabremos su ubicación exacta gracias a los satélites y la emitiremos para que Mark pueda llegar hasta él.

—Pero probablemente no esté escuchando —dijo Venkat—. ¿Por qué iba a hacerlo?

—En tal caso, tenemos un plan. Vamos a fabricar un montón de cintas verdes brillantes, lo bastante ligeras para que se dispersen al caer incluso en la atmósfera de Marte. Cada cinta llevará impreso el texto: «Mark, enciende el comunicador.» Estamos trabajando en un mecanismo de suelta. Se soltarán durante la secuencia de aterrizaje, por supuesto. Lo ideal sería a una altura de alrededor de mil metros de la superficie.

—Me gusta —dijo Venkat—. Bastará con que se fije en una. Y seguro que comprobará una cinta verde brillante si ve alguna fuera del Hab.

—Venk —dijo Bruce—, si coge el «Watneymóvil» a la Ares 4, todo será en balde. Me refiero a que podemos aterrizar el vehículo de preabastecimiento en la ubicación de la Ares 4 si eso ocurre, pero...

—Pero no dispondrá del Hab. Sí —dijo Venkat—. Paso a paso. Avísame cuando se te ocurra un mecanismo de suelta para esas cintas.

—Lo haré.

Después de cortar la comunicación, Venkat reabrió el portátil para volver al trabajo. Había un mensaje de correo electrónico de Mindy Park esperándolo: «Watney se ha puesto otra vez en marcha.»

—Sigue yendo en línea recta —dijo Mindy, señalando al monitor.

—Ya veo —dijo Venkat—. Segurísimo que no va hacia la posición de la Ares 4, a menos que esté sorteando algún obstáculo natural.

—No tiene nada que sortear —dijo Mindy—. Eso es la Acidalia Planitia.

—¿Eso de ahí son placas solares? —preguntó Venkat, señalando con el dedo.

—Sí —dijo Mindy—. Hizo el habitual trayecto de dos horas, una EVA, dos horas más de viaje. Ya está a ciento cincuenta y seis kilómetros del Hab.

Ambos miraron la pantalla.

—Un momento —dijo Venkat—. Espera, no es posible...

—¿Qué? —preguntó Mindy.

Venkat cogió un bloque de Post-it y un boli.

—Dame su localización y la localización del Hab.

Mindy miró la pantalla.

—Ahora está a 28,9 grados norte, 29,6 grados oeste. —Tecleando un poco más, abrió otro archivo—. El Hab está a 31,2 grados norte y a 28,5 grados oeste. ¿Qué ha visto?

Venkat terminó de apuntar los datos.

—Ven conmigo —dijo, saliendo rápidamente.

—Hum —tartamudeó Mindy, siguiéndolo—. ¿Adónde vamos?

—A la sala de descanso de SatCon —dijo Venkat—. ¿Todavía tenéis ese mapa de Marte en la pared?

—Claro, pero no es más que un póster de la tienda de regalos. Tengo mapas digitales de alta calidad en mi ordenador...

—No. En esos no puedo dibujar. —Entró en la sala de descanso y señaló con el dedo el mapa mural de Marte—. En este sí.

En la sala de descanso no había más que un técnico informático que tomaba café. Levantó la mirada alarmado cuando Venkat y Mindy entraron en tromba.

—Bueno, tiene líneas de latitud y longitud —dijo Venkat. Miró su Post-It y luego, tras deslizar el dedo por el mapa, dibujó una X—. Ahí está el Hab —dijo.

—¡Eh! —se quejó el técnico—. ¿Está dibujando en nuestro póster?

—Os compraré otro —le respondió Venkat sin mirarlo. Dibujó otra X—. Esta es su ubicación actual. Tráeme una regla.

Mindy miró a izquierda y derecha. Como no vio ninguna regla, cogió la libreta del técnico.

—¡Eh! —protestó nuevamente el hombre.

Usando el borde de la libreta como regla, Venkat trazó una línea desde el Hab hasta la ubicación de Mark y la prolongó. Luego retrocedió un paso

—Sí. Ahí va —dijo Venkat con excitación.

—¡Oh! —exclamó Mindy.

La línea pasaba por el centro exacto de un punto amarillo impreso en el mapa.

—¡La *Pathfinder*! —dijo Mindy—. Va a la *Pathfinder*.

—Sí —dijo Venkat—. Ahora tenemos algo. Está a unos ochocientos kilómetros de la *Pathfinder*. Puede ir hasta ella y volver con los pertrechos que lleva.

—Y llevarse la plataforma de aterrizaje de la *Pathfinder* y el *rover*, el vehículo de superficie robótico *Sojourner* —añadió Mindy.

Venkat sacó el teléfono móvil.

—Perdimos contacto con la *Pathfinder* en 1997. Si puede conectarla otra vez, podremos comunicarnos. Tal vez solo tenga que limpiar las placas solares. Aunque sea un problema más grave que ese, es ingeniero. —Marcando un número en el teléfono, añadió—: ¡Arreglar cosas es lo suyo!

Sonriendo por primera vez desde hacía semanas, se llevó el aparato a la oreja y esperó la respuesta.

—¿Bruce? Soy Venkat. Todo acaba de cambiar. Watney se

dirige a la *Pathfinder*... ¡Sí! Lo sé, exacto. Lleva a todos los que trabajaron en ese proyecto al JPL ahora mismo. Tomaré el siguiente avión.

Colgó y miró sonriente el mapa.

—Mark, eres un cabroncete artero y muy listo.

9

Es la tarde de mi octavo día en ruta. La Sirius 4 ha sido un éxito hasta ahora.

He caído en una rutina. Cada mañana me levanto al alba. Lo primero que hago es comprobar los niveles de oxígeno y CO_2. Luego me como un *pack* de desayuno y me tomó una taza de agua. Después me lavó los dientes usando el mínimo de agua posible y me afeito con una afeitadora eléctrica.

El vehículo de superficie no tiene cuarto de baño. Se esperaba que usáramos nuestros sistemas de reciclaje del traje para eso, pero no están diseñados para veinte días de producción.

Mi pis matutino va a una caja de plástico de cierre hermético. Cuando la abro, el vehículo apesta como un lavabo de autopista. Podría sacarla fuera y dejar que el contenido se evapore, pero trabajé mucho para producir esa agua y lo último que quiero es desperdiciarla. La echaré al purificador cuando vuelva.

Aún más preciosas son mis heces: son fundamentales para la granja de patatas y soy el único productor de Marte. Por fortuna, cuando pasas mucho tiempo en el espacio aprendes a defecar en una bolsa. Y si te parece chungo abrir la caja de pis, imagina el olor después de soltar lastre.

Una vez que termino con esta rutina encantadora, salgo y recojo las placas fotovoltaicas. ¿Por qué no lo hago por la noche? Porque tratar de desmontar y amontonar placas solares en la más completa oscuridad no es nada divertido. Lo he aprendido a las malas.

Después de amarrar las placas, vuelvo a meterme en la cabina, pongo música de mierda de los setenta y empiezo a conducir a 25 km/h, la velocidad máxima del vehículo de superficie. Voy cómodo. Llevo unos pantalones cortos improvisados y una camisa fina mientras el RTG cocina el interior. Cuando se calienta demasiado, quito el aislamiento sujeto con cinta aislante al casco. Cuando el ambiente se enfría demasiado, vuelvo a pegarlo.

Puedo circular casi dos horas antes de que se agote la primera batería. Hago una EVA rápida para cambiar de cables y me pongo de nuevo al volante para la segunda etapa del día.

El terreno es muy llano. La parte inferior del vehículo de superficie es más alta que ninguna roca y las colinas son leves promontorios de pendientes suavizadas por eones de tormentas de arena.

Cuando se agota la segunda batería, otra EVA. Saco las placas solares del techo y las dejo en el suelo. Los primeros soles las ponía en fila. Ahora las suelto en cualquier sitio, cerca del vehículo de superficie, por puro cansancio.

Entonces llega lo más aburrido del día. Me quedo sentado doce horas sin nada que hacer. Me estoy hartando de este vehículo de superficie. El interior es del tamaño de una furgoneta. Podría parecer que hay mucho espacio, pero pásate ocho días encerrado en una furgoneta. Estoy ansioso por cuidar mi patatal en el amplio espacio abierto del Hab.

Siento nostalgia del Hab. Así de jodido estoy.

Tengo películas de mierda de los setenta que ver, y unas cuantas novelas de Poirot que leer, pero sobre todo paso el tiempo pensando en llegar a la Ares 4. Tendré que hacerlo algún día. ¿Cómo demonios voy a sobrevivir a un viaje de 3.200 kilómetros en este trasto? Probablemente voy a tardar cincuenta días. Necesitaré el purificador de agua y el oxigenador, quizás alguna de las baterías principales del Hab y además unas cuantas placas solares más para alimentarlo todo. ¿Dónde pondré tanta cosa? Estos pensamientos me inquietan a lo largo de unos días largos y aburridos.

Finalmente, oscurece y me canso. Me tumbo entre *packs* de comida, depósitos de agua, el depósito extra de O_2, las pilas de filtros de CO_2, la caja de pipí, las bolsas de caca y mis objetos personales. Varios monos de la tripulación, mi manta y una almohada me sirven de cama. Básicamente duermo en un montón de basura todas las noches.

Hablando de dormir: buenas noches.

ENTRADA DE DIARIO: SOL 80

Según mis cálculos, estoy a 100 kilómetros de la *Pathfinder*. Técnicamente es la Sagan Memorial Station. Pero con todo el debido respeto a Carl, puedo llamarla como me venga en gana. Soy el rey de Marte.

Ya he mencionado que ha sido un viaje largo y aburrido, eso que todavía estoy en la ida. Pero, ¡eh, soy astronauta! Los viajes interminables son mi trabajo.

La navegación es compleja.

La baliza del Hab solo alcanza 40 kilómetros, así que no me sirve de nada. Sabía que sería un problema cuando estaba planeando este viajecito, de manera que se me ocurrió un plan brillante que no funcionó.

El ordenador tiene mapas detallados, con lo cual supuse que podía navegar orientándome por puntos de referencia. Me equivocaba. Resulta que no puedes navegar orientándote por puntos de referencia si no encuentras ningún maldito punto de referencia.

Nuestro lugar de aterrizaje está en el delta de un río desaparecido hace mucho tiempo. La NASA lo eligió porque, en caso de que existan fósiles microscópicos, es un buen lugar donde buscarlos. Además, el agua habría arrastrado rocas y muestras de suelo procedentes de miles de kilómetros de distancia. Cavando un poco, hubiéramos podido elaborar una historia geológica extensa. Estupendo para la ciencia, pero el Hab está en un terreno monótono.

Me había planteado la posibilidad de fabricar una brújula. El vehículo de superficie tiene mucha electricidad y en el material médico encontré una aguja. Solo hay un problema: Marte no tiene campo magnético.

Así que me oriento guiándome por Fobos. Orbita en torno a Marte tan deprisa que sale y se pone dos veces al día, desplazándose de oeste a este. No es el sistema más preciso, pero funciona.

Las cosas se me pusieron más fáciles en sol 75. Alcancé un valle que asciende hacia el oeste. Tenía terreno plano para conducir con facilidad y solo necesitaba seguir el borde de la colinas. Lo llamé «valle Lewis», en honor de nuestra intrépida comandante. Le encantaría, siendo como es una zumbada de la geología.

Tres soles después, el valle Lewis se abrió a una amplia llanura. Así pues, una vez más, me quedé sin referencias y confié en Fobos para orientarme. Probablemente es algo simbólico: Fobos es el dios del miedo, y estoy dejando que sea mi guía. No es buena señal.

Pero hoy mi suerte ha cambiado por fin. Después de dos soles vagando por el desierto, he encontrado algo que me permite orientarme. Se trata de un cráter de cinco kilómetros, tan pequeño que no merecía nombre. Pero estaba en los mapas, así que para mí era el faro de Alejandría. Una vez que lo he tenido a la vista, he sabido exactamente dónde estaba.

De hecho, ahora estoy acampado cerca.

Por fin atravieso las zonas en blanco del mapa. Mañana tendré el faro para orientarme, y después el cráter Hamelin. Estoy en racha.

Ahora, a mi siguiente tarea: sentarme sin nada que hacer durante doce horas.

¡Será mejor que empiece!

ENTRADA DE DIARIO: SOL 81

Casi he llegado a la *Pathfinder* hoy, pero me he quedado sin batería. Solo faltan otros 22 kilómetros.

Un trayecto sin nada remarcable. La navegación no ha sido un problema. Cuando el faro ha quedado atrás en la distancia, ya atisbaba el borde del cráter Hamelin.

Dejé atrás la Acidalia Planitia hace mucho. Ya me he adentrado bastante en Ares Vallis. Las llanuras desiertas dan paso a un terreno saltarín sembrado de rocas volcánicas nunca enterradas por la arena. Complica mucho la conducción; he de prestar más atención.

Hasta ahora había conducido por un paisaje sembrado de pequeñas rocas. En cambio, más al sur, las rocas son más grandes y más abundantes. He de rodear algunas si no quiero arriesgarme a dañar la suspensión. La buena noticia es que no tendré que hacerlo mucho tiempo. Cuando llegue a la *Pathfinder*, podré dar la vuelta e ir hacia el lado opuesto.

El clima ha sido muy bueno. Sin viento apreciable, sin tormentas. Creo que he tenido suerte. Es muy probable que las huellas del vehículo de superficie de los últimos soles sigan intactas. Debería poder volver al valle Lewis simplemente siguiéndolas.

Después de preparar hoy las placas solares, he ido a dar un paseíto. Nunca pierdo de vista el vehículo de superficie; la última cosa que quiero hacer es perderme yendo a pie. Sin embargo, no tengo estómago para arrastrarme otra vez a esa ratonera apestosa. Ahora mismo no.

Es una sensación extraña. Allá donde voy, soy el primero. ¿Salgo del vehículo de superficie? ¡Soy el primer tipo en llegar! ¿Subo a una colina? ¡El primer tipo en subir esa colina! ¿Doy una patada a una roca? ¡Esa roca no se había movido desde hace un millón de años!

Soy el primero en recorrer larga distancia en Marte. El primero en cultivar en Marte. El primero, el primero, el primero.

No esperaba ser el primero en nada. Era el quinto tripulante del VDM cuando aterrizamos, lo cual me convirtió en la decimoséptima persona que puso los pies en Marte. El orden de salida se había decidido años antes. A un mes del lanzamiento, todos llevábamos tatuados nuestros «números de Marte». Johanssen casi se negó a que le tatuaran su 15 porque temía que le doliera. Una mujer que había sobrevivido a la centrifugadora, a las pruebas de gravedad reducida, a ejercicios de aterrizaje duro y a carreras de 10 kilómetros; una mujer que arregló el ordenador de un VDM simulado mientras la hacían girar cabeza abajo tenía miedo, sin embargo, de una aguja de tatuajes.

Tío, los echo de menos.

Joder, daría cualquier cosa por una conversación de cinco minutos con alguien. Con cualquiera, en cualquier sitio. Sobre cualquier cosa.

Soy la primera persona que está sola en un planeta.

Vale, basta de lloriqueos. Estoy teniendo una conversación con alguien: con quien lea este diario. Es un poco unilateral, pero tendrá que valerme. Podría morir, pero, maldita sea, alguien sabrá lo que tenía que decir.

Además, la razón de ser de este viaje es conseguir una radio. Tal vez logre reconectarme con la humanidad antes de morir.

Así que ahí va otra primicia: mañana seré la primera persona en recuperar una sonda de Marte.

ENTRADA DE DIARIO: SOL 82

¡Hurra! ¡La he encontrado!

He sabido que estaba en la zona correcta cuando he visto los Picos Gemelos a lo lejos. Las dos pequeñas colinas están a menos de un kilómetro del lugar de aterrizaje de la sonda. Aún mejor, son el telón de fondo del lugar de aterrizaje. Lo único que tenía que hacer era dirigirme hacia ellas hasta dar con la plataforma de aterrizaje.

Y allí estaba. Justo donde tenía que estar. He salido tropezando de excitación y he corrido hasta allí.

La fase final de descenso de la *Pathfinder* era un tetraedro forrado de globos. Los globos absorbieron el impacto del aterrizaje. Cuando la *Pathfinder* quedó en reposo, los globos se deshincharon y el tetraedro se desplegó para revelar la sonda espacial.

En realidad, está compuesta por dos elementos. El *lander* o aterrizador y el *rover* llamado *Sojourner*. El aterrizador permaneció inmóvil, mientras que el *Sojourner* vagó un tiempo y captó buenas imágenes de las rocas marcianas. Voy a llevarme los dos, pero el más importante es el aterrizador: el elemento que puede comunicarse con la Tierra.

No puedo explicar lo contento que estoy de haberlo encontrado. Me ha costado mucho llegar hasta aquí, pero lo he conseguido.

El aterrizador estaba semienterrado. Cavando con rapidez y cuidado, he dejado al descubierto la mayor parte de la sonda, aunque el gran tetraedro y los globos deshinchados seguían bajo la superficie.

Después de una búsqueda rápida, he encontrado el *Sojourner*. El pequeño compañero estaba a solo dos metros del aterrizador. Recuerdo vagamente que estaba más lejos cuando lo vieron por última vez. Probablemente entró en modo de contingencia y empezó a dar vueltas al aterrizador tratando de comunicarse.

He metido rápidamente el *Sojourner* en mi vehículo de superficie. Es pequeño, ligero y fácil de encajar en la esclusa. El aterrizador ha sido otra historia.

No esperaba poder llevarlo completo al Hab: es demasiado grande. Sin embargo, solo necesitaba la sonda en sí. Era hora de que me pusiera la ropa de ingeniero mecánico.

La sonda estaba en el panel central del tetraedro desplegado. Los otros lados estaban todos conectados al panel central mediante una bisagra metálica. Como te dirá cualquiera del JPL, las sondas son delicadas. El peso es un gran inconveniente, así que no están hechas para resistir mucho.

Haciendo palanca, las bisagras han saltado de golpe.

Luego la cosa se ha complicado. Al tratar de desensamblar el panel central, no se ha movido.

Igual que los otros tres paneles, el central tenía globos deshinchados debajo.

Con el paso de las décadas, los globos se han desgarrado y llenado de arena.

Podía cortarlos, pero tenía que cavar para llegar a ellos. No sería difícil cavar en simple arena, pero los otros tres paneles se interponían.

Enseguida me he dado cuenta de que me importaba una mierda el estado de los otros paneles. He vuelto a mi vehículo de superficie, he cortado unas tiras de tela del Hab y las he trenzado para fabricar una cuerda primitiva pero resistente. No puedo atribuirme el mérito de que sea fuerte. Doy gracias a la NASA por ello. Yo solo he dado forma de cuerda a su material.

He atado un extremo a uno de los paneles y el otro al vehículo de superficie, que se construyó para atravesar terreno extremadamente desigual, en ocasiones muy inclinado. Puede que no sea rápido, pero tiene un motor potente. He arrancado el panel como un palurdo arranca el tocón de un árbol.

Ya tenía sitio para cavar. A medida que iba desenterrando globos, los he ido cortando. La tarea se ha prolongado una hora.

Luego he levantado el panel central y ¡lo he cargado en el vehículo de superficie! Al menos eso me habría gustado hacer, pero el maldito trasto seguía siendo pesadísimo. Calculo que pesa 200 kilos. Incluso con la gravedad de Marte es demasiado peso. Podría llevarlo por el Hab con facilidad, pero ¿levantarlo vestido con un engorroso traje EVA? Ni hablar.

Así que lo he arrastrado hasta el vehículo.

Mi siguiente hazaña ha sido subirlo al techo, vacío en ese momento. Pese a que tenía las baterías casi plenamente cargadas, había extendido las placas solares tras detenerme. ¿Por qué no? ¡Energía gratis!

Ya lo tenía pensado. De camino hasta allí, dos pilas de placas solares ocuparían todo el tejado. En el camino de vuelta las pondría en un solo montón, dejando espacio para la sonda.

Es un poco más peligroso porque el montón podría derrumbarse. Además, será un incordio formar un montón tan alto con las placas. Pero lo conseguiré.

No puedo simplemente lanzar una cuerda por encima del vehículo de superficie y tirar de la *Pathfinder* desde el otro lado para subirla. No quiero romperla. Bueno, ya está rota (perdieron el contacto con ella en 1997), pero no quiero romperla más.

Se me ha ocurrido una solución, pero ya había hecho bastante trabajo por un día y casi no quedaba luz diurna.

Ahora estoy en el vehículo de superficie mirando el *Sojourner*. Parece estar bien. Externamente no está dañado y no da la impresión de estar demasiado cocinado por la luz solar. La densa capa de polvo de Marte lo protegió de los daños solares a largo plazo.

¿Piensas que el *Sojourner* no me sirve de mucho? No puede comunicarse con la Tierra. ¿Por qué me preocupo por él?

Porque tiene muchas piezas móviles.

Si establezco contacto con la NASA, podré hablar con ellos sosteniendo una página de texto ante la cámara del aterrizador, pero ¿cómo hablarán ellos conmigo? Las únicas piezas móviles del aterrizador son la antena (que tendrá que estar orientada hacia la Tierra) y el brazo articulado de la cámara. Tendríamos que encontrar el modo de que la NASA pudiera comunicarse haciendo girar el cuerpo de la cámara. Sería terriblemente lento.

Sin embargo, el *Sojourner* tiene seis ruedas independientes que giran de manera razonablemente rápida. Será mucho más fácil comunicarse con ellas. Podría escribir letras en las ruedas. La NASA podría hacerlas girar para mandarme mensajes.

Todo eso siempre que consiga hacer funcionar la radio del aterrizador.

Hora de irme a sobar. Mañana tendré que hacer un montón de trabajo agotador. Necesito descansar.

ENTRADA DE DIARIO: SOL 83

¡Oh, Dios, estoy molido!

Pero es la única forma que se me ha ocurrido para subir el aterrizador al techo con seguridad.

He construido una rampa de rocas y arena como hacían los antiguos egipcios.

¡Si algo abunda en Ares Vallis son las rocas!

Primero he experimentado para averiguar lo empinada que debía ser la rampa. He amontonado rocas cerca del aterrizador y lo he arrastrado subiendo y bajando la cuesta. Luego he aumentado la inclinación y me he asegurado de que podía arrastrar el aterrizador arriba y abajo. He repetido el proceso una y otra vez hasta que he encontrado el mejor grado de inclinación para mi rampa: 30 grados. Más era demasiado arriesgado: el aterrizador podría escapárseme y caer dando tumbos por la rampa.

El techo del vehículo de superficie está a más de dos metros del suelo, así que necesitaba una rampa de casi cuatro metros de longitud. Me he puesto a trabajar.

Las primeras rocas han sido tarea fácil. Luego han empezado a parecerme más y más pesadas. El trabajo físico intenso con traje espacial te mata. Todo te cuesta más, porque llevas un traje de 20 kilos y tus movimientos se ven limitados. Al cabo de veinte minutos ya estaba jadeando, así que he hecho trampa. He subido la proporción de O_2. Eso realmente me ha ayudado un montón. Probablemente no debería habituarme. Además, no he pasado calor. El traje deja escapar el calor con más rapidez que lo que tarda mi cuerpo en generarlo. El sistema de calefacción es lo que mantiene una temperatura soportable. Con el esfuerzo físico, el traje no tiene que calentarse tanto, nada más.

Después de horas de trabajo agotador, por fin he terminado la rampa. Rocas amontonadas junto al vehículo de superficie hasta el techo.

Primero he subido y bajado por la rampa pisando fuerte, para comprobar su solidez. Luego he tirado del aterrizador hacia arriba. ¡Ha ido de maravilla!

Estaba feliz cuando lo he atado en su lugar. Me he cerciorado de que estuviera firmemente sujeto e incluso he aprovechado la rampa para amontonar las placas solares (¿por qué desperdiciarla?).

Ha sido entonces cuando me he dado cuenta de que la rampa se derrumbaría al alejarme y las rocas podrían dañar las ruedas o el chasis del vehículo de superficie. Tenía que desmontarla para impedir que eso ocurriera.

¡Uf!

Desmontar la rampa ha sido más fácil que montarla. No tenía que colocar cuidadosamente cada roca para que fuera estable. Simplemente las dejaba en cualquier sitio. Solo he tardado una hora.

¡Y ya estoy listo!

Pondré rumbo a casa mañana con mi nueva radio rota de 200 kilogramos.

10

A siete días de haber encontrado la *Pathfinder* y siete días más cerca de casa.

Como esperaba, mis propias huellas me han indicado el camino de regreso al valle Lewis. Desde allí, cuatro soles de fácil conducción. Las colinas de mi izquierda hacían imposible que me perdiera y el terreno era liso.

Pero todo lo bueno llega a su fin. Ya estoy otra vez en la Acidalia Planitia. Mis huellas han desaparecido hace tiempo. Han pasado dieciséis días desde que estuve aquí. Incluso un clima suave puede borrarlas en ese tiempo.

En el viaje de ida debería haber hecho un montón de rocas cada vez que acampaba. El terreno es tan llano que serían visibles desde kilómetros de distancia.

Pensándolo bien, con lo que me costó hacer esa maldita rampa... ¡Uf!

Así que una vez más soy el caminante del desierto, usando Fobos para orientarme y con la esperanza de no desviarme demasiado. Lo único que tengo que hacer es llegar a 40 kilómetros del Hab y localizar la baliza.

Me siento optimista. Por primera vez creo que puedo salir vivo de este planeta. Con eso en mente, recojo muestras de suelo y rocas cada vez que hago una EVA.

Al principio lo consideraba mi deber. Si sobrevivo, los geólogos me adorarán por haberlo hecho. Pero luego empezó a divertirme. Ahora, mientras conduzco, ansío el simple acto de embolsar rocas.

Es divertido volver a ser un astronauta sin más, no un granjero reticente ni un ingeniero eléctrico ni un camionero de larga distancia. Un astronauta. Estoy haciendo lo que hacen los astronautas. Lo echaba de menos.

ENTRADA DE DIARIO: SOL 92

Hoy he captado dos segundos de señal de la baliza del Hab, luego la he perdido. Pero pinta bien. Llevo dos días viajando aproximadamente hacia el nornoroeste. Debo de estar a unos cien kilómetros del Hab; es un milagro que haya captado alguna señal. Habrá sido en un momento en que las condiciones meteorológicas eran perfectas.

En los días aburridísimos, voy viendo capítulos de *El hombre de los seis millones de dólares*, de la inagotable colección de rollazos de los setenta de la comandante Lewis.

Acabo de ver un episodio en el que Steve Austin lucha contra una sonda rusa que iba a Venus y que ha aterrizado en la Tierra por error. Como experto en viajes interplanetarios, puedo decir que no hay imprecisiones científicas en la historia, ¡qué va! Es muy común que las sondas aterricen en un planeta equivocado. Además, la sonda es grande y el casco plano es ideal para la alta presión de la atmósfera de Venus. Aparte de eso, como todo el mundo sabe, las sondas suelen negarse a obedecer órdenes pero eligen atacar a los humanos que tienen a la vista.

Hasta ahora la *Pathfinder* no ha tratado de matarme, pero no le quito ojo.

ENTRADA DE DIARIO: SOL 93

Hoy he encontrado la señal del Hab. Se acabó el riesgo de perderme. Según el ordenador, estoy a 24.718 metros.

Estaré en casa mañana. Aunque el vehículo de superficie tuviera una avería catastrófica, no me pasaría nada. Podría ir caminando hasta el Hab desde aquí.

No sé si ya lo he mencionado, pero estoy hasta los cojones de estar en este *vehículo de superficie*. Me he pasado tanto tiempo sentado o tumbado que tengo la espalda destrozada. De todos mis compañeros de tripulación, al que más echo de menos ahora es a Beck. Él me aliviaría el dolor de espalda..., aunque probablemente me echaría una bronca: «¿Por qué no has hecho estiramientos? ¡Tu cuerpo es importante! Come más fibra», o lo que fuera.

En este momento agradecería incluso un sermón sobre la salud.

Durante el entrenamiento tuvimos que practicar el temido caso de «pérdida de órbita». En caso de un fallo durante la segunda fase del ascenso del VAM, estaríamos en órbita, pero en una órbita demasiado baja para llegar a la *Hermes*. Estaríamos rozando la atmósfera superior, así que nuestra órbita decaería con rapidez. La NASA manejaría de forma remota la *Hermes* y la guiaría para que nos rescatara. Luego saldríamos pitando antes de que la *Hermes* se viera sometida a un exceso de gravedad.

Para prepararnos nos hicieron quedarnos en el simulador VAM durante tres miserables días. Seis personas en un vehículo de ascenso originalmente diseñado para un vuelo de veintitrés minutos. Faltaba espacio. Y cuando digo que faltaba espacio, me refiero a que queríamos matarnos.

Daría lo que fuera por estar otra vez en esa cápsula minúscula con esos tipos.

Tío, espero que pueda arreglar la *Pathfinder*.

ENTRADA DE DIARIO: SOL 94

¡Hogar, dulce hogar!

Hoy escribo desde mi gigantesco y cavernoso Hab.

Lo primero que he hecho al entrar ha sido mover los brazos en círculos. ¡Qué gozada! He estado en ese maldito vehículo de superficie durante veintidós soles, sin poder ni siquiera caminar sin el traje EVA.

Tendré que soportar el doble de ese tiempo viajando para llegar a la Ares 4, pero eso es un problema para más adelante.

Después de unas vueltas de celebración por el Hab, era hora de ponerse a trabajar.

Primero he encendido el oxigenador y el regulador atmosférico. He comprobado los niveles del aire y todo tenía buen aspecto. Todavía quedaba CO_2, de modo que las plantas no se han ahogado sin que yo exhalara por ellas.

Naturalmente, he revisado exhaustivamente mi plantación. Está sana.

He vaciado mis bolsas de heces en el montón de excrementos. Un olor estupendo, te lo aseguro. Pero cuando he añadido un poco de suelo, el olor ha disminuido hasta niveles tolerables. He vaciado mi caja de pis en el purificador de agua.

He estado ausente más de tres semanas y había dejado el Hab con mucha humedad por el bien de la plantación. Tanta agua en el aire puede causar muchos problemas eléctricos, así que he pasado las siguientes horas haciendo comprobaciones de todo el sistema.

Luego he estado un rato holgazaneando. Quería pasar el resto del día relajado, pero tenía más trabajo que hacer.

Después de vestirme, he ido al vehículo de superficie y he descargado las placas solares del techo. Durante las siguientes horas las he devuelto a su sitio y las he conectado a la toma de corriente del Hab.

Bajar el aterrizador del tejado ha sido mucho más fácil de lo que fue ponerlo allí. He sacado un puntal de la plataforma del VAM y lo he arrastrado hasta el vehículo de superficie. Después de apoyar un extremo en la carrocería y hundir el otro en el suelo para darle estabilidad, ya tenía una rampa.

Debería haber llevado ese puntal conmigo a la ubicación de la *Pathfinder*. Nunca te acostarás sin saber una cosa más.

No hay forma de meter el aterrizador en la esclusa. Es demasiado grande. Podría desmontarlo y entrarlo por piezas, pero tengo una razón muy buena para no hacerlo.

Sin campo magnético, Marte no tiene defensa alguna contra la radiación solar. Si me expusiera a ella tendría cáncer; incluso mi cáncer tendría cáncer, de modo que la lona del Hab hace de escudo contra las ondas electromagnéticas. Asimismo, bloquearía cualquier transmisión del aterrizador si este estuviera en su interior.

Hablando de cáncer, había llegado el momento de desembarazarme del RTG.

Detestaba volver a subir al vehículo de superficie, pero tenía que hacerlo. Si el RTG se rompiera, me mataría.

La NASA decidió que la distancia de seguridad era de cuatro kilómetros y yo no voy a llevarle la contraria. He vuelto al lugar donde la comandante Lewis lo enterró, lo he metido en el mismo agujero y he regresado al Hab.

Empezaré a trabajar en el aterrizador mañana.

Ahora a disfrutar de un sueño largo y reparador en un catre de verdad, con el reconfortante pensamiento de que, cuando me despierte, mi pis matutino irá a un inodoro.

ENTRADA DE DIARIO: SOL 95

Hoy ha sido un día de reparaciones.

La *Mars Pathfinder* terminó porque el aterrizador tuvo un fallo crítico desconocido. Cuando el JPL perdió el contacto con él, ya no se supo nada de lo ocurrido con el *Sojourner*. Es posible que esté en mejor estado. A lo mejor solo necesita energía, la que no pudo obtener de sus placas solares cubiertas de polvo.

He puesto el pequeño *rover* en mi banco de trabajo y he abierto un panel para mirarle las tripas. La batería es de litio cloruro de tionilo, no recargable. Eso me lo imaginaba por algunas pistas sutiles: la forma de los puntos de conexión, el grosor del aislamiento y el hecho de que ponía «LiSOCl2 NO-RECARG».

He limpiado los paneles solares a conciencia y luego he dirigido un pequeño flexo hacia ellos. La batería se agotó hace tiempo, pero los paneles podrían estar en buen estado y el *Sojourner* funcionar directamente con ellos. Veremos si ocurre algo.

Ya era hora de echar un vistazo a papá *Sojourner*. Me he puesto el traje y he salido.

El punto débil de la mayoría de los aterrizadores es la batería. Es el componente más delicado y, cuando se agota, no hay forma de recuperarla.

Los aterrizadores no pueden simplemente apagarse y esperar si tienen la batería baja. Sus componentes electrónicos no funcionan por debajo de cierta temperatura, así que cuentan con calentadores para mantenerla. Es un problema que rara vez se da en la Tierra, pero ¡eh, esto es Marte!

Con el tiempo, los paneles solares quedaron cubiertos de polvo. Luego el invierno trajo temperaturas más bajas y menos luz diurna. Esto combinado fue un gran corte de mangas de Marte a tu aterrizador, que acaba consumiendo más potencia para mantener la temperatura de la que obtiene la magra luz diurna que atraviesa polvo.

Una vez agotada la batería, los componentes electrónicos se enfrían demasiado para funcionar y todo el sistema se detiene. Los paneles solares recargarán hasta cierto punto la batería, pero no hay nada que le indique al sistema que se reinicie. Cualquier elemento capaz de tomar esa decisión es electrónico y no funciona. Finalmente, la batería sin utilizar perderá su capacidad de mantener la carga.

Esa es la causa de muerte habitual, y desde luego tengo la esperanza de que eso fuera lo que acabó con la *Pathfinder*.

He apilado algunas piezas restantes del VDM en una mesa y una rampa improvisadas. Luego he arrastrado el aterrizador a mi nuevo banco de trabajo exterior. Trabajar con un traje EVA ya es bastante incordio. Estar todo el rato encorvado habría sido una tortura.

He cogido mi caja de herramientas y he empezado a toquetear. Abrir el panel exterior no ha sido demasiado difícil y he identificado la batería con facilidad. El JPL lo etiqueta todo. Es una batería de óxido de plata de 40 amp/hora, con un voltaje óptimo de 1,5. ¡Guau! Realmente entonces hacían que las cosas funcionaran con nada.

He desconectado la batería y he vuelto a entrar. La he verificado con mi amperímetro y desde luego está muerta, muerta, muerta. Arrastrando los pies por una alfombra conseguiría más carga.

Pero ya sabía lo que necesitaba el aterrizador: 1,5 voltios.

En comparación con lo que he estado improvisando desde sol 6, estaba chupado. Tengo reguladores de voltaje en mi equipo. Solo he tardado quince minutos en poner uno en una línea eléctrica de reserva y otra hora en salir y conectar la línea al lugar donde solía estar la batería.

Luego está la cuestión del calor. Es buena idea mantener los componentes electrónicos a más de –40 °C. Hoy la temperatura es baja: –63 °C.

La batería es grande y fácil de identificar, pero no tenía idea de dónde estaban los calentadores. Aunque lo hubiera sabido, habría sido demasiado arriesgado conectarlos directamente a la corriente. Podría freír todo el sistema con facilidad.

Por lo tanto, he preferido recurrir a los «recambios» del vehículo de superficie 1 y usar su calefactor. He destripado tanto ese pobre vehículo de superficie que parece que lo haya aparcado en un mal barrio.

He arrastrado el calefactor a mi banco de trabajo exterior y lo he conectado a la red del Hab. Luego lo he dejado en el aterrizador, allí donde solía estar la batería.

Ahora espero. Y tengo esperanza.

ENTRADA DE DIARIO: SOL 96

Realmente tenía la esperanza de despertarme y encontrarme con un aterrizador funcional, pero no ha habido tanta suerte. Su antena está donde la vi por última vez. ¿Qué importa? Bueno, te lo diré. Si el aterrizador vuelve a la vida (y fíjate que digo «si» lo hace), tratará de establecer contacto con la Tierra. El problema es que nadie estará escuchando. No es precisamente que el equipo de la *Pathfinder* esté en el JPL por si a algún astronauta díscolo se le ocurre reparar su sonda muerta hace tanto tiempo.

La Red del Espacio Profundo y el SETI son mis mejores opciones para captar la señal. Si alguna de estas organizaciones recibiera un *blip* de la *Pathfinder* se lo comunicaría al JPL.

En el JPL descubrirían enseguida lo que está pasando, sobre todo cuando triangularan la señal con mi sitio de aterrizaje.

Le indicarían al aterrizador dónde está la Tierra y orientarían la antena direccional en el ángulo adecuado. Por el ángulo de la antena sabré que se ha conectado.

Hasta el momento, inmóvil.

Sigue habiendo esperanzas. Innumerables razones podrían retrasar las cosas. El calentador del vehículo de superficie está diseñado para calentar aire a una atmósfera, y el fino aire de Marte dificulta mucho su capacidad de funcionamiento, así que los componentes electrónicos podrían necesitar más tiempo para calentarse.

Además, la Tierra solo es visible durante el día. Arreglé el aterrizador ayer por la tarde (o eso espero). Ahora es por la mañana, así que la mayoría del tiempo ha sido noche. No hay Tierra.

El *Sojourner* tampoco da señales de vida. Ha estado en el entorno agradable y caliente del Hab toda la noche, con mucha luz dirigida hacia sus células fotovoltaicas limpias. Quizás esté llevando a cabo una larga autocomprobación o se mantiene a la espera hasta recibir señales del aterrizador o algo.

Tendré que quitármelo de la cabeza por ahora.

REGISTRO DE LA Pathfinder: SOL 0
SECUENCIA DE ARRANQUE INICIADA
HORA 00:00:00
PÉRDIDA DE POTENCIA DETECTADA, FECHA/HORA NO
FIABLE
CARGANDO SISTEMA OPERATIVO...

SISTEMA OPERATIVO VXWARE (C) WIND RIVER SYSTEMS
REALIZANDO VERIFICACIÓN DE HARDWARE:
TEMPERATURA INT: −34 °C
TEMPERATURA EXT: NO FUNCIONAL
BATERÍA: LLENA

ALTA RECEPCIÓN: OK
BAJA RECEPCIÓN: OK
SENSOR DE VIENTO: NO FUNCIONAL
METEOROLOGÍA: NO FUNCIONAL
ASI: NO FUNCIONAL
CÁMARA: OK
RAMPA VEHÍCULO DE SUPERFICIE: NO FUNCIONAL
SOLAR A: NO FUNCIONAL
SOLAR B: NO FUNCIONAL
SOLAR C: NO FUNCIONAL
VERIFICACIÓN DE HARDWARE COMPLETA
ESTADO DE EMISIÓN
DETECTANDO SEÑAL TELEMÉTRICA...
DETECTANDO SEÑAL TELEMÉTRICA...
DETECTANDO SEÑAL TELEMÉTRICA...
SEÑAL RECIBIDA...

11

—Algo está entrando..., sí..., sí. ¡Es la *Pathfinder*!

La atestada sala prorrumpió en aplausos y vítores. Venkat dio una palmada en la espalda a un técnico al que no conocía mientras Bruce alzaba el puño.

El centro de control de la *Pathfinder* era un éxito en sí mismo. Durante los últimos veinte días, un equipo de ingenieros del JPL había trabajado sin descanso para montar ordenadores anticuados, reparar componentes rotos, conectarlo todo en red e instalar apresuradamente el software que permitiera que los viejos sistemas interactuaran con la moderna Red del Espacio Profundo.

La sala en sí era de hecho una sala de conferencias; el JPL no tenía sitio para satisfacer aquella repentina necesidad. El espacio, ya de por sí reducido y atestado de ordenadores y equipo, se había vuelto claustrofóbico con los muchos espectadores que se apretujaban en su interior.

Un equipo de filmación de la Asociación de Prensa se pegó a la pared posterior intentando sin éxito no molestar mientras grababa el auspicioso momento. El resto de los medios tendrían que conformarse con la cobertura en directo de la AP y esperar a que se celebrara una conferencia de prensa.

Venkat se volvió hacia Bruce.

—Caray, Bruce. Esta vez sí que te has sacado un conejo de la chistera. Buen trabajo.

—Solo soy el director —repuso Bruce con modestia—. Da las gracias a los tipos que hacen que todo esto funcione.

—Oh, lo haré —dijo Venkat radiante—, pero antes tengo que hablar con mi nuevo mejor amigo.

Volviéndose hacia el hombre con cascos que manejaba la consola de comunicaciones, Venkat preguntó:

—¿Cómo te llamas, nuevo mejor amigo?

—Tim —respondió el otro sin apartar los ojos de la pantalla.

—¿Ahora qué? —preguntó Venkat.

—Enviamos la telemetría de retorno de manera automática. Llegará allí dentro de once minutos. Cuando eso ocurra, la antena direccional de la *Pathfinder* empezará a transmitir, de modo que pasarán veintidós minutos antes de volver a tener noticias suyas.

—Venkat tiene un doctorado en física, Tim —dijo Bruce—. A él no tienes que explicarle el tiempo que tardan las transmisiones.

Tim se encogió de hombros.

—Nunca se sabe con los directores.

—¿Qué había en la transmisión que hemos recibido? —le preguntó Venkat.

—Solo lo básico. Una autocomprobación de hardware. Hay muchos sistemas «no funcionales» porque estaban en los paneles que Watney eliminó.

—¿Qué pasa con la cámara?

—Dice que el sensor de imágenes está operativo. Haremos que tome una panorámica lo antes posible.

DIARIO DE ENTRADA: SOL 97

¡Ha funcionado!

¡Joder, ha funcionado!

Acabo de vestirme y comprobar el aterrizador. La antena está orientada directamente hacia la Tierra. La *Pathfinder* no tiene forma de saber cuál es su posición, así que no tiene tampoco forma de saber dónde está la Tierra. La única forma de localizarla que tiene es a partir de una señal recibida.

¡Saben que estoy vivo!

Ni siquiera sé qué decir. Era un plan demencial y por algún

milagro ha funcionado. Volveré a hablar con alguien. He pasado tres meses siendo el hombre más solitario de la historia y finalmente eso se ha terminado.

Desde luego puede que no me rescaten, pero no estaré solo.

Todo el tiempo que tardé en recuperar la *Pathfinder* estuve imaginando cómo sería este momento. Suponía que daría saltos, gritaría, tal vez que daría una voltereta (porque todo este condenado planeta es enemigo), pero no. Al volver al Hab me he quitado el traje EVA, me he sentado en el suelo y he llorado. He sollozado como un niño varios minutos. Por fin he pasado a gimotear suavemente y he sentido una calma profunda.

Era una buena calma.

Se me ocurre: ahora que podría sobrevivir, tengo que ser más cuidadoso describiendo situaciones embarazosas. ¿Cómo borro entradas del diario? No hay una forma obvia... Me pondré después. Tengo cosas más importantes que hacer.

¡Tengo gente con la que hablar!

Venkat sonrió al ocupar el estrado de la sala de prensa del JPL.

—Hemos recibido una respuesta hace solo media hora —dijo a la prensa reunida—. Inmediatamente dimos instrucciones a la *Pathfinder* para que tomara una imagen panorámica. Es de esperar que Watney tenga alguna clase de mensaje para nosotros. ¿Preguntas?

El mar de reporteros levantó las manos.

—Cathy, empecemos por ti —dijo Venkat, señalando a la periodista de la CNN.

—Gracias —dijo ella—, ¿habéis tenido contacto con el *Sojourner*?

—Por desgracia, no —respondió Venkat—. El aterrizador no ha podido conectar con el *Sojourner* y no tenemos forma de ponernos en contacto con él directamente.

—¿Qué problema puede tener el *Sojourner*?

—Ni siquiera me atrevo a aventurar una respuesta —dijo Venkat—. Después de tanto tiempo en Marte, podría pasarle cualquier cosa.

—¿Alguna conjetura?

—Nuestra mejor conjetura es que lo llevó al Hab. La señal del aterrizador no alcanza el *Sojourner* a través de la lona del Hab. —Señalando a otro periodista, dijo—: Usted, el de allí.

—Marty West, NBC News —dijo Marty—. ¿Cómo se comunicarán con Watney cuando todo esté en marcha?

—Eso dependerá de él —dijo Venkat—. Lo único que tenemos para trabajar es la cámara. Puede escribir notas y sostenerlas ante la cámara. Pero cómo responderle será más complicado.

—¿Por qué? —preguntó Marty.

—Porque solo contamos con la plataforma de cámara. Es la única parte móvil. Hay muchas formas de conseguir información con solo la rotación de la plataforma, pero no hay forma de decírselo a Watney. Se le tendrá que ocurrir algo y decírnoslo. Seguiremos su ejemplo.

Señalando a la siguiente periodista, dijo:

—Adelante.

—Jill Holbrook, BBC. Con una demora de ida y vuelta de treinta y dos minutos y nada más que una plataforma rotatoria para comunicarse, será una conversación mortalmente lenta, ¿no?

—Sí, lo será —confirmó Venkat—. Es primera hora de la mañana en la Acidalia Planitia y son poco más de las tres de la madrugada aquí, en Pasadena. Estaremos aquí toda la noche y eso será solo el principio. No responderé a más preguntas por ahora. En unos minutos tendremos la imagen panorámica. Los mantendremos informados.

Antes de que nadie pudiera repreguntar, Venkat salió por la puerta lateral y recorrió apresuradamente el pasillo hasta el centro de control improvisado de la *Pathfinder*. Se abrió paso entre la multitud hasta la consola de comunicaciones.

—¿Alguna cosa, Tim?

—Desde luego, pero estamos mirando esta pantalla negra porque es mucho más interesante que las imágenes de Marte.

—Eres un listillo, Tim —dijo Venkat.

—Tomo nota.

Bruce se abrió paso.

—Aún faltan unos segundos —dijo.

El tiempo pasó en silencio.

—He conseguido algo —dijo Tim—. Sí, es la panorámica.

Suspiros de alivio y susurros sustituyeron el silencio tenso cuando la imagen empezó a aparecer. Se llenó de izquierda a derecha a paso de tortuga debido a las limitaciones de ancho de banda de la sonda antigua que la enviaba.

—Superficie marciana... —dijo Venkat a medida que las líneas se iban llenando lentamente—. Más superficie...

—¡Borde del Hab! —exclamó Bruce, señalando la pantalla.

—Hab. —Sonrió Venkat—. Más Hab..., más Hab... ¿Es un mensaje? ¡Es un mensaje!

La imagen fue creciendo hasta revelar una nota escrita a mano, suspendida a la altura de la cámara con una barra de metal.

—Tenemos una nota de Mark —anunció Venkat.

El aplauso llenó la sala, luego se apagó rápidamente.

—¿Qué dice? —preguntó alguien.

Venkat se inclinó hacia la pantalla.

—Dice: «Escribiré preguntas aquí. ¿Recibido?»

—¿Vale...? —dijo Bruce.

—Es lo que dice. —Venkat se encogió de hombros.

—Otra nota —dijo Tim señalando la pantalla cuando apareció una imagen más.

Venkat se inclinó otra vez.

—Esta dice: «Señala hacia aquí para decir que sí.» —Cruzó los brazos—. Muy bien. Tenemos comunicación con Mark. Tim, apunta la cámara al «sí». Luego empieza a sacar imágenes a intervalos de diez minutos hasta que plantee otra pregunta.

ENTRADA DE DIARIO: SOL 97 (2)

«Sí», han dicho «sí».

No había estado tan excitado por un «sí» desde la noche de mi graduación.

Vale, calma.

Tengo una cantidad limitada de papel con el que trabajar. Estas cartulinas estaban destinadas a etiquetar conjuntos de muestras. Tengo unas cincuenta tarjetas. Puedo usarlas por ambos lados y, si hace falta, reutilizarlas borrando la pregunta antigua.

El rotulador que estoy usando me durará mucho más que las tarjetas, así que la tinta no es problema. Pero tengo que escribirlo todo en el Hab. No sé de qué clase de mierda alucinógena está hecha esa tinta, pero estoy seguro de que se secaría en la atmósfera de Marte.

Estoy usando piezas de la antigua antena para mantener las tarjetas en alto. No deja de ser irónico.

Tendremos que hablar más deprisa que con respuestas de «sí» o «no» cada media hora. La cámara tiene 360 grados de rotación y yo tengo muchos trozos de antena. Es hora de preparar un alfabeto. Pero no puedo usar simplemente las letras de la A a la Z. Veintiséis letras y mi tarjeta con la pregunta serían veintisiete tarjetas en torno al aterrizador, con 13 grados para cada una. Aunque el JPL apunte la cámara a la perfección, hay muchas posibilidades de que no sepa a qué letra exactamente.

O sea, que tendré que usar ASCII. Así es como hablan los ordenadores. Cada carácter tiene un código numérico entre 0 y 255. Los valores entre 0 y 255 pueden expresarse como 2 dígitos hexadecimales. Mediante pares de dígitos hexadecimales, transmiten cualquier carácter, incluidos números, puntuación, etc.

¿Cómo sé qué valor corresponde a cada carácter? Porque el portátil de Johanssen es una rica fuente de información. Sabía que ella tendría una tabla ASCII en alguna parte. Todos los zumbados de la informática la tienen.

Así que haré tarjetas del 0 al 9 y de la A a la F. Serán 16 tarjetas que colocaré alrededor de la cámara, aparte de la tarjeta con la pregunta. Diecisiete tarjetas: más de 21 grados para cada una; mucho más fácil de manejar.

¡Manos a la obra!

Escribid en ASCII. 0-F a incrementos de 21 grados. Veré cámara a partir de las 11.00 de mi hora. Cuando mensaje esté listo, regresar a esta posición. Esperar 20 minutos antes de sacar foto (así puedo escribir y mostrar respuesta). Repetir proceso cada hora.

E... S... T... A... T... U... S

Sin problemas físicos. Todos componentes Hab funcionales. Como 3/4 raciones. Éxito cosecha en Hab con suelo cultivado. Nota: situación no culpa tripulación Ares 3. Mala suerte.

V... I... V... O... C... Ó... M... O...?

Empalado por fragmento antena. Perdí conocimiento por descompresión. Aterricé boca abajo, sangre selló agujero. Desperté después tripulación marchó. Ordenador biomonitor destruido por punción. Tripulación tenía razones para creerme muerto. No fue culpa suya.

C... O... S... E... C... H... A... S?

Larga historia. Botánica extrema. Tengo 126 m2 tierra cultivo patatas. Alargará suministro comida, pero no hasta aterrizaje Ares 4. Vehículo de superficie modificado para viaje larga distancia, plan llegar Ares 4.

V... I... M... O... S... ——... S... A... T... L... T

¿Gobierno controla con satélites? Necesito sombrero papel aluminio. También forma más rápida comunicar. Deletrear ocupa todo el maldito día. ¿Ideas?

S... A... C... A... S... T... S... J... R... N... R

Sojourner sacado, a 1 metro norte del aterrizador. Si lo contactáis, dibujaré hexadecimal ruedas y enviáis seis bytes cada vez.

S... J... R... N... R... S... P... N... D

Maldita sea. ¿Otras ideas? Necesitamos comunicación más rápida.

T... R... B... J... N... D... O

La Tierra casi se pone. Reanudamos 8.00 mi hora mañana por la mañana. Decid mi familia estoy bien. Saludos a la tripulación. Decid a comandante Lewis música disco es asco.

Venkat pestañeó varias veces mientras trataba de organizar los papeles en su escritorio. Tenía los ojos cansados. Su lugar de trabajo provisional en el JPL no era más que una mesa plegable colocada al fondo de una sala de descanso. La gente entraba y salía todo el día a buscar tentempiés, pero lo bueno era que tenía la cafetera cerca.

—Disculpe —dijo un hombre que se acercó a la mesa.

—Sí, se ha acabado la Diet Coke —dijo Venkat sin levantar la mirada—. No sé cuándo rellenan la nevera.

—De hecho, he venido a hablar con usted, doctor Kapoor.

—¿Eh? —Venkat levantó la mirada. Negó con la cabeza—. Lo siento. Llevo en vela toda la noche. —Dio un trago a su café—. ¿Quién eres?

—Jack Trevor —dijo el hombre delgado y pálido que estaba delante de Venkat—. Trabajo en ingeniería de programas.

—¿Qué puedo hacer por ti?

—Tenemos una idea para las comunicaciones.

—Soy todo oídos.

—Hemos estado examinando el viejo software de la *Pathfinder*. Tenemos ordenadores duplicados y pasando pruebas. Los mismos ordenadores que usaron para encontrar un problema que casi mató a los de la misión original. Una historia realmente interesante, la verdad; resulta que había una inversión prioritaria en la gestión del *Sojourner* y...

—Al grano, Jack —lo interrumpió Venkat.

—Sí. Bueno, la cuestión es que la *Pathfinder* tiene un sistema para actualizar el OS. Así que podemos cambiar el software por el que queramos.

—¿En qué nos ayuda eso?

—La *Pathfinder* tiene dos sistemas de comunicaciones. Uno para hablar con nosotros, el otro para hablar con el *Sojourner*. Podemos cambiar el segundo sistema para que emita en la frecuencia del vehículo de superficie de la Ares 3. Y podemos hacer que simule ser la señal de la baliza del Hab.

—¿Puedes hacer que la *Pathfinder* se comunique con el vehículo de superficie de Mark?

—Es la única opción. La radio del Hab está muerta, pero el vehículo de superficie lleva equipamiento de comunicaciones para hablar con el Hab y con el otro vehículo. El problema es que para implementar un nuevo sistema de comunicaciones, ambos extremos deben tener el software adecuado instalado. Podemos actualizar remotamente la *Pathfinder*, pero no el vehículo de superficie.

—Entonces —dijo Venkat—, ¿podéis conseguir que la *Pathfinder* hable con el vehículo de superficie, pero no podéis conseguir que el vehículo de superficie escuche ni responda?

—Exacto. Queremos que nuestro texto aparezca en la pantalla del vehículo y que lo que Watney escriba nos sea devuelto. Eso requiere un cambio de software del vehículo de superficie.

Venkat suspiró.

—¿Cuál es el objetivo de esta discusión si no podemos actualizar el software de ese vehículo?

Jack sonrió al continuar.

—No podemos parchearlo, pero Watney sí. Podemos enviarle los datos y que él mismo introduzca la actualización en el vehículo de superficie.

—¿De cuántos datos estamos hablando?

—Tengo a los chicos trabajando en el software ahora mismo. El archivo de actualización tendrá veinte megas, mínimo. Podemos enviar un byte a Watney cada cuatro segundos más o menos con el «deletreador». Harían falta tres años de emisión constante para enviarlo. Obviamente, no es buena idea.

—Pero estás hablando conmigo, así que tienes una solución, ¿verdad? —lo instó Venkat, conteniendo las ganas de gritar.

—¡Por supuesto! —Jack sonrió—. Los ingenieros de software son unos cabrones arteros cuando se trata del control de datos.

—Ilumíname —dijo Venkat.

—Esta es la parte más inteligente —dijo Jack, en tono de conspiración—. El vehículo de superficie fragmenta la señal en bytes, luego identifica la secuencia específica que envía el Hab. De ese modo, las ondas de radio no estropean el *homing*. Si los bytes no están bien, el vehículo de superficie no les hace caso.

—Vale, ¿y qué?

—Significa que hay un lugar en el código base donde están los bytes de análisis. Podemos insertar una pequeña cantidad de código, solo veinte instrucciones para escribir los bytes analizados a un archivo de registro antes de comprobar su validez.

—Esto suena prometedor... —dijo Venkat.

—¡Lo es! —dijo Jack con excitación—. Primero, actualizamos la *Pathfinder* para que sepa cómo hablar con el vehículo de superficie. Luego, le decimos a Watney exactamente cómo hackear el software del vehículo para añadir esas veinte instrucciones. Después haremos que la *Pathfinder* le envíe el nuevo software al vehículo de superficie. El vehículo carga los bytes en un archivo de registro. Finalmente, Watney lanza el archivo como ejecutable y el vehículo de superficie se actualiza solo.

Venkat frunció el entrecejo, asimilando mucha más información de la que su mente privada de sueño quería aceptar.

—Hum —dijo Jack—. No está dando saltos de alegría.

—Entonces, ¿tenemos que enviar a Watney esas veinte instrucciones? —preguntó Venkat.

—Eso y cómo editar los archivos, aparte de dónde insertar las instrucciones.

—¿Solo eso?

—Solo eso.

Venkat se quedó un momento en silencio.

—Jack, voy a comprar a todo tu equipo la colección de recuerdos autografiada de *Star Trek*.

—Prefiero la de *La guerra de las galaxias* —dijo Jack, volviéndose para irse—. Solo de la trilogía original, por supuesto.

—Por supuesto —repuso Venkat.

Cuando Jack se alejó, una mujer se acercó a la mesa.

—¿Sí? —dijo Venkat.

—No encuentro Diet Coke. ¿Se ha terminado?

—Sí, y no sé cuándo rellenan la nevera.

—Gracias.

Justo cuando estaba a punto de volver al trabajo, le sonó el móvil. Gimió ruidosamente mirando al techo al tiempo que lo cogía de su escritorio.

—¿Hola? —dijo con la máxima alegría posible.

—Necesito una foto de Watney.

—Hola, Annie, yo también me alegro de oírte. ¿Cómo van las cosas en Houston?

—Corta el rollo, Venkat. Necesito una foto.

—No es tan sencillo.

—Estás hablando con él con una puta cámara. ¿Tan difícil es?

—Deletreamos nuestro mensaje, hablamos durante veinte minutos y, luego, hacemos una foto. Para entonces, Watney ya ha vuelto al Hab.

—Pues le dices que esté presente cuando saques la siguiente —le sugirió Annie.

—Solo podemos enviar un mensaje por hora, y eso si la Acidalia Planitia está orientada hacia la Tierra —dijo Venkat—. No vamos a desperdiciar un mensaje solo para decirle que pose para una foto. Además, llevará el traje EVA. No se le verá la cara.

—Necesito algo, Venkat. Llevas en contacto con él veinticuatro horas y los medios se están cabreando. Quieren una imagen para los artículos. Estará en todos los sitios de noticias del mundo.

—Tienes fotos de sus notas. Arréglate con eso.

—No basta —dijo Annie—. La prensa se me está echando al cuello, y pegando al culo. Me están agobiando por todas partes.

—Tendrás que esperar unos días. Vamos a tratar de enlazar la *Pathfinder* con el ordenador del vehículo de superficie...

—¿Unos días? —soltó Annie—. Es lo único que importa en el mundo entero. Es la noticia más importante desde la Apolo 13. ¡Dame una puta foto!

Venkat suspiró.

—Trataré de conseguirla mañana.

—¡Genial! La espero ansiosa.

ENTRADA DE DIARIO: SOL 98

He de estar mirando la cámara mientras deletrea. Medio byte cada vez. Así que me fijo en un par de números y los busco en una chuleta de ASCII que he preparado. Eso es una letra.

No quiero olvidar ninguna, por eso las escribo en el suelo con un palo. En buscar una letra y escribirla en la tierra tardo un par de segundos. En ocasiones, cuando miro a la cámara, se me pasa un número. Normalmente lo adivino por el contexto, pero a veces no.

Hoy me he levantado horas antes de lo necesario. Era como una mañana de Navidad. No podía esperar a que fueran las 8.00 para levantarme. He desayunado, hecho algunas comprobaciones innecesarias en el equipo del Hab y leído un poco de Poirot. ¡Finalmente llega la hora!

PDMSHCKRVDSHBLRPTFNDRPREPMNSLRGO

Sí. He tardado un minuto, «Podemos hackear el vehículo de superficie para hablar con la *Pathfinder*. Prepárate para mensaje largo.»

Requería un poco de gimnasia mental, pero era una gran noticia. Si podíamos hacer eso, solo estaríamos limitados por el tiempo de transmisión. Preparé una nota que decía: «Recibido.»

No estaba seguro de qué significaba mensaje largo, pero suponía que era mejor estar preparado. He salido quince minutos antes de la hora y alisado una gran zona de tierra. He buscado el pedazo de antena más largo para dibujar en la zona alisada sin tener que pisarla.

Luego me he quedado de pie esperando.

Justo a la hora ha llegado el mensaje.

CRGhexeditENORDNDRVDS, ABREusr/lib/habcomm. so- BJAHSTALCTRINDXIZDASEA: 2AAE5, SOBRSCR B141 BYTSCNDTS ENVRMSSGTMSJ, QDTAVISTAXSG TFOTO20MNSDSPS

Joder. Vale...

Quieren que cargue el HexeDit en el ordenador del vehículo de superficie y que abra el archivo /usr/lib/habcomm.so, que baje hasta que la lectura de índice en la izquierda de la pantalla sea 2AAE5, que luego sustituya los bytes de allí con una secuencia de 141 bytes que la NASA enviará en el siguiente mensaje. Me parece bien.

Además, por alguna razón, quieren que me quede allí para la siguiente foto. Claro, ¿por qué no? ¡Si no se me ve cuando llevo el traje! Hasta la visera refleja demasiada luz. Sin embargo, eso quieren.

He entrado y copiado el mensaje para futuras referencia. Luego he escrito una breve nota y he vuelto a salir. Normalmente la habría colgado y vuelto a entrar, pero esta vez tenía que quedarme para la foto.

He puesto los pulgares hacia arriba para la cámara junto con mi nota que decía: «¡Ehhhh!»

Culpa a la televisión de los setenta.

—¿Pido una imagen y me sale Fonzie? —le reprochó Annie a Venkat.

—Ya tienes la foto, deja de darme la vara —repuso este, con el teléfono entre la barbilla y el hombro. Prestaba más atención a los esquemas que tenía delante que a la conversación.

—¡Ehhhh! —se burló Annie—. ¿Por qué ha puesto eso?

—¿Conoces a Mark Watney?

—Vale, vale —dijo Annie—. Pero quiero una foto de su cara lo antes posible.

—No puedo pedírsela.

—¿Por qué no?

—Porque si se quita el casco, morirá. Annie, tengo que colgar. Uno de los programadores del JPL está aquí y es urgente. Adiós.

—Pero... —protestó Annie mientras él colgaba.

—No es urgente —dijo Jack desde el umbral.

—Ya lo sé. ¿Qué puedo hacer por ti?

—Estábamos pensando que hackear el vehículo de superficie podría ser laborioso. Puede que necesitemos un poco de comunicación de ida y vuelta con Watney.

—Está bien —dijo Venkat—. Tómate tu tiempo, hazlo bien.

—Podríamos ir más deprisa con un período de transmisión más corto —dijo Jack.

Venkat lo miró desconcertado.

—¿Tienes un plan para acercar la Tierra y Marte?

—No hace falta la participación de la Tierra —dijo Jack—.

La *Hermes* está a setenta y tres millones de kilómetros de Marte, a solo cuatro minutos-luz. Beth Johanssen es una gran programadora. Podría hablar con Mark desde allí.

—Descartado —dijo Venkat.

—Ella es la operadora de sistemas de la misión —insistió Jack—. Es justo su área de trabajo.

—No puedo hacerlo, Jack. La tripulación todavía no lo sabe.

—¿Qué pasa? ¿Por qué no se lo cuenta?

—Watney no es mi única responsabilidad —dijo Venkat—. Tengo otros cinco astronautas en el espacio que deben concentrarse en su viaje de regreso. Nadie lo tiene en cuenta, pero estadísticamente corren más riesgo que Watney. Él está en un planeta. Ellos están en el espacio.

Jack se encogió de hombros.

—Bien, lo haremos de la forma lenta.

DIARIO DE ENTRADA: SOL 98 (2)

¿Alguna vez has transcrito 141 bytes aleatorios, medio byte por vez?

Es aburrido, y complicado si no tienes boli.

Antes escribía letras en la arena, pero esta vez necesitaba pasar los números a algo portátil. Mi primer plan fue usar un ordenador.

Cada miembro de la tripulación tenía su propio portátil, así que tengo seis a mi disposición. Más bien tenía: ahora tengo cinco. Pensaba que un portátil funcionaría fuera. En definitiva no son más que un montón de componentes electrónicos, ¿no? Se mantendría lo suficientemente caliente para funcionar a corto plazo y no necesitaría aire para nada.

Se ha fundido al instante. La pantalla se ha puesto negra antes de que saliera de la esclusa. Resulta que la «L» de LCD significa «líquido». Supongo que se ha congelado o se ha secado. A lo mejor pongo una denuncia como consumidor. «Llevé un producto a la superficie de Marte. Dejó de funcionar.»

Así que he usado una cámara. Tengo montones, hechas especialmente para ser usadas en Marte. He escrito los bytes en la arena a medida que llegaban, los he fotografiado y los he transcrito en el Hab.

Ahora es de noche, así que no llegan más mensajes. Mañana introduciré esto en el vehículo de superficie y que los *geeks* del JPL tomen las riendas.

Un fuerte olor flotaba en el aire de la improvisada sala de control de la *Pathfinder*. El sistema de ventilación no estaba pensado para que hubiera tanta gente, y todos habían estado trabajando sin descanso y sin mucho tiempo para la higiene personal.

—Ven aquí, Jack —dijo Venkat—. Te has ganado estar al lado de Tim.

—Gracias. —Jack se sentó en el lugar de Venkat, junto a Tim—. Hola, Tim.

—Hola, Jack.

—¿Cuánto tiempo tardará en funcionar el parche? —preguntó Venkat.

—El resultado debería ser prácticamente instantáneo —respondió Jack—. Watney ha cargado el código hoy a primera hora y hemos confirmado que funciona. Hemos actualizado el OS de la *Pathfinder* sin problemas y enviado el parche del vehículo de superficie que la *Pathfinder* le reemitirá. Una vez que Watney lo ejecute y resetee el vehículo, deberíamos tener conexión.

—¡Joder, qué proceso más complicado! —refunfuñó Venkat.

—Trata de actualizar un servidor Linux alguna vez —dijo Jack.

Después de un momento de silencio, Tim dijo:

—Sabes que lo ha dicho en broma, ¿no? ¿No te hace gracia?

—Ah —dijo Venkat—. Yo soy físico, no informático.

—Tampoco le hace gracia a un informático.

—¡Qué desagradable eres, Tim! —dijo Jack.

—El sistema está en línea —informó Tim.

—¿Qué?

—Está conectado, para tu información.

—¡Joder! —dijo Jack.

—¡Ha funcionado! —anunció Venkat a los de la sala.

[11.18] JPL: Mark, soy Venkat Kapoor. Hemos estado observándote desde sol 49. Todo el mundo ha estado pensando en ti. Un trabajo asombroso llegar a la *Pathfinder*. Estamos trabajando en planes de rescate. El JPL está ajustando el VDM de la Ares 4 para un breve vuelo sobre la superficie. Te recogerán, luego te llevarán con ellos al Schiaparelli. Estamos preparando una misión de abastecimiento para mantenerte alimentado hasta que llegue la misión Ares 4.

[11.29] WATNEY: Me alegro de oírlo. Tengo muchas ganas de no morir. Quiero dejar claro que esto no fue culpa de la tripulación. Una pregunta: ¿qué dijeron cuando se enteraron de que estaba vivo? Además: «Hola, mamá.»

[11.41] JPL: Háblanos de tu «plantación». Calculamos que los paquetes de comida te durarán hasta sol 400 tomando 3/4 de ración por comida. ¿Tus cosechas modificarán este cálculo? En cuanto a tu pregunta: todavía no le hemos dicho a la tripulación que estás vivo. Queremos que se concentren en su propia misión.

[11.52] WATNEY: He sembrado patatas. Las cultivo a partir de las que teníamos que cocinar en Acción de Gracias. Va de maravilla, pero la tierra de cultivo disponible no basta para sostenerme. Me quedaré sin comida en torno a sol 900. Además: decidle a la tripulación que estoy vivo. ¿Qué coño os pasa?

[12.04] JPL: Pondremos botánicos a hacerte preguntas detalladas y supervisar tu trabajo. Tu vida está en juego, así que tenemos que asegurarnos. Lo de sol 900 es una gran noticia. Tenemos mucho más tiempo para preparar la misión de reabastecimiento. Otra cosa: controla tu len-

guaje. Todo lo que escribes se transmite en directo a
todo el mundo.

[12.15] WATNEY: ¡Mira! ¡Un par de tetas! -> (.Y.)

—Gracias, señor presidente —dijo Teddy al teléfono—. Le
agradezco la llamada y transmitiré sus felicitaciones a toda la
organización.

Colgó y dejó el teléfono en la esquina de la mesa, alineado
con los bordes del escritorio.

Mitch llamó a la puerta abierta de la oficina.

—¿Es un buen momento? —preguntó.

—Pasa, Mitch —dijo Teddy—. Toma asiento.

—Gracias. —Se sentó en un sofá de cuero fino y se llevó la
mano al auricular telefónico para bajar el volumen.

—¿Cómo va en Control de Misión? —preguntó Teddy.

—Fantástico. Todo bien con la *Hermes*, y todo el mundo ani-
mado gracias a lo que está pasando en el JPL. Hoy ha sido un
gran día, por una vez.

—Sí, lo ha sido —convino Teddy—. Otro paso más para recuperar a Watney vivo.

—Sí. Probablemente sabes por qué estoy aquí.

—Me lo imagino. Quieres decir a la tripulación que Watney
está vivo.

—Sí.

—Y me lo propones cuando Venkat está en Pasadena, de
modo que no puede defender la tesis contraria.

—No debería discutir esto contigo ni con Venkat ni con nadie. Soy el director de la misión. Debería haber sido responsabilidad mía desde el principio, pero los dos vinisteis y me anu-
lasteis. Pero olvidémoslo. Estuvimos de acuerdo en que se lo
contaríamos cuando hubiera alguna esperanza. Y ahora hay esperanza. Tenemos comunicación, tenemos un plan de rescate en
marcha y su granja nos da tiempo suficiente para llevarle suministros.

—Vale, díselo —dijo Teddy.

Mitch hizo una pausa.

—¿Sin más?

—Sabía que vendrías antes o después, así que ya lo había pensado y decidido. Adelante, cuéntaselo.

Mitch se levantó.

—Está bien. Gracias —dijo al salir de la oficina.

Teddy giró en su silla y miró por la ventana el cielo nocturno. Sopesó el tenue punto rojo situado en medio de las estrellas.

—Aguanta ahí, Watney —dijo—. Ya vamos.

12

Watney dormía apaciblemente en su cama. Se movió ligeramente cuando un sueño agradable le dibujó una sonrisa placentera en el rostro. Había hecho tres EVA el día anterior, todas relacionadas con el mantenimiento del Hab, así que dormía como un bendito, mejor de lo que había dormido en mucho tiempo.

—¡Buenos días, tripulación! —dijo Lewis en voz alta—. Ya es de día. Sol 6. Arriba, vamos.

Watney añadió su voz a un coro de gruñidos.

—Vamos —los instó Lewis—, sin quejas. Tenéis cuarenta minutos más que en la Tierra para dormir.

Martinez fue el primero en bajar de la cama. Como pertenecía a la Fuerza Aérea, se adaptaba al horario naval de Lewis con facilidad.

—Buenos días, comandante —dijo resueltamente.

Johanssen se incorporó, pero no hizo ningún movimiento más hacia el mundo inclemente que se extendía más allá de sus mantas. Ingeniera de software de profesión, las mañanas nunca habían sido su punto fuerte.

Vogel bajó lentamente de la cama, mirando el reloj. Se puso el mono sin decir ni una palabra, alisando las arrugas en la medida de lo posible, maldiciendo interiormente la sucia sensación de otro día sin ducharse.

Watney se tapó la cabeza con una almohada.

—¡Escandalosos! —gimió.

—¡Beck! —gritó Martinez, sacudiendo al médico de la misión—. Arriba, colega.

—Sí, ya voy —dijo Beck con los ojos empañados.

Johanssen se cayó de la cama y se quedó en el suelo.

Lewis le quitó la almohada de las manos a Watney.

—¡En marcha, Watney! —dijo—. El tío Sam paga cien mil dólares por cada segundo que estamos aquí.

—Mala mujer, dame la almohada —gruñó Watney, sin querer abrir los ojos.

—En la Tierra, he sacado de la cama a hombres de noventa kilos. ¿Quieres ver de lo que soy capaz de hacer en 0,4 g?

—No, la verdad es que no —dijo Watney, sentándose.

Después de despertar a la tropa, Lewis se sentó a la consola de comunicación para leer los mensajes nocturnos de Houston.

Watney arrastró los pies hasta el armario de raciones y cogió un desayuno al azar.

—Pásame unos «huevos», ¿quieres? —dijo Martinez.

—¿Notas la diferencia? —preguntó Watney, pasándole un *pack* a Martinez.

—La verdad es que no —respondió este.

—Beck, ¿qué vas a comer? —continuó Watney.

—Me da igual. Dame lo que sea.

Watney le pasó un paquete.

—Vogel, ¿tus salchichas de siempre?

—*Ja*, por favor —respondió Vogel.

—Sabes que eres un estereotipo, ¿no?

—Eso me gusta —repuso Vogel, cogiendo el desayuno que le ofrecía.

—¡Eh, cielo! —llamó Watney a Johanssen—. ¿Vas a desayunar hoy?

—Grrr —gruñó Johanssen.

—Casi seguro que eso es un no —le adivinó Watney.

La tripulación comió en silencio. Johanssen finalmente se acercó al armario de raciones y cogió un paquete de café. Le añadió con torpeza agua caliente y tomó unos sorbos hasta que sintió que se despertaba del todo.

—Actualización de misión de Houston —dijo Lewis—. Los satélites indican que se acerca una tormenta, pero podemos hacer operaciones de superficie antes de que llegue aquí. Vogel, Martinez, estaréis conmigo fuera. Johanssen, tú te quedas repasando los boletines meteorológicos. Watney, tus experimentos de suelo se han adelantado a hoy. Beck, pasa las muestras de la EVA de ayer por el espectrómetro.

—¿Vais a salir con una tormenta acercándose? —preguntó Beck.

—Houston lo ha autorizado —dijo Lewis.

—Me parece innecesariamente peligroso.

—Venir a Marte era innecesariamente peligroso —dijo Lewis.

Beck se encogió de hombros.

—Tened cuidado —les recomendó.

Tres figuras miraban al este. Sus voluminosos trajes EVA los hacían parecer casi idénticos. Solo la bandera de la Unión Europea en el hombro de Vogel distinguía a este de Lewis y Martinez, que llevaban las barras y estrellas.

La oscuridad al este ondulaba y titilaba bajo los rayos del sol naciente.

—La tormenta —dijo Vogel en su inglés con acento— está más cerca de lo que ha dicho Houston.

—Tenemos tiempo —aseguró Lewis—. Concentraos en lo que estáis haciendo. Esta EVA tiene por objetivo los análisis químicos. Vogel, tú eres el químico, así que las muestras que tomemos estarán a tu cargo.

—*Ja* —dijo Vogel—. Por favor, cavad hasta una profundidad de treinta centímetros y tomad muestras de suelo. Al menos de cien gramos cada una. Muy importante es treinta centímetros abajo.

—Lo haré —dijo Lewis—. Quedaos a cien metros del Hab —añadió.

—Hum —dijo Vogel.

—Sí, señora —dijo Martinez.

Se separaron. Los trajes EVA del Programa Ares, muy mejorados desde los días de las misiones Apolo, permitían mucha más libertad de movimientos. Cavar, agacharse y embolsar muestras serían tareas fáciles.

—¿Cuántas muestras necesitas? —preguntó Lewis al cabo de un rato.

—Siete de cada uno, quizá.

—Está bien —convino Lewis—. Ya tengo cuatro.

—Yo cinco —dijo Martinez—. Por supuesto, no cabe esperar que la Armada vaya al mismo ritmo que la Fuerza Aérea.

—¿Quieres jugar? —dijo Lewis.

—Era solo un comentario, comandante.

—Aquí Johanssen. —La voz de la operadora de sistemas sonó en la radio—. Houston ha actualizado la información. La tormenta es «severa». Estará aquí dentro de quince minutos.

—Volvemos a la base —dijo Lewis.

El Hab se agitó en el viento rugiente mientras los astronautas se acurrucaban en el centro. Los seis llevaban traje espacial, por si tenían que recurrir a un despegue de emergencia en el VAM. Johanssen observaba su portátil mientras los demás la observaban a ella.

—Vientos sostenidos de más de cien kilómetros por hora —dijo—. Ráfagas de hasta ciento veinticinco.

—Joder, vamos a terminar en Oz —dijo Watney—. ¿Cuál es la velocidad para contrarrestar la fuerza de ese viento?

—Técnicamente, de ciento cincuenta kilómetros por hora —respondió Martinez—. Por encima de esa velocidad el VAM corre peligro de volcar.

—¿Previsiones sobre la dirección de avance de la tormenta? —preguntó Lewis.

—Estamos en el borde de la tormenta —dijo Johanssen, mirando la pantalla—. Empeorará antes de mejorar.

La lona del Hab se sacudía bajo la brutal embestida del viento y los postes internos se doblaban y vibraban con cada ráfaga. La cacofonía empeoraba por momentos.

—Muy bien —dijo Lewis—. Preparados para cancelar la misión. Iremos al VAM y esperaremos lo mejor. Si el viento aumenta demasiado, despegaremos.

Saliendo del Hab por parejas, se agruparon en la parte exterior de la esclusa 1. El impulso del viento y la arena los golpeaba, pero lograron permanecer en pie.

—La visibilidad es casi nula —dijo Lewis—. Si os perdéis, fiaros de la telemetría de mi traje... El viento va a ser más fuerte lejos del Hab, así que estad preparados.

Luchando contra el vendaval, avanzaron dando tumbos hacia el VAM, con Lewis y Beck en cabeza, y Watney y Johanssen cerrando la marcha.

—¡Eh! —Watney jadeaba—. A lo mejor podemos apuntalar el VAM. Así será menos probable que se ladee.

—¿Cómo? —le respondió Lewis.

—Podríamos usar cables de la granja solar como tensores. —Resolló un momento, luego continuó—: Los vehículos de superficie podrían servirnos de anclas. El truco sería pasar la cuerda en torno al...

Restos volantes golpearon a Watney, arrastrándolo con el viento.

—¡Watney! —exclamó Johanssen.

—¿Qué ha pasado? —preguntó Lewis.

—¡Algo lo ha golpeado!

—Watney, informa —dijo Lewis.

Sin respuesta.

—Watney, informa —repitió Lewis.

Una vez más, el silencio por respuesta.

—No está en línea —informó Johanssen—. ¡No sé dónde está!

—Comandante —dijo Beck—, antes de perder la telemetría, ¡su alarma de descompresión ha saltado!

—¡Mierda! —exclamó Lewis—. Johanssen, ¿cuándo lo has visto por última vez?

—Estaba justo delante de mí y luego ya no estaba —dijo ella—. Ha salido volando hacia el oeste.

—Vale —dijo Lewis—. Martinez, ve al VAM y prepara el lanzamiento. Todos los demás, reuníos con Johanssen.

—Beck —le preguntó Vogel al médico dando traspiés en la tormenta—, ¿cuánto tiempo puede sobrevivir una persona en descompresión?

—Menos de un minuto —dijo Beck, con la voz rota por la emoción.

—No veo nada —dijo Johanssen cuando la tripulación se congregó a su alrededor.

—Alineaos y caminad hacia el oeste —ordenó Lewis—. A pasos cortos. Probablemente está boca abajo; no queremos pasar por encima de él.

Manteniéndose a la vista entre sí, caminaron con dificultad entre el caos.

Martinez entró en la esclusa de aire del VAM y la cerró. Una vez que el espacio se hubo presurizado, se quitó el traje. Tras subir la escalera hasta el compartimento de la tripulación, se deslizó en el asiento del piloto y reinició el sistema.

Cogió la lista de verificación del lanzamiento de emergencia con una mano y accionó rápidamente los interruptores con la otra. Uno por uno, los sistemas informaron de su estatus de preparados para el vuelo. Al irse conectando, se fijó en uno en particular.

—Comandante —comunicó por radio—. El VAM tiene una inclinación de siete grados. Volcará a los 12,3.

—Recibido —dijo Lewis.

—Johanssen —dijo Beck, mirando su ordenador de brazo—. El biomonitor de Watney mandó algo antes de desconectarse. Mi ordenador dice «paquete erróneo».

—El mío también —dijo Johanssen—. No ha terminado de transmitir. Faltan algunos datos y la suma de control. Dame un segundo.

—Comandante —dijo Martinez—, mensaje de Houston. Operación cancelada oficialmente. La tormenta decididamente será demasiado fuerte.

—Recibido —dijo Lewis.

—Lo han enviado hace cuatro minutos y medio —continuó Martinez—, mientras miraba los datos de satélite de nueve minutos antes.

—Comprendido —dijo Lewis—. Continúa preparando el lanzamiento.

—Recibido —dijo Martinez.

—Beck —dijo Johanssen—. Tengo el paquete sin procesar. Es texto plano: BP 0, PR 0, TP 36,2. Hasta ahí ha llegado.

—Recibido —dijo Beck, taciturno—. Presión sanguínea cero, pulso cero, temperatura normal.

El canal se quedó un rato en silencio. Continuaron avanzando, arrastrando los pies en la tormenta de arena, esperando un milagro.

—¿Temperatura normal? —dijo Lewis, con un atisbo de esperanza en su voz.

—Pasa un rato hasta que el... —murmuró Beck—. Tarda un rato en enfriarse.

—Comandante —dijo Martinez—. Inclinación de 10,5 grados ahora, y las ráfagas lo acercan a once.

—Recibido —dijo Lewis—. ¿Estás en la posición del piloto?

—Afirmativo —repuso Martinez—. Puedo despegar en cualquier momento.

—Si se inclina, ¿puedes despegar antes de que caiga completamente?

—Eh... —dijo Martinez, que no se esperaba la pregunta—. Sí, señora. Tomaría el control manual e iría a plena potencia. Entonces sacaría el morro y volvería al ascenso preprogramado.

—Entendido —dijo Lewis—. Todos orientados hacia el traje de Martinez. Así llegaréis a la esclusa del VAM. Entrad y preparaos para el despegue.

—¿Y tú, comandante? —preguntó Beck.

—Voy a buscar un poco más. En marcha. Y Martinez, si empieza a inclinarse, despega.

—¿De verdad crees que te dejaría aquí? —dijo Martinez.

—Acabo de darte una orden —repuso Lewis—. Vosotros tres, a la nave.

Reticentes, obedecieron la orden de Lewis y se encaminaron hacia el VAM. El viento se oponía a su avance a cada paso del camino.

Incapaz de ver el suelo, Lewis continuó avanzando. Recordó algo, buscó a la espalda y sacó un par de brocas. Había añadido brocas de un metro a su equipo esa mañana, previendo que tendría que tomar muestras geológicas. Sosteniendo una en cada mano, las arrastró por el suelo al caminar.

Después de veinte metros, se volvió y caminó en dirección opuesta. Ir en línea recta se reveló imposible. No solo carecía de referencias visuales, sino que el viento la desviaba constantemente. La magnitud del volumen de arena que la atacaba le enterraba los pies a cada paso. Insistió, esforzándose en su empeño.

Beck, Johanssen y Vogel se apretujaron en la esclusa de aire del VAM. Estaba diseñada para dos personas, pero podían usarla tres en caso de necesidad. Mientras la presión se igualaba, la voz de Lewis sonó en la radio.

—Johanssen —dijo—, ¿la cámara de infrarrojos del vehículo de superficie serviría de algo?

—Negativo —repuso Johanssen—. Los infrarrojos no atraviesan la arena mejor que la luz visible.

—¿En qué está pensando? —preguntó Beck después de quitarse el casco—. Es geóloga. Sabe que los infrarrojos no pueden atravesar una tormenta de arena.

—Se está aferrando a un clavo ardiendo —dijo Vogel, abriendo la puerta interior—. A los asientos. Daos prisa, por favor.

—No me gusta esto —dijo Beck.

—A mí tampoco, doctor —dijo Vogel, subiendo la escalera—, pero la comandante nos ha dado una orden. La insubordinación no nos servirá de nada.

—Comandante —radió Martinez—, nos estamos inclinando hasta 11,6 grados. Una ráfaga fuerte y volcaremos.

—¿Y el radar de proximidad? —preguntó Lewis—. ¿Puede detectar el traje de Watney?

—Ni hablar —dijo Martinez—. Está hecho para detectar a la *Hermes* en órbita, no el metal de un solo traje espacial.

—Inténtalo —dijo Lewis.

—Comandante —dijo Beck, poniéndose el casco al ocupar el asiento de aceleración—. Sé que no quiere oír esto, pero Watn... Mark está muerto.

—Recibido —dijo Lewis—. Martinez, prueba con el radar.

—Recibido.

Martinez usó el radar y esperó a que completara una autoverificación. Mirando a Beck, dijo:

—¿Qué te pasa?

—Mi amigo acaba de morir —respondió Beck—. Y no quiero que muera también mi comandante.

Martinez lo miró con severidad. Volviendo su atención al radar, informó por radio:

—Contacto negativo en el radar de proximidad.

—¿Nada? —preguntó Lewis.

—Apenas señala el Hab —repuso—. La tormenta de arena está jodiéndolo todo. Aunque no lo hiciera, no hay suficiente metal en... ¡Mierda!

—¡Cinturones! —gritó a la tripulación—. Estamos volcando.

El VAM crujió al inclinarse cada vez más deprisa.

—¡Trece grados! —gritó Johanssen desde el asiento.

Abrochándose los cinturones, Vogel dijo:

—Hemos pasado del punto de equilibrio, no volveremos a la posición vertical.

—¡No podemos dejarla! —gritó Beck—. Dejad que se incline, lo arreglaremos.

—Treinta y dos toneladas contando el combustible —dijo Martinez, cuyas manos volaban sobre los controles—. Si toca el suelo, causará daños estructurales a los depósitos, al armazón y probablemente al motor de la segunda fase. No podremos arreglarlo.

—No puedes abandonarla —dijo Beck—. No puedes.

—Tengo un truco. Si no funciona, voy a seguir sus órdenes.

Conectando el sistema de maniobra orbital, disparó un fuego sostenido desde el cono del morro. Los pequeños propulsores lucharon por compensar la enorme masa de la nave espacial que se inclinaba lentamente.

—¿Estás disparando el OMS? —preguntó Vogel.

—No sé si funcionará. No nos estamos inclinando muy deprisa —dijo Martinez—. Creo que está frenando...

—Las cápsulas aerodinámicas se lanzarán automáticamente —dijo Vogel—. Será un ascenso saltarín con tres agujeros en el lateral de la nave.

—Gracias por el consejo —dijo Martinez, manteniendo el fuego y mirando la lectura de inclinación—. Vamos...

—Todavía trece grados —informó Johanssen.

—¿Qué está pasando ahí? —preguntó Lewis en la radio—. Os habéis quedado en silencio. Responded.

—Espera —repuso Martinez.

—Doce coma nueve grados —dijo Johanssen.

—Está funcionando —dijo Vogel.

—Por ahora —dijo Martinez—. No sé si la maniobra del combustible durará.

—Doce coma ocho —informó Johanssen.

—Combustible OMS al sesenta por ciento —dijo Beck—. ¿Cuánto necesitas para acoplarte a la *Hermes*?

—El diez por ciento si no la cago —dijo Martinez, ajustando el ángulo de impulso.

—Doce coma seis —dijo Johanssen—. Estamos revirtiendo la inclinación.

—O el viento ha amainado un poco —conjeturó Beck—. Combustible al cuarenta y cinco por ciento.

—Hay riesgo de daños en los enganches —le advirtió Vogel—. El sistema de maniobra orbital no está hecho para impulsos prolongados.

—Lo sé —dijo Martinez—. Puedo acoplar sin enganches delanteros si hace falta.

—Casi estamos... —dijo Johanssen—. Vale, estamos por debajo de doce coma tres.

—OMS cortado —anunció Martinez al dejar de quemar combustible.

—Todavía se inclina —dijo Johanssen—. Once coma seis... Once coma cinco... Se mantiene a once coma cinco.

—Combustible OMS al veintidós por ciento —dijo Beck.

—Sí, lo veo —repuso Martinez—. Bastará.

—Comandante —dijo por radio Beck—, tienes que venir a la nave ahora mismo.

—Estoy de acuerdo —dijo Martinez—. Ha muerto, señora. Watney ha muerto.

Los cuatro compañeros de tripulación esperaron la respuesta de su comandante.

—Recibido —repuso ella finalmente—. En marcha.

Se quedaron en silencio, atados a sus asientos y listos para el lanzamiento. Beck miró el asiento vacío de Watney y vio que Vogel hacía lo mismo. Martinez realizó una autocomprobación de los propulsores OMS en el cono del morro. Ya no era seguro usarlos. Anotó el mal funcionamiento en su diario.

La esclusa de aire cumplió el ciclo. Después de quitarse el traje, Lewis se encaminó hacia la cabina de vuelo. Se ató sin palabras al asiento, con la cara petrificada. Solo Martinez se atrevió a hablar.

—Todavía en posición —dijo en voz baja—. Listo para el lanzamiento.

Lewis cerró los ojos y asintió.

—Lo siento, comandante —dijo Martinez—. Tienes que dar la orden verbal...

—Lanzamiento —dijo ella.

—Sí, señora —repuso Martinez, activando la secuencia.

Los pernos de retención se soltaron de la torre de lanzamiento y cayeron al suelo. Segundos más tarde, se encendieron los mecanismos de preignición, arrancaron los motores principales y el VAM se propulsó hacia arriba.

La nave ganó velocidad lentamente. Al hacerlo, la fuerza del viento la desvió de su trayectoria. Detectando el problema, el software de ascensión inclinó la nave hacia el viento para contrarrestarlo.

Cuando se terminó el combustible, la nave ganó ligereza y la aceleración fue más pronunciada. Aumentando a ritmo exponencial, la nave alcanzó rápidamente la aceleración máxima, un límite marcado no por la potencia del aparato sino por los delicados cuerpos humanos de su interior.

Mientras la nave ganaba altura, los puertos OMS abiertos se cobraron su precio. La tripulación osciló en los asientos cuando la nave se agitó violentamente. Martinez y el software de ascenso redujeron el movimiento, aunque era una batalla constante. Las turbulencias menguaron y finalmente quedaron en nada cuando la atmósfera se hizo cada vez más fina.

De repente, todas las fuerzas se detuvieron. La primera fase se había completado. La tripulación experimentó ingravidez durante varios segundos y fue devuelta a los asientos cuando empezó la siguiente fase. Fuera, la ya vacía primera fase cayó para estallar en algún lugar desconocido del planeta que sobrevolaban.

La segunda fase impulsó la nave aún a más altura, hasta una órbita baja. Duró menos tiempo que la primera fase y el impulso fue mucho más suave.

El motor se paró abruptamente y una calma opresiva sustituyó la cacofonía anterior.

—Motor principal apagado —dijo Martinez—. Tiempo de ascenso: ocho minutos catorce segundos. En ruta para interceptación de la *Hermes*.

Normalmente, un lanzamiento sin incidentes habría sido motivo de celebración. Este solo mereció un silencio roto por los suaves sollozos de Johanssen.

Cuatro meses después

Beck trató de no pensar en la dolorosa razón por la que estaba haciendo experimentos de cultivo de plantas en ingravidez. Anotó el tamaño y la forma de las hojas, tomó fotos y notas.

Después de completar su trabajo científico del día, miró el reloj. Sincronización perfecta. El volcado de datos se completaría enseguida. Flotó más allá del reactor hasta la escalera del semicono A.

Accediendo a la escalera con los pies por delante, pronto tuvo que agarrarse fuerte debido a la fuerza centrípeta de la rotación de la nave. Cuando alcanzó el semicono A estaba en 0,4 G.

No se trataba de un simple lujo: la gravedad centrípeta de la *Hermes* los mantenía en forma. Sin ella, durante su primera semana en Marte habrían sido prácticamente incapaces de caminar. Los programas de ejercicios en 0 G mantenían sanos el corazón y los huesos, pero no se había concebido ninguno que propor-cionara a los astronautas funcionalidad plena desde sol 1.

Como la nave ya estaba diseñada para ello, usaron el sistema también durante el viaje de regreso.

Johanssen se sentó en su puesto de trabajo. Lewis ocupó el asiento contiguo mientras Vogel y Martinez se acercaban. El volcado de datos contenía mensajes de correo electrónico y vídeos de casa. Era el momento culminante del día.

—¿Aún no ha llegado? —preguntó Beck accediendo a la cabina de mando.

—Casi —dijo Johanssen—. Estamos al noventa y ocho por ciento.

—Pareces contento, Martinez —dijo Beck.

—Mi hijo cumplió tres años ayer. —Sonrió—. Seguramente recibiré algunas fotos de la fiesta. ¿Y tú?

—No espero nada especial. Revisiones de colegas de un trabajo que escribí hace unos años.

—Volcado completo —dijo Johanssen—. Todos los mensajes de correo electrónico enviados a vuestros portátiles. También ha llegado la actualización de telemetría para Vogel y una del sistema para mí. Eh..., hay un mensaje de voz dirigido a toda la tripulación.

Miró por encima del hombro a Lewis.

Lewis se encogió de hombros.

—Ponlo.

Johanssen abrió el mensaje y se arrellanó en su asiento.

—«*Hermes*, soy Mitch Henderson» —empezaba el mensaje.

—¿Henderson? —dijo Martinez, desconcertado—. ¿Henderson hablando directamente con nosotros?

Lewis levantó la mano para pedir silencio.

—«Tengo una noticia —continuó la voz de Mitch—. No hay una forma sutil de decirlo: Mark Watney sigue vivo.»

Johanssen ahogó un grito.

—¿Qué...? —tartamudeó Beck.

Vogel se quedó boquiabierto.

Martinez miró a Lewis. La comandante se inclinó hacia delante y se pellizcó la barbilla.

—«Sé que es una sorpresa —continuó Mitch—. Y sé que tenéis un montón de preguntas. Vamos a responder a esas preguntas. Pero por ahora os contaré lo básico.

»"Está vivo y sano. Lo descubrimos hace dos meses y decidimos no contároslo; incluso hemos censurado mensajes personales. Yo me oponía firmemente a todo eso. Ahora os lo contamos porque finalmente tenemos comunicación con él y un plan de rescate viable. Se reduce a que la Ares 4 lo recoja con un VDM modificado.

»"Os enviaremos un informe detallado de lo que ocurrió, pero decididamente no fue culpa vuestra. Mark insiste en eso. Fue solo mala suerte.

»"Tomaos un tiempo para asimilarlo. Vuestras agendas científicas están canceladas para mañana. Enviad todas las preguntas que tengáis y las responderemos. Fin del mensaje."

Tras el fin del mensaje hubo un silencio de asombro en el puente.

—Está..., ¿está vivo? —dijo Martinez, luego sonrió.

Vogel asintió emocionado.

—Vive.

Johanssen miró la pantalla incrédula, con los ojos como platos.

—¡Cielo santo! —Beck rio—. ¡Cielo santo! ¡Comandante! ¡Está vivo!

—Lo abandoné —dijo Lewis en voz baja.

Las celebraciones cesaron de inmediato cuando la tripulación vio la expresión de su comandante.

—Pero si todos nos fuimos junt...

—Vosotros obedecisteis órdenes —interrumpió Lewis a Beck—. Yo lo abandoné, en un desierto estéril, inalcanzable y dejado de la mano de Dios.

Beck miró a Martinez, suplicante. Martinez abrió la boca, pero no se le ocurrió nada que decir.

Lewis salió del puente caminando con dificultad.

13

Los empleados de Deyo Plastics trabajaban en turnos dobles para terminar la lona del Hab para la Ares 3. Se hablaba de turnos triples si la NASA aumentaba el pedido. A nadie le importó. El precio de las horas extra era espectacular y la financiación, ilimitada.

La fibra de carbono pasó lentamente por la prensa, que la metió entre hojas de polímero. El material obtenido se doblaba cuatro veces y se pegaba. La hoja gruesa resultante se forraba con resina suave y se llevaba a la sala de calor.

ENTRADA DE DIARIO: SOL 114

Ahora que la NASA puede hablar conmigo, no callará.

Quiere actualizaciones constantes de cada sistema del Hab, y tiene una sala llena de gente tratando de microcontrolar mi plantación. Es formidable tener a un puñado de capullos en la Tierra diciéndome a mí, un botánico, cómo cultivar plantas.

En general no les hago caso. No quiero parecer arrogante, pero soy el mejor botánico del planeta.

Un gran plus: ¡correo electrónico! Igual que en los días en la *Hermes*, recibo volcado de datos. Por supuesto, reenvían mensajes de amigos y familia, pero la NASA también envía mensajes elegidos entre los del público. Me han llegado mensajes de estrellas del rock, atletas, actores y actrices, e incluso del presidente.

Uno de ellos era de mi alma máter, la Universidad de Chicago. Dicen que una vez que cultivas en alguna parte, oficialmente la has «colonizado». Así que, técnicamente, he colonizado Marte.

¡Toma ya, Neil Armstrong!

Pero mi mensaje de correo electrónico favorito es el de mi madre. Es exactamente lo que cabía esperar. Gracias a Dios que estás vivo, mantente firme, no te mueras, tu padre te saluda, etcétera.

Lo leí cincuenta veces seguidas. ¡Eh, no te confundas, no soy un niño de mamá ni nada! Soy un hombre hecho y derecho que solo ocasionalmente lleva pañales (tienes que hacerlo con un traje EVA). Es completamente masculino y normal que me aferre a una carta de mi mamá. No es que esté en unas colonias infantiles, ¿vale?

Hay que reconocer que he de darme la paliza de llegar al vehículo de superficie cinco veces al día para comprobar el correo electrónico. Pueden mandar un mensaje de la Tierra a Marte, pero no llevarlo diez metros más allá, hasta el Hab. Sin embargo, eh, no me quejo. Tengo muchas más posibilidades de sobrevivir ahora.

Lo último que oí es que han resuelto el problema de peso del VDM de la Ares 4. Cuando haya tomado tierra, eliminarán el escudo térmico, todo el material de soporte vital y unos cuantos depósitos de combustible ya vacíos. Así podrá llevar a siete personas (a la tripulación de la misión Ares 4 y a mí) hasta el Schiaparelli. Ya están trabajando en mis obligaciones para las operaciones de superficie. ¿Qué te parece eso?

En otro orden de cosas, estoy aprendiendo código Morse. ¿Por qué? Porque es nuestro sistema de comunicación de reserva. Para la NASA una sonda de hace décadas no es ideal como único medio de comunicación.

Si la *Pathfinder* falla, deletrearé mensajes con rocas que la NASA verá desde los satélites. No podrá responder, pero al menos tendremos comunicación unidireccional. ¿Por qué código Morse? Porque formar puntos y rayas con rocas es mucho más fácil que formar letras.

Es una forma de comunicación penosa. Con suerte no tendré que usarla.

Finalizadas todas las reacciones químicas, la hoja se esterilizó y se trasladó a una sala blanca. Allí, un trabajador cortó una tira del borde, la dividió en cuadros y la sometió a una serie de rigurosos test.

Pasada la inspección, se dio a la hoja la forma definitiva. Los bordes fueron doblados, cosidos y sellados con resina. Un hombre con un sujetapapeles hizo las comprobaciones finales, verificando las medidas independientemente, y luego la aprobó para su uso.

ENTRADA DE DIARIO: SOL 115

Los botánicos entrometidos han reconocido a regañadientes que he hecho un buen trabajo. Están de acuerdo en que tendré suficiente comida para alimentarme hasta sol 900. Con eso en mente, la NASA ha desarrollado los detalles de la misión de la sonda de abastecimiento.

Al principio, estaban trabajando en un plan desesperado para poner una sonda aquí antes de sol 400, pero he conseguido otros quinientos soles de vida con mi granja de patatas, así que tienen más tiempo para ello.

La lanzarán el año que viene durante la órbita de transferencia Hohmann y tardará casi nueve meses en llegar aquí. Debería hacerlo en torno a sol 856. Traerá mucha comida, un oxigenador, un purificador de agua y un sistema de comunicaciones de recambio. Tres sistemas de comunicaciones, en realidad. Supongo que no van a correr riesgos dada mi tendencia a estar cerca cuando se rompen las radios.

Hoy he recibido mi primer mensaje de la *Hermes*. La NASA ha estado limitando el contacto directo. Supongo que temen que diga algo como: «¡Me abandonasteis en Marte, capullos!» Sé que a la tripulación le sorprendió enterarse de la existencia del

fantasma de las misiones a Marte, pero ¡vamos! Ojalá la NASA
fuera menos niñera a veces. De todos modos, finalmente deja-
ron llegar un mensaje de la comandante.

> Watney, obviamente estamos muy contentos de saber
> que has sobrevivido. Como la persona responsable de tu
> situación, ojalá pudiera hacer algo más para ayudarte di-
> rectamente. Pero parece que la NASA tiene un buen plan
> de rescate. Estoy segura de que continuarás mostrando
> tu increíble ingenio y superarás esto. Espero invitarte a
> una cerveza en la Tierra.
>
> Lewis

Mi respuesta:

> Comandante, la pura mala suerte es responsable de
> mi situación, no tú. Hiciste lo que tenías que hacer y sal-
> vaste a todos los demás. Sé que tiene que haber sido una
> decisión dura, pero cualquier análisis de ese día demos-
> trará que fue la correcta. Lleva a todos a casa y estaré
> contento.
> Pero aceptaré esa cerveza.
>
> Watney

*Los empleados doblaron cuidadosamente la hoja y la pusie-
ron en un contenedor hermético lleno de argón. El hombre con
el sujetapapeles puso la pegatina en el paquete: «Proyecto Ares 3;
Lona Hab; Hoja AL102.»*

*El paquete se envió en un vuelo chárter a la base Edwards de
la Fuerza Aérea en California. Voló anormalmente alto y con un
gran coste de combustible para asegurar que el aterrizaje fuese
más suave.*

*Después de su llegada, el paquete fue cuidadosamente trans-
portado por un convoy especial a Pasadena. Una vez allí, lo trasladaron al Centro de Montaje Aeronáutico del JPL. Durante las
siguientes cinco semanas, ingenieros con mono blanco reunieron*

el Preabastecimiento 309. Contenía el AL102, así como otros doce paquetes de lonas para el Hab.

ENTRADA DE DIARIO: SOL 116

Casi es el momento de la segunda cosecha.

¡Yuju!

Ojalá tuviera un sombrero de paja y unos tirantes.

Mi replantado de patatas fue bien. Estoy empezando a ver que las cosechas en Marte son extremadamente abundantes gracias a los miles de millones de dólares de equipo de mantenimiento vital que me rodean. Ya tengo cuatrocientas plantas de patatas sanas, cada una de las cuales produce montones de tubérculos llenos de calorías para mi disfrute gastronómico. En solo diez días estarán a punto para su recolección.

Esta vez no las replantaré para obtener más plantas. Son mi suplemento alimenticio de patatas naturales, orgánicas, cultivadas en Marte. Eso no se oye cada día, ¿verdad?

Te preguntarás cómo las almaceno. No puedo limitarme a amontonarlas; la mayoría se estropearían antes de que tuviera tiempo de comérmelas. Así que haré algo que no funcionaría en la Tierra: las tiraré fuera.

La mayor parte del agua será absorbida por el casi vacío; lo que quede será sólido congelado. Cualquier bacteria que planeara pudrir mis patatas moriría gritando.

En otro orden de cosas: he recibido un mensaje de correo de Venkat Kapoor:

Mark, algunas respuestas a tus preguntas:

No, no diremos a los de nuestro equipo botánico «que os den». Entiendo que has estado solo mucho tiempo, pero ahora estamos en contacto y es mejor que escuches lo que tenemos que decirte.

Los Cubs terminaron la temporada últimos de la División Central de la Liga Nacional.

La tasa de transferencia de datos no es suficiente

para el tamaño de los archivos de música, ni siquiera comprimidos. Así que tu petición de «lo que sea, oh, Dios, lo que sea menos disco» te ha sido denegada. Disfruta tu fiebre del sábado noche.

Además, una nota adjunta incómoda: La NASA está organizando un comité. Quieren comprobar si hubo errores evitables que condujeron a que te quedaras atrapado. Solo es un aviso. Puede que tengan preguntas para ti después.

Mantennos al día de tus actividades.

Kapoor

Mi respuesta:

Venkat, dile al comité de investigación que tendrá que hacer su caza de brujas sin mí. Cuando culpen a la comandante Lewis, lo que inevitablemente sucederá, te aviso que rebatiré públicamente sus conclusiones. Estoy seguro de que el resto de la tripulación hará lo mismo.

Además, por favor, diles que sus madres son unas putas.

Watney

P. D.: Y sus hermanas también.

Las sondas de preabastecimiento para la misión Ares 3 se lanzaron a lo largo de catorce días consecutivos durante la ventana de transferencia de Hohmann. Preabastecimiento 309 fue lanzada en tercer lugar. El viaje de 251 días a Marte transcurrió sin incidentes y solo requirió un ajuste de trayectoria menor.

Después de varias maniobras de aerofrenado para reducir la velocidad, la sonda efectuó su descenso final hacia la Acidalia Planitia. Primero soportó la reentrada gracias a un escudo térmico. Después activó un paracaídas y se separó del escudo ya usado.

Cuando su radar de a bordo detectó que estaba a treinta metros del suelo, soltó el paracaídas e infló globos alrededor de su *casco. Cayó sin ceremonias en la superficie, rebotando y rodando, hasta que finalmente se detuvo.*

Deshinchando sus globos, el ordenador de a bordo informó a la Tierra del éxito de su aterrizaje.

Después esperó veintitrés meses.

<hr>

ENTRADA DE DIARIO: SOL 117

El purificador de agua está dando guerra.

Seis personas consumen 18 litros de agua por día, así que está hecho para procesar 20. Pero últimamente no ha mantenido esta productividad: produce 10 litros como mucho.

¿Genero 10 litros de agua por día? No, no soy el campeón urinario de todos los tiempos. Es la cosecha. La humedad en el interior del Hab es mucho mayor que la prevista cuando se diseñó, así que el deshumidificador está filtrándola constantemente del aire.

Eso no me preocupa. Si hace falta, puedo mear directamente en las plantas. Las plantas tomarán su parte de agua y el resto se condensará en las paredes. Podría hacer algo para recoger la condensación, estoy seguro. La cuestión es que el agua no puede ir a ninguna parte. Es un sistema cerrado.

Vale, técnicamente estoy mintiendo. Las plantas no son completamente neutrales respecto al agua. Sacan el hidrógeno de parte del agua (soltando el oxígeno) y lo usan para fabricar los complejos de hidrógeno y carbono que constituyen la planta en sí. Pero es una pérdida muy pequeña. Además, saqué unos 600 litros de agua del combustible del VDM. Podría bañarme y todavía me sobraría.

La NASA, en cambio, está absolutamente cagada. Ven el purificador de agua como un elemento vital para mi supervivencia. No tiene recambio, y creen que moriré instantáneamente sin él. Para ellos, un fallo del equipo es terrorífico. Para mí es el pan de cada día.

Así que en lugar de prepararme para la cosecha, me veo obligado a hacer viajes extra de ida y vuelta al vehículo de superficie para responder sus preguntas. Cada nuevo mensaje me instruye para que pruebe alguna solución e informe de los resultados.

Hasta ahora lo que hemos descubierto es que no es un problema electrónico, ni del sistema de refrigeración, ni de temperatura. Estoy seguro de que resultará que tiene un agujerito en alguna parte y de que en la NASA tendrán una reunión de cuatro horas antes de decirme que lo selle con cinta aislante.

Lewis y Beck abrieron la sonda de preabastecimiento 309. Trabajando lo mejor que pudieron con sus engorrosos trajes EVA, sacaron las diversas secciones de lona del Hab y las extendieron en el suelo. Había tres sondas de preabastecimiento enteras para el Hab.

Siguiendo un procedimiento que habían practicado cientos de veces, montaron eficientemente las piezas. Las bandas de sellado especiales aseguraban el encaje hermético de las planchas.

Una vez levantada la estructura principal del Hab, montaron las tres esclusas. La hoja AL102 tenía un agujero del tamaño perfecto para la esclusa 1. Beck ajustó la plancha a las bandas de sellado en el exterior de la esclusa.

Cuando todas las esclusas estuvieron montadas, Lewis llenó de aire el Hab y la AL102 notó la presión por primera vez. Lewis y Beck esperaron una hora. El Hab no perdió presión; la instalación había sido perfecta.

ENTRADA DE DIARIO: SOL 118

Mi conversación con la NASA sobre el purificador de agua fue aburrida y estuvo llena de detalles técnicos, así que te la resumiré.

Yo: Evidentemente esto es un atasco. ¿Qué tal si lo desmonto y compruebo los tubos internos?

NASA (después de cinco horas de deliberación): No. La cagarías y morirías.

Así que lo he desmontado.

Sí, lo sé: en la NASA hay un montón de gente listísima a la que debería hacer caso. Tengo una actitud de confrontación excesiva, teniendo en cuenta que se pasan todo el día trabajando para encontrar una forma de salvarme la vida.

Simplemente, estoy cansado de que me digan cómo tengo que limpiarme el culo. La independencia era una de las cualidades que buscaban cuando eligieron a los astronautas de las misiones Ares. Son misiones de trece meses, la mayoría a muchos minutos-luz de la Tierra. Querían para ellas a personas que supieran actuar por propia iniciativa.

Si la comandante Lewis estuviera aquí, haría lo que ella dijera, sin problema. Pero ¿lo que dice un comité de burócratas sin rostro de la Tierra? Lo siento pero se me atraganta.

He sido realmente cuidadoso. He etiquetado cada pieza al desmontarlo y las he puesto todas sobre una mesa. Tengo los esquemas en el ordenador, así que no ha habido ninguna sorpresa.

Y, como sospechaba, había un tubo atascado. El purificador de agua estaba diseñado para purificar orina y humedad del aire (exhalas casi tanta agua como la que orinas). Yo he mezclado mi agua con suelo, convirtiéndola en agua mineral. Los minerales se han acumulado en el purificador de agua.

He limpiado los tubos y he vuelto a montarlo. He resuelto el problema por completo. Tendré que volver a hacerlo algún día, pero no hasta dentro de cien soles o así. No es complicado.

He explicado a la NASA lo que he hecho. La conversación ha ido así:

Yo: Lo he desmontado, he encontrado el problema y lo he arreglado.

NASA: Capullo.

La AL102 tembló en la brutal tormenta. Resistiendo fuerzas mucho mayores que las que estaba diseñada para resistir, se agitó con violencia contra la banda de sellado de la esclusa de aire. Otras secciones de la lona se ondularon junto con sus bandas de sellado, comportándose como una sola hoja, pero la AL102 no pudo darse ese lujo. La esclusa de aire apenas se movió, dejando que la AL102 recibiera todo el impacto de la tormenta.

Las capas de plástico, doblándose constantemente, calentaron la resina por fricción. El entorno nuevo y más flexible permitió que se separaran las fibras de carbono.

La AL102 se estiró.

No mucho, solo cuatro milímetros; sin embargo, entre las fibras de carbono, normalmente separadas por 500 micrones, ahora había una separación ocho veces mayor.

Cuando amainó la tormenta, el único astronauta que quedaba realizó una inspección completa del Hab, pero no se fijó en que hubiera nada mal. La zona debilitada de la lona estaba oculta por una banda de sellado.

Diseñada para una misión de treinta y un soles, la AL102 continuó trabajando más allá del momento de su prevista caducidad. Fueron pasando los soles y el único astronauta entraba y salía del Hab casi a diario. La esclusa 1 era la más cercana a la estación de carga del vehículo de superficie, así que la prefería a las otras dos.

Al presurizarse, la esclusa se expandía ligeramente; al despresurizarse, se encogía. Cada vez que el astronauta la usaba la lona AL102 se destensaba; luego se tensaba de nuevo.

Tirones, tensiones, debilitándose, estirándose...

ENTRADA DE DIARIO: SOL 119

Me desperté anoche y el Hab temblaba.

La tormenta de arena de grado medio terminó tan de repente como empezó. Era solo de categoría tres, con vientos de 50 km/h. Nada por lo que preocuparse. Aun así, es un poco desconcertante oír vientos que aúllan cuando estás acostumbrado al silencio absoluto.

Estoy preocupado por la *Pathfinder*. Si la tormenta de arena la daña, habré perdido mi conexión con la NASA. Lógicamente no debería preocuparme. El trasto lleva décadas en la superficie. Un viento ligero no le hará ningún daño.

Cuando salga, confirmaré que la *Pathfinder* sigue en buen estado antes de ponerme al trabajo pesado y molesto del día.

Sí, cada tormenta de arena me obliga a realizar la inevitable limpieza de placas solares, una tradición venerable entre los marcianos campechanos como yo. Me recuerda que crecí en Chicago y que tenía que sacar la nieve a paladas. Le reconozco el mérito a mi padre; nunca afirmó que forjaría mi carácter ni que me enseñaría el valor del trabajo duro.

—Los quitanieves son caros —decía—. Tú eres gratis.

Una vez, traté de protestar ante mi madre.

—No seas mariquita —me reprochó.

En otro orden de cosas: quedan siete soles para la recolección y todavía no me he preparado. Para empezar, tengo que fabricar una azada. Además, necesitaré un cobertizo para las patatas. No puedo amontonarlas fuera sin más. La siguiente tormenta importante causaría la Gran Migración de Patatas Marcianas.

En cualquier caso, todo eso tendrá que esperar. Hoy tengo el día completo. Después de limpiar las placas solares debo verificar todos los módulos para asegurarme de que la tormenta no los haya dañado. Luego tendré que hacer lo mismo con el vehículo de superficie.

Será mejor que empiece.

La esclusa se despresurizó a 0,006 atmósferas. Watney, vestido con un traje EVA, estaba de pie en su interior esperando a que se completara el ciclo. Había hecho aquello literalmente cientos de veces. Cualquier aprensión que pudiera haber tenido en sol 1 había desaparecido hacía mucho. Ya era simplemente un trámite aburrido antes de salir a la superficie.

Durante la despresurización, la atmósfera del Hab comprimió la esclusa de aire y la lona AL102 se estiró por última vez.

En sol 119, el Hab perdió estanqueidad.

El desgarro inicial fue de menos de un milímetro. Las fibras de carbono perpendiculares deberían haber impedido que creciera, pero los incontables abusos habían estirado las fibras verticales y debilitado las horizontales hasta dejarlas inútiles.

La fuerza de la atmósfera del Hab atravesó la fisura. En una décima de segundo, el desgarro tenía un metro de longitud y discurría en paralelo a la banda de sellado. Se extendió alrededor de la esclusa hasta alcanzar el punto de partida: la esclusa de aire ya no estaba conectada al Hab.

La presión sin oposición disparó la esclusa como una bala de cañón cuando la atmósfera del Hab escapó de manera explosiva por el desgarrón. Dentro, el sorprendido Watney se golpeó contra la puerta posterior de la esclusa debido a la inercia.

La esclusa de aire voló cuarenta metros antes de caer al suelo. Watney, apenas recuperado del primer impacto, tuvo que soportar otro: se dio de bruces con la puerta delantera.

Su visera se llevó la peor parte del golpe, el cristal de seguridad se resquebrajó en cientos de pequeños cubos. La cabeza de Watney golpeó el interior del casco, dejándolo sin sentido.

La esclusa de aire rodó por la superficie otros quince metros. El grueso almohadillado del traje de Watney lo salvó de romperse varios huesos. Trataba de comprender la situación, pero apenas estaba consciente.

La esclusa de aire finalmente dejó de dar tumbos y quedó de lado en medio de una nube de polvo.

Watney, boca arriba, miró sin comprender por el agujero de su resquebrajada visera. Tenía un corte en la frente y la sangre le corría por la cara.

Recuperando parte del sentido, se orientó. Volviendo la cabeza de lado, miró por la ventana de la puerta posterior. El Hab ondeaba en la distancia, convertido en un depósito de chatarra que se extendía por el paisaje delante de él.

Entonces oyó un silbido. Escuchando con atención, se dio cuenta de que no salía de su traje. En algún lugar de la esclusa, del tamaño de una cabina telefónica, una pequeña fisura estaba dejando escapar aire.

Escuchó con intensidad el silbido, luego se tocó la visera rota. A continuación miró otra vez por la ventana.

—¿Te estás quedando conmigo? —dijo.

14

¿Sabes qué? ¡A la mierda! A la mierda esta esclusa, a la mierda el Hab y a la mierda todo este puto planeta.

En serio, se acabó. Ya he tenido bastante. Me quedan cinco minutos antes de quedarme sin aire, y que me aspen si voy a pasarlos jugando a este jueguecito de Marte. Estoy tan harto que tengo ganas de vomitar.

Lo único que tengo que hacer es quedarme aquí sentado. El aire escapará y yo moriré.

Se acabó. Basta de tener esperanza, basta de autoengaños y basta de resolver problemas. Estoy harto.

Suspiro..., vale. He tenido mi pataleta y ahora debo pensar en cómo permanecer vivo. Otra vez. Vale, veamos qué puedo hacer...

Estoy en la esclusa. Veo el Hab por la ventana; está a unos cincuenta metros por lo menos. Normalmente, la esclusa está conectada al Hab, así que eso es un problema.

La esclusa ha volcado y puedo oír un silbido constante. Eso significa que no es hermética o que aquí dentro hay serpientes. En cualquiera de los dos casos, tengo un problema.

Además, durante el..., lo que coño pasara..., he rebotado como una bola del millón y me he golpeado la visera. El aire es notablemente poco cooperativo cuando hay agujeros enormes, gigantescos, en el traje EVA.

Parece que el Hab está completamente deshinchado y derrumbado. Así pues, aunque tuviera un traje EVA funcional para salir de la esclusa, no tendría adónde ir. Vamos, que es una putada.

Tengo que pensar un minuto. He de quitarme este traje EVA. Es un engorro y la esclusa de aire es pequeña. Además, no me sirve de nada.

TRANSCRIPCIÓN DE ENTRADA DE AUDIO: SOL 119 (3)

Las cosas no van tan mal como parecía.

Sigo jodido, no te equivoques, solo que no tanto.

No estoy seguro de qué ha pasado en el Hab, pero probablemente el vehículo de superficie esté bien. No es ideal, pero al menos no es una cabina de teléfonos rajada.

Llevo un kit de parches en el traje EVA, por supuesto. Es igual que el que me salvó la vida en sol 6. No te entusiasmes. No le servirá de nada al traje. El kit de parches consiste en una válvula cónica con resina superpegajosa en la boca. Simplemente, es demasiado pequeña para un agujero de más de ocho centímetros. Y es que, claro, con un agujero de nueve centímetros te mueres antes de poder sacar el kit.

Aun así, es un activo, y quizá pueda usarlo para detener el escape de la esclusa. Esta es mi mayor prioridad ahora mismo.

Es un escape pequeño. Sin visera, el traje EVA está controlando con eficacia toda la esclusa de aire. Ha estado añadiéndole aire para compensar la falta de presión, pero acabaré quedándome sin él.

Tengo que encontrar el agujero. Creo que está cerca de mis pies, a juzgar por el sonido. Ahora que me he quitado el traje, puedo darme la vuelta y echar un vistazo...

No veo nada... Lo oigo, está aquí, en alguna parte, pero no sé dónde.

Solo se me ocurre una forma de descubrirlo. ¡Encender fuego!

Sí, lo sé. Muchas de mis ideas se basan en encender algo. Y sí, encender fuego deliberadamente en un espacio pequeño y cerrado es normalmente una idea pésima, pero necesito el humo. Solo una voluta.

Como de costumbre, estoy trabajando con material especialmente diseñado para no arder. Sin embargo, por más cuidadoso que sea el diseño de la NASA, no puede con un pirómano decidido con un depósito de oxígeno puro.

Desgraciadamente, el traje EVA y la esclusa están hechos completamente con materiales no inflamables. Mi ropa también es ignífuga, incluso el hilo.

Mi idea original era verificar los paneles solares, hacer las reparaciones necesarias después de la tormenta de anoche, así que llevo la caja de herramientas. Repaso su contenido y veo que es todo de metal o de plástico ignífugo.

Acabo de darme cuenta de que tengo algo inflamable: mi propio pelo. Tendrá que servir. Hay un cuchillo afilado entre las herramientas. Me cortaré unos cuantos pelos del brazo y haré con ellos un montoncito.

Siguiente paso: el oxígeno. No tengo nada tan refinado como un flujo de oxígeno puro. Lo único que puedo hacer es tontear con los controles del traje EVA para que incremente el porcentaje de oxígeno en toda la esclusa. Supongo que bastará con subirlo al 40 %.

Ya solo necesito una chispa.

El traje EVA tiene componentes electrónicos, pero funcionan a muy bajo voltaje. No creo que pueda conseguir un arco voltaico con eso. Además, no quiero hacer tonterías con el traje. Necesito que funcione para llegar hasta el vehículo de superficie desde la esclusa.

La esclusa en sí tiene componentes electrónicos, pero funciona con la corriente del Hab. Supongo que la NASA nunca tuvo en cuenta lo que ocurriría si salía propulsada cincuenta metros. ¡Perezosos!

Puede que el plástico no arda, pero cualquiera que haya jugado con un globo sabe que es fantástico para generar carga estática. Una vez generada, debería poder crear una chispa con solo tocar una herramienta metálica.

Curioso: fue exactamente así como murió la tripulación de la misión Apolo 1. ¡Deséame suerte!

TRANSCRIPCIÓN DE ENTRADA DE AUDIO: SOL 119 (4)

Estoy en una caja que huele a pelo chamuscado. No es un olor agradable.

En mi primer intento, el fuego se ha encendido pero el humo ha vagado al azar a mi alrededor. Mi propia respiración lo estaba fastidiando todo, así que he contenido la respiración y lo he intentado otra vez.

En mi segundo intento, el traje EVA lo ha confundido todo. Hay un flujo suave de aire que sale de la máscara porque el traje repone constantemente el aire que falta. Así que he desconectado el traje, conteniendo la respiración, y lo he intentado otra vez. Tenía que ser rápido; la presión estaba cayendo.

En mi tercer intento, los movimientos rápidos del brazo que usaba para hacer fuego han echado por tierra todo. El simple hecho de moverme ha generado suficientes turbulencias para dispersar el humo por todas partes.

La cuarta vez he mantenido el traje desconectado, he contenido la respiración y, cuando ha llegado el momento de encender el fuego, lo he hecho muy despacio. Entonces he observado que la pequeña voluta de humo se movía hacia el suelo de la esclusa, desapareciendo por la fractura.

¡Te tengo!

He boqueado y he vuelto a activar el traje EVA. La presión había caído a 0,9 atmósferas durante mi pequeño experimento. Pero había mucho oxígeno en el aire para que respiráramos yo y mi hoguera de pelo. El traje rápidamente ha devuelto las condiciones a la normalidad.

Mirando la rotura, veo que es muy pequeña. Estaría chupado sellarla con el kit del traje, pero, ahora que lo pienso, no es buena idea.

Tendré que reparar de algún modo la visera. Todavía no sé cómo, pero el kit de parches y su resina resistente a la presión seguramente son importantes. Además, tampoco puedo hacerlo paso a paso. Una vez que rompa el cierre del kit de parches, los componentes de la resina se mezclarán y tendré sesenta segundos antes de que se endurezca. No puedo coger solo un poco para arreglar la esclusa.

Si tuviera tiempo, podría idear un plan para la visera y luego aprovechar unos segundos durante la puesta en práctica de ese plan para sellar con resina la rotura de la esclusa. Pero no tengo tiempo.

Me queda un 40 % de mi depósito de N_2. Tengo que sellar esa rotura ahora mismo y sin usar el kit de parches.

Primera idea: la leyenda del niño holandés. Me chupo la palma y la aplico sobre la rotura.*

Vale... Como no es un cierre hermético, sigue habiendo un flujo de aire. Se está enfriando... Esto es bastante incómodo... Vale, a la porra...

A la idea número dos.

¡Cinta! Hay cinta aislante en la caja de herramientas. Veré si enlentece el flujo. Me pregunto cuánto tiempo durará antes de que la presión la rompa. La estoy poniendo.

Allá vamos... Todavía resiste...

Deja que compruebe el traje. Las lecturas indican que la presión es estable. Parece que la cinta aislante ha sellado la fuga. Veamos si resiste...

---

* Un niño holandés, según la leyenda, pasaba junto a un dique cuando vio que por un agujero entraba el agua del mar. El pequeño metió el dedo en el agujero para taparlo. Poco después pasó un hombre que fue a pedir ayuda y acudió un tercero que realmente supo reparar el desperfecto. Se cuenta a los niños esta historia para que sepan que, actuando con rapidez, pueden prevenir un desastre aunque no tengan demasiada fuerza. *(N. del T.)*

Han pasado quince minutos y la cinta todavía resiste. Parece que el problema está resuelto.

Ha sido bastante decepcionante, en realidad. Ya estaba trabajando en cómo cerrar la fisura con hielo. Tengo dos litros de agua en el «comedero de hámster» del traje EVA. Podría haber apagado los sistemas de calefacción del traje y dejado que la esclusa se enfriara hasta congelarse. Entonces habría... Bueno, da igual.

Podría haberlo hecho con hielo. Es lo que estaba diciendo.

Muy bien. A mi siguiente problema. ¿Cómo arreglo el traje EVA? La cinta aislante sella una fisura fina, pero no resiste una atmósfera de presión pegada a toda la superficie de mi visera rota.

El kit de parches es demasiado pequeño, pero sigue siendo útil. Puedo poner resina en torno al borde de la visera y pegar algo que cubra el agujero. El problema es qué usar para cubrirlo. Algo capaz de resistir mucha presión.

Mirando a mi alrededor, la única cosa que veo capaz de resistir una atmósfera es el traje EVA en sí. Tiene mucho material con el que trabajar e incluso puedo cortarlo. ¿Recuerdas cuando corté la lona del Hab en tiras? Esas mismas tijeras están entre mis herramientas.

Cortar un trozo de mi traje EVA implica hacerle otro agujero, pero un agujero cuya forma y ubicación puedo controlar.

Sí... Creo que he encontrado una solución. ¡Voy a cortarme el brazo!

Bueno, no. No mi brazo: el brazo del traje EVA. Lo cortaré justo por debajo del codo izquierdo. Luego puedo cortar el pedazo a lo largo y obtener un rectángulo lo bastante grande para cerrar el casco. La resina lo mantendrá en su lugar.

¿Material diseñado para resistir la presión atmosférica? Sí.

¿Resina diseñada para sellar una fisura contra esa presión? Sí.

¿Y qué pasa con el agujero del brazo tullido? A diferencia de la visera, el material del traje es flexible. Lo juntaré y lo sellaré con resina. Tendré que pegar el brazo izquierdo contra el costado mientras lleve el traje, pero hay espacio.

Extenderé una capa de resina muy fina, pero es literalmente el adhesivo más fuerte conocido por el hombre. Además, no tiene que ser un cierre perfecto. Solo tiene que durar lo suficiente para que pueda ponerme a salvo.

¿Y cómo me pondré a salvo? Ni idea.

En cualquier caso, paso a paso, un problema cada vez. Ahora mismo estoy arreglando el traje EVA.

TRANSCRIPCIÓN DE ENTRADA DE AUDIO: SOL 119 (6)

Cortar el brazo del traje ha sido fácil, lo mismo que cortar el pedazo a lo largo para formar un rectángulo. Estas tijeras de podar son fuertes de verdad.

Limpiar el cristal de la visera me ha costado más de lo que esperaba. Es poco probable que pinche el material del traje EVA, pero no voy a correr el riesgo. Además, no quiero cristal en la cara cuando lo lleve.

Luego ha llegado la parte complicada. Una vez abierto el kit de parches, disponía de sesenta segundos antes de que la resina se secara. La he sacado del kit de parches con los dedos y la he extendido con rapidez por el borde de la visera. Luego, con la que sobraba he cerrado el agujero del brazo.

He apretado el rectángulo de tela del traje contra el casco con ambas manos mientras usaba la rodilla para ejercer presión sobre la costura del brazo.

He aguantado hasta que he contado 120 segundos. Solo para estar seguro.

Parece que ha funcionado bien. El cierre parece fuerte y la resina está dura como una piedra. Sin embargo, se me ha pegado la mano al casco.

No te rías.

A toro pasado, usar los dedos para extender la resina no era el plan perfecto. Por fortuna, seguía teniendo la mano izquierda libre. Después de gruñir algunas irreverencias, he conseguido alcanzar la caja de herramientas. He cogido el destornillador y he podido liberarme (sintiéndome todo el tiempo realmente estúpido). Ha sido un proceso delicado, porque no quería desollarme los dedos. Tenía que meter el destornillador entre el casco y la resina. He liberado la mano sin hacerme sangre, así que lo considero un triunfo, aunque tendré resina endurecida en los dedos durante días, igual que un niño que juega con pegamento.

Usando el ordenador de brazo, he hecho que el traje se sobrepresurizara a 1,2 atmósferas. El parche de la visera se ha abombado hacia fuera, pero por lo demás se ha mantenido firme. El brazo me ha cabido: amenazaba con romper la nueva costura, pero se ha mantenido de una pieza.

Luego he mirado las lecturas para ver si se mantenía la estanqueidad.

Respuesta: no mucho.

Sin lugar a dudas, perdía aire. En sesenta segundos había perdido tanto que la esclusa se había presurizado a 1,2 atmósferas.

El traje está diseñado para ocho horas de uso, que consumen 250 mililitros de oxígeno líquido. Por seguridad, el traje tiene una capacidad de un litro entero de O_2. Pero eso es solo la mitad de la historia. El resto del aire es nitrógeno. Solo sirve para añadir presión. Cuando el traje pierde estanqueidad, se rellena con nitrógeno. El traje tiene una carga de dos litros de N_2 líquido.

Pongamos que el volumen de la esclusa sea de dos metros cúbicos. El traje EVA inflado probablemente ocupa la mitad de ese espacio, así que hacen falta cinco minutos para añadir 0,2 atmósferas a un metro cúbico. Eso son 285 gramos de aire (confía en mis cálculos). El aire en los depósitos es de alrededor de un gramo por centímetro cúbico, lo que significa que acabo de perder 285 mililitros.

Los tres depósitos juntos contenían 3.000 mililitros para empezar. Una buena parte se ha usado para mantener la presión mientras la esclusa perdía. Además, mi respiración ha convertido parte del oxígeno en dióxido de carbono que ha sido capturado por los filtros de CO_2 del traje.

Comprobando las lecturas, veo que tengo 410 mililitros de oxígeno y 738 mililitros de nitrógeno. Juntos, suman casi 1.150 mililitros para trabajar. Eso, dividido por 285 mililitros de pérdida por minuto...

Una vez que salga de la esclusa de aire, este traje EVA solo durará cuatro minutos.

Joder.

Vale, he estado pensando un poco más.

¿De qué me serviría el vehículo de superficie? Estaría atrapado allí en lugar de aquí. El espacio adicional no me vendría mal, pero finalmente moriría. No hay en él purificador de agua, no hay oxigenador ni comida. Elige: todos esos problemas son igualmente fatales.

Tengo que arreglar el Hab. Sé qué hacer para conseguirlo; lo practicamos durante la fase de entrenamiento. Pero tardaré mucho. Tendré que ir hurgando en la lona ahora caída para conseguir el material de recambio necesario para repararlo. Luego tendré que encontrar la fuga y poner un parche.

Tardaré horas en repararlo y mi traje EVA está inutilizado. Necesitaré otro traje. El de Martinez estaba en el vehículo de superficie. Lo arrastré hasta la *Pathfinder* y luego de vuelta, por si necesitaba uno de sobra. Pero cuando volví lo dejé en el Hab.

¡Maldita sea!

Está bien. Tendré que conseguir otro traje antes de ir al vehículo de superficie. ¿Cuál? El de Johanssen es demasiado pequeño para mí (una chica menuda nuestra Johanssen). El de Lewis está lleno de agua. En realidad, ahora estará lleno de hielo que se sublima lentamente. El destrozado y pegado que llevo es el mío. Quedan solo los de Martinez, Vogel y Beck.

Dejé el de Martinez al lado de mi litera por si necesitaba un traje de urgencia. Por supuesto, después de la repentina descompresión, puede estar en cualquier sitio. Aun así, es un punto de partida.

Siguiente problema: estoy a unos cincuenta metros del Hab. Correr en 0,4 G llevando un voluminoso traje EVA no es fácil. A lo sumo puedo avanzar a dos metros por segundo. Serán unos preciosos 25 segundos; casi una octava parte de mis cuatro minutos. Tendré que reducir el tiempo.

Pero ¿cómo?

TRANSCRIPCIÓN DE ENTRADA DE AUDIO: SOL 119 (8)

Haré rodar la condenada esclusa.

Básicamente es una cabina de teléfonos volcada. He hecho algunos experimentos.

He supuesto que, si quería hacerla rodar, iba a tener que empujar la pared lo más fuerte posible. Y tendré que estar en el aire en ese momento, sin ejercer presión contra ninguna otra parte de la esclusa, porque las fuerzas se anularían entre sí y no se movería en absoluto.

Primero he intentado lanzarme rebotando contra una pared para golpear la otra. La esclusa se ha deslizado un poco, pero nada más.

Después he intentado dar un tremendo empujón hacia arriba para salir volando (0,4 G, ¡sí!) y he golpeado la pared con ambos pies. Una vez más, solo se ha deslizado.

A la tercera lo he conseguido. El truco era plantar ambos pies en el suelo, cerca de la pared, y propulsarme hasta la parte superior de la pared opuesta para golpearla con la espalda. Cuando lo he intentado, ahora mismo, me ha dado fuerza y palanca suficientes para inclinar la esclusa y rodar una cara hacia el Hab.

La esclusa mide un metro de anchura, así pues..., suspiro..., tendré que hacer esto unas cincuenta veces más.

Voy a tener un dolor de espalda terrible.

TRANSCRIPCIÓN DE ENTRADA DE AUDIO: SOL 120

Tengo un dolor de espalda terrible.

La sutil y refinada técnica de «golpearme contra la pared» tenía algunos defectos. Solo funcionaba una de cada diez veces, y dolía mucho. He tenido que hacer descansos, estirar los músculos y convencerme a mí mismo de golpearme contra la pared una y otra vez.

He tardado toda la maldita noche, pero lo he conseguido.

Ahora estoy a diez metros del Hab. No puedo acercarme más, porque hay restos de la descompresión por todas partes. Esto no es una esclusa todoterreno. No puedo rodar sobre esa mierda.

Era por la mañana cuando el Hab estalló. Vuelve a ser por la mañana. He estado un día entero en esta maldita caja, pero saldré pronto.

Ahora llevo el traje EVA y estoy listo.

Muy bien... De acuerdo... Repaso otra vez el plan: usar las válvulas manuales para igualar la esclusa. Salir corriendo hacia el Hab. Buscar debajo de la lona caída. Encontrar el traje de Martinez (o el de Vogel si lo encuentro antes). Llegar al vehículo de superficie. Entonces estaré a salvo.

Si me quedo sin tiempo antes de encontrar un traje, simplemente correré al vehículo de superficie. Estaré en apuros, pero tendré tiempo para pensar y materiales con los que trabajar.

Inspiración profunda... ¡Allá voy!

ENTRADA DE DIARIO: SOL 120

¡Estoy vivo! ¡Y estoy en el vehículo de superficie!

Las cosas no han ido exactamente como planeé, pero no estoy muerto, así que es un triunfo.

La igualación de la esclusa ha ido bien. Estaba en la superficie en treinta segundos. Saltando hacia el Hab (la forma más rápida de moverme en esta gravedad), he cruzado el campo de restos. La ruptura del Hab lo había hecho volar todo, a mí incluido.

Me costaba ver con la visera cubierta por el parche improvisado. Por fortuna, en el brazo llevo una cámara. La NASA descubrió que darse la vuelta en el pesado traje EVA para mirar algo es agotador y una pérdida de tiempo, de manera que montaron una pequeña cámara en el brazo derecho. La filmación se proyecta en el interior de la visera. Esto nos permite ver las cosas solo con señalarlas.

El parche de la visera no era exactamente suave ni reflectante, así que he tenido que mirar una versión ondulada y defectuosa de la filmación de la cámara. Aun así, me ha bastado para ver lo que estaba ocurriendo.

He ido en línea recta hacia donde antes estaba la esclusa. Sabía que tenía que haber un gran agujero y que podría entrar por él. Lo he encontrado con facilidad. Y, chico, ¡es un desgarrón feo! Va a ser un peñazo arreglarlo.

Ha sido entonces cuando los fallos de mi plan han empezado a revelarse. Solo tenía un brazo para trabajar. El izquierdo lo llevaba pegado al cuerpo, mientras que el brazo tullido del traje flotaba libremente. Así pues, al moverme por debajo de la lona, tenía que usar el brazo bueno para mantener la lona levantada. Eso me ha frenado.

Por lo que he podido ver, el interior del Hab es un caos. Todo se ha movido. Hay mesas y camas a metros de distancia de su punto de origen. Objetos más ligeros forman una mezcolanza, muchos de ellos en la superficie de Marte. Todo está cubierto de tierra y plantas de patatas destrozadas.

Avanzando, he llegado al lugar donde había dejado el traje de Martinez. Para mi asombro, todavía estaba allí.

«Sí —he pensado con ingenuidad—. Problema resuelto.»

Por desgracia, el traje estaba pillado debajo de una mesa, que a su vez estaba bloqueada por la lona caída. Si hubiera tenido los dos brazos, habría podido sacarlo, pero con uno, simplemente no podía.

Al ver que me quedaba sin tiempo, le he quitado el casco. Lo he dejado a un lado y he pasado junto a la mesa para coger el kit de parches de Martinez. Lo he encontrado con la ayuda de la cámara de brazo, lo he metido en el casco y he salido zumbando.

Un poco más y no llego al vehículo de superficie a tiempo. Los oídos ya me zumbaban por la pérdida de presión justo cuando la esclusa del vehículo de superficie se ha llenado de maravilloso aire a una atmósfera.

He entrado a gatas, me he derrumbado y he jadeado un momento.

Así que estoy otra vez en el vehículo de superficie, igual que cuando volví de la Gran Expedición de Recuperación de la *Pathfinder*. Al menos esta vez huele un poco mejor.

La NASA probablemente está bastante preocupada por mí. Seguramente han visto que la esclusa se acercaba otra vez al Hab, así que sabrán que estoy vivo, pero querrán saber mi estado, y da la casualidad de que es el vehículo de superficie el que se comunica con la *Pathfinder*.

He tratado de enviar un mensaje, pero la *Pathfinder* no responde. No es ninguna sorpresa. Está conectada directamente al Hab, y el Hab está desconectado. Durante mi rápida salida en medio del pánico, he visto que la *Pathfinder* sigue justo donde la dejé y que los residuos no llegaban tan lejos. Debería funcionar bien cuando consiga algo de potencia.

En cuanto a mi situación actual, la gran mejora es el casco. Son intercambiables, de modo que puedo sustituir el mío roto por el de Martinez. El brazo manco sigue siendo un problema, pero la visera era la principal fuente de pérdidas. Además, con el nuevo kit puedo sellar el brazo con más resina.

Aunque eso puede esperar. Llevo más de veinticuatro horas despierto. No corro un peligro inmediato, así que me voy a dormir.

ENTRADA DE DIARIO: SOL 121

He dormido bien esta noche y he hecho un verdadero progreso hoy.

Lo primero ha sido volver a pegar la bocamanga. La última vez tuve que extender la resina en una capa fina porque había usado la mayor parte para el parche de la cara. Pero esta vez tenía todo un kit de parches solo para el brazo. He conseguido un sellado perfecto.

Sigo con un traje de un solo brazo, pero al menos es estanco. Perdí la mayor parte del aire ayer, pero me quedaba media hora de oxígeno. Como he dicho antes, un cuerpo humano no necesita mucho. El problema es mantener la presión.

En esa media hora he podido aprovecharme del depósito de recambio del EVA del vehículo de superficie (algo que no podía hacer con el traje no estanco).

El depósito de recambio es una medida de emergencia. El uso del vehículo de superficie empieza con los trajes EVA completos y viene con aire de sobra. No estaba diseñado para viajes largos, ni siquiera para pasar la noche. Pero, solo para casos de emergencia, tiene mangueras de rellenado en el exterior. Dentro, el espacio ya era limitado, y además la NASA concluyó que la mayoría de las emergencias relacionadas con el aire serían exteriores.

Pero el rellenado es lento, más lento que la pérdida de mi traje. Así que no me ha servido hasta que he cambiado de casco. Ahora, con un traje sólido capaz de mantener la presión, rellenar los tanques estaba chupado.

Después de rellenarlos y asegurarme de que el traje todavía no perdía aire, tenía unas cuantas tareas inmediatas de las que ocuparme. Por más que confíe en mi labor de artesanía, quería un traje con dos brazos.

Me he aventurado a volver al Hab. Esta vez, sin apresurarme y con la ayuda de una varilla, he logrado levantar haciendo palanca la mesa que aprisionaba el traje de Martinez. Después de soltarlo, lo he arrastrado al vehículo de superficie.

Tras un diagnóstico concienzudo para asegurarme, por fin tenía un traje EVA completamente funcional. He necesitado dos viajes para conseguirlo, pero lo tengo.

Mañana repararé el Hab.

ENTRADA DE DIARIO: SOL 122

Lo primero que he hecho hoy ha sido alinear las rocas cerca del vehículo de superficie para formar una señal de OK como las que se hacen con los dedos. Eso debería contentar a la NASA.

He entrado en el Hab otra vez para valorar los daños. Mi

prioridad será dejar la estructura intacta y mantener la presión. A partir de ahí, dedicarme a reparar cosas que se rompieron.

El Hab es una cúpula con varillas flexibles que mantienen el arco y la rigidez, y un suelo plegable para mantener su base plana. La presión interna es vital para que se sostenga. Sin ella, todo se derrumba. He inspeccionado las varillas y ninguna estaba rota; simplemente se habían caído. Tendré que volver a montar unas cuantas, pero será fácil.

El agujero donde estaba la esclusa 1 es enorme, pero superable. Tengo bandas de sellado y lona de sobra. Será mucho trabajo, pero puedo montar otra vez el Hab. Una vez hecho eso, restableceré la potencia y volveré a poner en línea la *Pathfinder*. A partir de ahí, la NASA puede enseñarme a reparar cualquier cosa que yo no logre averiguar cómo se arregla.

Nada de eso me preocupa. Tengo un problema mucho mayor.

La granja está muerta.

Con la pérdida completa de presión, la mayoría del agua se evaporó. Además, la temperatura está muy por debajo de la de congelación. Ni siquiera las bacterias del suelo pueden sobrevivir a una catástrofe de estas características. Algunas de las plantas estaban en tiendas de despliegue automático, fuera del Hab, pero también han muerto. Las tenía directamente conectadas al Hab por medio de mangueras para mantener el suministro de aire y la temperatura. Cuando el Hab estalló, las tiendas se despresurizaron. Aunque no hubiera sido así, el frío habría arruinado la cosecha.

Las patatas se han extinguido en Marte.

También las bacterias. Nunca volveré a cultivar otra planta mientras esté aquí.

Lo teníamos todo planeado. Mi granja me proporcionaría comida hasta sol 900. Una sonda de abastecimiento llegaría aquí en sol 856, mucho antes de que me quedara sin alimentos. Con la granja muerta, el plan es historia.

Las raciones no se han visto afectadas por la explosión y las patatas ya recogidas siguen siendo comestibles. Estaba a punto de recoger otra cosecha, así que supongo que ha sido un buen momento para que esto ocurriera.

Las raciones me durarán al menos hasta sol 400. No estoy seguro de cuánto me durarán las patatas hasta que vea cuántas tengo. Pero puedo calcularlo. Tenía 400 plantas; a un promedio de cinco patatas cada una: 2.000 patatas. A razón de 150 calorías por tubérculo, tendré que comer 10 por sol para sobrevivir. Eso significa que me durarán 200 soles. Total: tengo comida suficiente hasta sol 600.

En sol 856 estaré muerto y bien muerto.

15

[08.12] WATNEY: Test.

[08.25] JPL: ¡Recibido! Nos has dado un buen susto. Gracias por tu mensaje de OK. Nuestros análisis de imágenes satelitales muestran un desenganche completo de la esclusa 1. ¿Es eso correcto? ¿Cuál es tu estado?

[08.39] WATNEY: Si por «desenganche» os referís a «dispararme como un cañón», entonces sí. Un corte menor en la frente. Tuve algunos problemas con mi traje EVA (lo explicaré después). Reparé el Hab y lo represuricé (los depósitos de aire principales estaban intactos). Acabo de recuperar la corriente. La granja está muerta. He recuperado el máximo de patatas que he podido y las he almacenado fuera. Cuento 1.841. Me durarán 184 días, incluidas las raciones de la misión que quedan. Empezaré a morir de hambre en sol 584.

[08.52] JPL: Sí, lo suponíamos. Estamos trabajando en soluciones para la cuestión de la comida. ¿Cuál es el estado de los sistemas del Hab?

[09.05] WATNEY: Los depósitos principales de aire y agua estaban intactos. El vehículo de superficie, el sistema solar y la *Pathfinder* estaban fuera del radio de la explosión. Llevaré a cabo diagnósticos en los sistemas del Hab mientras espero vuestra siguiente respuesta. Por cierto, ¿con quién estoy hablando?

[09.18] JPL: Venkat Kapoor, en Houston. Pasadena

reenvía mis mensajes. Voy a ocuparme de toda la comunicación directa contigo desde ahora. Primero comprueba
el oxigenador y el purificador de agua. Son de suma importancia.

[09.31] WATNEY. Bah. El oxigenador funciona a la perfección. El purificador de agua está completamente desconectado. Supongo que el agua se ha congelado dentro y
han reventado algunos tubos. Estoy seguro de que puedo
arreglarlo. El ordenador principal del Hab también está
funcionando sin problema. ¿Alguna idea de por qué re-
ventó el Hab?

[09.44] JPL: Suponemos que por fatiga de la lona cerca de la esclusa 1. El ciclo de presurización la tensó hasta
que falló. De ahora en adelante, usa esclusa 2 y esclusa 3
para todas las EVA. Además, estamos preparándote una
lista de control y procedimientos para un examen completo de la lona.

[09.57] WATNEY: Sí, voy a quedarme mirando la pared
varias horas. Dime si se te ocurre una forma para que no
muera de hambre.

[10.11] JPL: Lo haré.

—Es sol 122 —dijo Bruce—. Tenemos hasta sol 584 para llevar una sonda a Marte. Eso son cuatrocientos sesenta y dos soles, que son cuatrocientos setenta y cinco días.

Los jefes de departamento del JPL reunidos torcieron el gesto y se frotaron los ojos.

Bruce se levantó de su silla.

—Las posiciones de la Tierra y Marte no son las ideales. El
viaje se prolongará cuatrocientos catorce días. Para montar la
sonda al cohete y llevar a cabo las inspecciones hacen falta trece
días. Dispondremos de solo cuarenta y ocho días para preparar
esta sonda.

Los susurros de exasperación llenaron la sala.

—Joder —exclamó alguien.

—Esto es una partida nueva —continuó Bruce—. Nuestro

principal foco de atención es la comida. Todo lo demás es un lujo añadido. No tenemos tiempo para construir un aterrizador con motor de descenso. El aterrizaje tendrá que ser brusco, así que no podemos meter nada delicado dentro. Olvidaos de todas las otras chorradas que pensábamos enviar.

—¿De dónde saldrá el cohete? —preguntó Norm Toshi, a cuyo cargo estaba el proceso de reentrada.

—De la sonda *EagleEye 3* a Saturno —dijo Bruce—. Su lanzamiento estaba programado para el mes que viene. La NASA lo suspenderá para que dispongamos del cohete.

—Apuesto a que los del equipo del *Eagle* están cabreados —dijo Norman.

—Seguro que lo están —convino Bruce—, pero es el único cohete lo bastante grande. Lo cual me lleva al siguiente punto: solo tenemos una oportunidad. Si fallamos, Mark Watney morirá.

Miró a su alrededor y dejó que los presentes en la sala asimilaran la información.

—Tenemos algunas cosas a nuestro favor —dijo finalmente—. Contamos con algunas piezas ya construidas para las misiones de preabastecimiento de la Ares 4. Podemos hacernos con ellas para ahorrar un poco de tiempo. Además, vamos a enviar comida, que es bastante resistente. Aunque hubiera un problema de reentrada y la sonda impactara contra la superficie a gran velocidad, la comida seguiría siendo comida.

»Y no necesitamos realizar un aterrizaje de precisión. Watney puede viajar cientos de kilómetros si es necesario. Solo tenemos que descender lo bastante cerca para que llegue hasta la sonda. Al final se tratará de un preabastecimiento estándar con aterrizaje brusco. Lo único que necesitamos es hacerlo cuanto antes. Así que manos a la obra.

[08.02] JPL: Hemos puesto en marcha un proyecto para llevarte comida. Está en marcha desde hace una semana más o menos. Podemos hacer que te llegue antes de que mueras de hambre, pero irá justo. Te llevará solo comida y una radio. No podemos enviar oxigenador, purificador de agua ni ninguna otra cosa sin un motor de descenso.

[08.16] WATNEY: ¡No tengo ninguna queja! Si me traéis la comida seré un campista feliz. Todos los sistemas del Hab vuelven a funcionar. El purificador de agua trabaja bien ahora que he sustituido los tubos que reventaron. En cuanto al suministro de agua, me quedan 620 litros. Empecé con 900 (300 para empezar y 600 más de la reducción de hidracina), así que he perdido casi 300 litros por sublimación. Aun así, con el purificador de agua operativo otra vez, es mucho.

[08.31] JPL: Bien, mantennos informados de problemas mecánicos o electrónicos. Por cierto, el nombre de la sonda que vamos a enviarte es *Iris*, por la diosa griega que viajó por el cielo a la velocidad del viento. También es la diosa del arcoíris.

[08.47] WATNEY: Una sonda gay viene a salvarme. Entendido.

Rich Purnell tomó un sorbo de café en el edificio en silencio. Ejecutó una prueba final en el software que había escrito. Superada. Con un suspiro de alivio, se hundió en su silla. Comprobando el reloj del ordenador, cabeceó. Las 3.42 h.

Como astrodinámico, Rich rara vez tenía que trabajar hasta tarde. Su trabajo consistía en encontrar las órbitas exactas y hacer las correcciones de trayectoria requeridas para una misión dada. Normalmente, esa era una de las primeras partes de un proyecto; todos los demás pasos estaban basados en la órbita.

Pero esta vez las cosas funcionaban al revés. *Iris* necesitaba una trayectoria orbital y nadie sabía cuándo se lanzaría.

Los planetas se mueven. Una trayectoria calculada para una fecha de lanzamiento específico sirve solo para esa fecha. Incluso un día de diferencia implica no llegar a Marte.

Así que Rich había tenido que calcular muchas trayectorias. Tenía un rango de veinticinco días durante los cuales la *Iris* podía ser lanzada. Había calculado una trayectoria para cada uno de esos días.

Empezó a escribir un mensaje de correo a su jefe.

Mike:

Adjunto las trayectorias para la *Iris*, en incrementos de un día. Deberíamos iniciar su revisión y estudiarlas para que puedan ser aceptadas oficialmente. Y tenías razón, he tardado casi toda la noche.

No ha sido tan terrible. Ni punto de comparación con calcular órbitas para la *Hermes*. Sé que te aburres cuando me meto en cálculos, así que, resumiendo: el impulso pequeño y constante de iones de la *Hermes* es mucho más complicado de calcular que los impulsos grandes de las sondas de preabastecimiento.

Las 25 trayectorias duran 414 días y varían solo ligeramente en impulso, y ángulo. El requisito de combustible es casi idéntico y supera la capacidad del propulsor de la *EagleEye*.

Es una lástima. La Tierra y Marte están francamente mal posicionadas. ¡Cielos, es casi más fácil...!

Dejó de escribir, con el ceño fruncido y la mirada perdida.

—Hum —dijo.

Cogió la taza de café y fue a la sala de descanso a llenarla.

Teddy examinó la sala de conferencias. Era raro ver a tanta gente importante de la NASA reunida en un mismo lugar. Ordenó pulcramente un montoncito de notas que había preparado y se lo puso justo delante.

—Lo sé, estáis todos ocupados —dijo—. Gracias por encontrar tiempo para esta reunión. Necesito conocer el estado del Proyecto Iris en todos los departamentos. Venkat, empecemos contigo.

—El equipo de la misión está listo —dijo Venkat, mirando hojas de cálculo en su portátil—. Hubo una pequeña disputa entre el equipo de control de preabastecimiento de la Ares 3 y el de la Ares 4. Los de la Ares 3 consideraban que debían dirigir ellos porque, mientras Watney esté en Marte, su misión sigue en marcha. El equipo de la Ares 4 decía que, para empezar, se trata de su sonda. Terminé optando por el de la Ares 3.

—¿Eso molestó al equipo de la Ares 4? —preguntó Teddy.

—Sí, pero lo superarán. Tienen otras trece misiones de preabastecimiento en marcha. No tienen demasiado tiempo para estar cabreados.

—Mitch —dijo Teddy al controlador de vuelo—, ¿cómo va el lanzamiento?

Mitch se quitó el auricular de la oreja.

—Tenemos una sala de control lista —dijo—. Supervisaré el lanzamiento, luego cederé el vuelo y el aterrizaje a los chicos de Venkat.

—¿Medios? —preguntó Teddy, volviéndose hacia Annie.

—Estoy dando actualizaciones diarias a la prensa —dijo ella, recostándose en su silla—. Todos saben que Watney está jodido si esto no funciona. El público no ha estado tan interesado en la construcción de una nave desde la misión Apolo 11. El *Informe Watney* de la CNN lleva siendo el programa número uno de esa franja horaria desde hace dos semanas.

—La atención es buena —dijo Teddy—. Nos ayudará a conseguir fondos de emergencia del Congreso. —Levantó la mirada hacia un hombre situado junto a la entrada—. Maurice, gracias por venir con tan poco tiempo.

Maurice asintió.

Teddy le hizo un gesto y se dirigió a la sala:

—Para quienes no lo conozcan, es Maurice Stein, de Cabo Cañaveral. Era el director de lanzamiento de la *EagleEye 3*, así que va a asumir el mismo papel en el caso de la *Iris*. Siento el cambiazo, Maurice.

—No importa —repuso este—. Me alegro de poder ayudar.

Teddy puso la primera de sus notas boca abajo junto al montón.

—¿Cómo va el cohete?

—Bien, por ahora —dijo Maurice—. Pero no es ideal. La

EagleEye 3 estaba lista para su lanzamiento. Los cohetes no están diseñados para permanecer en posición vertical y soportar la tensión de la gravedad durante períodos largos. Estamos añadiendo apoyos externos que retiraremos antes del lanzamiento. Es más fácil que desmontarla. Además, el combustible es corrosivo para los depósitos internos, así que tuvimos que vaciarlos. Entretanto, estamos llevando a cabo inspecciones de todos los sistemas cada tres días.

—Bien, gracias. —Teddy prestó atención a Bruce Ng, que lo miró a su vez con los ojos inyectados en sangre.

—Bruce, gracias por venir también a ti. ¿Cómo está el clima en California estos días?

—No lo sé —dijo Bruce—. Casi no salgo.

Risas ahogadas llenaron la sala durante unos segundos.

Teddy pasó otra nota.

—Es el momento de la gran pregunta, Bruce. ¿Cómo le va a la *Iris*?

—Vamos atrasados —dijo Bruce, cabeceando cansado—. Vamos lo más deprisa que podemos, pero no lo bastante.

—Puedo conseguir dinero para las horas extra —propuso Teddy.

—Ya trabajamos a todas horas.

—¿De cuánto retraso estamos hablando? —preguntó Teddy.

Bruce se frotó los ojos y suspiró.

—Llevamos en ello veintinueve días, de modo que solo nos faltan diecinueve. Después harán falta trece días para montar la plataforma de lanzamiento. Llevamos al menos dos semanas de retraso.

—¿Eso es lo máximo que te vas a retrasar o puede que sea más? —preguntó Teddy, anotando en sus papeles.

Bruce se encogió de hombros.

—Si no tenemos problemas, nos retrasaremos dos semanas. Pero siempre surgen problemas.

—Dame una estimación —dijo Teddy.

—Quince días —respondió Bruce—. Si tuviéramos otros quince días, estoy seguro de que terminaríamos a tiempo.

—De acuerdo —dijo Teddy, tomando nota—. Obtengamos

otros quince días. —Volviendo su atención al cirujano de vuelo de la Ares 3, le preguntó—: Doctor Keller, ¿podemos reducir la ingesta alimentaria de Watney para que las raciones le duren más?

—Lo siento, pero no —repuso Keller—. Su consumo de calorías ya es mínimo. De hecho, considerando la cantidad de trabajo físico que hace, está comiendo mucho menos de lo que debería. Y eso va a empeorar. Pronto toda su dieta se reducirá a patatas y complementos vitamínicos. Ha estado ahorrando raciones ricas en proteínas para su uso posterior, pero estará desnutrido.

—Cuando se quede sin comida, ¿cuánto tardará en morir de hambre? —preguntó Teddy.

—Suponiendo que no le falte agua, sobrevivirá tres semanas. Menos que durante una huelga de hambre típica: recuerda que ya estará desnutrido y muy delgado de entrada.

Venkat levantó una mano para captar su atención.

—Recuerda que la *Iris* no aterrizará de forma controlada; podría tener que conducir varios días para conseguir llegar hasta ella, y supongo que es difícil conducir un vehículo de superficie cuando estás literalmente muriéndote de hambre.

—Tiene razón —confirmó el doctor Keller—. A los cuatro días de quedarse sin comida apenas podrá tenerse en pie, mucho menos controlar un vehículo de superficie. Además, sus facultades mentales se deteriorarán con rapidez. Le costará mucho permanecer despierto.

—Así que la fecha de aterrizaje es firme —dijo Teddy—. Maurice, ¿puedes adosar la *Iris* al cohete en menos de trece días?

Maurice se apoyó en la pared y se pellizcó la barbilla.

—Bueno..., solo hacen falta tres días para montarla. Los diez siguientes son para pruebas e inspecciones.

—¿En cuánto puedes reducirlos?

—Con suficientes horas extra, en dos días; eso en lo referente al transporte desde Pasadena hasta Cabo Cañaveral. Pero las inspecciones son las que son. Hay para ellas una temporalización. Hacemos comprobaciones y recomprobaciones a intervalos establecidos para ver si algo se deforma o se comba. Reducir los intervalos equivale a invalidar las inspecciones.

—¿Con cuánta frecuencia esas inspecciones revelan un problema? —preguntó Teddy.

Se hizo un silencio en la sala.

—Ah. ¿Estás sugiriendo que no hagamos las inspecciones? —tartamudeó Maurice.

—No. Estoy preguntando con cuánta frecuencia revelan un problema.

—Más o menos en uno de cada veinte lanzamientos.

Teddy lo anotó.

—¿Y con cuánta frecuencia el problema hallado habría supuesto el fracaso de una misión?

—Yo, eh, no estoy seguro. Tal vez la mitad de las veces.

Anotó también eso.

—Así que, si nos saltamos las inspecciones y los test, tenemos una posibilidad entre cuarenta de fracaso de la misión —dijo Teddy.

—Eso es un dos coma cinco por ciento —intervino Venkat—. Normalmente justifica que se detenga la cuenta atrás. No podemos correr un riesgo semejante.

—La normalidad hace mucho que no es lo que impera —dijo Teddy—. Un noventa y siete coma cinco por ciento es mejor que nada. ¿A alguien se le ocurre una forma más segura de conseguir más tiempo?

Examinó la sala. Rostros inexpresivos le devolvieron la mirada.

—Muy bien, pues —dijo, encerrando en un círculo algo escrito en sus notas—. Acelerando el proceso de montaje y saltándonos las inspecciones lo haremos en once días. Si Bruce puede sacarse un conejo de la chistera y terminar antes, que Maurice revise algunas cosas.

—¿Qué pasa con los otros cuatro días? —preguntó Venkat.

—Estoy seguro de que Watney puede hacer durar la comida cuatro días más, sin tener en cuenta la malnutrición —dijo Teddy, mirando al doctor Keller.

—Yo... —empezó Keller—. No recomiendo...

—Espera —lo interrumpió Teddy. Se levantó, poniéndose bien el *blazer*—. Comprendo la postura de todos. Tenemos protocolos. Saltarnos esos protocolos implica un riesgo. Los riesgos implican problemas para los departamentos. Pero ahora no es el momento de cubrirnos las espaldas. Tenemos que correr riesgos o Mark Watney morirá. —Volviéndose hacia Keller, añadió—: Haga que la comida dure otros cuatro días.

Keller asintió.

—Rich —dijo Mike.

Rich Purnell estaba concentrado en la pantalla del ordenador. Su cubículo era un batiburrillo de hojas impresas, gráficos y libros de referencia. Había tazas de café vacías por todas partes y el suelo estaba sembrado de envases de comida para llevar.

—Rich —repitió Mike con más energía.

Rich levantó la mirada.

—¿Sí?

—¿Qué demonios estás haciendo?

—Solo un pequeño proyecto adicional. Quería comprobar una cosa.

—Bueno..., eso está bien, supongo, pero lo primero es tu trabajo asignado. Te pedí esos ajustes de satélite hace dos semanas y todavía no los has hecho.

—Necesito tiempo de superordenador —dijo Rich.

—¿Necesitas tiempo de superordenador para calcular ajustes de rutina de los satélites?

—No, es para otra cosa en la que estoy trabajando —dijo Rich.

—Rich, en serio. Tienes que hacer tu trabajo.

Rich reflexionó un momento.

—¿Es un buen momento para que me tome una vacaciones? —preguntó.

Mike suspiró.

—¿Sabes qué, Rich? Creo que es un momento ideal para que te tomes unas vacaciones.

—¡Genial! —Rich sonrió—. Las empezaré ahora mismo.

—Claro —dijo Mike—. Vete a casa. Descansa un poco.

—Oh, no me iré a casa. —Rich volvió a sus cálculos.

Mike se frotó los ojos.

—Vale, como quieras. En cuanto a esas órbitas satelitales...

—Estoy de vacaciones —dijo Rich sin mirarlo siquiera.

Mike se encogió de hombros y salió.

[08.01] WATNEY: ¿Cómo va mi paquete de apoyo?

[08.16] JPL: un poco retrasado, pero lo conseguiremos. Entretanto, queremos que vuelvas a trabajar. Estamos satisfechos del estado del Hab. El mantenimiento solo te ocupa doce horas por semana. Vamos a llenar el resto de tu tiempo con investigación y experimentos.

[08.31] WATNEY: ¡Genial! Estoy cansado de estar sentado. Voy a estar años aquí. Podéis sacar provecho de mí.

[08.47] JPL: Eso es lo que estábamos pensando. Te entregaremos un programa en cuanto el equipo científico lo prepare. Serán sobre todo EVA: muestras geológicas, test de suelo y test médicos semanales autoadministrados. Sinceramente, este es el mejor «bono tiempo de Marte» que hemos tenido desde el *lander Opportunity*.

[09.02] WATNEY: El *Opportunity* nunca volvió a la Tierra.

[09.17] JPL: Lo siento. Mala analogía.

El Centro de Montaje de Naves Espaciales del JPL, conocido como la «sala blanca», era el poco conocido lugar de origen de las naves más famosas en la historia de la exploración de Marte. La *Mariner*, la *Viking*, la *Spirit*, la *Opportunity* y la *Curiosity*, por nombrar solo unas pocas, se habían montado allí.

Aquel día la sala zumbaba de actividad mientras los técnicos introducían la *Iris* en un contenedor de transporte a medida.

Los técnicos que estaban fuera de servicio asistían al procedimiento desde el puente de observación. Llevaban dos meses sin apenas poner un pie en su casa; habían instalado un dormitorio improvisado en la cafetería. Un tercio de ellos habrían estado durmiendo normalmente a esa hora, pero no querían perderse el acontecimiento.

El jefe de turno apretó el último tornillo. Cuando apartó la llave, los ingenieros prorrumpieron en una ovación. Muchos estaban llorando.

Después de sesenta y tres días de agotador trabajo, la *Iris* estaba lista.

Annie ocupó el estrado y ajustó el micrófono.

—Los preparativos para el lanzamiento están completos —dijo—. La *Iris* está lista. El lanzamiento está programado para las nueve y catorce.

»Una vez lanzada, la sonda permanecerá en órbita al menos tres horas. Durante ese tiempo, Control de Misión recopilará la telemetría exacta en preparación para el impulso transmarciano. Cuando esa parte del proceso finalice, la misión quedará en manos del equipo de preabastecimiento de la Ares 3, que monitorizará su progreso durante los meses siguientes. La sonda tardará cuatrocientos catorce días en llegar a Marte.

—Respecto a la carga —dijo un periodista—. He oído que no solo transporta comida.

—Es cierto. —Annie sonrió—. Hemos añadido cien gramos de objetos de lujo: cartas manuscritas de la familia de Mark, una nota del presidente y un USB con música de todas las épocas.

—¿Algo de disco? —preguntó alguien.

—Nada de disco —dijo Annie cuando las risas se extendieron por la sala.

Cathy Warner, de la CNN, tomó la palabra.

—Si este lanzamiento falla, ¿le quedará algún recurso a Watney?

—Todos los lanzamientos tienen riesgos —dijo Annie, sorteando la pregunta—, pero no se prevén problemas. El clima en Cabo Cañaveral es despejado, con temperaturas suaves. Las condiciones no podrían ser mejores.

—¿Hay algún límite de coste para esta operación de rescate? —preguntó otro periodista—. Hay quien empieza a preguntarse cuánto es demasiado.

—No se trata de una cifra —dijo Annie, preparada para la pregunta—. Se trata de una vida humana en peligro inminente. Pero si quiere enfocarlo desde el punto de vista económico, tengamos en cuenta el valor de la larga misión de Mark Watney. Su prolongada estancia en Marte y su lucha por la supervivencia nos están aportando más conocimientos sobre Marte que todo el resto del Programa Ares junto.

—¿Crees en Dios, Venkat? —preguntó Mitch.

—Claro, creo en muchos dioses —dijo Venkat—. Soy hindú.

—Pídeles que nos ayuden con este lanzamiento.

—Lo haré.

Mitch se dirigió a su puesto de Control de Misión. La sala se llenó de actividad mientras decenas de controladores llevaban a cabo los preparativos finales para el lanzamiento.

Mitch se puso los auriculares y miró la lectura de tiempo en la enorme pantalla central gigante instalada en la sala. Encendió el intercomunicador y dijo:

—Habla el director de vuelo. Empezamos la comprobación de estado de lanzamiento.

—Recibido, Houston —fue la respuesta del director de control de lanzamiento en Florida—. CLDCR comprobando que todas las estaciones están ocupadas y los sistemas preparados —emitió—. Dadme un sí o un no para el lanzamiento. ¿Comunicador?

—Sí —fue la respuesta.

—Cronometrador.

—Sí —dijo otra voz.

—QAM1.

—Sí.

Apoyando la barbilla en las manos, Mitch miró la pantalla central, en la que se veía la filmación de la plataforma de lanzamiento. El cohete, en medio de la nube de vapor de agua del proceso de enfriamiento, seguía llevando *EagleEye 3* escrito en el lateral.

—QAM2.

—Sí.

—QAM3.

—Sí.

Venkat apoyó la espalda en la pared. Era un administrador. Su trabajo estaba hecho. Solo podía observar y tener esperanza. Había clavado la mirada en los visualizadores de datos de la pared del fondo. Veía mentalmente los números, los malabarismos con los turnos, las mentiras descaradas y los casi delitos que había cometido para poner esa misión en marcha. Todo habría valido la pena si funcionaba.

—FSC.

—Sí.

—Propulsor Uno.

—Sí.

Teddy estaba sentado en la sala de observación VIP, al fondo de Control de Misión. Dada su autoridad ocupaba el mejor asiento, en el centro de la primera fila, con el maletín a sus pies y una carpeta azul en las manos.

—Propulsor Dos.

—Sí.

—PTO.

—Sí.

Annie Montrose paseaba en su oficina, situada al lado de la sala de prensa. Tenía nueve televisores murales sintonizados en nueve cadenas, todas las cuales mostraban la plataforma de lanzamiento. Una mirada a su ordenador le bastó para ver que las cadenas extranjeras hacían lo mismo. El mundo contenía el aliento.

—ACC.

—Sí.

—LWO.

—Sí.

Bruce Ng estaba sentado en la cafetería del JPL, con centenares de ingenieros que habían dado todo lo que tenían por la

Iris. Observaban la filmación en directo en una pantalla de proyección. Algunos se removían en el asiento, incapaces de encontrar una postura cómoda. Otros se daban la mano. Eran las
6.13 h de la mañana en Pasadena y, sin embargo, todos y cada
uno de los empleados estaban presentes.

—AFLC.

—Sí.

—Dirección.

—Sí.

A millones de kilómetros de distancia, la tripulación de la
Hermes escuchaba reunida en torno al puesto de Johanssen. Los
dos minutos de tiempo de transmisión no importaban. No tenían forma de ayudar; no había necesidad de que interactuaran.
Johanssen miraba con intensidad la pantalla, aunque solo se veía
en ella la potencia de la señal de audio. Beck se retorcía las manos. Vogel estaba de pie, sin moverse, con los ojos clavados en el
suelo. Martinez rezaba en silencio al principio, luego no vio razón para disimular. La comandante Lewis estaba aparte, con los
brazos cruzados delante del pecho.

—PTC.

—Sí.

—Director de vehículo de lanzamiento.

—Sí.

—Houston, aquí Control de Lanzamiento, preparados para
el lanzamiento.

—Recibido —dijo Mitch, comprobando la cuenta atrás—.
Aquí Vuelo, preparados para el lanzamiento a la hora prevista.

—Recibido, Houston —dijo Control de Lanzamiento—.
Lanzamiento en horario.

Cuando el reloj llegó a –00.00.15, las cadenas de televisión
recibieron lo que estaban esperando. El controlador de tiempo
empezó la cuenta atrás verbal.

—Quince —dijo—. Catorce..., trece..., doce..., once...

Miles de personas se habían congregado en Cabo Cañaveral,
el público más nutrido que jamás había presenciado un lanzamiento no tripulado. Escucharon la voz del controlador de tiempo resonando en las grandes tribunas.

—... diez..., nueve..., ocho..., siete...

Rich Purnell, enfrascado en sus cálculos orbitales, había perdido la noción del tiempo. No se enteró cuando sus compañeros de trabajo se trasladaron a la gran sala de reuniones donde habían instalado un televisor. Le pareció que la oficina estaba inusualmente silenciosa, pero no le dio más importancia.

—... seis..., cinco..., cuatro...

—Inicio de secuencia de ignición.

—... tres..., dos..., uno...

Se soltaron las abrazaderas y el cohete se elevó en medio de un penacho de humo y fuego, despacio al principio, luego acelerando cada vez más. La gente reunida vitoreó.

—... y despegue de la sonda de abastecimiento *Iris* —dijo el controlador de tiempo.

Cuando el propulsor rugió, Mitch no tuvo tiempo de observar el espectáculo en la pantalla principal.

—¿Estado? —preguntó.

—Bueno, Vuelo —fue la respuesta inmediata.

—¿Trayectoria? —preguntó.

—En trayectoria.

—Altitud: mil metros —dijo alguien.

—Alcanzada posición de cancelación segura —dijo otra persona, para indicar que la nave podía estrellarse sin causar daños en el océano Atlántico si era necesario.

—Altitud: mil quinientos metros.

—Maniobra de inclinación y giro iniciada.

—Una ligera vibración, Vuelo.

Mitch miró al director de vuelo de ascenso.

—¿Repítelo?

—Una ligera vibración. La orientación de a bordo la está controlando.

—No le quites ojo —dijo Mitch.

—Altitud: dos mil quinientos metros.

—Inclinación y giro completados, veintidós segundos para la segunda fase.

Al diseñar la *Iris*, el JPL había tenido en cuenta un fallo de aterrizaje catastrófico. En lugar de paquetes de comida normales, casi todos los alimentos eran cubos de proteínas, que seguirían siendo comestibles aunque la *Iris* no lograra desplegar sus globos de frenado e impactara contra la superficie a una velocidad increíble.

Como la *Iris* era una sonda no tripulada, no había tope de aceleración. El contenido de la sonda soportaría fuerzas a las que ningún humano podría sobrevivir. La NASA había probado los efectos de fuerzas G extremas sobre cubos de proteínas, pero no sumados a una vibración lateral simultánea. De haber tenido más tiempo, lo habrían hecho.

La vibración inofensiva causada por un desequilibrio menor en la mezcla de combustible zarandeó la carga. La *Iris*, montada firmemente con el aeroescudo encima del propulsor, se mantuvo firme. Los cubos de proteínas, no.

A escala microscópica, los cubos eran partículas sólidas de alimento suspendidas en aceite vegetal. Las partículas se comprimieron a menos de la mitad de su tamaño original, pero el aceite apenas resultó afectado. Eso cambió drásticamente la proporción de volumen de sólido y líquido, lo que a su vez hizo que el conglomerado se comportara como un líquido. Este proceso, conocido como «licuefacción», trasformó los cubos de proteínas en un sedimento fluido.

Almacenado en un compartimento en principio del todo lleno, el sedimento contaba ahora con espacio para agitarse. Además, la vibración causó un desequilibrio de carga, de modo que se acumuló en un lado del compartimento. El desplazamiento del peso agravó el problema y la vibración aumentó.

—La vibración es ya violenta —informó el director del vuelo de ascenso.

—¿Cómo de violenta? —dijo Mitch.

—Más de lo que nos gustaría, pero los acelerómetros la han captado y han recalculado el centro de masas. El ordenador de dirección está ajustando los propulsores del motor para que contrarresten. Seguimos bien.

—Mantenme informado —dijo Mitch.

—Trece segundos para la segunda fase.

El inesperado desplazamiento del peso no había desencadenado un desastre. Todos los sistemas estaban diseñados para el peor de los casos; cada uno hizo su trabajo admirablemente. La nave continuó hacia la órbita con solo un leve ajuste de trayectoria, implementado de manera automática por un software sofisticado.

La primera fase consumió el combustible y el propulsor se inclinó una fracción de segundo al deshacerse de las amarras de fase por medio de tornillos explosivos. La fase ya vacía se desprendió de la nave al tiempo que los motores de segunda fase se preparaban para la ignición.

Las fuerzas brutales habían cesado. El sedimento de proteínas flotaba libremente en el contenedor. De haber tenido dos segundos se habría reexpandido y solidificado, pero solo tuvo un cuarto de segundo.

Cuando se inició la segunda fase, la nave experimentó una agitación repentina de fuerza inmensa. Sin el peso muerto de la primera fase, la aceleración fue tremenda. Los trescientos kilos de sedimento golpearon la parte posterior del contenedor. El punto de impacto estaba en el borde de la *Iris*, lejos de donde se esperaba que estuviera la masa.

Aunque la *Iris* estaba sujeta por cinco grandes tornillos, la fuerza se centró por completo en uno. El tornillo estaba diseñado para resistir fuerzas enormes, para soportar todo el peso de la carga si era necesario, pero no para aguantar el repentino impacto de una masa suelta de trescientos kilogramos.

El tornillo se desprendió. La carga se desplazó entonces a los cuatro restantes. Pasado el impacto contundente, su trabajo fue considerablemente más fácil que el de su camarada perdido.

Si la tripulación de la plataforma de lanzamiento hubiera tenido tiempo para las inspecciones habituales, habría notado el minúsculo defecto en uno de los tornillos; era un defecto que lo debilitaba ligeramente, aunque no habría sido la causa del fracaso de una misión normal. Aun así, lo habrían reemplazado por uno perfecto.

La carga desviada ejercía una fuerza desigual contra los cuatro tornillos restantes, de los cuales el defectuoso soportaba la mayor parte. No tardó en romperse también. A partir de ahí, los otros tres fallaron en rápida sucesión.

La *Iris* se deslizó de su soporte en el armazón aéreo y golpeó el casco.

—¡Guau! —exclamó el director de vuelo de ascenso—. Vuelo, tenemos una gran precesión.

—¿Qué? —dijo Mitch cuando las alertas pitaron y las luces parpadearon en todas las consolas.

—La fuerza sobre la *Iris* es de 7 G —dijo alguien.

—Pérdida de señal intermitente —dijo otra voz.

—Ascenso, ¿qué está pasando? —preguntó Mitch.

—Se ha armado la gorda. Está girando sobre el eje longitudinal con una precesión de diecisiete grados.

—¿Hasta qué punto?

—Al menos cinco rpy perdiendo la trayectoria.

—¿Puedes devolverla a la órbita?

—No puedo comunicarme con ella en absoluto; fallo de señal a izquierda y derecha.

—¡Comunicaciones! —gritó Mitch al director de comunicaciones.

—Trabajando en ello, Vuelo —fue la respuesta—. Hay un problema con el sistema de a bordo.

—Importantes G dentro, Vuelo.

—Telemetría de suelo indica que está doscientos metros por debajo de la trayectoria prevista.

—Hemos perdido las lecturas de la sonda, Vuelo.

—¿Hemos perdido la sonda por completo? —preguntó.

—Afirmativo, Vuelo. Señal intermitente de la nave, pero sin sonda.

—Mierda —dijo Mitch—. Se ha soltado en el aeroescudo.

—Va como una peonza, Vuelo.

—¿No puede volver a la órbita? —dijo Mitch—. Aunque sea a una órbita superbaja. Quizá podríamos...

—Pérdida de señal, Vuelo.

—Pérdida de señal aquí también.

—Lo mismo aquí.

Salvo por las alarmas, la sala quedó en silencio.

Al cabo de un momento, Mitch dijo:

—¿Restablecimiento?

—No hay suerte —repuso Comunicaciones.

—¿Suelo? —preguntó Mitch.

—Control de Suelo. El vehículo ya había salido del campo visual.

—¿SatCon? —preguntó Mitch.

—No hay recepción de señal de satélite.

Mitch miraba la pantalla principal. Sobre fondo negro, unas grandes letras blancas decían: «Sin señal.»

—Vuelo —dijo una voz en la radio—. El destructor estadounidense *Stockton* informa de caída de escombros del cielo. La fuente coincide con la última localización conocida de la *Iris*.

Mitch se llevó las manos a la cabeza.

—Recibido —dijo. Luego murmuró las palabras que ningún director de vuelo espera tener que decir nunca—: Control de Suelo, Vuelo. Cierre de puertas.

Era la señal para empezar los procedimientos posteriores a un fracaso.

Desde la sala de observación VIP, Teddy percibió el abatimiento en el Centro de Control de Misión. Respiró hondo, luego soltó el aire. Miró con tristeza la carpeta azul que contenía su alegre discurso alabando un lanzamiento perfecto. La guardó en el maletín y extrajo la carpeta roja, que contenía el discurso opuesto.

Venkat miraba por la ventana de su oficina el centro espacial, un centro espacial que albergaba la mayoría del conocimiento avanzado sobre cohetes y, sin embargo, había fracasado en la ejecución del lanzamiento de ese día.

Sonó el móvil. Su mujer otra vez. Sin duda estaba preocupa-

da por él. Dejó que saltara al buzón de voz. Simplemente no podía hablar con ella. Ni con nadie.

Sonó una campanilla en su ordenador. Al mirar, vio un mensaje del JPL. Un mensaje reenviado de la *Pathfinder*:

[16.03] WATNEY: ¿Cómo ha ido el lanzamiento?

16

Martinez:

La doctora Shields dice que debo escribir mensajes personales a todos los miembros de la tripulación, que eso me mantendrá conectado con la humanidad. Me parece una chorrada, pero, eh, es una orden.

Contigo, puedo ser franco: si muero, necesito que vayas a ver a mis padres. Ellos querrán saber cosas del tiempo que pasamos en Marte de primera mano. Necesitaré que hagas eso.

No será fácil hablar con una pareja de su hijo muerto. Es pedir mucho; por eso te lo pido a ti. Te diría que eres mi mejor amigo y tal, pero sería patético.

No me estoy rindiendo. Solo estoy planeando todos los posibles resultados. Eso es lo que hago.

Guo Ming, director de la Administración Espacial Nacional de China, examinó la desalentadora pila de papeles de su escritorio. En los viejos tiempos, cuando China quería lanzar un cohete, simplemente lo lanzaba. Ahora estaban obligados por acuerdos internacionales a advertir antes de ello a otras naciones.

Era un requisito, se dijo Guo Ming, que no se exigía a Estados Unidos. A decir verdad, los estadounidenses anunciaban públicamente sus planes de lanzamiento con mucha antelación, de manera que equivalía a lo mismo.

Rellenar el formulario era como caminar por la cuerda floja: tenía que dejar claras la fecha de lanzamiento y la trayectoria, pero haciendo todo lo posible por «ocultar secretos de Estado».

Resopló viendo el último requisito.

—Ridículo —murmuró.

La *Taiyang Shen* no tenía valor estratégico ni militar. Era una sonda no tripulada que permanecería en la órbita de la Tierra menos de dos días. Después viajaría hasta una órbita solar situada entre Mercurio y Venus. Sería la primera sonda heliológica de China que orbitaría el Sol.

Sin embargo, el Consejo de Estado insistía en que todos los lanzamientos fueran secretos, incluidos aquellos sobre los que no había nada que ocultar. De ese modo, otras naciones no podían inferir de la falta de transparencia qué lanzamiento llevaba carga clasificada.

Una llamada a la puerta interrumpió su trabajo burocrático.

—Adelante —dijo Guo Ming, feliz por la interrupción.

—Buenas tardes, señor —repuso el subdirector Zhu Tao.

—Tao, bienvenido de nuevo.

—Gracias, señor. Me alegro de estar otra vez en Pekín.

—¿Cómo han ido las cosas en Jiuquan? —preguntó Guo Ming—. No haría demasiado frío, espero. Nunca entenderé por qué nuestras instalaciones de lanzamiento están en pleno desierto de Gobi.

—Hacía frío, pero era soportable —dijo Zhu Tao.

—¿Y cómo van los preparativos del lanzamiento?

—Me alegro de informar de que están todos en plazo.

—Excelente. —Guo Ming sonrió.

Zhu Tao se sentó en silencio, mirando a su jefe.

Guo Ming miró con expectación a su visitante, pero Zhu Tao ni se levantó para salir ni dijo nada.

—¿Algo más, Tao? —preguntó Guo Ming.

—Hum —dijo Zhu Tao—. Seguro que ha oído hablar de la sonda *Iris*, ¿verdad?

—Sí. —Guo frunció el ceño—. Una situación terrible. Ese pobre hombre morirá de hambre.

—Puede que sí —dijo Zhu Tao—. Puede que no.

Guo Ming se apoyó en su silla.

—¿De qué estás hablando?

—Del cohete propulsor de la *Taiyang Shen*, señor. Nuestros ingenieros han hecho cálculos y tiene suficiente combustible para propulsarla hasta la órbita de Marte. Podría llegar allí en cuatrocientos diecinueve días.

—¿Estás de broma?

—¿Alguna vez me ha oído bromear, señor?

Guo Ming se levantó y se pellizcó la barbilla. Paseando, dijo:

—¿Podemos realmente enviar la *Taiyang Shen* a Marte?

—No, señor —dijo Zhu Tao—. Es demasiado pesada. El enorme escudo térmico la convierte en la sonda no tripulada más pesada que hemos construido. Esa es la razón por la que el propulsor tiene que ser tan potente. Pero una carga más ligera podría ser enviada a Marte.

—¿Cuánta masa podríamos enviar? —preguntó Guo Ming.

—Novecientos cuarenta y un kilos, señor.

—Hum —dijo Guo Ming—. Apuesto a que la NASA podría trabajar con esa limitación. ¿Por qué no se han puesto en contacto con nosotros?

—Porque no lo saben —dijo Zhu Tao—. Toda nuestra tecnología de propulsión es información clasificada. El Ministerio de Seguridad del Estado incluso propaga desinformación sobre nuestras capacidades. Por razones obvias.

—Así pues, no saben que podemos ayudarlos —dijo Guo Ming—. Si decidimos no hacerlo, nadie sabrá que podíamos.

—Correcto, señor.

—Pongamos que decidimos ayudar. Entonces, ¿qué?

—El tiempo estaría en nuestra contra, señor —respondió Zhu Tao—. Teniendo en cuenta la duración del viaje y los suministros que le quedan a su astronauta, la sonda tendría que ser lanzada dentro de un mes, e incluso así ese hombre pasaría hambre.

—Eso es justo cuando planeamos lanzar la *Taiyang Shen*.

—Sí, señor. Pero tardaron dos meses en construir la *Iris*, con tanto apresuramiento que fracasó.

—Ese es su problema —dijo Guo Ming—. A nosotros nos correspondería proporcionar el propulsor. Lo lanzaríamos desde Jiuquan; no podemos enviar un cohete de ochocientas toneladas a Florida.

—Cualquier acuerdo dependería de que los americanos nos reembolsaran el coste del propulsor —dijo Zhu Tao—, y el Consejo de Estado probablemente querrá favores políticos por parte del Gobierno de Estados Unidos.

—El reembolso sería en vano —dijo Guo Ming—. Ha sido un proyecto caro y el Consejo de Estado no ha parado de quejarse. Si recibiera una suma elevada se la quedaría. No podríamos construir otro propulsor. —Enlazó las manos detrás de la espalda—. Puede que el pueblo americano sea sentimental, pero su Gobierno no lo es. El Departamento de Estado estadounidense no canjearía algo importante por la vida de un hombre.

—Entonces, ¿no hay esperanza? —preguntó Zhu Tao.

—No es que no haya esperanza —lo corrigió Guo Ming—, pero es difícil. Si esto se convierte en una negociación diplomática, nunca llegará a puerto. Necesitamos mantener este asunto entre científicos: de agencia espacial a agencia espacial. Buscaré un traductor y llamaré a la NASA. Redactaremos un acuerdo y se lo presentaremos a nuestros gobiernos como un hecho consumado.

—Pero ¿qué pueden hacer ellos por nosotros? —preguntó Zhu Tao—. Renunciando al propulsor cancelaremos la puesta en órbita de la *Taiyang Shen*.

Guo Ming sonrió.

—Nos darán algo que no podemos conseguir sin ellos.

—¿Y qué es?

—Pondrán un astronauta chino en Marte.

Zhu Tao se levantó.

—Por supuesto. —Sonrió—. La tripulación de la Ares 5 todavía no ha sido seleccionada. Insistiremos en que queremos un tripulante; uno al que podamos elegir y entrenar. La NASA y el

Departamento de Estado seguramente aceptarán. Pero ¿y nuestro Consejo de Estado?

Guo Ming sonrió con astucia.

—¿Rescatar a los americanos y que todo el mundo lo sepa? ¿Poner a un astronauta chino en Marte? El mundo considerará a China un país igual que Estados Unidos en materia espacial. Los miembros del Consejo de Estado venderían a su madre por eso.

Teddy escuchó lo que tenía que decirle quien le hablaba por teléfono. Cuando terminó, su interlocutor guardó silencio y esperó una respuesta.

Teddy procesó lo que acababa de oír con la mirada perdida.

—Sí —respondió al cabo de unos segundos.

Johanssen:

Tu póster se ha vendido más que todos los nuestros juntos. Eres una chica cañón que estuvo en Marte. Estás en las paredes de residencias de estudiantes de todo el mundo.

Estando tan buena, ¿por qué eres tan friqui? Y lo eres, lo sabes. Una friqui de libro. Tengo que hacer no sé qué mierda con el ordenador para conseguir que la *Pathfinder* se comunique con el vehículo de superficie y ¡oh, Dios mío! Tengo a la NASA diciéndome qué hacer a cada momento.

Deberías intentar ser más enrollada. Llevar gafas oscuras y chaqueta de cuero. Usar una navaja automática. Aspirar a un nivel de buen rollo conocido como «buen rollito botánico».

¿Sabías que la comandante Lewis tuvo una charla con nosotros, los hombres? Si alguno intentaba ligar contigo, sería apartado de la misión. Supongo que después de una vida mandando a los marineros, está harta y tiene un punto de vista injusto.

En cualquier caso, la cuestión es que eres una friqui. Recuérdame que te líe las mantas la próxima vez que te vea.

—Muy bien, aquí estamos otra vez —dijo Bruce a los directores reunidos del JPL—. Todos habéis oído hablar del cohete de la *Taiyang Shen*, así que sabéis que nuestros amigos chinos nos han dado otra oportunidad. Pero esta vez será más difícil.

»El cohete de la *Taiyang Shen* estará listo para su lanzamiento dentro de veintiocho días. Si se lanza a tiempo, nuestra carga llegará a Marte en sol 624, seis semanas después de que Watney empiece a quedarse sin comida. La NASA ya está estudiando la forma de estirar su suministro.

»Hicimos historia al terminar la *Iris* en sesenta y tres días. Ahora tenemos que hacerlo en veintiocho. —Miró los rostros de incredulidad—. Chicos, esta va a ser la nave espacial más cutre jamás construida. Solo hay una forma de terminarla tan deprisa: sin sistema de aterrizaje.

—Perdón, ¿qué? —tartamudeó Jack Trevor.

Bruce asintió.

—Me has oído bien. Sin sistema de aterrizaje. Necesitaremos orientación para ajustes de trayectoria en vuelo. Pero cuando llegue a Marte va a estrellarse.

—¡Es una locura! —dijo Jack—. Irá a una velocidad demencial cuando impacte.

—Sí —convino Bruce—. Con una resistencia atmosférica ideal, impactará a trescientos metros por segundo.

—¿De qué le servirá a Watney una sonda pulverizada? —preguntó Jack.

—Mientras la comida no se queme en la entrada, Watney podrá ingerirla —dijo Bruce. Volviéndose a la pizarra blanca, empezó a dibujar un gráfico básico de organización—. Quiero dos equipos —empezó—. El equipo uno construirá la cápsula exterior, el sistema de orientación y los propulsores. Lo único que necesitamos es que llegue a Marte. Quiero un sistema lo más seguro posible. El propergol en aerosol sería lo mejor. Una radio para que podamos hablar y software de navegación de satélite estándar.

»El equipo dos se ocupará de la carga. Tendrá que encontrar una forma de contener la comida durante el impacto. Si las barras de proteínas chocan contra la arena a trescientos metros por segundo, serán arena con aroma de proteínas. La necesitamos comestible después del impacto.

»El peso puede ser de novecientos cuarenta y un kilos. Al menos trescientos tienen que ser de comida. Manos a la obra.

—Ah, ¿doctor Kapoor? —dijo Rich, asomándose en la oficina de Venkat—. ¿Tiene un minuto?

Venkat le hizo un gesto para que pasara.

—¿Tú eres...?

—Rich, Rich Purnell —dijo, entrando en la oficina con un fajo desordenado de papeles—. De astrodinámica.

—Me alegro de conocerte —dijo Venkat—. ¿Qué puedo hacer por ti, Rich?

—Se me ocurrió algo hace un tiempo. He pasado muchas horas con eso. —Descargó los papeles en el escritorio de Venkat—. Deje que encuentre el resumen...

Venkat miró apenado el escritorio que un momento antes estaba despejado. Lo cubrían decenas de hojas impresas.

—¡Aquí está! —exclamó Rich triunfal, cogiendo un papel. Luego su expresión se entristeció—. No, no es esta.

—Rich —dijo Venkat—. Quizá deberías contarme simplemente de qué se trata.

Rich miró el lío de papeles y suspiró.

—Es que tengo un resumen fantástico...

—¿Un resumen de qué?

—De cómo salvar a Watney.

—Ese plan ya está en marcha —dijo Venkat—. Es un intento desesperado, pero...

—¿El cohete de la *Taiyang Shen*? —Rich resopló—. No funcionará. No se puede construir una sonda a Marte en un mes.

—A buen seguro que vamos a intentarlo —dijo Venkat, picado.

—Oh, lo siento, ¿estoy siendo un incordio? —preguntó Rich—. No me relaciono bien con la gente. A veces soy difícil. Ojalá los demás me lo dijeran. El caso es que el cohete de la *Taiyang Shen* es de importancia vital. De hecho, mi idea no funcionará sin él. Pero ¿una sonda a Marte? ¡Anda ya!

—Muy bien —dijo Venkat—. ¿Cuál es tu idea?

Rich cogió un papel del escritorio.

—¡Aquí está! —Se lo pasó a Venkat con una sonrisa infantil.

Venkat cogió el resumen y lo hojeó. Cuanto más leía, más abría los ojos.

—¿Estás seguro de esto?

—¡Absolutamente! —Rich sonrió.

—¿Se lo has contado a alguien?

—¿A quién iba a contárselo?

—No lo sé —dijo Venkat—. ¿A tus amigos?

—No tengo ninguno.

—Vale, ni pío de esto.

—¿Qué?

—Quiero decir que no se lo digas a nadie.

—¿Ni pío? —repitió Rich—. Es una expresión estúpida.

—Rich, estás siendo difícil.

—Ah. Gracias.

Vogel:

El tiro de ser tu respaldo ha salido por la culata.

Imagino que la NASA suponía que la botánica y la química son similares porque las dos terminan en «ica». De una forma u otra, terminé siendo tu químico de respaldo.

¿Recuerdas cuando te hicieron pasar un día entero explicándome tus experimentos? Fue durante la intensa preparación para la misión. Puede que lo hayas olvidado.

Empezaste mi formación invitándome a una cerveza..., para desayunar. Los alemanes sois formidables.

Da igual, ahora que tengo tiempo de sobra, la NASA me ha dado un montón de trabajo, y todas las chorradas de química están en la lista. Así que tengo que hacer experimentos aburridísimos con tubos de ensayo y suelo y niveles de pH y zzzzz...

Mi vida se ha convertido en una lucha desesperada por la supervivencia..., y algún que otro análisis volumétrico. Francamente, sospecho que eres un supervillano. Eres químico, tienes acento alemán, tenías una base en Marte..., ¿qué más se puede pedir?

—¿Qué demonios es el Proyecto Elrond? —preguntó Annie.

—Tenía que ponerle algo —dijo Venkat.

—¿Y solo se te ocurrió Elrond? —insistió Annie.

—¿Porque es una reunión secreta? —aventuró Mitch—. El mensaje de correo electrónico decía que no podía decírselo ni a mi ayudante.

—Os lo explicaré todo cuando llegue Teddy —dijo Venkat.

—¿Elrond significa «reunión secreta»? —preguntó Annie.

—¿Vamos a tomar una decisión precipitada? —preguntó Bruce Ng.

—Exactamente —dijo Venkat.

—¿Cómo lo sabes? —preguntó Annie. Se estaba enfadando.

—Elrond —dijo Bruce—. El Concilio de Elrond. Eso es de *El Señor de los Anillos*. Es la reunión en la que deciden destruir el Anillo Único.

—Joder —dijo Annie—. ¿Ninguno de vosotros echó un polvo en la universidad?

—Buenos días —saludó Teddy al entrar en la sala de conferencias. Se sentó y apoyó las manos en la mesa—. ¿Alguien sabe de qué va esta reunión? —preguntó.

—Espera un momento —dijo Mitch—. ¿Ni siquiera lo sabe Teddy?

Venkat inspiró profundamente.

—Uno de nuestros astrodinámicos, Rich Purnell, ha descubierto una forma de devolver la *Hermes* a Marte. La trayectoria que se le ha ocurrido la llevaría a Marte en sol 549.

Silencio.

—¿Te estás quedando con nosotros? —preguntó Annie.

—¿En sol 549? ¿Cómo es posible? —preguntó Bruce—. Ni siquiera la *Iris* habría aterrizado hasta sol 588.

—La *Iris* es una nave con impulsor en punta —dijo Venkat—. La *Hermes* tiene un motor iónico de impulso constante. Siempre está acelerando. Además, la *Hermes* lleva mucha velocidad ahora mismo. En su actual trayectoria de intercepción de la Tierra, tendrá que desacelerar durante un mes solo para frenar hasta la velocidad de la Tierra.

Mitch se frotó la nuca.

—Vaya..., 549. Treinta y cinco soles antes de que Watney se quede sin comida. Podría resolverlo todo.

Teddy se inclinó hacia delante.

—Cuéntanoslo, Venkat. ¿Qué implicaría?

—Bueno, si hicieran esa «maniobra Rich Purnell», empezarían a acelerar enseguida para mantener la velocidad e incluso aumentarla. No interceptarían la Tierra, pero se acercarían lo suficiente a ella para ajustar la trayectoria sirviéndose de la gravedad. Más o menos entonces, recogerían una sonda de reabastecimiento con provisiones para la prolongación del viaje.

»Después estarían en órbita de aceleración hacia Marte, donde llegarían en sol 549. Como he dicho, es una aproximación. No es nada parecido a una misión Ares normal. Irán demasiado deprisa para caer en órbita. El resto de la maniobra los devolverá a la Tierra. Estarán en casa doscientos once días después de la aproximación.

—¿De qué sirve esa aproximación? —preguntó Bruce—. No tienen forma de sacar a Watney de la superficie.

—Sí... —dijo Venkat—. Ahora viene lo desagradable: Watney tendría que llegar al VAM de la Ares 4.

—¿Al cráter Schiaparelli? —Mitch estaba atónito—. ¡Está a tres mil doscientos kilómetros de distancia!

—Tres mil doscientos cincuenta y nueve kilómetros, para

ser exactos —dijo Venkat—. No es algo descartable de entrada. Fue a buscar la *Pathfinder* y volvió. Para ello recorrió más de mil quinientos kilómetros.

—Eso era por terreno llano y desértico —intervino Bruce—, pero el viaje al Schiaparelli...

—Baste decir que será muy difícil y peligroso —lo interrumpió Venkat—. Sin embargo, tenemos un montón de científicos listos para ayudarnos a preparar el vehículo de superficie. También habría que hacer modificaciones al VAM.

—¿Qué pasa con el VAM? —preguntó Mitch.

—Está diseñado para llegar a una órbita baja de Marte —explicó Venkat—. Pero la *Hermes* realizaría una aproximación, así que el VAM debería escapar por completo de la gravedad de Marte para interceptarla.

—¿Cómo? —preguntó Mitch.

—Tendría que perder peso..., un montón de peso. Puedo poner habitaciones llenas de gente trabajando en esos problemas si decidimos hacerlo.

—Antes has mencionado una sonda de abastecimiento para la *Hermes* —dijo Teddy—. ¿Tenemos esa capacidad?

—Sí, con la *Taiyang Shen* —repuso Venkat—. Intentaríamos un acoplamiento cerca de la Tierra. Es mucho más fácil que llevar una sonda a Marte, eso está claro.

—Ya veo —dijo Teddy—. Así que tenemos dos opciones sobre la mesa: enviar a Watney comida suficiente para que aguante hasta la Ares 4 o enviar a la *Hermes* a recogerlo ahora mismo. Los dos planes requieren el uso del cohete de la *Taiyang Shen*, con lo cual solo podemos poner uno en práctica.

—Sí —dijo Venkat—. Tenemos que elegir uno.

Todos se tomaron un momento para considerarlo.

—¿Y la tripulación de la *Hermes*? —preguntó Annie, rompiendo el silencio—. ¿No tendrán problemas al añadir...? —Hizo un rápido cálculo mental—. ¿Quinientos treinta y tres días a su misión?

—No se lo pensarán ni un segundo —dijo Mitch—. Por eso Venkat ha convocado esta reunión. —Miró a este—. Quiere que lo decidamos nosotros.

—Exacto —dijo Venkat.

—Debería ser decisión de la comandante Lewis —sugirió Mitch.

—No tiene sentido preguntárselo —aseguró Venkat—. Debemos tomar nosotros esta decisión; es una cuestión de vida o muerte.

—Ella es la comandante de la misión —dijo Mitch—. Las decisiones de vida o muerte son su maldito trabajo.

—Calma, Mitch —le advirtió Teddy.

—Chorradas —protestó Mitch—. Pasáis por alto a la tripulación cada vez que algo va mal. No les dijisteis que Watney seguía vivo; ahora no queréis decirles que hay una forma de salvarlo.

—Ya tenemos una forma de salvarlo —dijo Teddy—. Solo estamos discutiendo otra.

—¿El aterrizador de choque? —dijo Mitch—. ¿Alguien piensa que va a funcionar?

—Muy bien, Mitch —dijo Teddy—. Has expresado tu opinión y la hemos oído. Sigamos. —Se volvió hacia Venkat—. ¿La *Hermes* puede funcionar quinientos treinta y tres días más del tiempo programado para la misión?

—Debería —repuso este—. La tripulación podría tener que arreglar alguna que otra cosa, pero están bien preparados. Recuerda que la *Hermes* se construyó para las cinco misiones Ares. Solo ha pasado la mitad de su tiempo de vida programado.

—Es la más cara que se ha construido —dijo Teddy—. No podemos fabricar otra. Si algo va mal, la tripulación morirá y adiós al Programa Ares.

—Perder la tripulación sería un desastre —dijo Venkat—, pero no perderíamos la *Hermes*. Podríamos hacerla funcionar de manera remota. Siempre y cuando el reactor y los motores de iones continuaran funcionando, podríamos traerla de vuelta.

—El viaje espacial es peligroso —dijo Mitch—. No podemos convertir esto en una discusión sobre lo que es más seguro.

—No estoy de acuerdo —dijo Teddy—. Esta conversación es precisamente sobre lo que resulta más seguro, y sobre cuántas vidas hay en juego. Ambos planes son arriesgados, pero reabastecer a Watney solo pone en peligro a una vida, mientras que la maniobra Rich Purnell pone en peligro a seis.

—Considera el grado de riesgo, Teddy —dijo Venkat—. Mitch tiene razón. El aterrizaje-choque es de alto riesgo: podría no caer en Marte; reentrar mal y arder; chocar con demasiada fuerza y destrozar la comida... Calculamos un treinta por ciento de posibilidades de éxito.

—¿Un encuentro cerca de la Tierra con la *Hermes* es más factible? —preguntó Teddy.

—Mucho más factible —confirmó Venkat—. Con retrasos de transmisión por debajo de un segundo, podemos controlar la sonda directamente desde la Tierra en lugar de confiar en sistemas automáticos. Cuando llegue el momento, el comandante Martinez puede pilotarla remotamente desde la *Hermes* sin ningún retraso de transmisión. Y la *Hermes* tiene una tripulación capaz de superar cualquier tropiezo que se produzca. Además, no tendremos que hacer una reentrada; la comida no tendrá que soportar un impacto a trescientos metros por segundo.

—Entonces —ofreció Bruce—, tenemos bastantes probabilidades de matar a una persona o menos probabilidades de matar a seis personas. ¡Joder! ¿Cómo vamos a tomar esta decisión?

—Nosotros hablamos del asunto y luego Teddy toma la decisión —dijo Venkat—. No estoy seguro de qué otra cosa podemos hacer.

—Podemos dejar que Lewis... —empezó Mitch.

—Sí, aparte de eso —lo interrumpió Venkat.

—Una pregunta —dijo Annie—. ¿Por qué estoy aquí? Esto parece algo para que lo discutáis los friquis.

—Tienes que estar en el ajo —dijo Venkat—. Todavía no lo estamos decidiendo. Debemos estudiar tranquilamente los detalles. Algo podría filtrarse y tienes que estar preparada para sortear preguntas.

—¿Cuánto tiempo tenemos para tomar una decisión? —preguntó Teddy.

—La franja para poder empezar la maniobra termina dentro de treinta y nueve horas.

—Muy bien —dijo Teddy—. Esto va para todos: solo hablamos de esto en persona o por teléfono, nunca por correo electrónico, y no se lo contamos a nadie. Salvo los que estamos aquí nadie debe saberlo. Lo último que necesitamos es a la opinión pública presionando para un rescate de vaquero que podría ser imposible.

Beck:

¡Eh, tío! ¿Cómo va?

Ahora que estoy en una «situación funesta» ya no tengo que respetar los convencionalismos. Seré sincero con todos.

Teniendo eso en cuenta, debo decirte que... Tío, tienes que decirle a Johanssen lo que sientes. Si no lo haces, lo lamentarás toda la vida.

No te mentiré: podría salir mal. No tengo ni idea de lo que opina de ti..., ni de nada. La tía es rara.

Pero espera a que termine la misión. Vas a estar en una nave con ella dos meses más. Además, si os liais mientras la misión está en marcha, Lewis os matará.

Venkat, Mitch, Annie, Bruce y Teddy se reunieron por segunda vez en otros tantos días. El Proyecto Elrond, envuelto en un velo de secretismo, había adquirido una connotación misteriosa en el centro espacial. Muchos habían oído hablar de él, nadie conocía su propósito.

Se especulaba mucho. Algunos pensaban que había un programa completamente nuevo en marcha. A otros les preocupaba que pudiera tratarse de una maniobra para cancelar las misiones Ares 4 y Ares 5. Muchos opinaban que era la Ares 6 ya en marcha.

—No ha sido una decisión fácil —dijo Teddy a la elite de los reunidos—, pero me he decidido por la *Iris 2*. No habrá maniobra Rich Purnell.

Mitch dio un puñetazo en la mesa.

—Haremos todo lo que podamos para que funcione —aseguró Bruce.

—Si no es preguntar demasiado —empezó Venkat—, ¿qué te ha llevado a tomar esa decisión?

Teddy suspiró.

—Es una cuestión de riesgo —dijo—. La *Iris 2* solo pone en peligro una vida. La Rich Purnell pone en peligro seis. Sé que la opción de Rich Purnell tiene más probabilidades de funcionar, pero no creo que sea seis veces más probable que lo haga.

—Cobarde —dijo Mitch.

—Mitch... —le advirtió Venkat.

—Eres un maldito cobarde —continuó Mitch, ignorando a Venkat—. Solo quieres reducir el número de bajas. Has adoptado una postura de control de daños. No te importa nada la vida de Watney.

—Por supuesto que me importa —repuso Teddy—, y estoy harto de tu actitud infantil. Puedes tener todas las rabietas que quieras, pero el resto tenemos que ser adultos. Esto no es un programa de televisión; la solución más arriesgada no siempre es la mejor.

—El espacio es peligroso —soltó Mitch—. Es lo que hacemos aquí. Si quieres estar a salvo todo el tiempo, vete a una compañía de seguros. Y, por cierto, ni siquiera es tu vida la que está en peligro. La tripulación puede decidir sobre esto.

—No, no pueden decidir —respondió Teddy—. Están demasiado implicados emocionalmente, y es evidente que tú también. No voy a arriesgar cinco vidas más para salvar una. Sobre todo cuando podríamos salvarla sin ponerlas en peligro.

—¡Chorradas! —soltó Mitch levantándose—. Solo te estás autoconvenciendo de que el aterrizaje-choque funcionará para no tener que correr riesgos, cobarde hijo de perra.

Salió en tromba de la sala, dando un portazo.

Al cabo de unos segundos, Venkat lo siguió.

—Me aseguraré de que se calma —dijo.

Bruce se arrellanó en su silla.

—Qué... —dijo con nerviosismo—. Somos científicos, por el amor de Dios. ¿Qué demonios?

Annie reunió con calma sus cosas y las metió en el maletín. Teddy la miró.

—Lo siento, Annie —dijo—. ¿Qué puedo decir? A veces los hombres dejan que la testosterona los domine...

—Esperaba que te diera una patada en el culo —lo interrumpió ella.

—¿Qué?

—Sé que te preocupan los astronautas, pero él tiene razón. Eres un puto cobarde. Si tuvieras pelotas, conseguiríamos salvar a Watney.

Lewis:

Hola, comandante.

Entre la formación y nuestro viaje a Marte, pasé dos años trabajando contigo. Creo que te conozco bastante bien. Así que supongo que todavía te culpas por mi situación, a pesar de mi anterior mensaje de correo electrónico pidiéndote que no lo hagas.

Te enfrentabas a una situación imposible y tomaste una decisión difícil. Eso hacen los comandantes, y la tuya fue correcta. Si hubieras esperado más, el VAM habría volcado.

Estoy seguro de que has repasado mentalmente todos los resultados posibles, así que sabes que no podrías haber hecho nada de manera distinta (salvo ser vidente).

Probablemente piensas que perder a un miembro de la tripulación es lo peor que puede pasar. No es cierto. Perder a toda la tripulación es peor. Tú impediste que eso ocurriera.

Pero hay algo más importante que debemos discutir: ¿qué pasa contigo y la música disco? Puedo entender lo de la tele de los setenta, porque a todo el mundo le gustan los melenudos con enormes collares. ¿Pero la música disco?

¿¡Música disco!?

Vogel comprobó la posición y orientación de la *Hermes* contra la senda proyectada. Coincidía, como de costumbre. Además de ser el químico de la misión, también era un astrofísico consumado. Aunque sus deberes como navegador eran ridículamente fáciles.

El ordenador conocía la trayectoria. Sabía cuándo angular la nave para que los motores de iones pudieran dirigirse correctamente. Y conocía la situación de la nave en todo momento (fácil de calcular a partir de la posición del Sol y la Tierra, y conocer la posición exacta a partir de un reloj atómico de a bordo).

Si no se producía un fallo completo del ordenador u otra situación crítica, los vastos conocimientos de astrodinámica de Vogel nunca entrarían en juego.

Después de completar la verificación, hizo un diagnóstico de los motores. Funcionaban al máximo. Hizo todo esto desde su posición. Todos los ordenadores de a bordo podían controlar todas las funciones de la nave. Atrás habían quedado los días de visitar los motores para verificar su funcionamiento. Terminado su trabajo del día, tuvo finalmente tiempo para leer el correo electrónico.

Repasó los mensajes que la NASA consideraba importante cargar, leyó los más interesantes primero y respondió a los que era necesario responder. Sus respuestas pasaban a la memoria caché para su envío en cuanto Johanssen estableciera conexión. Un mensaje de su mujer despertó su curiosidad. Titulado «*unsere kinder*» (nuestros niños), no contenía más que una imagen adjunta. Alzó una ceja. Varias cosas captaron su atención. Primero, debería haber escrito *kinder* en mayúscula. Era poco probable que Helena, profesora de primaria en Bremen, cometiera esa falta. Además, entre ellos llamaban con afecto a sus niños *die Affen*.

Cuando trató de abrir la imagen, su visor le informó de que el archivo era ilegible. Recorrió el estrecho pasillo. Los camarotes de la tripulación estaban contra el casco externo de la nave que giraba de manera constante para aumentar al máximo la gravedad simulada. La puerta de Johanssen estaba abierta, como de costumbre.

—Johanssen, buenas noches —dijo Vogel.

La tripulación seguía el mismo horario y casi era hora de acostarse.

—¡Ah, hola! —dijo Johanssen, apartando la mirada del ordenador.

—Tengo un problema con mi ordenador —le explicó Vogel—. ¿Podrías ayudarme?

—Claro.

—Estás en tu tiempo libre —dijo Vogel—. Quizá mejor mañana, cuando estés de servicio.

—Ahora me va bien —dijo ella—. ¿Qué pasa?

—Es un archivo: una imagen que mi ordenador no puede mostrarme.

—¿Dónde está el archivo? —preguntó ella, escribiendo en su teclado.

—En mi espacio compartido. Es kinder.jpg.

—Deja que le eche un vistazo —dijo ella.

Sus dedos volaron sobre el teclado mientras se abrían y se cerraban ventanas en la pantalla.

—Desde luego la cabecera del jpg es incorrecta —dijo ella—. Probablemente se dañó durante la descarga. Deja que eche un vistazo con un editor hexadecimal, veamos si podemos hacer algo... —Al cabo de un rato, dijo—: No es un jpg. Es un archivo ASCII. Parece como..., bueno, no sé lo que es. Parecen un montón de fórmulas matemáticas. —Hizo un gesto hacia la pantalla—. ¿Algo de esto tiene sentido para ti?

Vogel se inclinó hacia delante, mirando el texto.

—*Ja* —dijo—. Es una maniobra de trayectoria para la *Hermes*. Dice que se llama maniobra Rich Purnell.

—¿Qué es? —preguntó Johanssen.

—No he oído hablar de esta maniobra. —Vogel miró las tablas—. Es complicada..., muy complicada... —Se quedó helado—. ¿Sol 549? —exclamó—. *Mein Gott!*

La tripulación de la *Hermes* disfrutaba de su tiempo libre en la llamada «zona de recreo». Formada por una mesa y apenas sitio para que se sentaran seis personas, tenía un rango bajo en la prioridad de gravedad. Su ubicación, en el centro de la nave, le garantizaba únicamente 0,2 G. No obstante, esa gravedad bastaba para mantener a todos en el asiento mientras sopesaban lo que les decía Vogel.

—... entonces la misión concluiría con una interceptación terrestre doscientos once días después —terminó.

—Gracias, Vogel —dijo Lewis. Ya había escuchado la explicación cuando Vogel había recurrido a ella, pero Johanssen, Martinez y Beck estaban escuchándola por primera vez. Les dio un momento para digerirla.

—¿Funcionará? —preguntó Martinez.

—*Ja* —Vogel asintió—. He repasado los cálculos. Todo cuadra. Es una trayectoria brillante, asombrosa.

—¿Cómo saldría Watney de Marte? —preguntó Martinez.

Lewis se inclinó hacia delante.

—Había más información en el mensaje —empezó—. Nosotros tendríamos que recoger un reabastecimiento cerca de la Tierra, y él tendría que llegar al VAM de la Ares 4.

—¿Por qué tanto misterio? —preguntó Beck.

—Según el mensaje —explicó Lewis—, la NASA rechazó la idea. Prefieren correr un gran riesgo con Watney que un pequeño riesgo con todos nosotros. Quien haya metido esto en el correo electrónico de Vogel obviamente no está de acuerdo.

—Entonces —dijo Martinez—, ¿estamos hablando de desobedecer la decisión de la NASA?

—Sí —confirmó Lewis—. De eso exactamente estamos hablando. Si realizamos la maniobra, tendrán que enviar la nave de reabastecimiento o moriremos. Tenemos la oportunidad de forzar la mano.

—¿Vamos a hacerlo? —preguntó Johanssen.

Todos miraron a Lewis.

—No voy a mentiros —dijo ella—. Desde luego que me gustaría, pero no es una decisión como las demás. La NASA ha rechazado la maniobra expresamente. Hablamos de un motín, y no lo digo a la ligera. —Se levantó y caminó con lentitud en torno a la mesa—. Solo lo haremos si todos estamos de acuerdo.

»Antes de que respondáis, considerad las consecuencias. Si

fracasamos en la recogida de suministros, moriremos. Si fracasamos con la gravedad de la Tierra, moriremos.

»Si lo hacemos todo a la perfección, añadiremos quinientos treinta y tres días a nuestra misión. Quinientos treinta y tres días de viaje espacial imprevisto en los que cualquier cosa puede fallar. El mantenimiento sería un incordio. Podría romperse algo que no seamos capaces de arreglar. Si es una avería crítica, moriremos.

—¡Me apunto! —Martinez sonrió.

—Tranqui, vaquero —dijo Lewis—. Tú y yo somos militares. Hay muchas posibilidades de que nos sometan a un consejo de guerra al llegar a casa. En cuanto al resto, os garantizo que no volverán a mandaros al espacio.

Martinez se apoyó en la pared, con los brazos cruzados y una media sonrisa en el rostro. Los demás reflexionaron en silencio sobre lo que había dicho su comandante.

—Si hacemos esto —dijo Vogel—, pasaremos más de mil días en el espacio: suficientes para toda una vida. No necesitaré volver.

—Parece que Vogel se apunta. —Martinez sonrió—. Yo también, obviamente.

—Hagámoslo —dijo Beck.

—Si piensas que funcionará —le dijo Johanssen a Lewis—. Confío en ti.

—Vale —convino Lewis—. Si lo hacemos, ¿qué implica?

Vogel se encogió de hombros.

—Trazo la ruta y la ejecuto —dijo—. ¿Qué más?

—El control remoto —dijo Johanssen—. Está diseñado para recuperar la nave si todos morimos o algo parecido. Pueden tomar el mando de la *Hermes* desde Control de Misión.

—Pero estamos aquí —dijo Lewis—. Podemos neutralizar lo que ellos intenten, ¿no?

—La verdad es que no —apuntó Johanssen—. El control remoto tiene prioridad sobre los controles de a bordo. Decide que ha ocurrido un desastre y que el panel de control de la nave no es de fiar.

—¿Puedes desactivarlo? —preguntó Lewis.

—Hum... —sopesó Johanssen—. La *Hermes* tiene cuatro ordenadores de vuelo, cada uno de ellos conectado con tres sistemas de comunicación de seguridad. Si cualquier ordenador recibe una señal de cualquier sistema de comunicaciones, Control de Misión puede tomar el mando. Imposible apagar los comunicadores porque perderíamos telemetría y orientación. Imposible apagar los ordenadores porque tenemos que controlar la nave. Tendré que desactivar el control remoto de todos los sistemas... Forma parte del sistema operativo, así que tendré que modificar el código... Sí, puedo hacerlo.

—¿Estás segura? —preguntó Lewis—. ¿Puedes apagarlo?

—No debería ser muy difícil —dijo Johanssen—. Es un elemento de emergencia, no un programa de seguridad. No está protegido contra código malintencionado.

—¿Código malintencionado? —Beck sonrió—. Así que vas a hackearlo...

—Sí. —Johanssen sonrió—. Supongo que sí.

—Muy bien —dijo Lewis—. Parece que podemos hacerlo, pero no quiero que la presión del grupo obligue a nadie. Esperaremos veinticuatro horas. Durante ese tiempo, cualquiera es libre de cambiar de opinión. Solo decídmelo en privado o enviadme un mensaje de correo. Cancelaré el plan y nunca diré a nadie a quién se debió.

Lewis se quedó atrás mientras el resto salían. Al verlos marcharse, notó que sonreían los cuatro. Por primera vez desde que habían abandonado Marte, volvían a ser ellos mismos. Supo entonces que nadie cambiaría de opinión.

Iban a volver a Marte.

Todos sabían que Brendan Hutch pronto dirigiría misiones. Había ascendido en la NASA tan deprisa como se podía en esa gran organización movida por la inercia. Tenía fama de trabajador diligente, y su capacidad y sus cualidades de liderazgo estaban claras para todos sus subordinados.

Brendan se ocupaba de Control de Misión entre la una de la noche y las nueve de la mañana todos los días. Una actuación excelente y continuada en ese papel le valdría sin duda un ascenso. Ya se había anunciado que sería auxiliar del controlador de vuelo en la misión Ares 4 y tenía muchas posibilidades de ocupar el puesto de más relevancia en la Ares 5.

—Vuelo, CAPCOM —dijo una voz en su casco.

—Adelante, CAPCOM —respondió Brendan. Aunque estaban en la misma sala, el protocolo de radio se observaba en todo momento.

—Actualización no prevista de estado desde la *Hermes*.

Con la *Hermes* a noventa segundos-luz de distancia, la comunicación directa era poco práctica. Relaciones con los medios aparte, la *Hermes* se comunicaría por escrito hasta que estuviera más cerca.

—Recibido —dijo Brendan—. Léela.

—No..., no lo entiendo, Vuelo —leyó la respuesta—. No hay estado, solo una frase.

—¿Qué dice?

—El mensaje dice: «Houston, avisados: Rich Purnell es un hombre-misil de mirada acerada.»

—¿Qué? —preguntó Brendan—. ¿Quién demonios es Rich Purnell?

—Vuelo, Telemetría —dijo otra voz.

—Adelante, Telemetría —dijo Brendan.

—La *Hermes* se ha desviado de su trayectoria.

—CAPCOM, avisa a la *Hermes* de que se está desviando. Telemetría, consigue un vector de corrección ya...

—Negativo, Vuelo —lo interrumpió Telemetría—. No es un desvío. Han ajustado la trayectoria. Actualización de instrumentación muestra un giro deliberado de 27,812 grados.

—¿Qué demonios? —tartamudeó Brendan—. CAPCOM, pregúntales qué demonios hacen.

—Recibido, Vuelo. Mensaje enviado. Tiempo mínimo de respuesta: tres minutos, cuatro segundos.

—Telemetría, ¿alguna posibilidad de que sea un fallo de instrumentación?

—Negativo, Vuelo. Estamos localizándolos con SatCon. La posición observada coincide con el cambio de trayectoria.

—CAPCOM, lee tus registros y mira qué hizo el turno anterior. Mira si se ordenó un cambio de trayectoria y por alguna razón nadie nos lo ha comunicado.

—Recibido, Vuelo.

—Orientación, Vuelo —dijo Brendan.

—Adelante, Vuelo —fue la respuesta del controlador de orientación.

—Investiga cuánto tiempo pueden mantener esta trayectoria antes de que sea irreversible. ¿A partir de qué punto ya no podrán interceptar la Tierra?

—Trabajando en eso ahora, Vuelo.

—¡Y que alguien averigüe quién demonios es Rich Purnell!

Mitch se derrumbó en el sofá en la oficina de Teddy. Puso los pies en la mesita de café y le sonrió.

—¿Querías verme?

—¿Por qué lo has hecho, Mitch? —preguntó Teddy.

—¿Hacer qué?

—Sabes perfectamente de qué estoy hablando.

—Oh, ¿te refieres al motín de la *Hermes*? —preguntó Mitch poniendo cara de inocente—. ¿Sabes?, sería un buen título para una película: *El motín de la* Hermes. Suena bien.

—Sabemos que lo hiciste —le espetó Teddy—. No sabemos cómo, pero sabemos que les mandaste la maniobra.

—Así que no tenéis ninguna prueba.

Teddy lo fulminó con la mirada.

—No. Todavía no, pero estamos en ello.

—¿En serio? —dijo Mitch—. ¿Es ese el mejor uso que podemos hacer de nuestro tiempo? Tenemos un plan de reabastecimiento próximo a la Tierra, por no mencionar que debemos conseguir que Watney llegue al cráter Schiaparelli. Hay mucho en juego.

—¡Tienes razón: hay mucho en juego! —bramó Teddy—. Después de tu pequeña hazaña estamos comprometidos con esto.

—Supuesta hazaña —puntualizó Mitch—. Supongo que

Annie dirá a los medios que hemos decidido intentar esta arriesgada maniobra sin mencionar el motín.

—Por supuesto —dijo Teddy—. De lo contrario pareceríamos idiotas.

—Entonces, todos contentos. —Mitch sonrió—. No se echa a nadie por cumplir las directrices de la NASA. Incluso Lewis está a salvo. ¿Qué motín? Además, quizá Watney viva. Final feliz a la vista.

—Puede que hayas matado a toda la tripulación —contraatacó Teddy—. ¿Alguna vez has pensado en eso?

—El que les haya hecho llegar la maniobra solo les pasó información. Lewis tomó la decisión de llevarla a cabo. Si dejara que las emociones nublaran su juicio, sería una comandante de mierda, y ella no es una comandante de mierda.

—Si puedo probar que fuiste tú, encontraré una forma de despedirte —le advirtió Teddy.

—Claro. —Mitch se encogió de hombros—. Pero si no estuviera dispuesto a correr riesgos para salvar vidas, sería... —Pensó un momento—. Bueno, supongo que sería como tú.

17

¡Joder!

¡Vienen por mí!

Ni siquiera sé cómo reaccionar. ¡Estoy patidifuso!

Y tengo una tonelada de trabajo que hacer antes de coger ese autobús a casa.

No pueden orbitar. Si no estoy en el espacio cuando pasen, lo único que podrán hacer será saludarme.

He de llegar al VAM de la Ares 4. Incluso la NASA acepta eso. Y cuando las niñeras de la NASA recomiendan un viaje de 3.200 kilómetros, sabes que tienes problemas.

Schiaparelli, ¡allá voy!

Bueno..., no ahora mismo. Todavía tengo que hacer la ya mencionada tonelada de trabajo.

Mi ida hasta la *Pathfinder* fue una excursioncita en comparación con el viaje épico que se avecina. Me salvé de llevar un montón de cosas porque solo tenía que sobrevivir dieciocho soles. Esta vez es diferente.

Recorrí un promedio de 80 kilómetros por sol en mi viaje a la *Pathfinder*. Si lo hago igual de bien yendo hacia el cráter Schiaparelli, el viaje será de cuarenta soles. Pongamos cincuenta para no pillarme los dedos.

Pero debo hacer algo más que el viaje. A mi llegada, necesitaré montar un campamento y hacer unas cuantas modificaciones del VAM. La NASA calcula que tardaré treinta soles, cuarenta y cinco para estar seguros. Entre el viaje y las modificaciones del VAM son noventa y cinco soles. Pongamos cien, porque el de noventa y cinco es un cálculo aproximado.

Así que tendré que sobrevivir lejos del Hab durante cien soles.

«¿Y el VAM? —te oigo preguntar (en mi imaginación febril)—. ¿No tendrá suministros? ¿Agua y aire, al menos?»

No. No hay nada.

Tiene depósitos de aire, pero vacíos. Una misión Ares requiere montones de O_2, N_2 y agua. ¿Por qué enviar más con el VAM? Es más fácil que la tripulación lo llene desde el Hab. Por fortuna para mis compañeros de tripulación, siguiendo el plan de misión, Martinez llenó los depósitos del VAM en sol 1.

El acercamiento será en sol 549, así que tendré que salir en 449. Me quedan 257 soles para ponerme en marcha.

Parece mucho tiempo, ¿no?

En ese tiempo tendré que modificar el vehículo de superficie para llevar los Tres Grandes, los tres elementos imprescindibles: regulador atmosférico, oxigenador y purificador de agua. Los tres han de estar en el área presurizada, pero el vehículo no es lo bastante grande. Los tres tienen que estar funcionando de manera permanente y, sin embargo, las baterías del vehículo de superficie no soportarán esa carga mucho tiempo.

En el vehículo también tendré que llevar toda mi comida, agua y células fotovoltaicas, mis baterías extra, mis herramientas, algunos recambios y la *Pathfinder*. Como mi único medio de comunicación con la NASA, la *Pathfinder* tendrá que ir en el techo, al estilo de la abuela Clampett.

Tengo un montón de problemas que resolver, pero cuento con un montón de gente lista para resolverlos. Con casi todo el planeta Tierra.

La NASA sigue puliendo los detalles, pero la idea es usar los dos vehículos de superficie. Uno para conducir y el otro como remolque de carga.

Tendré que hacer cambios estructurales en el remolque. Por «cambios estructurales» me refiero a abrir un gran agujero en la carrocería. Después meteré los Tres Grandes y usaré lona del

Hab para cubrir el agujero. Abultará cuando presurice el vehículo, pero aguantará. ¿Cómo voy a cortar un gran pedazo de la carrocería del vehículo de superficie? Dejaré que mi amable ayudante Venkat Kapoor me lo explique.

[14.38] JPL: Estoy seguro de que te estás preguntando cómo abrir un agujero en el vehículo de superficie. Según nuestros experimentos, un taladro para obtener muestras de roca atraviesa la carrocería. El desgaste en la broca es mínimo (las rocas son más duras que el compuesto de carbono). Puedes hacer una hilera de agujeros y arrancar los restos entre ellos.

Espero que te guste taladrar. El taladro tiene un centímetro de diámetro, los agujeros estarán separados 0,5 cm y la longitud total del corte es de 11,4 metros. Eso equivale a 760 agujeros. Necesitarás 160 segundos para taladrar cada uno de ellos.

Problema: los taladros no están pensados para proyectos de construcción, sino para tomar muestras de roca con rapidez. Las baterías solo duran 240 segundos. Dispones de dos taladros, así que solo podrás hacer tres agujeros antes de tener que recargar, y la recarga dura 41 minutos. En total, 173 horas de trabajo limitadas a 8 horas EVA por día. Eso son 21 días taladrando. Es demasiado. El resto de nuestras ideas dependen de que este corte funcione. Si no es así, necesitaremos tiempo para que se nos ocurran otras.

Así que queremos que conectes un taladro directamente a la corriente del Hab.

El taladro necesita 28,8 voltios y 9 amperios. Las únicas líneas que pueden alimentarlo son las de recarga del vehículo de superficie, de 36 voltios y 10 amperios como máximo. Tienes dos, puedes modificar una.

Te enviaremos instrucciones para reducir el voltaje y poner un nuevo interruptor en la línea, pero estoy seguro de que ya sabes hacerlo.

Mañana jugaré con alto voltaje. ¿Qué puede salir mal? ¡Nada puede salir mal!

He conseguido no matarme hoy, aunque he estado trabajando con alto voltaje. Bueno, no ha sido tan emocionante como eso. Primero he desconectado la corriente.

Siguiendo las instrucciones, he convertido un cable de carga del vehículo de superficie en una fuente de alimentación para el taladro. Conseguir el voltaje adecuado era una simple cuestión de añadir resistencias, y en mi equipo de electrónica las hay de sobra.

He tenido que fabricar mi propio interruptor de nueve amperios, conectando tres interruptores de tres amperios en paralelo. No hay forma de que pasen nueve amperios sin que caigan los tres en rápida sucesión.

A continuación he tenido que recablear un taladro. Más o menos lo mismo que hice con la *Pathfinder*. Sacar la batería y sustituirla por un cable eléctrico del Hab. Pero esta vez ha sido mucho más fácil.

La *Pathfinder* era demasiado grande para entrar por mis esclusas, así que tuve que hacer todo el recableado fuera. ¿Alguna vez has hecho de electricista con traje espacial? Es un peñazo. Incluso tuve que montar un banco de trabajo con los puntales de aterrizaje del VAM, ¿recuerdas?

En cualquier caso, el taladro ha encajado con facilidad en la esclusa. Solo mide un metro de altura y tiene forma de martillo neumático. Tomamos nuestras muestras de roca estando de pie, como los astronautas de la misión Apolo.

Además, a diferencia de en mi odisea con la *Pathfinder*, tenía el esquema completo del taladro. He quitado la batería y he conectado un cable de corriente en su lugar. Luego, sacando el taladro con su nuevo cable, lo he conectado al cargador modificado del vehículo de superficie y lo he encendido.

Ha funcionado de maravilla. El taladro gira alegremente.

No sé cómo pero he conseguido hacerlo todo a la primera. En el fondo, pensaba que quemaría el taladro, seguro.

Ni siquiera era mediodía, de manera que he pensado que por qué no empezar a taladrar.

[10.07] WATNEY: Modificaciones de cableado completas. He conectado un taladro y funciona bien. Queda mucha luz diurna. Envíame una descripción de ese agujero que quieres que corte.

[10.25] JPL: Me alegro de oírlo. Empezar a cortar suena genial. Solo para que quede claro, son modificaciones del vehículo 1, al que llamaremos «remolque». El vehículo 2 (el que tiene tus modificaciones para el viaje a la *Pathfinder*) debería permanecer tal como está.

Cortarás un trozo del techo, justo delante de la esclusa de aire, en la parte posterior del vehículo. El agujero ha de tener al menos 2,5 metros de largo y los 2 metros enteros del depósito de presión.

Antes de iniciar cualquier corte, dibuja la forma en el remolque y sitúalo donde la cámara de la *Pathfinder* pueda captarlo. Te diremos si está bien.

[10.43] WATNEY: Recibido. Saca una imagen a las 11.30 si no has tenido noticias mías para entonces.

Los vehículos de superficie están hechos para conectarse y que uno remolque al otro. De esa forma puedes rescatar a tus compañeros de tripulación si se arma la gorda. Por esa misma razón, pueden compartir aire mediante tubos conectados entre ellos. Esa característica me permitirá compartir atmósfera con el remolque durante el largo viaje.

Quité la batería del remolque hace mucho (no tenía capacidad de moverse por su propia potencia), así que lo he enganchado a mi vehículo de superficie asombrosamente modificado y lo he remolcado hasta cerca de la *Pathfinder*. Venkat me ha pedido que dibuje la forma que pienso cortar, pero se ha olvidado mencionar cómo. Puesto que tengo un rotulador que funciona en la superficie, he destrozado la cama de Martinez.

Las camas son básicamente hamacas de cuerda ligera entretejida para formar algo sobre lo que sea cómodo dormir. Cada gramo cuenta cuando se fabrica material para enviar a Marte.

He desenredado la cuerda de la cama de Martinez y la he pegado al casco del remolque siguiendo la forma que tengo que cortar. Sí, por supuesto, la cinta aislante funciona en el casi vacío. La cinta aislante funciona en todas partes. La cinta aislante es mágica y digna de adoración.

Veo lo que tiene en mente la NASA. La parte posterior del remolque tiene una esclusa que no voy a tocar. El corte estará justo delante y quedará mucho espacio para los Tres Grandes.

No tengo ni idea de cómo planea la NASA dar potencia a los Tres Grandes veinticuatro horas y media al día y que todavía quede energía para conducir. Apuesto a que ellos tampoco saben cómo hacerlo, pero son listos; se les ocurrirá algo.

> [11.49] JPL: Lo que podemos ver del corte que planeas tiene buen aspecto. Suponemos que el otro lado es idéntico. Tienes permiso para darle duro al agujero.
>
> [12.07] WATNEY: ¡Eso dijo ella!
>
> [12.25] JPL: Joder, Mark. Un poco de seriedad.

Primero he despresurizado el remolque. Llámame loco, pero no quería que el taladro me rebotara en la cara.

Luego he tenido que elegir por dónde empezar. Me ha parecido que sería más fácil por un lado. Me equivocaba.

Por el tejado habría sido mejor. Taladrar el costado era un incordio, porque tenía que sostener el taladro en paralelo al suelo. No estamos hablando de la Black & Decker de tu padre. Esto mide un metro de largo y solo es seguro si lo sujetas por los mangos.

Conseguir que funcionara ha sido complicado. He presionado el taladro contra la carrocería, pero resbalaba. Así que he cogido mi martillo de confianza y un destornillador. Con unos golpecitos, he hecho una pequeña mella en el compuesto de carbono.

Eso me ha permitido asentar el taladro y hacer el agujero.

Como predijo la NASA, ha tardado dos minutos y medio en atravesar la carrocería.

He seguido el mismo procedimiento con el segundo agujero y me ha ido mucho mejor. Después del tercero, el taladro ha empezado a sobrecalentarse.

El pobre aparato no está diseñado para funcionar tanto tiempo seguido. Por fortuna, ha detectado el sobrecalentamiento y me ha avisado, así que lo he apoyado en el banco de trabajo unos minutos hasta que se ha enfriado. Una cosa puedo decir de Marte: es un planeta realmente frío. La atmósfera fina no conduce muy bien el calor, pero lo enfría todo tarde o temprano.

He quitado la tapa posterior del taladro (el cable necesitaba una vía de entrada). Un efecto colateral de ello es que el aparato se enfría más deprisa, aunque tendré que limpiarlo a conciencia cada pocas horas cuando se acumule el polvo.

A las 17.00 h, cuando el sol ha empezado a ponerse, había hecho setenta y cinco agujeros. Un buen comienzo, aunque me quedan muchísimos por hacer. En algún momento (probablemente mañana) tendré que empezar a hacer agujeros a los que no puedo llegar desde el suelo. Para eso necesitaré algo en lo que sostenerme.

No puedo usar mi «banco de trabajo», porque tiene la *Pathfinder* encima y lo último que se me ocurriría es hacer tonterías con eso. Pero tengo otros tres puntales del VAM. Estoy seguro de que puedo hacer una rampa o algo.

De todos modos, todo eso son problemas para mañana. Esta noche voy a comerme una ración completa para cenar. ¡Ah, sí! Eso es. Me van a rescatar en sol 549 o moriré. Por lo tanto, tengo treinta y cinco soles de comida extra. Puedo darme un gusto de vez en cuando.

ENTRADA DE DIARIO: SOL 194

Llevo un promedio de un agujero cada 3,5 minutos, incluido el parón ocasional para que se enfríe el taladro.

Lo he aprendido después de pasarme el día taladrando. Después de ocho horas de trabajo aburrido y físicamente intenso, tengo 137 agujeros de los que alardear.

Me ha sido fácil taladrar en lugares que no podía alcanzar. No he necesitado modificar ningún puntal. Solo necesitaba algo a lo que subirme, de modo que he usado un sencillo contenedor de muestras geológicas (también conocido como «caja»).

Si no hubiera estado en contacto con la NASA, habría trabajado más de ocho horas. Puedo estar fuera diez horas antes de quedarme con el «aire de emergencia», pero en la NASA hay un montón de nenazas que no quieren que esté fuera más tiempo del especificado.

Con lo hecho hoy, llevo terminada casi una cuarta parte del trabajo de corte; al menos una cuarta parte del trabajo de taladrar. Luego tendré 759 agujeritos que unir y no estoy seguro de cómo reaccionará el compuesto de carbono. La NASA lo probará mil veces en la Tierra y me dirá cuál es la mejor manera de hacerlo, sin embargo. En cualquier caso, a este ritmo, me quedan cuatro soles más de (aburrido) trabajo antes de terminar con el taladrado.

Ya he agotado las reservas de Lewis de series de televisión penosas de los setenta y me he leído todos los libros de misterio de Johanssen.

He registrado las cosas de otros compañeros de tripulación para encontrar fuentes de entretenimiento, pero todo lo de Vogel está en alemán, Beck no trajo más que revistas médicas y Martinez no trajo nada.

Estoy francamente aburrido, así que he decidido elegir una canción.

Una apropiada. Naturalmente, de la fabulosa colección de los setenta de Lewis. Otra cosa no estaría bien.

Hay muchas grandes candidatas: *Life on Mars?* de David Bowie, *Rocket Man* de Elton John, *Alone Again (Naturally)* de Gilbert O'Sullivan.

Pero me he decidido por *Stayin' Alive* de los Bee Gees.

Otro día, otro montón de agujeros: 145 esta vez (voy mejorando). Tengo la mitad hecha. Esto se está volviendo muy aburrido, pero al menos tengo mensajes alentadores de Venkat para animarme.

[17.12] WATNEY: 145 agujeros hoy. 357 en total.
[17.31] JPL: Pensábamos que llevarías más.

Capullo. De todos modos, sigo aburrido por la noche. Supongo que eso es bueno. Ningún problema con el Hab. Hay un plan para salvarme y gracias al esfuerzo físico duermo de maravilla.

Echo de menos cuidar las patatas. El Hab no es lo mismo sin ellas.

Todavía hay suelo de cultivo por todas partes. No tiene sentido volver a sacarlo. A falta de algo mejor que hacer, hago algunas pruebas con él. Sorprendentemente, algunas bacterias han sobrevivido. Su población es fuerte y está aumentando. Es impresionante, teniendo en cuenta que estuvieron expuestas al casi vacío y a temperaturas subárticas durante más de veinticuatro horas.

Mi suposición es que se formó hielo en torno a algunas bacterias, creando una burbuja de presión de supervivencia, y que el frío no bastó para matarlas. Habiendo centenares de millones de bacterias, hizo falta una sola superviviente para evitar la extinción.

La vida es asombrosamente tenaz. Se resisten a morir tanto como yo.

La he cagado.

La he cagado a lo grande. He cometido un error que podría costarme la vida.

He empezado mi EVA alrededor de las 8.45 h, como siempre. He cogido martillo y destornillador y me he puesto a mellar la carrocería del remolque. Es un peñazo hacer una mella antes de cada agujero, así que hago las de todo el día, todas de una vez.

Después de hacer 150 abolladuras (¡eh, soy optimista!), me he puesto a la faena.

Todo igual que ayer y el día anterior. Agujerear, recolocar. Agujerear, recolocar. Agujerear por tercera vez y poner el taladro a enfriar. Repetir ese proceso una y otra vez hasta la hora de cenar.

A las 12.00 h me he tomado un descanso. De vuelta en el Hab, he disfrutado de una agradable comida y he jugado un poco al ajedrez contra el ordenador (me ha dado una paliza). Luego he vuelto a salir para la segunda EVA del día.

A las 13.30 h se ha producido un hecho que ha sido mi ruina, aunque no me he dado cuenta en ese momento.

Los peores momentos de la vida son anunciados por pequeños detalles que observamos: el bultito en el costado que antes no tenías; llegar a casa para estar con tu mujer y ver dos copas de vino en el fregadero; cada vez que escuchas «interrumpimos este programa...».

En mi caso, ha sido que el taladro no ha funcionado.

Solo tres minutos antes funcionaba bien. Había terminado un agujero y dejado el taladro a un lado para que se enfriara, como siempre; pero cuando he intentado volver a empezar, estaba muerto. Ni siquiera se ha encendido el piloto.

No me he preocupado. Si todo fallaba, tenía otro taladro. Tardaría unas horas en cablearlo, pero no era una gran catástrofe.

El piloto apagado significaba que probablemente fallaba el cable. Un rápido vistazo por la ventana de la esclusa y he comprobado que las luces del Hab estaban encendidas, así que no había una avería eléctrica en el sistema. He comprobado mis nuevos interruptores y, claro, los tres habían saltado.

Supongo que el taladro ha usado demasiado amperaje. Nada importante: resetear los interruptores y vuelta al trabajo. El taladro ha funcionado enseguida y he vuelto a hacer agujeros.

Poca cosa, ¿verdad? Ciertamente no me ha parecido gran cosa en ese momento.

He terminado mi jornada a las 17.00 h, después de taladrar 131 agujeros. No tantos como ayer, porque he perdido tiempo por culpa de la avería del taladro.

He informado de mis progresos.

> [17.08] Watney: 131 agujeros hoy. 488 en total. Problema sin importancia con el taladro; se ha cargado los interruptores. Podría haber un mal contacto intermitente, probablemente en la conexión con el cable de alimentación. Puede que tenga que rehacerlo.

La Tierra y Marte están ahora a solo dieciocho minutos-luz de distancia. Normalmente, la NASA responde enseguida. Recuerda, me comunico siempre desde el vehículo de superficie 2, que lo retransmite todo a través de la *Pathfinder*. No puedo holgazanear en el Hab hasta recibir la respuesta; tengo que quedarme en el vehículo hasta que respondan al mensaje.

> [17.48] Watney: No he recibido respuesta. Último mensaje enviado hace 40 minutos. Por favor, acuse de recibo.

He esperado otros treinta minutos. Todavía sin respuesta. El miedo ha empezado a enraizar en mí.

Cuando la brigada de friquis del JPL modificó el vehículo de superficie y la *Pathfinder* para ser un cliente de mensajería instantánea de pobre, me enviaron una chuleta para resolver problemas.

He ejecutado la primera instrucción.

> [18.09] WATNEY: system_command: STATUS
> [18.09] SYSTEM: Último mensaje enviado hace 00h 31m. Último mensaje recibido hace 26h 17m. Último *ping* de respuesta de la sonda recibido hace 04h 24m. ADVERTENCIA: 52 *pings* sin respuesta.

La *Pathfinder* ya no se estaba comunicando con el vehículo de superficie. Había dejado de responder *pings* hacía cuatro horas y veinticuatro minutos. Unos cálculos rápidos me han servido para saber que ha sido alrededor de las 13.30 h de hoy.

La misma hora a la que falló el taladro.

He tratado de no dejarme llevar por el pánico. En la hoja de resolución de problemas hay una lista de cosas que puedo intentar si se ha perdido la comunicación. Son (por orden):

1. Confirmar que la *Pathfinder* sigue teniendo corriente.
2. Reiniciar el vehículo de superficie.
3. Reiniciar la *Pathfinder* desconectando y volviendo a conectar la potencia.
4. Instalar el software de comunicación del ordenador del vehículo de superficie, intentarlo otra vez.
5. Si ambos vehículos de superficie fallan, es probable que el problema esté en la *Pathfinder*. Comprobar las conexiones concienzudamente. Limpiar la *Pathfinder* de polvo de Marte.
6. Escribir mensaje en código morse con rocas, incluyendo las cosas intentadas. El problema podría resolverse con una actualización remota de la *Pathfinder*.

Me ha bastado el paso 1. He comprobado las conexiones de la *Pathfinder* y el polo negativo estaba desconectado.

Me he puesto eufórico. ¡Qué alivio! Con una sonrisa, he cogido mi equipo de electrónica y he preparado una reconexión al polo. Lo he desconectado de la sonda para limpiarlo bien (lo mejor que he podido con los guantes del traje espacial) y me he fijado en algo extraño: el aislamiento se había fundido.

He sopesado este hecho. El aislamiento fundido suele significar que ha habido un cortocircuito. Más corriente de la que el cable puede soportar lo ha recorrido. Sin embargo, la porción expuesta de cable no estaba negra, ni siquiera chamuscada, y el aislamiento del polo positivo no se había fundido.

Entonces, una por una, las horribles realidades de Marte han entrado en juego. El cable no podía quemarse ni chamuscarse. Eso es resultado de la oxidación y no hay oxígeno en el aire. Probablemente ha sido un cortocircuito, a pesar de todo, pero si el polo positivo no se ha visto afectado, la potencia ha tenido que salir de otro lugar...

Y los interruptores del taladro fallaron al mismo tiempo... ¡Oh, mierda!

La electrónica de la *Pathfinder* incluye una toma de tierra en el casco. De este modo, se evita que se forme una carga estática en las condiciones climáticas de Marte (la ausencia de agua y las frecuentes tormentas de arena pueden generar una carga estática impresionante).

El casco se asentaba en el panel A, uno de los cuatro del tetraedro que llevó la *Pathfinder* a Marte. Los otros tres paneles siguen en Area Vallis, donde los dejé.

Entre el panel A y el banco de trabajo estaban los globos que la *Pathfinder* había usado para el aterrizaje. Había desgarrado muchos de ellos al transportarla, pero quedaba mucho material, lo bastante para alcanzar el panel A y estar en contacto con el casco. Debería mencionar que el material de los globos es conductor.

A las 13.30 h he apoyado el taladro en el banco de trabajo. Había quitado la tapa posterior para meter el cable eléctrico. El banco de trabajo es metálico. Si el taladro se ha apoyado bien en el banco, puede haberse producido un contacto al tocarse metal contra metal.

Y eso es exactamente lo que ha ocurrido.

La corriente ha pasado del cable positivo del taladro a través del banco de trabajo, a través del material de los globos, a través del casco de la *Pathfinder*, a través de un puñado de componentes electrónicos delicados e irremplazables, y ha salido por el polo negativo del cable de corriente de la *Pathfinder*.

La *Pathfinder* funciona a 50 miliamperios. Ha recibido 9.000 miliamperios, que han freído los componentes electrónicos. Los disyuntores han saltado, pero demasiado tarde.

La *Pathfinder* está muerta. He perdido la capacidad de comunicarme con la Tierra.

Estoy solo.

18

Suspiro...

Por una vez que pensaba que algo iba según lo planeado, ya ves.

Marte insiste en su intención de matarme.

Bueno, Marte no ha electrocutado la *Pathfinder*. Corrijo: Marte y mi estupidez insisten en matarme.

Bien, basta de autocompadecerme. No estoy condenado. Las cosas serán más difíciles de lo previsto, pero tengo todo lo que necesito para sobrevivir. Y la *Hermes* viene de camino.

He escrito un mensaje en morse con rocas: «PF FRITA CON 9 AMPS. MUERTA PARA SIEMPRE. PLAN SIN CAMBIOS. LLEGARÉ A VAM.»

Si logro llegar al VAM de la Ares 4, estaré a salvo. Pero habiendo perdido contacto con la NASA, tendré que diseñar mi propia gran autocaravana marciana para llegar allí.

Por el momento, he dejado de trabajar en ello. No quiero continuar sin un plan. Estoy seguro de que en la NASA tenían toda clase de ideas, pero tendré que valerme de las mías.

Como ya he mencionado, los Tres Grandes (regulador atmosférico, oxigenador y purificador de agua) son vitales. Me ahorré usarlos en mi viaje hasta la *Pathfinder*. Usé filtros de CO_2 para regular la atmósfera y me llevé suficiente oxígeno y agua para todo el viaje. Eso no funcionará esta vez. Necesito los Tres Grandes.

El problema es que consumen mucha potencia y tienen que estar en funcionamiento todo el día. Las baterías del vehículo de superficie proporcionan 18 kilovatios/hora de potencia. Solo el oxigenador gasta 44,1 kilovatios/hora por sol. ¿Entiendes mi problema?

¿Sabes qué? Es un incordio decir «kilovatios/hora por sol». Voy a inventarme un nombre de unidad científica. Un kilovatio/hora por sol es... Puede ser cualquier cosa... Hum... Soy muy malo para esto... Lo llamaré «pirata-ninja».

En resumen, los Tres Grandes necesitan 69,2 piratas-ninja; la mayoría los consumen el oxigenador y el regulador atmosférico (el purificador de agua necesita solo 3,6).

Habrá recortes.

El recorte más fácil es el del purificador de agua. Tengo 620 litros de agua (tenía mucha más antes de que el Hab reventara). Necesito solo tres litros de agua por sol, así que el suministro me durará 206 soles. Solo pasarán 100 soles desde mi marcha hasta que me recojan (o muera en el intento).

Conclusión: no necesito el purificador de agua. Beberé lo que necesite y tiraré la orina y los excrementos. Sí, eso es, Marte, me voy a mear y cagar en ti. Eso es lo que mereces por tratar de matarme todo el tiempo.

Toma. He ahorrado 3,6 piratas-ninja.

ENTRADA DE DIARIO: SOL 198

¡He hecho un avance con el oxigenador!

He pasado la mayor parte del día estudiando las especificaciones. Calienta CO_2 a 900 °C y lo pasa por una célula de electrolisis de zirconio para extraer los átomos de carbono. Calentar el gas es lo que consume la mayor parte de la energía. ¿Por qué es eso tan importante? Porque solo soy uno y el oxigenador estaba hecho para seis personas. Una sexta parte de la cantidad de CO_2 significa una sexta parte de energía para calentarlo.

Según las especificaciones consume 44,1 piratas-ninja, pero

todo este tiempo solo ha estado usando 7,35. ¡Ahora vamos a alguna parte!

Luego está el regulador atmosférico. El regulador toma muestras de aire, calcula lo que está mal y corrige el problema. ¿Demasiado CO_2? Lo elimina. ¿Falta O_2? Añade un poco. Sin él, el oxigenador es inútil. Hay que separar el CO_2 para procesarlo.

El regulador analiza el aire mediante espectroscopia y separa los gases superenfriándolos. Los distintos elementos se vuelven líquidos a diferente temperatura. En la Tierra, superenfriar tanto aire requeriría consumir cantidades absurdas de energía. Pero (y soy bien consciente de ello) esto no es la Tierra.

Aquí, en Marte, el superenfriamiento se lleva a cabo bombeando aire a un componente de fuera del Hab. El aire se enfría deprisa hasta la temperatura exterior, que va de $-150\,°C$ a $0\,°C$. Cuando hace calor, se utiliza refrigeración adicional, pero en los días fríos se puede licuar aire gratis. El coste real de energía se deriva del hecho de calentarlo otra vez. Si volviera al Hab sin haberse calentado, yo moriría congelado.

Pero espera: estás pensando que la atmósfera de Marte no es líquida. ¿Por qué se condensa el aire del Hab?

La atmósfera del Hab es más de 100 veces más densa, así que se vuelve líquida a una temperatura mucho más alta. El regulador aprovecha lo mejor de ambos mundos. Literalmente. Nota: la atmósfera de Marte se condensa en los polos. De hecho, se solidifica en hielo seco.

Problema: el regulador consume 21,5 piratas-ninja. Incluso añadiendo algunas de las células fotovoltaicas del Hab, apenas daría potencia al regulador durante un sol, y desde luego no tendría potencia para conducir.

Tengo que pensar más.

ENTRADA DE DIARIO: SOL 199

Lo tengo. Sé cómo dar potencia al oxigenador y al regulador atmosférico.

El problema de los recipientes de baja presión es la toxicidad del CO_2. Puedes tener todo el oxígeno del mundo, pero cuando el CO_2 supera el 1 %, empiezas a marearte. Si llega al 2 % es como estar borracho. Al 5 % es difícil permanecer consciente. Al 8 % termina matándote. Permanecer vivo no depende tanto del oxígeno como de deshacerse del CO_2.

Eso significa que necesito el regulador, pero que no necesito el oxigenador a todas horas. Solo necesito sacar CO_2 del aire y sustituirlo por oxígeno. Tengo 50 litros de oxígeno líquido en dos recipientes de 25 litros, aquí, en el Hab. Eso equivale a 50.000 litros en forma gaseosa, bastantes para 85 días. No son suficientes para vivir hasta el rescate, pero sí un montón.

El regulador puede separar el CO_2, almacenarlo en un recipiente y añadir oxígeno de mis bombonas al aire cuando haga falta. Cuando me quede poco oxígeno, puedo acampar un día y aprovechar toda mi potencia para usar el oxigenador con el CO_2 almacenado. De esa forma, el consumo de potencia del oxigenador no consumirá toda mi potencia para conducir.

Así que usaré el regulador todo el tiempo, pero solo pondré en marcha el oxigenador los días que dedique a usarlo.

Ahora, al siguiente problema. Cuando el regulador congela el CO_2, el oxígeno y el nitrógeno siguen siendo gases, pero están a −75 °C. Si el regulador los devolviera a mi aire sin recalentarlos, yo sería un cubito de hielo en cuestión de horas. La mayor parte de la potencia que usa el regulador es para calentar el aire de retorno de manera que eso no ocurra.

Pero tengo una forma mejor de calentarlo. Algo que la NASA no se plantearía ni en su día más homicida.

¡El RTG!

Sí, el RTG. Puede que lo recuerdes de mi emocionante viaje a la *Pathfinder*. Un precioso pedazo de plutonio tan radiactivo que produce 1.500 vatios de calor con los que proporciona 100 vatios de electricidad. Entonces, ¿qué ocurre con los otros 1.400 vatios? Se irradian en forma de calor.

En el viaje a la *Pathfinder*, tuve que eliminar el aislamiento del vehículo de superficie para disipar el exceso de calor de ese maldito trasto. Volveré a instalarlo, porque necesitaré calentar el aire de retorno del regulador.

He hecho los cálculos. El regulador usa 790 vatios para recalentar constantemente el aire. Los 1.400 vatios del RTG bastan con creces para esa tarea y para mantener además el vehículo de superficie a una temperatura razonable.

Para probar, he apagado los calentadores del regulador y he anotado su consumo de potencia. Después de unos minutos, he vuelto a encenderlos. ¡Joder, ese aire de retorno estaba frío! Pero he conseguido los datos que quería.

Con calefacción, el regulador consume 21,5 piratas-ninja. Sin ella... (redoble de tambores), 1 pirata-ninja. Es correcto: casi toda la potencia era para calentar el aire.

Como la mayoría de los problemas vitales, este puede resolverse con una caja de radiación.

He pasado el resto del día comprobando mis números y haciendo más test. Todo cuadra. Puedo hacerlo.

ENTRADA DE DIARIO: SOL 200

He cargado rocas hoy.

Necesitaba saber qué eficiencia de potencia tendrá el vehículo de superficie-remolque. De camino a la *Pathfinder*, recorrí 80 kilómetros con 18 kilovatios/hora. Esta vez la carga será mucho más pesada. Tendré que arrastrar el remolque y todo lo demás.

He llevado el vehículo de superficie hasta el remolque y he conectado los ganchos de arrastre. Bastante fácil.

El remolque ya lleva algún tiempo despresurizado (al fin y al cabo tiene cientos de agujeritos), así que he abierto ambas esclusas para echar un vistazo directo al interior. Luego he metido dentro un montón de rocas.

Tengo que calcular el peso a ojo. Lo más pesado que voy a llevar es el agua: 620 kilos. Las patatas congeladas suman otros 200 kilogramos. Probablemente lleve más placas solares que la otra vez y quizás una batería del Hab, además del regulador atmosférico y el oxigenador, por supuesto. En lugar de pesar toda esa mierda, calculo a ojo que pesa 1.200 kilos.

Medio metro cúbico de basalto pesará eso más o menos. Después de dos horas de trabajo brutal, resoplando mucho, lo he cargado todo.

Entonces, con las dos baterías a plena carga, he trazado círculos en torno al Hab hasta que he agotado ambas.

La vertiginosa velocidad máxima de 25 km/h no garantiza un viaje lleno de acción, pero me ha impresionado poder mantener esa velocidad con todo el peso extra. El vehículo de superficie tiene un motor espectacular.

Eso sí, las leyes físicas son puñeteras y se han vengado del peso adicional: solo he conseguido recorrer 57 kilómetros antes de quedarme sin combustible.

Han sido 57 kilómetros por terreno llano, sin tener que alimentar el regulador (que no consumirá tanto con la calefacción apagada). Digamos que podré recorrer 50 kilómetros por día, para curarme en salud. A ese ritmo tardaré sesenta y cuatro días viajando en llegar al cráter Schiaparelli.

Pero de vez en cuando tendré que parar un día y dejar que el oxigenador aproveche toda la potencia. ¿Con cuánta frecuencia? Después de unos cuantos cálculos he averiguado que mi presupuesto de 18 piratas-ninja puede dar suficiente potencia al oxigenador y producir O_2 para unos 2,5 soles. Tendré que parar cada dos o tres soles para reponer oxígeno. ¡Mi viaje de sesenta y cuatro soles será de noventa y dos!

Eso es demasiado. Me arrancaré la cabeza si he de pasar tanto tiempo en el vehículo de superficie.

Da igual, estoy agotado de levantar rocas y de resoplar levantando rocas. Creo que me he lesionado la espalda. Me lo tomaré con calma el resto del día.

ENTRADA DE DIARIO: SOL 201

Sí, definitivamente me he lesionado la espalda. Me he despertado con dolor.

Así que me he tomado un descanso en mi planificación del vehículo de superficie y me he pasado el día tomando fármacos y jugando con radiación.

Primero he tomado Vicodin para la espalda. ¡Hurra por los suministros médicos de Beck!

Luego he conducido hasta el RTG. Estaba justo donde lo había dejado, en un agujero, a cuatro kilómetros de distancia. Solo un idiota lo pondría cerca del Hab. Así que, bueno, lo he llevado al Hab.

Puede que me mate y puede que no. Trabajaron mucho para asegurarse de que no se rompiera. Si no puedo confiar en la NASA, ¿en quién puedo confiar? (Por ahora olvidaré que la NASA nos ordenó enterrarlo lejos.)

Lo he puesto en el techo del vehículo de superficie para el viaje de vuelta. Ese trasto realmente irradia calor.

Tengo algunos tubos de plástico flexible destinados a reparaciones menores del purificador de agua. Después de llevar el RTG al Hab, he pegado con mucho cuidado algunos tubos a los deflectores de calor. Usando un embudo hecho con una hoja de papel, he hecho pasar agua por el tubo y he dejado que se secara en un contenedor de muestras.

Claro está, el agua se ha calentado. No ha sido ninguna sorpresa, pero es agradable que la termodinámica se comporte así de bien.

Solo hay una cuestión complicada: el regulador atmosférico no funciona de manera constante. La velocidad de separación por congelación está en función del clima exterior, así que el aire glacial de retorno no es un flujo constante, y el RTG genera un calor constante y predecible; no puede aumentar su producción.

Así que calentaré agua con el RTG para crear un depósito de reserva y haré que el aire de retorno burbujee a través de ella. De ese modo, no tendré que preocuparme por el momento en que entre el aire ni ocuparme de los cambios repentinos de temperatura en el vehículo de superficie.

Cuando se me ha pasado el efecto del Vicodin, la espalda me dolía más que antes. Voy a tener que tomármelo con calma. No puedo estar tomando pastillas siempre, así que me voy a conceder unos días de descanso de labores pesadas. Con ese fin, he inventado una cosita solo para mí.

He desmontado la hamaca de Johanssen y pasado por encima de los bordes de su armazón lona sobrante del Hab, creando una concavidad en el centro. Luego he lastrado la lona que sobresalía por los bordes y ¡ya tengo bañera! Es poco profunda, así que solo me han hecho falta 100 litros de agua para llenarla.

Luego he cogido la bomba del purificador de agua. (Puedo vivir un rato sin que funcione el purificador de agua.) La he conectado a mi calentador de agua del RTG y he puesto los tubos de entrada y salida en la bañera.

Sí, sé que es ridículo, pero no he disfrutado de un baño decente desde que dejé la Tierra y me duele la espalda. Además, de todos modos voy a pasarme 100 soles cerca del RTG. Tanto da que sea un poco más. Este es mi patético argumento y me ciño a él.

Hacen falta dos horas para calentar el agua a 37 °C. Una vez logrado mi objetivo, desconecto la bomba y me meto en la bañera. ¡Oh, tío! Lo único que puedo decir es «ahhh».

¿Por qué diantre no se me había ocurrido antes?

ENTRADA DE DIARIO: SOL 207

La última semana he estado recuperándome del problema de la espalda. El dolor no era excesivo, pero no hay quiroprácticos en Marte, así que no iba a correr riesgos.

He tomado un baño caliente dos veces al día y permanecido mucho tiempo tumbado: en la cama y mirando telebasura de los setenta. Ya he visto toda la colección completa de Lewis, pero no tenía mucho más que hacer. No me ha quedado más remedio que ver lo ya visto.

He estado pensando mucho.

Puedo mejorar la eficiencia con más placas solares. Las catorce que me llevé a la *Pathfinder* generaban los 18 kilovatios/hora que las baterías podían almacenar. Mientras viajaba, llevaba las placas en el techo. En el del remolque hay espacio para almacenar otras siete (faltará la mitad del techo por el agujero que estoy abriendo).

Las necesidades de energía del viaje vendrán marcadas por el oxigenador. Todo se reduce a cuánta potencia puedo dar a ese malnacido en un solo sol. Quiero reducir los días en los que no viajaré. Cuanto más combustible pueda dar al oxigenador, más oxígeno liberará y más tiempo pasará entre «soles de aire».

Seamos codiciosos. Digamos que consigo alojar catorce paneles en lugar de siete. No estoy seguro de cómo hacerlo, pero digamos que puedo. Así tendría treinta y seis piratas-ninja con los que trabajar, es decir: cinco soles de oxígeno por cada sol de aire. Solo tendría que parar una vez cada cinco soles. Es mucho más razonable.

Además, si logro almacenar en baterías la potencia extra, podré conducir 100 kilómetros por sol. Aunque es más fácil decirlo que hacerlo. Esos 18 kilovatios/hora de carga serán complicados de obtener. Tendré que coger dos de las células de combustible de 9 kilovatios/hora del Hab y cargarlas en el vehículo de superficie o el remolque. No son como las baterías del vehículo de superficie; no son pequeñas ni portátiles. Son bastante ligeras, pero muy grandes. Podría tener que sujetarlas a la carrocería, lo que reduciría el espacio de almacenamiento de mis placas solares.

Cien kilómetros por sol es un promedio muy optimista. Pero digamos que lograra recorrer 90 kilómetros por sol, parando cada cinco soles para producir oxígeno. Llegaría en cuarenta y cinco soles. ¡Eso sería fantástico!

En otro orden de cosas, se me ha ocurrido que la NASA probablemente estaría echando pestes, observándome con satélites y sin verme salir del Hab desde hace seis días. Teniendo la espalda mejor, era el momento de mandarles una frase.

He salido para una EVA. Esta vez, con mucha precaución para acarrear rocas, he escrito un mensaje en código morse: «ESPALDA LESIONADA. AHORA MEJOR. CONTINÚO MODIFICACIONES DE VEHÍCULO DE SUPERFICIE.»

Bastante esfuerzo físico para hoy. No quiero pasarme.

Creo que me daré un baño.

Hoy ha tocado experimentar con los paneles.

Primero, he puesto el Hab en modo de baja potencia: no hay luces internas, con todos los sistemas no esenciales desconectados y toda la calefacción interna suspendida. De todos modos, iba a pasar fuera la mayor parte del día.

Luego he desconectado veintiocho paneles de la granja solar y los he arrastrado al vehículo de superficie. He pasado cuatro horas apilándolos de diferentes maneras. El pobre vehículo parecía más bien el camión de *Los nuevos ricos*. Nada de lo que he hecho ha funcionado.

La única forma de poner los veintiocho en el techo es hacer montones tan altos que se derrumbarán al primer giro. Si los ato caerán en bloque. Si encontrara una forma de atarlos perfectamente al vehículo de superficie, este volcaría. Ni siquiera me he molestado en probarlo. Es evidente y no quiero romper nada.

Todavía no he quitado el trozo de casco del remolque. La mitad de los agujeros están taladrados, pero eso no me compromete a nada. Si dejo el techo en su lugar, cabrían en él cuatro pilas de siete placas. Funcionaría bien; es solo el doble de lo que hice para el viaje a la *Pathfinder*.

El problema es que necesito esa abertura. El regulador tiene que estar en la zona presurizada y es demasiado grande para encajar en el vehículo de superficie sin modificar. Además, el oxigenador debe estar en una zona presurizada para seguir funcionando. Solo lo necesitaré cada cinco soles, pero ¿qué haría durante ese sol? No, el conjunto ha de estar aquí.

Dadas las circunstancias, podré cargar veintiún paneles. Necesito espacio para los otros siete. Solo hay un lugar en el que pueden ir: los laterales del vehículo de superficie y del remolque.

Una de mis modificaciones previas eran unas «alforjas» echadas por encima del vehículo de superficie. En la de un extremo iba la batería suplementaria (sacada del actual remolque), mientras que en la otra llevaba rocas como contrapeso.

No necesitaré las alforjas esta vez. Puedo devolver la segunda batería al remolque, su lugar de procedencia. De hecho, me salvará del rollo de la EVA a medio camino que tenía que hacer cada día para cambiar cables. Cuando los vehículos de superficie estén conectados, compartirán recursos, incluida la electricidad.

He seguido adelante y he reinstalado la batería en el remolque. He tardado dos horas, pero ya está. He quitado las alforjas y las he guardado. Pueden resultar útiles en algún momento. Si algo he aprendido de mi estancia en el Club Marte, es que todo puede ser útil.

He despejado los laterales del vehículo de superficie y el remolque. Después de mirarlos un rato, he visto la solución.

Haré soportes en forma de L que sobresaldrán de la parte inferior, con los ganchos hacia arriba. Dos soportes por lado para crear un estante. Puedo poner paneles en los estantes, apoyados contra el vehículo de superficie y atarlos a la carrocería con una cuerda improvisada.

Habrá cuatro «estantes» en total; dos en el vehículo de superficie y dos en el remolque. Si los soportes sobresalen lo suficiente para acomodar dos paneles, podría almacenar ocho paneles adicionales de ese modo: uno más de lo que había planeado.

Mañana fabricaré esos soportes y los montaré. Lo haría hoy, pero ha oscurecido y me da pereza.

ENTRADA DE DIARIO: SOL 209

Noche fría, anoche. Las células fotovoltaicas seguían desconectadas de la granja, de modo que tuve que dejar el Hab en modo de baja potencia. He vuelto a encender la calefacción (no estoy loco), pero dejo la temperatura interna a 1 °C para ahorrar potencia. Despertar con un clima gélido me pone nostálgico. Al fin y al cabo, crecí en Chicago.

Pero la nostalgia no dura. Me he prometido terminar los soportes hoy; así podré devolver los paneles a la granja solar y conectar de nuevo la calefacción.

He sacado metal para los estantes del tren de aterrizaje del VAM. En su mayor parte está hecho de carbono, pero los puntales tenían que absorber el impacto del aterrizaje. El metal era la solución.

He traído uno al Hab para ahorrarme el incordio de trabajar con el traje EVA. Es un armazón triangular de tiras metálicas sujetas por tornillos. Lo he desmontado.

Para darle forma he necesitado un martillo y..., bueno, nada más, en realidad. Hacer una ele no requiere mucha precisión.

Me hacían falta agujeros para pasar los tornillos. Por fortuna, mi taladro asesino de la *Pathfinder* me ha facilitado esa tarea.

Pensaba que sería complicado unir los soportes al bastidor del vehículo de superficie, pero ha terminado siendo sencillo. El bastidor se desmonta con facilidad. Después de taladrarlos y atornillarlos, he fijado los soportes y he vuelto a montar el bastidor en el vehículo de superficie. He repetido el proceso con el remolque. Nota importante: el bastidor no forma parte del espacio presurizado. Los agujeros que he hecho no me dejarán sin aire.

He probado los soportes golpeándolos con rocas. Esta es la clase de sofisticación por la que son conocidos los científicos interplanetarios.

Después de convencerme de que los soportes no se romperían a la primera de cambio, he probado la nueva disposición. Dos montones de siete placas solares en el techo del vehículo de superficie; otras siete en el remolque y dos por estante. Todo encaja.

Después de atar las placas solares, he dado una vuelta, acelerando y frenando, girando en círculos cada vez más cerrados e incluso parando bruscamente. Las placas no se han movido.

Veintiocho placas solares, nene, y espacio para una extra.

Después de unos cuantos gestos de euforia, he descargado las placas y las he arrastrado otra vez hasta la granja. No habrá amanecer de Chicago para mí mañana.

Estoy sonriendo. De oreja a oreja. La mía es la sonrisa de un hombre que ha estado toqueteando el coche y no lo ha roto.

He pasado el día eliminando trastos innecesarios del vehículo de superficie y el remolque. He sido muy agresivo también con eso. El sitio dentro de los espacios presurizados es un plus. Cuantos más trastos saco del vehículo de superficie, más espacio hay para mí. Cuantos más trastos saco del remolque, más comida puedo almacenar en él y menos tengo que almacenar en el vehículo de superficie.

Para empezar, en cada vehículo hay un banco para pasajeros. ¡Adiós!

Lo siguiente: no hay motivo alguno para que el remolque tenga instrumentos de soporte vital. Los depósitos de oxígeno, los de nitrógeno, el filtro de CO_2..., todo es innecesario. Compartiré el aire con el vehículo de superficie (que tiene su propia unidad de cada uno de esos aparatos) y llevaré el regulador y el oxigenador. Entre los componentes del Hab y del vehículo de superficie, tendré dos sistemas de soporte vital redundantes. Es mucho.

Luego he arrancado el asiento del conductor y el panel de control del remolque. El enganche con el vehículo de superficie es físico. El remolque es arrastrado y proporciona aire, solo eso. No necesita controles ni cerebros. No obstante, he rescatado el ordenador. Es pequeño y ligero, así que me lo llevaré. Si falla el ordenador del vehículo de superficie estando en ruta, tendré uno de repuesto.

En el remolque había ya toneladas de espacio. Era el momento de experimentar.

El Hab cuenta con doce baterías de 9 kilovatios/hora. Son voluminosas y difíciles de transportar. Miden más de dos metros de altura, medio metro de anchura y tres cuartos de metro de grosor. Su mayor tamaño implica menos masa por kilovatio/hora de carga. Sí, la intuición dice otra cosa, pero en cuanto la NASA descubrió que podía incrementar el volumen para disminuir la masa, se entusiasmó. La masa es la parte cara de enviar cosas a Marte.

He desconectado dos baterías. Siempre y cuando las devuelva antes del final del día, las cosas irán bien. El Hab usa las baterías sobre todo por la noche.

Con las dos esclusas abiertas, he conseguido meter la primera batería. Después de jugar al Tetris de la vida real durante un rato he descubierto una forma de apartar lo suficiente la primera batería para que entrara la segunda. Juntas, llenan por completo la mitad delantera del remolque. Si no hubiera sacado antes todos los trastos inútiles, no habría podido meter las dos.

La batería del remolque está en el bastidor, pero el cable de corriente atraviesa el espacio presurizado, así que he logrado conectar las baterías del Hab directamente dentro (no es una proeza pequeña con el maldito traje EVA).

Una verificación de sistema desde el vehículo de superficie me ha confirmado que había hecho las conexiones correctamente.

Todo esto puede parecer poca cosa, pero es asombroso. Significa que tengo veintinueve células solares y 36 kilovatios/hora de carga. Podré avanzar mis 100 kilómetros por día, después de todo.

Cuatro días de cada cinco, vamos.

Según mi calendario, la sonda de reabastecimiento de la *Hermes* será lanzada desde China dentro de dos días (si no hay retrasos). Si eso se jode, toda la tripulación estará bien jodida. Me tiene más nervioso eso que ninguna otra cosa.

He estado en peligro mortal durante meses; ya me he acostumbrado a eso. Sin embargo, vuelvo a estar nervioso. Morir sería una putada, pero que murieran mis compañeros de tripulación sería mucho peor. Y no sabré cómo ha ido el lanzamiento hasta que llegue al cráter Schiaparelli.

Buena suerte, chicos.

19

—Eh, Melissa... —dijo Robert—. ¿Estoy conectado? ¿Puedes verme?

—Alto y claro, nene —dijo la comandante Lewis—. La conexión de vídeo es estable.

—Dicen que tengo cinco minutos —explicó Robert.

—Mejor que nada —dijo Lewis. Flotando en su aposento tocó con suavidad el mamparo para dejar de moverse—. Es agradable verte en tiempo real por una vez.

—Sí. —Robert sonrió—. Apenas se nota el retraso. Tengo que decir que ojalá vinieras a casa.

Lewis suspiró.

—A mí también me gustaría, nene.

—No me interpretes mal —agregó Robert con rapidez—. Comprendo por qué estás haciendo todo esto. Aun así, desde un punto de vista egoísta, echo de menos a mi mujer. Eh, ¿estás flotando?

—¿Eh? —dijo Lewis—. Oh, sí. La nave no está girando ahora mismo. No hay gravedad centrípeta.

—¿Por qué no?

—Porque vamos a acoplarnos con el cohete de la *Taiyang Shen* dentro de unos días. No podemos girar cuando nos acoplamos.

—Ya entiendo —dijo Robert—. Entonces, ¿cómo van las cosas en la nave? ¿Alguien te está incordiando?

—No. —Lewis negó con la cabeza—. Son una buena tripulación; me alegro de tenerlos.

—¡Ah! —dijo Robert—. ¡He encontrado una gran pieza para nuestra colección!

—¿Sí? ¿Qué has conseguido?

—Una producción original de ocho pistas de los grandes éxitos de Abba. Todavía en su funda original.

Lewis puso los ojos como platos.

—¿En serio? De mil novecientos setenta y seis o una de las reimpresiones?

—De mil novecientos setenta y seis.

—¡Vaya! ¡Buen hallazgo!

—Lo sé.

Con una sacudida final, el avión de pasajeros se detuvo junto a la puerta.

—¡Oh, Dios! —dijo Venkat, masajeándose el cuello—. Ha sido el vuelo más largo que he hecho.

—Hum. —Teddy se frotó los ojos.

—Al menos no tenemos que ir a Jiuquan hasta mañana —gruñó Venkat—. Catorce horas y media de vuelo son suficientes por un día.

—No te acomodes demasiado —dijo Teddy—. Todavía nos falta pasar la aduana y seguramente tendremos que rellenar unos cuantos formularios porque somos funcionarios del Gobierno de Estados Unidos... Pasarán horas antes de que podamos dormir.

—Mieeeeerda.

Venkat y Teddy recogieron el equipaje de mano y salieron del avión con el resto de pasajeros cansados.

La Terminal 3 del Aeropuerto Internacional de Pekín resonaba con la cacofonía común de las enormes terminales aéreas. Venkat y Teddy se sumaron a la larga cola de inmigración mientras los ciudadanos chinos de su vuelo se separaban para un proceso más simple de entrada.

Cuando Venkat ocupó su lugar en la fila, Teddy se colocó detrás de él y examinó la terminal buscando algo abierto. Cualquier cosa con cafeína sería bienvenida.

—Disculpen, caballeros —oyeron una voz detrás de ellos.

Se volvieron hacia un chino que vestía tejanos y un polo.

—Me llamo Su Bin Bao —dijo en perfecto inglés—. Soy empleado de la Administración Espacial Nacional China. Seré su guía y traductor durante su estancia en la República Popular.

—Me alegro de conocerlo, señor Su —dijo Teddy—. Soy Teddy Sanders y él es el doctor Venkat Kapoor.

—Necesitamos dormir —dijo Venkat de inmediato—. En cuanto pasemos la aduana, por favor, llévenos a nuestro hotel.

—Puedo hacer algo mejor que eso, doctor Kapoor. —Su sonrió—. Son huéspedes oficiales de la República Popular China. Han sido autorizados a no pasar la aduana. Puedo llevarlos inmediatamente al hotel.

—Lo adoro —dijo Venkat.

—Transmita a la República Popular China nuestro agradecimiento —agregó Teddy.

—Lo transmitiré. —Su Bin sonrió.

—Helena, mi amor —dijo Vogel a su mujer—. Confío en que estés bien.

—Sí —dijo ella—. Estoy bien, pero te echo de menos.

—Lo siento.

—No puede evitarse. —Se encogió de hombros.

—¿Cómo están nuestros monitos?

—Los niños están bien. —Sonrió—. Eliza está enamorada de un niño nuevo de su clase y Victor ha sido elegido portero del equipo del instituto.

—Excelente —dijo Vogel—. He oído que estás en Control de Misión. ¿La NASA no podía enviar la señal a Bremen?

—Podrían haberlo hecho —dijo ella—, pero era más fácil para ellos traerme a Houston. Unas vacaciones gratis en Estados Unidos. ¿Quién soy yo para rechazarlas?

—Bien hecho. ¿Y cómo está mi madre?

—Tan bien como cabe esperar —dijo Helena—. Tiene sus días buenos y sus días malos. No me reconoció en mi última visita. En cierto modo, es una bendición. No tiene que preocuparse por ti como yo.

—¿No ha empeorado? —preguntó él.

—No, está más o menos igual que cuando te fuiste. Los médicos están seguros de que seguirá aquí cuando vuelvas.

—Bien —dijo él—. Me preocupaba no volver a verla.

—Alex —dijo Helena—, ¿estarás a salvo?

—Lo más a salvo que podamos —dijo—. La nave está en perfectas condiciones y después de recibir al cohete de la *Taiyang Shen*, tendremos todas las provisiones que necesitamos para lo que queda de viaje.

—Ten cuidado.

—Lo tendré, mi amor —prometió Vogel.

—Bienvenidos a Jiuquan —dijo Guo Ming—. Espero que hayan tenido un buen vuelo.

Su Bin tradujo las palabras de Guo Ming mientras Teddy ocupaba el segundo mejor asiento de la sala de observación. Miró por el cristal el Centro de Control de Misión de Jiuquan. Era notoriamente similar al de Houston, aunque Teddy no sabía leer ninguno de los textos en chino de las grandes pantallas.

—Sí, gracias —dijo Teddy—. La hospitalidad de su gente ha sido maravillosa. El jet privado para traernos aquí ha sido todo un detalle.

—Mi gente ha disfrutado trabajando con su equipo de avanzada —dijo Guo Ming—. El último mes ha sido muy interesante. Conectar una sonda estadounidense a un cohete chino, creo que es la primera vez que se ha hecho.

—Solo va a demostrar que el amor por la ciencia es universal y común a todas las culturas —dijo Teddy.

Guo Ming asintió.

—Mi gente ha comentado especialmente la ética profesional de su hombre, Mitch Henderson. Está muy entregado a su trabajo.

—Es un grano en el culo —dijo Teddy.

Su Bin hizo una pausa antes de traducirlo, pero lo hizo.

Guo Ming rio.

—Usted puede decirlo, yo no.

—Bueno, explícamelo otra vez —dijo Amy, la hermana de Beck—. ¿Por qué tienes que hacer una EVA?

—Probablemente no tenga que hacerla —explicó Beck—. Solo tengo que estar preparado para eso.

—¿Por qué?

—En caso de que la sonda no se acople, si algo va mal, mi trabajo será salir y cogerla.

—¿No puedes simplemente mover la *Hermes* para que se acople?

—Imposible —dijo Beck—. La *Hermes* es enorme. No está hecha para un control de maniobra fino.

—¿Por qué has de ser tú?

—Porque soy el especialista en EVA.

—¿No eres el médico?

—Lo soy —dijo Beck—. Todos tenemos varias ocupaciones. Soy el médico, el biólogo y el especialista en EVA. La comandante Lewis es nuestra geóloga. Johanssen es la operadora de sistemas y la técnico del reactor, y así todos.

—¿Y ese tío bueno? Martinez —preguntó Amy—. ¿Qué hace?

—Pilota el VDM y el AVM —dijo Beck—. También está casado y tiene un niño, lasciva destrozahogares.

—¡Ah, bueno! ¿Y Watney? ¿Qué hacía?

—Es nuestro botánico e ingeniero. Y no me gusta hablar de él en pasado.

—¿Ingeniero? ¿Como Scotty?

—Más o menos —dijo Beck—. Arregla cosas.

—Apuesto a que ahora eso le es útil.

—Sí, desde luego.

Los chinos habían preparado una pequeña sala de conferencias para que trabajaran los estadounidenses. Las condiciones de hacinamiento eran todo un lujo según el criterio de Jiuquan. Venkat estaba enfrascado con hojas de cálculo presupuestarias cuando entró Mitch, así que se alegró de la interrupción.

—Son una panda rara, estos friquis chinos —dijo, derrumbándose en una silla—. Pero han construido un buen cohete.

—Bien —dijo Venkat—. ¿Cómo va el acoplamiento entre el cohete y nuestra sonda?

—Todo encaja —dijo Mitch—. El JPL siguió las especificaciones a la perfección. Encaja como un guante.

—¿Alguna preocupación o alguna reserva? —preguntó Venkat.

—Sí. Estoy preocupado por lo que comí anoche. Creo que tenía un ojo.

—Estoy seguro de que no era un ojo.

—Los ingenieros de aquí lo prepararon especialmente para mí —dijo Mitch.

—Entonces puede que hubiera un ojo —dijo Venkat—. Te odian.

—¿Por qué?

—Porque eres un capullo, Mitch —dijo Venkat—. Un capullo integral, con todos.

—Perfecto. Mientras la sonda encaje con la *Hermes*, pueden quemar mi efigie, que me da igual.

—Saluda a papá —dijo Marisa, moviendo la mano de David ante la cámara—. Saluda a papá.

—Es demasiado pequeño para saber qué está pasando —dijo Martinez.

—Piensa en el prestigio que tendrá en el patio dentro de poco —dijo ella—. Mi papá fue a Marte. ¿Tu papá qué hace?

—Sí, soy impresionante.

Marisa continuó moviendo la mano de David ante la cámara. El niño estaba más interesado en su otra mano, activamente ocupada en hurgarse la nariz.

—Así que estás cabreada —dijo Martinez.

—¿Te das cuenta? —preguntó Marisa—. He tratado de ocultarlo.

—Estamos juntos desde los quince años. Sé cuándo estás cabreada.

—Te presentaste voluntario para prolongar la misión quinientos treinta y tres días —dijo—. Capullo.

—Sí —dijo Martinez—. Suponía que esa era la razón de tu enfado.

—Tu hijo irá al jardín de infancia cuando vuelvas. No tendrá ningún recuerdo de ti.

—Lo sé —dijo Martinez.

—Tendré que esperar otros quinientos treinta y tres días para acostarme contigo.

—Yo también —dijo él a la defensiva.

—Estoy preocupada por ti todo el tiempo —añadió.

—Sí —dijo él—. Lo siento.

Ella respiró hondo.

—Lo superaremos.

—Lo superaremos.

—Bienvenidos a *Informe Mark Watney* de la CNN. Hoy tenemos con nosotros al director de operaciones de Marte, Venkat Kapoor. Hablamos con él vía satélite desde China. Doctor Kapoor, gracias por atendernos.

—Encantado —dijo Venkat.

—Así pues, doctor Kapoor, háblenos del cohete de la *Taiyang Shen*. ¿Por qué ir a China a lanzar una sonda? ¿Por qué no lanzarla desde Estados Unidos?

—La *Hermes* no va a orbitar la Tierra —dijo Venkat—. Solo está de paso camino a Marte y su velocidad es enorme. Necesitamos un cohete capaz no solo de escapar de la gravedad de la Tierra, sino también de alcanzar la actual velocidad de la *Hermes*. Solo el de la *Taiyang Shen* tiene suficiente potencia para eso.

—Háblenos de la sonda en sí.

—Ha sido un trabajo apresurado —dijo Venkat—. El JPL solo tenía treinta días para construirla. Han tenido que actuar de la forma más segura y eficiente posible. Es básicamente una cáscara llena de comida y otros suministros. Tiene un impulsor de satélite estándar para maniobrar, eso es todo.

—¿Y eso basta para volar hasta la *Hermes*?

—El cohete de la *Taiyang Shen* la enviará a la *Hermes*. Los propulsores son para control fino y acoplamiento. Y el JPL no tiene tiempo para un sistema de orientación, así que será controlado de forma remota por un piloto humano.

—¿Quién lo controlará? —preguntó Cathy.

—El piloto de la Ares 3, el comandante Rick Martinez. Cuando la sonda se acerque a la *Hermes*, tomará el mando y la guiará al puerto de acoplamiento.

—¿Y si hay un problema?

—La *Hermes* tendrá a su especialista en actividades extravehiculares, el doctor Chris Beck, preparado y listo todo el tiempo. Si es necesario, literalmente cogerá la sonda con las manos y la arrastrará al puerto de acoplamiento.

—No parece muy científico. —Cathy rio.

—¿Quiere cosas poco científicas? —Venkat sonrió—. Si la sonda no puede acoplarse al puerto por alguna razón, Beck la abrirá y llevará su contenido a la esclusa de aire.

—¿Como quien entra las bolsas del supermercado? —preguntó Cathy.

—Exactamente igual —dijo Venkat—. Y calculamos que necesitaremos cuatro viajes de ida y vuelta. Pero eso es solo un recurso desesperado. No prevemos problemas con el proceso de acoplamiento.

—Da la impresión de que están considerando todas las posibilidades. —Cathy sonrió.

—Hemos de hacerlo —dijo Venkat—. Si no consiguen esos suministros... Bueno, necesitan esos suministros.

—Gracias por tomarse el tiempo para responder a nuestras preguntas —dijo Cathy.

—Siempre es un placer, Cathy.

El padre de Johanssen se rebulló en la silla sin saber qué decir. Al cabo de un momento, sacó el pañuelo del bolsillo y se secó el sudor de la calva.

—¿Y si la sonda no llega hasta vosotros? —preguntó.

—Trata de no pensar en eso —dijo Johanssen.

—Tu madre está tan preocupada que ni siquiera ha venido.

—Lo siento —murmuró Johanssen, mirando al suelo.

—No puede comer, no puede dormir y está permanentemente mareada. Yo no estoy mucho mejor. ¿Cómo te han obligado a hacer esto?

—No me han obligado, papá. Lo hago voluntariamente.

—¿Por qué le haces esto a tu madre?

—Lo siento —murmuró Johanssen—. Watney es mi compañero de tripulación. No puedo dejarlo morir.

El hombre suspiró.

—Ojalá te hubiéramos educado para ser más egoísta.

Johanssen rio entre dientes.

—¿Cómo he terminado en esta situación? Soy director de ventas de zona de una fábrica de servilletas. ¿Por qué está mi hija en el espacio?

Johanssen se encogió de hombros.

—Siempre has tenido una mente científica —dijo él—. Eras fantástica. Solo sacabas sobresalientes y salías con empollones demasiado asustados para propasarse. No eras en absoluto problemática. Eras el sueño de todo padre.

—Gracias, papá, yo...

—Y vas y te metes en una bomba gigantesca que te propulsa hasta Marte. Y lo digo literalmente.

—Técnicamente —lo corrigió—, el cohete solo me puso en órbita. Fue el motor de iones nuclear lo que me llevó a Marte.

—¡Oh, mucho mejor!

—Papá, no me pasará nada. Dile a mamá que no me pasará nada.

—¿De qué servirá? —dijo—. Va a estar muerta de miedo hasta que vuelvas a casa.

—Lo sé —murmuró Johanssen—. Pero...

—¿Qué? Pero ¿qué?

—No moriré. De verdad que no. Aunque todo vaya mal.

—¿Qué quieres decir?

Johanssen frunció el ceño.

—Solo dile a mamá que no moriré.

—¿Cómo? No te entiendo.

—No quiero meterme en el cómo —dijo Johanssen.

—Mira —dijo el padre, inclinándose hacia la cámara—. Siempre he respetado tu intimidad, tu independencia. Nunca he intentado meterme en tu vida, nunca he tratado de controlarte. Siempre he sido realmente bueno en eso, ¿verdad?

—Sí.

—Así que a cambio de una vida entera de no meterme en tus asuntos, deja que me meta solo en este. ¿Qué es lo que no me estás contando?

Johanssen se quedó en silencio unos segundos. Finalmente, dijo:

—Tienen un plan.

—¿Quién?

—Siempre tienen un plan —dijo—. Lo estudian todo por anticipado.

—¿Qué plan?

—Me eligieron para sobrevivir. Soy la más joven. Tengo la capacidad necesaria para volver a casa viva, y soy la más pequeña y la que necesita menos comida.

—¿Qué ocurre si la sonda falla, Beth? —preguntó su padre.

—Todos morirían menos yo —dijo ella—. Todos tomarían pastillas y morirían. Lo harían enseguida para no gastar comida. La comandante Lewis me eligió a mí como superviviente. Me lo explicó ayer. Y no creo que la NASA lo sepa.

—¿Y los suministros durarán hasta que vuelvas a la Tierra?

—No —dijo ella—. Tenemos suficiente comida para alimentar a seis personas durante un mes. Si estuviera sola, me durarían seis meses. Con una dieta restrictiva podrían durarme nueve. Pero pasarán diecisiete meses hasta que vuelva.

—Entonces, ¿cómo sobrevivirías?

—Los suministros no serían la única fuente de alimento —dijo la astronauta.

El padre de Johanssen abrió desmesuradamente los ojos.

—¡Oh..., oh, Dios mío!

—Solo dile a mamá que los suministros durarán, ¿vale?

Ingenieros estadounidenses y chinos vitorearon juntos en Control de Misión de Jiuquan.

La pantalla principal mostraba la estela de condensación del *Taiyang Shen* moviéndose en el cielo gélido del desierto de Gobi. La nave, que ya no era visible a simple vista, seguía adelante hacia la órbita. Su rugido ensordecedor menguó hasta convertirse en un trueno distante.

—Lanzamiento perfecto —exclamó Venkat.

—Por supuesto —dijo Zhu Tao.

—Nos habéis salvado —dijo Venkat—. Y os estamos agradecidos.

—Naturalmente.

—Y, ¡eh, chicos!, tenéis un asiento en la Ares 5. Todos salimos ganando.

—Hum.

Venkat miró a Zhu Tao de soslayo.

—No pareces demasiado feliz.

—Pasé cuatro años trabajando en la *Taiyang Shen* —dijo—. Y lo mismo hicieron incontables investigadores, científicos e ingenieros. Todos volcaron su alma en la construcción mientras yo libraba una batalla política constante para mantener la financiación.

»Al final, construimos una sonda hermosa: la sonda no tripulada más grande y robusta de la historia. Ahora está en un almacén. Nunca volará. El Consejo de Estado no financiará otro cohete como este. —Se volvió hacia Venkat—. Podría haber sido un legado duradero de investigación científica y no es más que un mensajero. Habrá un astronauta chino en Marte, pero ¿qué ciencia traerá que otro astronauta no hubiera traído? Esta operación es una pérdida neta para el conocimiento de la humanidad.

—Bueno —dijo Venkat con cautela—, es una ganancia neta para Mark Watney.

—Hum —dijo Zhu Tao.

—Distancia: 61 metros; velocidad: 2,3 metros por segundo —dijo Johanssen.

—Sin problema. —Martinez tenía los ojos fijos en las pantallas. En una se veían las imágenes de la cámara del puerto de acoplamiento A; en la otra, la telemetría de la sonda.

Lewis flotó por detrás de las estaciones de Johanssen y Martinez.

La voz de Beck se oyó en la radio.

—Contacto visual.

Beck permanecía de pie en la esclusa 3 (gracias a las botas magnéticas), vestido con el traje EVA y con la puerta exterior abierta. Con la enorme unidad SAFER* que llevaba a la espalda podría desplazarse libremente por el espacio si surgía la necesidad. Un cable guía lo unía al carrete de la pared.

—Vogel —dijo Lewis en el casco—. ¿Estás en posición?

Vogel estaba de pie en la todavía presurizada esclusa 2, con el traje EVA pero sin casco.

—*Ja*, en posición y listo —repuso. Haría la EVA de emergencia si Beck necesitaba ser rescatado.

—Muy bien, Martinez —dijo Lewis—. Tráela.

—Recibido, comandante.

—Distancia: 43 metros; velocidad: 2,3 metros por segundo —dijo Johanssen en voz alta.

—Dame los valores —solicitó Martinez.

—Ligera rotación de la sonda —dijo Johanssen—. La velocidad relativa es de 0,05 revoluciones por segundo.

—Cualquier velocidad por debajo de 0,3 está bien —dijo Martinez—. El sistema de captura puede soportar eso.

—La sonda está dentro del rango de recuperación manual —informó Beck.

—Recibido —dijo Lewis.

—Distancia: 22 metros; velocidad: 2,3 metros por segundo —dijo Johanssen—. El ángulo es bueno.

—Frenándola un poco —dijo Martinez, enviando instrucciones a la sonda.

—Velocidad: 1,8..., 1,3... —informó Johanssen—. 0,9..., estable a 0,9 metros por segundo.

---

* *Simplified Aid for EVA Rescue*, «ayuda simplificada para rescate EVA». (*N. del T.*)

—¿Rango? —preguntó Martinez.

—Doce metros —repuso Johanssen—. Velocidad constante a 0,9 metros por segundo.

—¿Ángulo?

—El ángulo es bueno.

—Entonces estamos en línea para autocaptura —dijo Martinez—. Ven con papá.

La sonda se movió lentamente hacia el puerto de acoplamiento. Su brazo de captura, un largo triángulo de metal, entró por el embudo del puerto, rozando ligeramente el borde. Cuando alcanzó el mecanismo tractor del puerto, el sistema automático atenazó el brazo y tiró de él, alineando y orientando la sonda automáticamente. Después de varios ruidos metálicos que resonaron en la nave, el ordenador informó del éxito de la maniobra.

—Acoplamiento completado —dijo Martinez.

—Cierre estanco —dijo Johanssen.

—Beck —dijo Lewis—, tus servicios no serán necesarios.

—Recibido, comandante —repuso Beck—. Cerrando esclusa de aire.

—Vogel, regresa al interior —ordenó Lewis.

—Recibido, comandante —dijo este.

—Presión de cierre al ciento por ciento —informó Beck—. Reentrando en la nave... Estoy dentro.

—También dentro —dijo Vogel.

Lewis pulsó un botón del casco.

—Houst..., eh, Jiuquan, acoplamiento de sonda completado. Sin complicaciones.

La voz de Mitch sonó por el comunicador.

—Me alegro de oírlo, *Hermes*. Informe de estado de todos los suministros en cuanto los tengáis a bordo y los hayáis inspeccionado.

—Recibido, Jiuquan —dijo Lewis.

Sacándose los auriculares, se volvió hacia Martinez y Johanssen.

—Descargad la sonda y almacenad los suministros. Voy a ayudar a Beck y Vogel a quitarse el traje.

Martinez y Johanssen flotaron por el pasillo hacia el puerto de acoplamiento A.

—Entonces —dijo él—, ¿a quién te habrías comido primero?

Ella lo miró.

—Porque creo que soy el más sabroso —continuó Martinez, flexionando el brazo—. Mira esto. Buen músculo sólido.

—No tiene gracia.

—Me criaron en libertad, ¿sabes? Alimentado con maíz.

Johanssen negó con la cabeza y aceleró por el pasillo.

—¡Vamos! ¡Creía que te gustaba la comida mexicana!

—No te escucho —respondió ella en voz alta.

20

¡Por fin he terminado las modificaciones del vehículo de superficie!

Lo más complicado era descubrir cómo mantener el soporte vital. Todo lo demás era solo trabajo. Un montón de trabajo.

No he sido disciplinado con las actualizaciones del diario, así que aquí va una recapitulación.

Primero tuve que terminar de hacer agujeros con el taladro asesino de la *Pathfinder*. Luego corté millones de espacios entre esos agujeros. Vale, eran 759 pero parecían millones.

Ya tenía un gran agujero en el remolque. Limé los bordes para que no fueran demasiado afilados.

¿Recuerdas las tiendas de despliegue automático? Corté el suelo de una y el resto de la lona tenía el tamaño y la forma adecuados. Usé tiras de sellado para pegarla al interior del remolque. Después de presurizar y sellar las filtraciones que encontré, un gran globo sobresalía del remolque. La zona presurizada es lo bastante grande para que quepan en ella el oxigenador y el regulador atmosférico.

Una complicación: tuve que poner el CERA fuera. El imaginativamente llamado «componente externo del regulador atmosférico» es lo que utiliza el regulador para separar el aire a baja temperatura. ¿Por qué invertir un montón de energía en congelarlo teniendo fuera temperaturas increíblemente bajas?

El regulador bombea aire al CERA para que Marte lo congele. Lo hace por un tubo que atraviesa una válvula de la pared del Hab. El aire de retorno vuelve por otro tubo igual.

Atravesar con los tubos la lona del globo no ha sido demasiado difícil. Tengo varias válvulas de recambio. Básicamente son parches de diez por diez centímetros de lona del Hab con una válvula en el centro. ¿Por qué tengo estas válvulas? Imagina lo que ocurriría en una misión normal si la válvula del regulador se rompiera. Tendría que cancelarse toda la misión. Es más fácil llevar repuestos.

El CERA es bastante pequeño. Hice un estante para él debajo de los paneles solares. Ahora todo está listo para cuando finalmente traslade el regulador y el CERA.

Todavía me queda mucho por hacer.

No tengo ninguna prisa; me lo he estado tomando con calma. Una salida EVA de cuatro horas por día para trabajar, el resto del tiempo para relajarme en el Hab. Además, me tomaré un día libre de vez en cuando, sobre todo si me duele la espalda. No puedo permitirme lesionarme ahora.

Trataré de ser más constante con este diario. Ahora que realmente es posible que me rescaten, seguramente la gente lo leerá. Seré más diligente y escribiré todos los días.

ENTRADA DE DIARIO: 380

He terminado el depósito de calor.

¿Recuerdas mis experimentos con el RTG y un baño caliente? El mismo principio, pero se me ocurrió una mejora: sumergir el RTG. Así no se desperdiciará calor.

Empecé con un contenedor de muestras rígido simple (una «caja de plástico» para quienes no trabajan en la NASA). Pasé un tubo por la tapa abierta y por la pared interior. Luego lo enrollé en el fondo, formando una espiral. Lo pegué y sellé el extremo. Hice docenas de pequeños agujeros en la espiral con mi taladro más pequeño. La idea es que el aire congelado de retorno del regulador atraviese el agua en forma de pequeñas burbujas. Con el aumento de superficie se distribuirá mejor el calor por el aire.

Luego, con un contenedor de muestras flexible medio (una bolsa de cierre hermético), traté de aislar el RTG. Pero como el RTG tiene una forma irregular, no pude sacar todo el aire de la bolsa. No puedo permitir que haya aire dentro. En lugar de ir al agua, parte del calor pasaría al aire, que podría sobrecalentarse y fundir la bolsa.

Lo intenté un montón de veces, pero siempre quedaba una bolsa de aire que no podía sacar. Estaba muy frustrado hasta que recordé que tenía una esclusa de aire.

Me puse el traje EVA, fui a la esclusa 2 y la despresuricé hasta crear un completo vacío. Metí el RTG en la bolsa y la cerré. Envasado al vacío perfecto.

A continuación, unas pruebas. Puse la bolsa del RTG en el fondo del contenedor y lo llené con agua. Tiene una capacidad de veinte litros que el RTG calentó con rapidez. La temperatura aumentaba un grado por minuto. Aguanté hasta que llegó a 40 °C. Luego conecté el aire de retorno del regulador a mi artefacto y observé los resultados.

¡Funcionó de maravilla! El aire burbujeó, como esperaba. Mejor todavía, las burbujas agitaban el agua, que distribuía el calor de manera constante.

Lo dejé funcionar durante una hora y el Hab empezó a enfriarse. El calor del RTG no impide totalmente la pérdida de calor de la colosal superficie del Hab. No es un problema. Ya sé que basta para caldear el vehículo de superficie.

Reconecté la línea de retorno de aire al regulador y las cosas volvieron a la normalidad.

ENTRADA DE DIARIO: SOL 381

He estado pensando en leyes sobre Marte.

Sí, lo sé, es una estupidez pensar en eso, pero tengo mucho tiempo libre.

Existe un tratado internacional según el cual ningún país

puede reclamar nada que no esté en la Tierra. Y, según otro tratado, si no estás en territorio de ningún país, se aplican las leyes marítimas.

Así que estar en Marte es como estar en «aguas internacionales».

La NASA, una organización estadounidense civil, es propietaria del Hab. Así pues, mientras estoy en el Hab, son aplicables las leyes de Estados Unidos. En cuanto salgo, estoy en aguas internacionales. Luego, cuando llego al vehículo de superficie, vuelvo a la ley estadounidense.

Esto es lo mejor: finalmente llegaré al cráter Schiaparelli y requisaré el aterrizador de la misión Ares 4. Nadie me ha dado permiso explícitamente para hacerlo ni puede hasta que esté a bordo y operando el sistema de comunicaciones. Una vez a bordo y antes de hablar con la NASA, tomaré el mando de una nave en aguas internacionales sin permiso.

¡Eso me convierte en pirata!

¡En un pirata espacial!

ENTRADA DE DIARIO: SOL 383

Puede que te preguntes qué más hago en mi tiempo libre. Paso mucho tiempo sentado perezosamente mirando la tele. Pero tú también, así que no me juzgues.

Además, planeo mi viaje.

El viaje a la *Pathfinder* fue pan comido. Terreno llano todo el tiempo. El único problema era la navegación. Pero el viaje al Schiaparelli me exigirá superar enormes cambios de elevación.

Dispongo de un mapa satelital poco detallado de todo el planeta. A pesar de su falta de detalle, soy afortunado de tenerlo. La NASA no esperaba que me alejara 3.200 kilómetros del Hab.

La Acidalia Planitia (donde estoy) está relativamente a poca altura. Lo mismo sucede con el cráter Schiaparelli, pero entre ambos puntos, el terreno asciende y desciende unos diez kilómetros. La conducción será peligrosa.

Las cosas irán bien mientras esté en la Acidalia, pero solo será durante los primeros 650 kilómetros. Después viene el terreno sembrado de cráteres de Arabia Terra.

Tengo una cosa a mi favor, y juro que es un regalo divino. Por alguna razón geológica existe un valle llamado Mawrth Vallis perfectamente situado.

Hace millones de años era un río. Ahora es un valle que avanza por el terreno brutal de Arabia Terra casi directamente hacia el Schiaparelli. Es un terreno mucho más suave que el resto de Arabia Terra, y aparentemente asciende suavemente por el otro extremo.

Entre la Acidalia Planitia y Mawrth Vallis recorreré 1.350 kilómetros de terreno relativamente fácil.

Los otros 1.850 kilómetros..., bueno, no serán tan agradables. Sobre todo cuando tenga que descender por el cráter Schiaparelli. ¡Uf!

De todos modos, Mawrth Vallis es genial.

ENTRADA DE DIARIO: SOL 385

La peor parte del viaje hasta la *Pathfinder* fue estar encerrado en el vehículo de superficie. Tenía que vivir en un espacio muy limitado, lleno de basura y pestilente. Igual que en mis días en la universidad.

¡Redoble de tambor!

En serio, apestaba. Fueron veintidós soles de sufrimiento abyecto.

Planeo salir hacia el Schiaparelli 100 soles antes de mi rescate (o de mi muerte), y juro por Dios que me tiraré de los pelos si tengo que pasar tanto tiempo en el vehículo de superficie.

Necesito un lugar donde pueda levantarme y dar unos pocos pasos sin darme contra todo. Y no, salir con un maldito traje EVA no cuenta. Necesito espacio vital, no cincuenta kilos de ropa.

Así que hoy he empezado a fabricar una tienda, un sitio donde pueda relajarme mientras se recargan las baterías, un sitio donde pueda tumbarme cómodamente a dormir.

Recientemente sacrifiqué una de mis dos tiendas de montaje automático para el globo del remolque, pero la otra está en perfecto estado. Mejor todavía, tiene una conexión con la esclusa de aire del vehículo de superficie. Antes de convertirla en una granja de patatas, su propósito era servir de bote salvavidas del vehículo de superficie.

Podía unir la tienda de despliegue automático a la esclusa de aire de cualquiera de los dos vehículos. Me he decidido por el vehículo de superficie y no por el remolque. El vehículo tiene ordenador y controles. Para saber el estado de algo (del soporte vital o cómo va la carga de la batería) necesitaré acceso. De esta forma, podré entrar sin más. Sin necesidad de una salida EVA.

Además, durante el viaje mantendré la tienda plegada en el vehículo de superficie. En caso de emergencia, puedo llegar a ella deprisa.

La tienda de despliegue automático es la base de mi «dormitorio», pero no todo. La tienda no es muy grande; no hay mucho más espacio en ella que en el vehículo de superficie. Sin embargo, tiene conexión con la esclusa de aire, con lo cual es un gran punto de partida. Mi plan es doblar la zona de suelo y doblar también la altura. Así tendré un espacio amplio para relajarme.

Para el suelo, usaré el material de suelo original de las dos tiendas de despliegue automático. De lo contrario, mi dormitorio se convertiría en una gran bola de hámster, porque la lona del Hab es flexible y cuando la llenas a presión tiende a convertirse en una esfera. No es una forma útil.

Para evitarlo, tanto el Hab como las tiendas de despliegue automático tienen un material para el suelo especial, que se despliega en una serie de pequeños segmentos que no se abren más que 180 grados, de modo que permanece plano.

La base de la tienda es un hexágono. Me queda otra base de lo que ahora es el globo del remolque. Cuando termine, el dormitorio tendrá dos hexágonos adyacentes rodeados de paredes y un techo rudimentario.

Hará falta mucho pegamento para que esto sea así.

La tienda de despliegue automático mide 1,2 metros de altura. No está hecha para la comodidad. Está hecha para que los astronautas se encojan mientras sus compañeros de tripulación los rescatan. Quiero dos metros de altura. ¡Quiero estar de pie! No creo que sea mucho pedir.

Sobre el papel, no es un trabajo difícil. Solo necesito cortar trozos de lona de la forma adecuada, unirlos y pegarlos a la lona y el suelo existentes.

Pero es un montón de lona. Empecé esta misión con seis metros cuadrados, pero ya he usado la mayor parte, sobre todo para sellar el desgarrón después de que estallara el Hab.

Maldita esclusa de aire 1.

De todos modos, mi dormitorio requiere treinta metros cuadrados de lona, mucha más de la que tengo. Por fortuna, dispongo de un suministro de lona alternativo en el Hab: el propio Hab.

El problema es que (no te lo pierdas, la ciencia es muy complicada) si abro un agujero en el Hab, el aire no se mantendrá dentro.

Tendré que despresurizar el Hab, cortarle unos trozos y volver a montarlo (más pequeño). He pasado el día pensando en los tamaños y formas de lona exactos que necesitaré. No puedo meter la pata, así que lo he verificado todo tres veces. Incluso he hecho un modelo de papel.

El Hab es una cúpula. Si cojo la lona de cerca del suelo, puedo bajar el resto y volverlo a sellar. Se convertirá en una cúpula deforme, pero eso da igual siempre y cuando mantenga la presión. Solo necesito que me dure otros sesenta y dos soles.

He dibujado las formas en la pared con un rotulador. Luego he pasado mucho tiempo volviendo a medirlas y asegurándome una y otra vez de que eran correctas.

Es todo lo que he hecho hoy. Puede que no parezca mucho, pero los cálculos y el trabajo de diseño me han ocupado todo el día. Es la hora de la cena.

Llevo semanas comiendo patatas. En teoría, siguiendo mi

plan de tomar tres cuartos de ración, todavía debería tener paquetes de comida. Pero ese plan es difícil de seguir, así que como patatas.

Tengo suficientes para que me duren hasta el lanzamiento, así que no moriré de hambre. Pero estoy más que harto de patatas. Además, tienen un montón de fibra, así que..., digamos que tengo suerte de ser el único hombre de este planeta.

He guardado cinco paquetes de comida para ocasiones especiales. Escribí el nombre de la ocasión en cada uno. Me comeré «partida» el día que salga hacia el cráter Schiaparelli. Me comeré «medio camino» cuando alcance los 1.600 kilómetros de recorrido y «llegada» cuando llegue allí.

El cuarto es «sobreviví a algo que podría haberme matado», porque alguna putada seguro que me pasa, lo sé. No sé cuál, pero me ocurrirá. El vehículo de superficie se averiará o tendré unas hemorroides terribles o me toparé con marcianos hostiles o alguna mierda parecida. Cuando lo haga (si sobrevivo), me comeré ese paquete de comida.

El quinto lo reservo para el día del lanzamiento. La etiqueta pone «última comida».

A lo mejor no es tan acertada.

ENTRADA DE DIARIO: SOL 388

He empezado el día con una patata. Me la he tragado con un poco de café de Marte. Así llamo al «agua caliente con una pastilla de cafeína disuelta». Me quedé sin café de verdad hace meses.

El primer punto de mi orden del día era hacer un inventario cuidadoso del Hab. Necesitaba desconectar cualquier cosa a la que pudiera afectar la pérdida de presión atmosférica. Por supuesto, todo en el Hab se sometió a un entrenamiento intensivo en despresurización hace unos meses. Pero esta vez será algo controlado, y más me vale hacerlo bien.

Lo principal es el agua. Perdí 300 litros por sublimación cuando estalló el Hab. Esta vez, esto no ocurrirá. He vaciado el purificador de agua y he sellado todos los depósitos.

El resto ha sido solo cuestión de reunir trastos y meterlos en la esclusa 3: cualquier cosa que me ha parecido que no le irá bien en el casi vacío. Todos los bolígrafos, los frascos de vitaminas (probablemente no es necesario pero no voy a correr riesgo), los suministros médicos, etc.

A continuación, he hecho una parada controlada del Hab. Los componentes vitales están diseñados para soportar el vacío. La despresurización del Hab es una de las muchas posibilidades con las que cuenta la NASA. Uno por uno he ido apagando todos los sistemas hasta terminar con el ordenador principal.

Me he puesto un traje EVA y he despresurizado el Hab. La última vez, la lona se derrumbó y montó un lío. Se supone que eso no tiene que ocurrir. La cúpula del Hab básicamente se sostiene con la presión del aire, pero las varillas flexibles reforzadas del interior sostienen la lona. Así es como se montó el Hab.

He observado mientras la lona se asentaba suavemente en las varillas. Para confirmar la despresurización, he abierto ambas puertas de la esclusa 2. He dejado solo la esclusa 3, que ha mantenido la presión para su montón de trastos.

Luego, ¡a cortar!

No soy ingeniero de materiales; el diseño de mi dormitorio no es elegante. Solo tiene un perímetro de seis metros y un techo. No, no habrá ángulos rectos en él ni rincones (a los espacios presurizados no les gustan). Se hinchará, adquiriendo forma redondeada.

De todos modos, solo tenía que cortar dos grandes tiras de lona. Una para las paredes y la otra para el techo.

Después de destrozar el Hab, he bajado lo que quedaba de lona al suelo y lo he vuelto a sellar. ¿Alguna vez has montado una tienda de campaña desde dentro, vestido con armadura? Ha sido un peñazo.

He vuelto a presurizarlo a un veinteavo de atmósfera para ver si resistía la presión.

Ja, ja, ja. ¡Por supuesto que no! Escapes por todas partes. A encontrarlos.

En la Tierra, las pequeñas partículas se adhieren al agua o se reducen a nada. En Marte, flotan. La capa superior de arena es como polvo de talco. He salido con una bolsa y la he pasado por la superficie. He conseguido un poco de arena normal, pero también mucho polvo.

He mantenido el Hab a un veinteavo de atmósfera reponiendo el aire que escapaba. Luego he «hinchado» la bolsa para conseguir que flotaran las partículas más pequeñas. Rápidamente han sido atraídas hacia los escapes. A medida que los he ido localizando, los he ido sellando con resina.

He tardado horas, pero finalmente he conseguido un cierre hermético. Ya te contaré, ahora el Hab tiene pinta de chabola. Un lado es más bajo que el resto. Tendré que agacharme para entrar.

Lo he presurizado a una atmósfera y he esperado una hora. Estanco.

Ha sido un día largo y físicamente agotador. Estoy completamente exhausto, pero no puedo dormir. Cualquier sonido me acongoja. ¿El Hab está explotando? ¿No? Vale... ¿Qué ha sido eso? ¡Oh, nada! Vale...

Es terrible que mi vida dependa de mis chapuzas.

Más vale que me tome una píldora para dormir de los suministros médicos.

DIARIO DE ENTRADA: SOL 389

¿Qué demonios hay en esas píldoras para dormir? Es mediodía.

Después de dos tazas de café marciano, me despierto un poco. No voy a tomar otra píldora de esas. Aunque no es precisamente que tenga que ir a trabajar por la mañana.

De todos modos, como puedes ver por el hecho de que no estoy muerto, el Hab mantuvo la estanquidad toda la noche. El cierre es seguro. Feo como un pecado, pero seguro.

La tarea de hoy era montar el dormitorio.

Ha sido mucho más fácil que resellar el Hab, porque no he tenido que llevar un traje EVA. Lo he hecho dentro del Hab.

¿Por qué no? Es de lona. Puedo enrollarlo y sacarlo por una esclusa cuando termine.

Primero, he hecho algo de cirugía en la tienda que me quedaba. Necesitaba mantener la conexión con la esclusa de aire del vehículo de superficie y la lona circundante. El resto de la lona tenía que desaparecer. ¿Por qué eliminar la mayor parte de la lona solo para reemplazarla por más lona? Costuras.

La NASA es buena fabricando cosas. Yo no. Lo peligroso de esta estructura no será la lona, serán las costuras, y tendré menos longitud de costuras si no uso la lona de la tienda existente.

Después de arrancar la mayor parte de la tienda restante, he unido ambas. Luego he pegado los nuevos trozos de lona en su lugar.

Ha sido mucho más fácil sin el traje EVA. ¡Mucho más fácil!

Tenía que probarlo. Una vez más, lo he hecho en el Hab. Me he llevado un traje EVA a la tienda y he cerrado la puerta de la pequeña esclusa de aire. Luego, he puesto en marcha el traje EVA, sin ponerme el casco. Le he ordenado subir la presión a 1,2 atmósferas.

Ha tardado un poco y he tenido que desactivarle algunas alarmas. (¡Eh, estoy seguro de que no llevo el casco!). Ha agotado la mayoría del depósito de N_2, pero finalmente he conseguido subir la presión.

Luego me he sentado a esperar. He respirado; el traje regula el aire. Todo iba bien. He observado los valores del traje cuidadosamente por si tenía que reponer aire «perdido». Después de una hora sin cambios detectables, he declarado el éxito del primer test.

Lo he enrollado todo (apilado en realidad) y lo he sacado al vehículo de superficie.

¿Sabes? Me he puesto el traje espacial un montón en estos días. Apuesto a que he marcado otro récord. Un típico astronauta de Marte hace ¿cuántas? ¿Cuarenta EVA? Yo he hecho varios cientos.

Una vez llevado el dormitorio al vehículo de superficie, lo

he conectado a la esclusa de aire desde dentro. Luego lo he activado. Todavía llevaba mi traje EVA, porque no soy idiota.

El dormitorio se ha llenado en tres segundos. La escotilla de la esclusa de aire da directamente a él, y por lo visto resiste la presión.

Igual que antes, he dejado pasar una hora. Y exactamente igual que antes, ha funcionado a la perfección. A diferencia de lo que me ocurría al resellar la lona del Hab, lo he conseguido a la primera. Sobre todo porque no he tenido que hacerlo con un maldito traje EVA puesto.

Pensaba dejar el dormitorio montado durante la noche y comprobarlo por la mañana, pero me he topado con un problema: no puedo salir si lo hago. El vehículo de superficie solo tiene una esclusa de aire y el dormitorio está conectado a ella. No tengo forma de salir sin desconectar el dormitorio, y no hay forma de conectar y presurizar el dormitorio sin que esté dentro del vehículo de superficie.

Da un poco de miedo. La primera vez que lo pruebe durante la noche será conmigo dentro. Pero eso será en otro momento, por hoy ya he hecho bastante.

ENTRADA DE DIARIO: SOL 390

Debo afrontar los hechos. He terminado de preparar el vehículo de superficie. No tengo la sensación de haber terminado, pero está listo para partir:

Comida: 1.692 patatas. Píldoras de vitaminas.
Agua: 620 litros.
Refugio: vehículo de superficie, remolque, dormitorio.
Aire: almacenamiento combinado de vehículo de superficie y remolque: 14 litros de O_2 líquido, 14 litros de N_2 líquido.
Soporte vital: oxigenador y regulador atmosférico. 418 horas de filtros de CO_2 descartables para emergencias.
Potencia: 36 kilovatios/hora de carga. Capacidad de transporte para 29 células fotovoltaicas.

Calor: RTG de 1.400 vatios. Depósito casero para calentar el aire de retorno del regulador. Calentador eléctrico en el vehículo de superficie como refuerzo.

Disco: suplemento para toda la vida.

Me iré de aquí en sol 449. Me quedan cincuenta y nueve soles para probarlo todo y arreglar lo que no funciona. He de decidir lo que me llevo y lo que dejo y trazar una ruta hasta el cráter Schiaparelli usando un mapa satelital de baja resolución, además de devanarme los sesos tratando de pensar si olvido algo importante.

Desde sol 6, lo único que quería era largarme de aquí. Ahora la perspectiva de abandonar el Hab me aterra. Necesito darme ánimos. Necesito preguntarme: «¿Qué haría un astronauta de la misión Apolo?»

Se bebería dos cócteles de whisky, conduciría su Corvette hasta la rampa de lanzamiento y viajaría a la Luna en un módulo más pequeño que mi vehículo de superficie. ¡Joder, esos tíos eran la leche!

21

Estoy tratando de hacer las maletas. Es más difícil de lo que parece.

Tengo dos habitáculos presurizados: el vehículo de superficie y el remolque. Están conectados por tubos, y además son inteligentes. Si uno pierde presión, el otro instantáneamente cierra las líneas compartidas.

Esto tiene una lógica macabra: si el vehículo de superficie pierde estanqueidad, estoy muerto; no hace falta que planee nada. En cambio, si el remolque pierde estanqueidad no me pasará nada. Eso significa que debería poner todo lo importante en el vehículo de superficie.

Todo lo que va en el remolque ha de poder soportar el casi vacío y temperaturas gélidas. No es que prevea eso, pero, bueno, hay que ponerse en lo peor.

Las alforjas que hice para el viaje a la *Pathfinder* me vendrán bien para almacenar comida. No puedo simplemente guardar las patatas en el vehículo de superficie o en el remolque. Se pudrirían en un entorno cálido y presurizado. Almacenaré algunas en el vehículo de superficie para acceder fácilmente a ellas, pero el resto fuera, en el congelador gigante que es este planeta. El remolque irá a tope. Llevará dos enormes baterías del Hab, el regulador atmosférico, el oxigenador y mi depósito de calor casero. Sería más conveniente llevar el depósito en el vehículo de superficie, pero tiene que estar cerca de la entrada de aire de retorno del regulador.

El vehículo de superficie también irá a tope. Mientras esté conduciendo, llevaré el dormitorio plegado cerca de la esclusa de aire, listo para efectuar una salida de emergencia. Además, llevaré dos trajes EVA funcionales y todo lo necesario para reparaciones de emergencia: herramientas, repuestos, mi casi agotado suministro de selladora, el ordenador principal del otro vehículo de superficie (¡por si acaso!) y los 620 gloriosos litros de agua.

Y una caja de plástico que me sirva de lavabo. Una con una buena tapa.

—¿Cómo le va a Watney? —preguntó Venkat.

Mindy levantó la mirada de su ordenador con un sobresalto.

—¿Doctor Kapoor?

—Me he enterado de que le has hecho una foto durante una EVA.

—¡Ah, sí! —dijo Mindy, tecleando—. Me fijé en que las cosas se mueven aproximadamente a las nueve de la mañana. La gente suele seguir un patrón, así que supuse que le gusta ponerse a trabajar en torno a esa hora. Hice algunos reajustes menores para conseguir diecisiete imágenes entre las nueve y las nueve y diez. Salió en una de ellas.

—Bien pensado. ¿Puedo verla?

—Claro. —Mindy puso la imagen en pantalla.

Venkat miró la imagen borrosa.

—¿Es lo mejor que podemos tener?

—Bueno, es una foto tomada desde la órbita —dijo Mindy—. La Agencia de Seguridad Nacional mejoró la imagen con el software más sofisticado de que dispone.

—Espera... ¿Qué? —tartamudeó Venkat—. ¿La ASN?

—Sí, llamaron y se ofrecieron para ayudar. Es el mismo software que usan para mejorar las imágenes de los satélites espía.

Venkat se encogió de hombros.

—Es asombroso cuánta burocracia se ahorra uno cuando todos quieren que un hombre sobreviva. —Señaló la pantalla—. ¿Qué está haciendo Watney ahí?

—Creo que cargando algo en el vehículo de superficie.

—¿Cuándo fue la última vez que trabajó en el remolque? —preguntó Venkat.

—No hace mucho. ¿Por qué no nos escribe notas con más frecuencia?

Venkat se encogió de hombros.

—Está ocupado. Trabaja durante la mayor parte de las horas de luz y juntar rocas para escribir un mensaje requiere tiempo y energía.

—Y bien —dijo Mindy—, ¿por qué ha venido personalmente? Podríamos haber hecho esto por correo electrónico.

—En realidad, he venido a hablar contigo —dijo—. Va a haber un cambio en tus responsabilidades. A partir de ahora, en lugar de controlar los satélites que orbitan Marte, tu única responsabilidad es observar a Mark Watney.

—¿Qué? —se extrañó Mindy—. ¿Qué hay de las correcciones de trayectoria y alineamiento?

—Lo asignaremos a otro —dijo Venkat—. A partir de ahora, tu único trabajo es examinar las imágenes de la Ares 3.

—Eso es un descenso de categoría —dijo Mindy—. Soy ingeniera orbital y me está convirtiendo en una mirona.

—Es por poco tiempo —dijo Venkat—. Y te compensaremos. La cuestión es que llevas meses haciéndolo y eres una experta en identificar elementos de la Ares 3 en imágenes satelitales. No tenemos a nadie más capaz de hacer eso.

—¿Por qué de repente es tan importante?

—Se está quedando sin tiempo —dijo Venkat—. No sabemos en qué punto está de las modificaciones del vehículo de superficie, pero sabemos que solo tiene dieciséis soles para terminarlas. Nos hace falta saber exactamente qué está haciendo. Tengo a los medios de comunicación y a los senadores preguntando por su estado cada dos por tres. Incluso el presidente me ha llamado un par de veces.

—Pero conocer su estado no sirve de nada —dijo Mindy—.

No es que podamos hacer nada si se retrasa. Es una tarea inútil.

Venkat suspiró.

—¿Cuánto tiempo hace que trabajas para el Gobierno?

ENTRADA DE DIARIO: SOL 434

Ha llegado la hora de probar esto.

Se me plantea un problema. A diferencia de en mi viaje a la *Pathfinder*, tengo que llevarme del Hab elementos de soporte vital si quiero hacer un buen simulacro. Cuando sacas del Hab el regulador atmosférico y el oxigenador, te quedas con... una tienda. Una gran tienda redonda en la que no se puede vivir.

No es tan arriesgado como parece. Como siempre, lo peligroso del soporte vital es manejar el dióxido de carbono. Cuando el aire llega al 1 % de CO_2 empiezas a presentar síntomas de envenenamiento. Así pues, tengo que mantener la mezcla del Hab por debajo de eso.

El volumen interno del Hab es de alrededor de 120.000 litros. Respirando normalmente, tardaría unos dos días en subir el nivel de CO_2 al 1 % (y apenas reduciría el nivel de O_2). Así que no pasa nada si me llevo un rato el regulador y el oxigenador.

Ambos son demasiado grandes para caber en la esclusa de aire del remolque. Por suerte para mí, llegaron a Marte por piezas. Eran demasiado grandes para enviarlos montados, así que son fáciles de desmontar.

En varios viajes, he llevado todas las piezas al remolque. Las he pasado por la esclusa de una en una. Ha sido un incordio volver a montarlos dentro, deja que te lo diga. Apenas hay espacio para toda la mierda que ha de contener el remolque. No quedaba mucho para nuestro héroe intrépido.

Luego he cogido el CERA. Estaba fuera del Hab, como un aparato de aire acondicionado en la Tierra. En cierto modo lo es. Lo he arrastrado al remolque y lo he puesto en el estante que le había hecho. Luego lo he conectado a los cables de corriente que atraviesan el «globo» hasta el interior del habitáculo presurizado del remolque.

El regulador enviará aire al CERA, luego el aire de retorno burbujeará en el depósito de calor. El regulador también necesita un depósito para el CO_2 que extrae del aire.

Cuando desmonté el remolque para hacer espacio, dejé un depósito para esto. Se suponía que era para oxígeno, pero un depósito es un depósito. Gracias a Dios todos los tubos y válvulas de la misión son estándar. No es un error. Fue una decisión deliberada para facilitar las reparaciones de campo.

Colocado el CERA, he conectado el oxigenador y el regulador a la corriente del remolque y he observado que se ponían en marcha. He ejecutado diagnósticos completos para confirmar que estaban funcionando correctamente y he cerrado el oxigenador. Recuerda que solo lo usaré un sol de cada cinco.

He ido al vehículo de superficie, para lo cual he tenido que hacer una molesta EVA de diez metros. Desde allí, he monitorizado el soporte vital. Merece la pena señalar que no puedo monitorizar el equipo de soporte vital desde el vehículo de superficie (está en el remolque), pero el vehículo puede darme información acerca del aire. Oxígeno, CO_2, temperatura, humedad, etcétera. Todo parecía en orden.

Después de volver a ponerme el traje EVA, he soltado una lata de CO_2 en el aire del vehículo de superficie. He observado que el ordenador del vehículo se ha vuelto loco al ver un pico de CO_2 letal. Luego, con el tiempo, el nivel han vuelto a la normalidad. El regulador estaba haciendo su trabajo. ¡Buen chico!

He dejado el equipo funcionando al regresar al Hab. Lo dejaré toda la noche en funcionamiento y lo comprobaré por la mañana. No es un verdadero test, porque no estoy allí para respirar oxígeno y producir CO_2, pero paso a paso.

ENTRADA DE DIARIO: SOL 435

La última noche ha sido rara. Lógicamente nada malo podía ocurrir en solo una noche, pero era un poco enervante saber que no tenía otro soporte vital que la calefacción. Mi vida dependía de algunos cálculos que había hecho, y si se me había pasado un signo o había sumado dos números mal, podía no despertar nunca.

Pero me he despertado, y el ordenador principal indicaba el leve aumento en CO_2 que había predicho. Parece que viviré otro sol.

Vivir otro sol sería un título fantástico para una película.

He verificado el vehículo de superficie. Todo estaba en orden. Si no lo conduzco, una sola carga de baterías puede mantener el regulador en marcha más de un mes (con la calefacción apagada). Es un margen de seguridad bastante bueno. Si todo se tuerce durante el viaje, tendré tiempo de arreglar cosas. Estaré limitado por mi consumo de oxígeno más que por la eliminación de CO_2, y tengo mucho oxígeno.

He decidido que era un buen momento para probar el dormitorio.

Me he metido en el vehículo de superficie y he conectado el dormitorio a la puerta externa de la esclusa de aire desde dentro. Como mencioné antes, es la única forma de hacerlo. Luego lo he abierto hacia un desprevenido Marte.

Como pretendía, la presión del vehículo de superficie ha hinchado la lona exterior. Después de eso, el caos. El aumento repentino de presión ha reventado el dormitorio como si fuera un globo. Se ha deshinchado con rapidez, quedando sin aire tanto él mismo como el vehículo de superficie. Yo llevaba mi traje EVA entonces; no soy un maldito idiota. Así que voy a...

Vivir otro sol (protagonizada por Mark Watney en el papel de..., probablemente de Q. No soy ningún James Bond).

He arrastrado el dormitorio reventado al Hab y lo he examinado bien. Fallaba la costura de la pared con el techo. Tiene sentido. Forma un ángulo recto en un habitáculo presurizado. Los físicos odian estas cosas.

Primero he arreglado la costura, luego he cortado tiras de lona sobrante para colocarlas sobre ella. Ahora tiene doble grosor y doble sello de resina en todo el contorno. Tal vez sea suficiente. En este momento estoy haciendo cábalas. Mis asombrosas dotes botánicas no me sirven de mucho para esto.

Lo probaré otra vez mañana.

Se me han terminado las pastillas de cafeína. Se acabó el café marciano para mí.

Así que he tardado un poco más en despertarme esta mañana, y enseguida me ha entrado un dolor de cabeza atroz. Una cosa positiva de vivir en una mansión multimillonaria en Marte: tengo acceso al oxígeno puro. Por alguna razón, una concentración elevada de O_2 acaba con la mayoría de las cefaleas. No sé por qué. No importa. Lo importante es que no tengo que sufrir.

He probado otra vez el dormitorio. Me he vestido en el vehículo de superficie y he soltado el dormitorio, igual que la última vez. Esta, sin embargo, ha resistido. Es genial, pero después de comprobar la naturaleza frágil de mi obra de artesanía, quería probar el tiempo suficiente la estanqueidad.

Después de unos minutos con el traje EVA, he decidido aprovechar mejor el tiempo. Aunque no pueda dejar el universo del vehículo de superficie-dormitorio mientras este último está conectado a la esclusa de aire, puedo quedarme en el vehículo de superficie y cerrar la puerta.

Una vez hecho esto, me he quitado el incómodo traje EVA. El dormitorio estaba al otro lado de la puerta de la esclusa, todavía completamente presurizado. Así pues, sigo haciendo mi test, pero sin tener que llevar el traje EVA.

Había elegido arbitrariamente una duración de ocho horas para el test, de modo que estoy atrapado en el vehículo de superficie hasta que pasen.

He dedicado ese tiempo a planear el viaje. No había mucho que añadir a lo que ya sabía. Avanzaré en línea recta desde la Acidalia Planitia a Mawrth Vallis, luego seguiré el valle hasta el final. Me llevará en zigzag hasta Arabia Terra. Después las cosas se complicarán.

A diferencia de la Acidalia Planitia, Arabia Terra está salpicada de cráteres, y cada cráter implica dos cambios de elevación brutales. Primero hacia abajo, luego hacia arriba. He hecho lo posible para trazar el camino más corto sorteándolos. Estoy seguro de que tendré que modificar la trayectoria cuando esté conduciendo. Ningún plan supera el primer contacto con el enemigo.

Mitch se sentó en la sala de conferencias. Estaban presentes los de siempre: Teddy, Venkat, Mitch y Annie. Esta vez, sin embargo, también estaban Mindy Park y un hombre al que Mitch nunca había visto.

—¿Qué pasa, Venk? —preguntó Mitch—. ¿Por qué esta repentina reunión?

—Han pasado algunas cosas —dijo Venkat—. Mindy, ¿por qué no los pones al día?

—Ah, sí —dijo Mindy—. Parece que Watney ha terminado de añadir el globo al remolque. En términos generales sigue el diseño que le enviamos.

—¿Alguna idea sobre su resistencia? —preguntó Teddy.

—Es muy resistente —dijo—. Lleva varios días hinchado sin problemas. Además, ha construido una especie de habitación.

—¿Habitación? —preguntó Teddy.

—Está hecha de lona del Hab, creo —explicó Mindy—. Se conecta a la esclusa de aire del vehículo de superficie. Creo que cortó una sección del Hab para hacerla. No sé para qué es.

Teddy se volvió hacia Venkat.

—¿Por qué haría eso?

—Creemos que es un taller —dijo Venkat—. Habrá mucho que hacer en el VAM cuando llegue al cráter Schiaparelli. Será más fácil hacerlo sin el traje EVA. Probablemente planea hacer todo lo que pueda en esa sala.

—¡Qué listo! —dijo Teddy.

—Watney es un tipo listo —dijo Mitch—. ¿Qué hay del soporte vital allí dentro?

—Creo que lo ha resuelto —dijo Mindy—. Ha quitado el CERA.

—Perdón —la interrumpió Annie—. ¿Qué es un CERA?

—Es el componente externo del regulador atmosférico —dijo Mindy—. Está fuera del Hab, así que vi cuándo desapareció.

Probablemente lo montará en el vehículo de superficie. No hay ninguna otra razón para quitarlo, o sea que supongo que tiene un buen soporte vital.

—Asombroso —dijo Mitch—. Las cosas se están aclarando.

—No lo celebres todavía, Mitch —dijo Venkat. Hizo un gesto hacia el recién llegado—. Él es Randall Carter, uno de nuestros meteorólogos marcianos. Randall, cuéntales lo que nos has contado.

Randall asintió.

—Gracias, doctor Kapoor. —Dio la vuelta al portátil para mostrar un mapa de Marte—. Durante las últimas semanas, una tormenta de arena se ha estado formando en Arabia Terra. No es demasiado fuerte, así que no retrasará su viaje en absoluto.

—Entonces, ¿cuál es el problema? —preguntó Annie.

—Es una tormenta de arena de baja velocidad —explicó Randall—, de vientos lentos, pero lo bastante rápidos para levantar partículas muy pequeñas de la superficie formando nubes espesas. Hay cinco o seis así al año. La cuestión es que duran meses, cubren enormes zonas del planeta y cargan la atmósfera de polvo.

—Sigo sin ver el problema —dijo Annie.

—La luz —dijo Randall—. La cantidad de luz solar que alcanza la superficie es menor en la zona de la tormenta. Ahora mismo, está al veinte por ciento de lo normal. Y el vehículo de superficie de Watney está alimentado por paneles solares.

—Mierda —dijo Mitch, frotándose los ojos—. Y no podemos avisarlo.

—En ese caso tendrá menos potencia —dijo Annie—. ¿No puede recargar más tiempo?

—El plan actual ya es que recargue todo el día —explicó Venkat—. Con el veinte por ciento de la luz diaria normal, tardará cinco veces más en conseguir la misma energía. Convertirá sus cuarenta y cinco soles en doscientos veinticinco soles. Se perderá la aproximación de la *Hermes*.

—¿La *Hermes* no puede esperarlo? —preguntó Annie.

—Es un viaje de paso —dijo Venkat—. La *Hermes* no entrará en la órbita marciana. Si lo hiciera, no podría volver. Necesita su velocidad para la trayectoria de retorno.

Después de unos momentos de silencio, Teddy dijo:

—Solo tenemos que esperar a que encuentre una solución. Podemos seguir sus progresos y...

—No, no podemos —lo interrumpió Mindy.

—¿No podemos? —dijo Teddy.

Negó con la cabeza.

—Los satélites no podrán ver a través del polvo. Una vez que entre en la zona afectada, no veremos nada hasta que salga por el otro lado.

—Bueno... —dijo Teddy—. Mierda.

ENTRADA DE DIARIO: SOL 439

Antes de arriesgar mi vida con este trasto, tengo que probarlo, y no con las pequeñas pruebas que he estado haciendo hasta ahora. Claro, he probado el generador de potencia, el soporte vital, la burbuja del remolque y el dormitorio, pero necesito probar todos los elementos funcionando juntos.

Voy a cargar para el viaje largo y conduciré en círculos. Nunca estaré a más de 500 metros del Hab, así que no me pasará nada si algo se rompe.

He dedicado el día de hoy a cargar el vehículo de superficie y el remolque para el test. Quiero que el peso sea igual al del verdadero viaje. Además, si la carga se va a mover o van a romperse cosas, quiero saberlo ahora.

He hecho una concesión al sentido común: he dejado la mayor parte del suministro de agua en el Hab. He cargado solo veinte litros; lo bastante para el test, pero no más. Podría perder presión de muchas maneras en esta abominación mecánica que he creado, y no quiero que se evapore toda mi agua si eso ocurre.

En el viaje real, tendré que llevar 620 litros de agua. He compensado la diferencia de peso cargando 600 kilos de rocas con el resto de mis suministros.

En la Tierra, las universidades y gobiernos están dispuestos a pagar millones por poner sus manos en las rocas de Marte. Yo las uso como lastre.

Estoy haciendo otro pequeño test esta noche. Me he asegurado de que las baterías estuvieran bien cargadas y he desconectado el vehículo de superficie y el remolque de la corriente del Hab. Dormiré en el Hab, pero dejaré el soporte vital del vehículo de superficie conectado. Mantendrá el aire durante la noche y mañana comprobaré el consumo. He observado el consumo de energía mientras está conectado al Hab, y no ha habido ninguna sorpresa, pero esta será la verdadera prueba. La llamo «prueba de desconexión».

Quizá no sea el mejor nombre.

La tripulación de la *Hermes* se reunió en la zona de recreo.

—Repasemos rápidamente el estado —dijo Lewis—. Vamos todos atrasados en nuestros encargos científicos. Vogel, tú primero.

—Reparé el cable defectuoso en VASIMR 4 —informó Vogel—. Era nuestro último cable de calibre grueso. Si se presenta algún otro problema, tendremos que trenzar cables de menor calibre para llevar la corriente. Además, la salida de potencia del reactor se está reduciendo.

—Johanssen —dijo Lewis—, ¿qué pasa con el reactor?

—Tengo que reconfigurarlo —dijo Johanssen—. Son las aspas de refrigeración. No están irradiando calor tan bien como antes. Se están manchando.

—¿Cómo puede ocurrir eso? —preguntó Lewis—. Están fuera de la nave. No hay nada.

—Creo que han cogido polvo o pequeñas fugas de aire de la *Hermes*. Sea por lo que sea, se están manchando. Las manchas atascan la microrretícula y eso reduce el área de superficie. A menor superficie, menor disipación de calor. Por tanto, he limitado lo suficiente el reactor para no tener calor positivo.

—¿Alguna posibilidad de reparar las aspas de refrigeración?

—Es una avería a escala microscópica —dijo Johanssen—.

Necesitaríamos un laboratorio. Por lo general sustituyen las aspas después de cada misión.

—¿Podremos mantener la potencia del motor durante el resto de la misión?

—Sí, si las manchas no aumentan.

—Muy bien, contrólalo. Beck, ¿cómo va el soporte vital?

—Renqueando —dijo Beck—. Hemos estado en el espacio más tiempo del previsto. Hay varios filtros que normalmente se sustituyen después de cada misión. He encontrado una forma de limpiarlos con un baño químico en el laboratorio, pero los corroe. Ahora mismo estamos bien, pero ¿quién sabe qué se romperá a continuación?

—Sabíamos que esto ocurriría —dijo Lewis—. La *Hermes* fue diseñada para ser sometida a una puesta a punto después de cada misión, pero hemos alargado la Ares 3 de 396 días a 898. Van a romperse cosas. Tendremos todo el apoyo de la NASA cuando eso ocurra. Solo tenemos que ser concienzudos con el mantenimiento. Martinez, ¿qué pasa con tu habitación?

Martinez arrugó el entrecejo.

—Todavía trata de cocinarme. El climatizador no aguanta. Creo que son los tubos de la pared que aportan el refrigerante. No puedo acceder a ellos porque están en el casco. Podemos usarlo como espacio de almacenamiento de carga inmune a la temperatura, pero nada más.

—¿Así que te has mudado a la habitación de Mark?

—Está al lado de la mía —dijo—. Tiene el mismo problema.

—¿Dónde has estado durmiendo?

—En la esclusa 2. Es el único sitio en el que puedo estar sin que los demás tropiecen conmigo.

—Eso no puede ser —dijo Lewis, negando con la cabeza—. Si un cierre se rompe, morirás.

—No se me ocurre ningún otro sitio donde dormir —dijo—. La nave está muy llena, y si duermo en un pasillo estaré en medio del paso.

—Vale, a partir de ahora, duerme en el cuarto de Beck. Beck puede dormir con Johanssen.

Johanssen se ruborizó y bajó la mirada.

—Entonces... —dijo Beck—, ¿lo sabes?

—¿Creíais que no? —dijo Lewis—. Es una nave pequeña.

—¿No estás cabreada?

—Si fuera una misión normal, lo estaría —dijo Lewis—. Pero nos hemos salido mucho del guión. Evitad que interfiera con vuestro deber y estaré feliz.

—¡El Mile High Club! —dijo Martinez—. ¡Muy bonito!

Johanssen, cada vez más ruborizada, se cubrió la cara con las manos.

ENTRADA DE DIARIO: SOL 444

Soy cada vez mejor en esto. Quizá cuando todo termine, podría ser probador de productos para vehículos de superficie de Marte.

Las cosas fueron bien. Pasé cinco soles conduciendo en círculos, a un promedio de 93 kilómetros por sol. Es un poco más de lo que esperaba. El terreno aquí es plano y suave, así que es una prueba en el mejor de los escenarios. Cuando suba colinas y rodee rocas, el promedio bajará.

El dormitorio es asombroso: grande, espacioso y cómodo. La primera noche tuve un pequeño problema con la temperatura. Era muy frío. El vehículo de superficie y el remolque regulan bien su propia temperatura, pero faltaba calor en el dormitorio: la historia de mi vida.

El vehículo de superficie tiene un calentador eléctrico que mueve el aire con un pequeño ventilador. No uso el calentador para nada, porque el RTG me proporciona todo el calor que necesito, de manera que conecté el ventilador a un cable eléctrico, cerca de la esclusa de aire. Una vez enchufado, lo único que tuve que hacer fue orientarlo hacia el dormitorio.

Es una solución de baja tecnología, pero funciona. Hay mucho calor gracias al RTG. Solo necesitaba que se repartiera de manera uniforme. Por una vez, la entropía estaba de mi parte.

He descubierto que las patatas crudas son asquerosas. En el Hab, las cocino con un microondas pequeño. No tengo nada parecido en el vehículo de superficie. Podría traer el microondas del Hab y conectarlo, pero la energía que requiere cocinar diez patatas al día reduciría la distancia recorrida.

He caído en la rutina con rapidez. De hecho, me resulta más que familiar. Hice lo mismo veintidós miserables soles durante el viaje a la *Pathfinder*. Esta vez, sin embargo, tengo el dormitorio y ahí está la diferencia. En lugar de quedarme encerrado en el vehículo de superficie tengo mi propio pequeño Hab.

Después de despertarme, como una patata para desayunar. Luego desinflo el dormitorio desde dentro. Es bastante complicado, pero he encontrado una forma de hacerlo.

Primero, me pongo un traje EVA. Luego cierro la puerta interior de la esclusa de aire y dejo abierta la puerta exterior (la que está conectada al dormitorio). Esto aísla el cuarto, conmigo dentro, del resto del vehículo de superficie. Despresurizo la esclusa. La esclusa interpreta que se trata de extraer el aire de una zona pequeña, pero en realidad está deshinchando todo el dormitorio.

Una vez que no hay presión, meto dentro la lona y la pliego. Luego la desconecto de la trampilla externa y cierro la puerta exterior. Este es el momento en que casi no tengo sitio. Debo compartir la esclusa con todo el dormitorio plegado mientras se represuriza. Cuando vuelvo a tener presión, abro la puerta interior y más o menos caigo en el vehículo de superficie. Luego guardo el dormitorio y vuelvo a la esclusa de aire para realizar una salida normal a Marte.

Es un proceso complicado, pero desconecto el dormitorio sin tener que despresurizar la cabina del vehículo de superficie. Recuerda que en el vehículo tengo todo el material que no soporta el vacío.

El siguiente paso es recoger las placas solares que dejé fuera el día anterior y llevarlas otra vez al vehículo de superficie y el remolque. Luego hago una rápida verificación del remolque. Entro por la esclusa y echo un vistazo a todo el equipo. Ni siquiera me quito el traje EVA. Solo quiero asegurarme de que nada esté descaradamente mal.

Vuelvo al vehículo de superficie. Una vez dentro, me quito

el traje EVA y me pongo a conducir. Al cabo de casi cuatro horas me quedo sin energía.

Aparco y otra vez a ponerme el traje EVA y salir a Marte. Dejo los paneles solares fuera y pongo las baterías a cargar.

Luego preparo el dormitorio, siguiendo más o menos la secuencia inversa que para guardarlo. En última instancia, es la esclusa de aire la que lo hincha. En cierto modo, el dormitorio es solo una extensión de la esclusa de aire.

Aunque es posible hacerlo, no hincho de golpe el dormitorio. Lo hice para ponerlo a prueba, porque quería localizar las fugas, pero no es buena idea. El inflado rápido lo sacude y lo somete a presión. Acabaría por romperse. No me gustó que el Hab me lanzara como una bola de cañón. No tengo ganas de repetir la experiencia.

Cuando el dormitorio está listo otra vez, puedo quitarme el traje EVA y relajarme. Sobre todo miro programas televisivos de los años setenta. Soy indistinguible de un tío en paro durante la mayor parte del día.

Seguí esta rutina durante cuatro soles. Llegó el momento del «día de aire».

Un «día de aire» es muy parecido a cualquier otro día, pero sin el recorrido de cuatro horas. Una vez preparados los paneles solares, enciendo el oxigenador y dejo que trabaje con el CO_2 que el regulador ha almacenado.

Convertí todo el CO_2 en oxígeno y usé la potencia del día para generarlo.

El test fue un éxito. Estaré listo a tiempo.

ENTRADA DE DIARIO: SOL 449

Hoy es el gran día. Me voy al Schiaparelli.

El vehículo de superficie y el remolque están cargados. Han estado casi llenos desde la prueba. Pero ahora incluso tengo el agua a bordo.

Durante estos últimos días he cocinado todas las patatas en el microondas del Hab. He tardado bastante, porque el microondas solo puede cocerlas de cuatro en cuatro. Una vez cocidas, las saqué otra vez a la superficie para congelarlas. Ya congeladas, volví a ponerlas en las alforjas del vehículo de superficie. Puede parecer una pérdida de tiempo, pero es fundamental. En lugar de comer patatas crudas durante el viaje, comeré patatas frías precocinadas. Para empezar, serán más sabrosas, pero lo más importante es que estarán cocinadas. Cuando cocinas la comida, las proteínas se rompen y se vuelve más fácil de digerir. Sacaré más calorías de ellas, y necesito todas las calorías que pueda conseguir.

He pasado los últimos días realizando diagnósticos completos de todo: del regulador, el oxigenador, el RTG, el CERA, las baterías, el soporte vital del vehículo de superficie (por si necesito uno de respaldo), las placas solares, el ordenador del vehículo de superficie, las esclusas y de cualquier otra cosa con piezas móviles o componentes electrónicos. Incluso he comprobado todos los motores. Son ocho en total, uno por cada rueda; cuatro en el vehículo de superficie, cuatro en el remolque. Los motores del remolque no tendrán corriente, pero me conviene tener recambios.

Todo está listo para partir. No hay problemas a la vista.

El Hab es una cáscara de su antiguo ser. Lo he despojado de todos los componentes vitales y de un buen trozo de su lona. He saqueado ese pobre Hab para sacarle todo lo que podía darme, y a cambio me ha mantenido vivo durante un año y medio. Es como el árbol generoso.*

Hoy lo he apagado todo: los calentadores, la luz, el ordenador central, etcétera; todos los componentes que no robé para el viaje al cráter Schiaparelli.

Podría haberlos dejado encendidos. ¿A quién le importa? Pero el protocolo para sol 31 (que tenía que ser el último día de la misión de superficie) consistía en apagar el Hab y deshinchar-

* El cuento infantil de Silverstein, *El árbol generoso*, cuenta la relación entre un niño y un árbol. El árbol le da al niño todo lo que quiere: ramas de las que colgarse, sombra a la que sentarse, manzanas para comer, madera para una casa. A medida que crece, el niño pide más cosas al árbol, que acaba permitiendo que lo tale para hacerse una barca. *(N. del T.)*

lo, porque la NASA no quería una gran tienda llena de oxígeno inflamable al lado del VAM cuando despegara.

Supongo que lo hice como un homenaje a lo que podría haber sido la misión Ares 3. Una pequeña pieza de sol 31 que nunca tuve.

Con todo apagado, el interior del Hab estaba siniestramente silencioso. He pasado 449 soles escuchando sus calentadores y ventiladores. Pero ahora el silencio era mortal. Era un silencio siniestro, difícil de describir. He estado alejado de los ruidos del Hab antes, pero siempre en un vehículo de superficie o en un traje EVA, y los dos tienen su propia maquinaria ruidosa.

Ahora no se oye nada. Nunca me había fijado en el silencio absoluto de Marte. Es un mundo desierto sin prácticamente atmósfera para transmitir el sonido. Podía oír mis propios latidos.

De todos modos, basta de ponerse filosóficos.

Ahora mismo estoy en el vehículo de superficie (debería ser obvio, porque el ordenador central del Hab está desconectado para siempre). Tengo dos baterías cargadas, todos los sistemas funcionan y me esperan cuarenta y cinco soles de viaje.

¡El Schiaparelli o nada!

22

¡Mawrth Vallis! ¡Por fin estoy aquí!

En realidad, no es una hazaña tan impresionante. Solo llevo diez soles viajando. Pero es un hito desde un punto de vista psicológico.

Hasta ahora, el vehículo de superficie y mi cutre soporte vital funcionan de manera admirable. Al menos, tan bien como cabe esperar de un equipo que se ha usado diez veces más tiempo del pretendido.

Hoy es mi segundo «día de aire» (el primero fue hace cinco soles). Cuando planifiqué esto, suponía que los días de aire serían espantosamente aburridos. Pero ahora los espero con impaciencia. Son mis días libres.

En un día normal, me levanto, pliego el dormitorio, apilo las placas solares, conduzco cuatro horas, extiendo las células solares, despliego el dormitorio, verifico todo el material (sobre todo el bastidor y las ruedas del vehículo de superficie) y redacto un informe de estado en morse para la NASA si encuentro suficientes rocas cerca.

En un día de aire, me levanto y enciendo el oxigenador. Los paneles solares están fuera desde el día anterior. Todo está listo para empezar. Luego me relajo en el dormitorio o el vehículo de superficie. Tengo todo el día para mí. En el dormitorio tengo espacio suficiente para no sentirme encerrado y en el ordenador hay un montón de reposiciones de la tele para que disfrute.

Técnicamente, entré en Mawrth Vallis ayer, pero solo hoy lo he sabido al mirar un mapa. La entrada al valle es lo bastante ancha para que no se vean las paredes del cañón. Sin embargo, ahora estoy sin lugar a dudas en un cañón de fondo bonito y llano, exactamente lo que estaba esperando. Es asombroso; este valle no se formó por la lenta erosión de un río. Se formó por una megainundación, en un solo día. Verlo habría sido una pasada.

Extraña idea: ya no estoy en la Acidalia Planitia. He vivido 457 soles allí, casi un año y medio, y nunca volveré. No sé si sentiré nostalgia en algún momento de mi futuro.

Si existe para mí un futuro, soportaré alegremente un poco de nostalgia. Por ahora, solo quiero volver a casa.

—Bienvenidos otra vez a *Informe Mark Watney* de la CNN —dijo Cathy a la cámara—. Estamos hablando con nuestro invitado habitual, el doctor Venkat Kapoor. Doctor Kapoor, supongo que la gente quiere saber si Mark Watney está condenado.

—Esperemos que no —respondió Venkat—, pero tiene un verdadero reto por delante.

—Según nuestros últimos datos de satélite, la tormenta de polvo en Arabia Terra no mengua y bloqueará el ochenta por ciento de la luz del sol.

—Eso es.

—Y la única fuente de energía de Watney son sus paneles solares, ¿correcto?

—Sí, es cierto.

—¿Su vehículo de superficie improvisado puede funcionar al veinte por ciento de potencia?

—No hemos descubierto ninguna forma de conseguir que así sea, no. Solo su soporte vital requiere más energía que eso.

—¿Cuánto falta para que entre en la tormenta?

—Acaba de entrar en Mawrth Vallis. Viajando a este ritmo, estará al borde de la tormenta en sol 471, dentro de doce días.

—Seguramente verá que algo va mal —dijo Cathy—. Con tan poca visibilidad, no tardará en darse cuenta de que sus células solares tienen un problema. ¿No podría darse la vuelta en ese momento?

—Por desgracia, lo tiene todo en contra —dijo Venkat—. El borde de la tormenta no es una línea definida sino una zona un poco polvorienta. El polvo se irá espesando a medida que él continúe viajando. Será un incremento muy sutil; cada día será ligeramente más oscuro que el anterior, demasiado poco para notarlo. —Venkat suspiró—. Avanzará centenares de kilómetros preguntándose por qué la eficiencia de sus paneles solares se está reduciendo antes de reparar en un problema de visibilidad. Y la tormenta avanza hacia el oeste mientras que él se mueve hacia el este. Estará demasiado metido en ella para salir.

—¿Estamos viendo el desarrollo de una tragedia? —preguntó Cathy.

—Siempre hay esperanza —dijo Venkat—. A lo mejor lo descubre antes de lo que pensamos y se da la vuelta a tiempo. A lo mejor la tormenta se disipa de manera inesperada. Quizá descubra una manera de conservar su soporte vital con menos energía de la que creemos necesaria. Mark Watney es un experto en sobrevivir en Marte. Si alguien puede lograrlo, es él.

—Doce días —dijo Cathy mirando a cámara—. Toda la Tierra está observando, incapaz de ayudar.

ENTRADA DE DIARIO: SOL 462

Otro sol sin acontecimientos. Mañana es día de aire, así que esta es más o menos mi noche de viernes.

Estoy a medio camino de Mawrth Vallis. Como había esperado, el recorrido ha sido fácil. No hay grandes cambios de elevación. Apenas hay obstáculos. Solo arena suave con rocas menores de medio metro.

Puede que te estés preguntando cómo me oriento. Cuando fui a la *Pathfinder*, observé el tránsito de Fobos en el cielo para localizar el eje este-oeste. Pero el de la *Pathfinder* fue un viaje fácil comparado con este, y tenía muchos puntos de referencia para orientarme.

Esta vez eso no me sirve. Mi «mapa» (tal como es) consiste en imágenes satelitales de resolución demasiado baja para serme de utilidad. Solo distingo puntos de referencia grandes, como cráteres de 50 kilómetros de diámetro. No esperaban que llegara tan lejos. La única razón por la que tengo imágenes de alta resolución de la zona de la *Pathfinder* es porque las incluyeron para el aterrizaje (por si Martinez tenía que tomar tierra lejos de nuestro objetivo).

Así que esta vez necesito una forma fiable de fijar mi posición en Marte.

Latitud y longitud. Esa es la clave. La primera coordenada es fácil. En la Tierra los antiguos navegantes la localizaban enseguida. El eje de 23,5 grados de la Tierra apunta a Polaris. Marte está inclinado un poco más de 25 grados, así que señala a Deneb.

Hacer un sextante no es difícil. No te hace falta más que un tubo por el que mirar, una cuerda, un peso y algo con marcas de grados. Construí el mío en menos de una hora.

Así que cada noche salgo con un sextante casero y miro a Deneb. Es una situación bastante estúpida si lo piensas. Aquí estoy, en Marte, con mi traje espacial y orientándome con una herramienta del siglo XVI. ¡Pero, funciona!

La longitud es harina de otro costal. En la Tierra, la forma más fácil de averiguar la longitud es conociendo la hora exacta y comparándola con la posición del sol en el cielo. Lo complicado en aquellos tiempos fue inventar un reloj que funcionara en un barco (los péndulos no funcionan en los barcos). Todas las mentes científicas de la época trabajaron el problema.

Por fortuna, tengo relojes precisos. Ahora mismo hay cuatro ordenadores en mi línea de visión. Y tengo Fobos.

Como Fobos está ridículamente cerca de Marte, orbita el planeta en menos de un día marciano. Viaja de oeste a este (a diferencia del Sol y de Deimos) y se pone cada once horas. Naturalmente, se desplaza siguiendo un patrón muy predecible.

Paso trece horas cada sol sentado mientras los paneles solares cargan las baterías. Está garantizado que Fobos se pone al menos una vez en ese tiempo. Anoto la hora a la que lo hace. Luego la incluyo en una asquerosa fórmula que elaboré y saco mi longitud.

Así que sacar la longitud requiere que Fobos se ponga, y averiguar la latitud requiere que sea de noche para que pueda ver Deneb. No es un sistema muy rápido, pero solo tengo que usarlo una vez al día. Descubro mi ubicación cuando estoy parado y la verifico durante el viaje del día siguiente. Es más o menos una cuestión de aproximaciones sucesivas. Hasta el momento, creo que está funcionando. Pero ¿quién sabe? Ya me imagino sosteniendo un mapa, rascándome la cabeza, tratando de descubrir cómo terminé en Venus.

Mindy Park amplió la última foto satelital con la facilidad que da la práctica. El campamento de Watney estaba en el centro, con las células solares dispuestas en círculo, como de costumbre.

El taller estaba inflado. Al mirar la hora estampada en la imagen, Mindy vio que era mediodía, hora local. Enseguida encontró el informe de estado; Watney siempre lo ponía al lado del vehículo de superficie cuando había rocas en abundancia, normalmente al norte.

Con el fin de ahorrar tiempo, Mindy había aprendido código morse, para no tener que buscar letra por letra cada mañana. Abrió un mensaje de correo y lo mandó a la lista creciente de personas que querían diariamente un mensaje de estado de Watney.

DE CAMINO PARA LLEGADA SOL 494

Mindy frunció el ceño y añadió: «Nota: cinco soles para la llegada de la tormenta.»

ENTRADA DE DIARIO: SOL 466

Mawrth Vallis fue divertido mientras duró. Ahora estoy en Arabia Terra.

Acabo de entrar si mis cálculos de latitud y longitud son correctos. Pero incluso sin cálculos, es bastante obvio que el terreno está cambiando.

Durante los últimos dos soles he pasado casi todo mi tiempo en desnivel, ascendiendo por la pared posterior de Mawrth Vallis. Era una subida suave pero constate. Ahora estoy a una altitud mucho mayor. La Acidalia Planitia (donde se quedó el Hab solitario) está 3.000 metros por debajo de elevación cero y Arabia Terra está 500 metros por debajo. Así que he subido dos kilómetros y medio.

¿Quieres saber qué significa elevación cero? En la Tierra, es el nivel del mar. Obviamente, no así en Marte. Por tanto, los friquis con bata de laboratorio se reunieron y decidieron que la elevación cero en Marte es donde la presión del aire es de 610,5 pascales. Eso está unos 500 metros por encima de mi actual posición.

Ahora las cosas se complican. En Acidalia Planitia, si me desviaba podía recuperar la buena dirección basándome en datos nuevos. Después, en Mawrth Vallis, era imposible cagarla. Solo tenía que seguir el cañón.

Ahora estoy en una zona más complicada. La clase de barrio en el que mantienes las puertas del vehículo de superficie cerradas y nunca llegas a detenerte por completo en los cruces. Bueno, en realidad no, pero no conviene desviarse del camino aquí.

En Arabia Terra hay cráteres brutales que tengo que rodear. Si me oriento mal, terminaré al borde de uno. No puedo simplemente bajar por un lado y subir por el opuesto. Remontar una elevación cuesta una tonelada de energía. En terreno llano, puedo recorrer 90 kilómetros por día. Por una cuesta empinada, tendré suerte si recorro 40 kilómetros. Además, conducir en pendiente es peligroso. Un error podría hacer volcar el vehículo de superficie, algo en lo que ni siquiera quiero pensar.

Sí, finalmente tendré que conducir hasta el cráter Schiaparelli. No tengo forma de evitarlo. Tendré que andarme con mucho cuidado.

De todos modos, si termino al borde de un cráter, tendré que regresar a un sitio desde el que pueda continuar, y esto es un maldito laberinto de cráteres. Tengo que mantenerme en guardia y observando todo el tiempo. Necesitaré orientarme por puntos de referencia además de hacerlo por la latitud y la longitud.

Mi primer desafío es pasar entre los cráteres Rutherford y Trouvelot. No debería ser demasiado difícil. Están a 100 kilómetros de distancia. Ni siquiera yo podría cagarla, ¿verdad?

¿Verdad?

ENTRADA DE DIARIO: SOL 468

He conseguido enhebrar la aguja entre el Rutherford y el Trouvelot sin problemas. Tengo que admitirlo, el ojo de la aguja tenía 100 kilómetros de anchura, pero...

Ahora estoy disfrutando de mi cuarto día de aire del viaje. Llevo veinte soles en ruta. Hasta el momento, avanzo según lo previsto. De acuerdo con mis mapas, he recorrido 1.440 kilómetros. No estoy a mitad de camino, pero casi.

He estado tomando muestras de suelo y rocas de cada lugar donde acampo. Hice lo mismo de camino a la *Pathfinder*. Pero esta vez, sé que la NASA me está observando. Así que estoy etiquetando cada muestra según el sol corriente. Ellos conocen mi localización de forma mucho más precisa que yo. Pueden correlacionar las muestras con las ubicaciones después.

Tal vez sea un esfuerzo baldío. El VAM no va a tolerar mucho peso cuando despegue. Para interceptar a la *Hermes* tendré que alcanzar velocidad de escape y solo está diseñado para llegar a la órbita. La única forma de ir más deprisa es perder mucho peso.

Al menos ese trabajo de manitas tendrá que pensarlo la NASA y no yo. Una vez que llegué al VAM, volveré a estar en contacto con ellos y pueden decirme qué modificaciones debo hacer.

Probablemente dirán: «Gracias por recoger las muestras pero déjalas ahí. Y también un brazo. El que menos te guste.» Pero por si se da el caso remoto de que pueda llevar las muestras, voy recogiéndolas.

Los siguientes días de viaje deberían ser fáciles. El próximo gran obstáculo es el cráter Marth. Está justo en línea recta hacia el Schiaparelli. Me costará más o menos un centenar de kilómetros rodearlo, pero no puedo evitar hacerlo. Trataré de dirigirme al borde sur. Cuanto más me acerque al borde, menos tiempo invertiré en la circunvalación.

—¿Has leído las actualizaciones de hoy? —preguntó Lewis, sacando la comida del microondas.

—Sí —dijo Martinez, tomando un sorbo de su bebida.

Lewis se sentó a la mesa de la zona de recreo, enfrente de Martinez, y abrió con cuidado el paquete humeante. Decidió dejar que se enfriara un poco antes de comer.

—Mark entró ayer en la tormenta de arena.

—Sí, lo vi —dijo Martinez.

—Debemos afrontar la posibilidad de que no llegue al Schiaparelli —dijo Lewis—. Si eso ocurre, no podemos desmoralizarnos. Aún tenemos un largo camino que recorrer para llegar a casa.

—Ya ha estado muerto —dijo Martinez—. Fue un golpe para nuestra moral, pero lo soportamos. Además, no morirá.

—Está muy complicado, Rick —dijo Lewis—. Ya se ha metido cincuenta kilómetros en la tormenta y avanzará noventa más por sol. Pronto se habrá adentrado demasiado en ella.

Martinez negó con la cabeza.

—Lo superará, comandante. Ten fe.

Ella sonrió sin alegría.

—Rick, sabes que no soy religiosa.

—Lo sé. No estoy hablando de fe en Dios, estoy hablando de fe en Mark Watney. Mira toda la mierda que le ha tirado encima Marte, y sigue vivo. Sobrevivirá a esto. No sé cómo, pero lo hará. Es un cabroncete muy listo.

Lewis tomó un bocado.

—Espero que tengas razón.

—¿Quieres apostar cien pavos? —dijo Martinez con una sonrisa.

—Por supuesto que no.

—Muy bien.

—Nunca apostaré a que un miembro de la tripulación morirá —dijo Lewis—, pero eso no significa que vaya...

—Bla, bla, bla —le interrumpió Martinez—. En el fondo crees que lo conseguirá.

ENTRADA DE DIARIO: SOL 473

Mi quinto día de aire y las cosas están yendo bien. Debería estar bordeando el sur del cráter Marth mañana. Después de eso, será fácil.

Estoy en el centro de un triángulo de cráteres. Lo llamo el Triángulo Watney porque, después de lo que he pasado, algo en Marte debería llevar mi nombre.

El Trouvelot, el Bequerel y el Marth forman los vértices del triángulo, con otros cinco grandes cráteres en los lados. Normalmente esto no debería plantear ningún problema, pero dado que me oriento de un modo extremadamente rudimentario, bien podría terminar al borde de uno de ellos y tener que retroceder.

Pasado el Marth, saldré del Triángulo Watney (sí, cada vez me gusta más ese nombre). Luego puedo ir derechito hacia el Schiaparelli tan campante. Quedan todavía bastantes cráteres en el camino, pero son relativamente pequeños y no tardaré mucho en rodearlos.

El progreso ha sido grande. Arabia Terra es ciertamente más rocosa que la Acidalia Planitia, pero en modo alguno es un terreno tan abrupto como temía. He podido pasar por encima de la mayoría de las rocas y rodear las que son demasiado grandes. Me quedan 1.435 kilómetros por recorrer.

Investigué un poco sobre el Schiaparelli y descubrí algunas buenas noticias. La mejor vía de entrada está en mi línea directa. No tendré que rodearlo. Además, el punto de entrada es fácil de encontrar, incluso cuando eres pésimo con la orientación. En el borde noroeste hay un cráter más pequeño. Será el punto de referencia que buscaré. Al suroeste de ese pequeño cráter, una suave cuesta desciende hacia el fondo del Schiaparelli.

El pequeño cráter no tiene nombre, al menos en los mapas que tengo, así que lo llamo cráter Entrada. Porque puedo.

En otro orden de cosas: mi equipo está empezando a mostrar señales de envejecimiento. No me sorprende considerando que hace mucho que ha pasado su fecha de caducidad. Durante los últimos dos soles, las baterías han tardado más tiempo en recargarse. Las placas solares no producen tantos vatios como antes. No es grave, solo he de cargarlas un rato más.

ENTRADA DE DIARIO: SOL 474

Bueno, la he cagado.

Tenía que pasar tarde o temprano. Me orienté mal y terminé al borde del cráter Marth. Como tiene 100 kilómetros de anchura, no lo veo en su totalidad, así que no sé en qué punto del círculo estoy.

El risco discurre perpendicular a la dirección que llevaba. Por tanto, no tengo ni idea de qué dirección debería tomar, y no quiero hacer el camino largo si puedo evitarlo. Mi intención era rodearlo por el sur, pero hacerlo por el norte puede ser una opción igual de buena ahora que me he desviado de mi camino.

Tendré que esperar otro tránsito de Fobos para determinar mi longitud y necesitaré esperar a la caída de la noche para avistar Deneb y determinar mi latitud. Así que se acabó conducir por hoy. Por suerte, he recorrido 70 kilómetros de los 90 que recorro normalmente, así que no he desperdiciado demasiado tiempo.

El Marth no es excesivamente empinado. Probablemente pueda bajar por un lado y subir por el opuesto. Es lo bastante grande para que termine acampando dentro una noche. Sin embargo, no quiero correr riesgos innecesarios. Debería evitar las cuestas. Me concedí mucho tiempo extra, así que voy a actuar con pies de plomo.

Hoy pararé temprano y prepararé la recarga. Probablemente no es mala idea teniendo en cuenta que las placas solares están fallando; tendrán más tiempo para trabajar. Funcionaron por debajo de su capacidad otra vez anoche. He revisado todas las conexiones y me he asegurado de que no tuvieran polvo, pero siguen sin estar al ciento por ciento.

ENTRADA DE DIARIO: SOL 475

Tengo problemas.

Observé dos tránsitos de Fobos ayer y avisté Deneb anoche. Determiné mi ubicación con la máxima precisión que pude y no es la que esperaba. Si no me equivoco, me he metido derechito en el cráter Marth.

Mierda.

Puedo ir hacia el norte o hacia el sur. Una opción probablemente sea mejor que la otra, porque será un camino más corto en torno al cráter.

He pensado que debía hacer al menos un pequeño esfuerzo para descubrir qué dirección era la mejor, así que he dado un paseíto esta mañana. Estaba a más de un kilómetro del reborde. En la Tierra la gente hace un paseo así sin pensarlo dos veces, pero con un traje EVA es una experiencia terrible.

Me muero por decirles a mis nietos: «Cuando era joven, tuve que caminar hasta el borde de un cráter. ¡Cuesta arriba! ¡En un traje EVA! En Marte, sí, mierda. ¿Me oyes? ¡Marte!»

De todos modos, he llegado al reborde y, ¡maldita sea, qué paisaje tan hermoso! Desde mi privilegiado punto de observación, he divisado un panorama asombroso. Creía que vería el extremo más alejado del cráter y podría decidir la mejor ruta, pero no he alcanzado a ver el otro lado. Había niebla. No es raro; Marte tiene clima y viento y polvo, al fin y al cabo, pero me ha parecido un aire más neblinoso de lo debido. Estoy acostumbrado a los amplios espacios de la Acidalia Planitia, mi antigua casa de la pradera.

Luego la situación se ha vuelto más rara. He mirado hacia atrás, hacia el vehículo de superficie y el remolque. Estaba donde los había dejado (hay pocos ladrones de coches en Marte), pero la visión era mucho más clara.

He mirado al este otra vez, por encima del cráter. Luego al oeste, al horizonte. Luego al este, luego al oeste. Para cada cambio de orientación tenía que girar todo el cuerpo, y es un incordio con el traje EVA.

Ayer pasé un cráter. Está a aproximadamente 50 kilómetros al oeste de aquí. Apenas era visible en el horizonte, pero mirando hacia el este no logro ver nada a esa distancia. El cráter Marth tiene 110 kilómetros de diámetro. Con una visibilidad de 50 kilómetros, debería al menos poder ver una curvatura distinta del borde, pero no puedo.

Al principio, no sabía qué pensar. La falta de simetría me incomodaba y he aprendido a sospechar de todo.

Ha sido entonces cuando he empezado a comprender varias cosas:

1. La única explicación para la visibilidad asimétrica es una tormenta de arena.
2. Las tormentas de arena reducen el rendimiento de las placas solares.
3. El rendimiento de mis placas solares ha estado disminuyendo desde hace varios soles.

A partir de ahí, he concluido lo siguiente:

1. Llevo varios soles en una tormenta de arena.
2. Mierda.

No solo estoy en una tormenta de arena, sino que se empeora cuanto más me acerco al Schiaparelli. Hace unas horas estaba preocupado porque tenía que rodear el cráter Marth; ahora resulta que voy a tener que rodear algo mucho más grande. Y tendré que darme prisa. Las tormentas de arena se desplazan. Si me quedo quieto me arrollará. Pero ¿hacia dónde debo ir? Ya no es una cuestión de tratar de ser eficaz. Esta vez, si voy en una dirección equivocada, morderé el polvo y moriré.

No tengo imágenes satelitales. No tengo forma alguna de saber el tamaño ni la forma de la tormenta ni hacia dónde se dirige. Tío, daría cualquier cosa por una conversación de cinco minutos con la NASA. Ahora que lo pienso, la NASA estará echando pestes viendo esto.

Voy a contrarreloj. Tengo que encontrar la manera de enterarme de lo que necesito saber de la tormenta. Ahora mismo.

Y ahora mismo no se me ocurre nada.

Mindy se acercó a su ordenador. El turno de ese día había empezado a las 14.10 h. Su horario coincidía con el de Watney. Ella dormía cuando él dormía. Watney dormía cuando era de noche en Marte, mientras que Mindy tenía que desplazar sus horas de sueño cuarenta minutos cada día y tapar con papel de aluminio las ventanas para dormir.

Buscó las imágenes satelitales más recientes. Arqueó una ceja. Watney todavía no había levantado el campamento. Normalmente se ponía en marcha a primera hora de la mañana, en cuanto había luz suficiente para conducir. Luego aprovechaba el sol de mediodía para optimizar la recarga.

Pero ese día no se había movido y ya era bien entrada la mañana.

Mindy miró en torno al vehículo de superficie y al dormitorio en busca de un mensaje. Lo encontró en el lugar habitual (al norte del campamento). Al leer el código morse puso unos ojos como platos: TORMENTA DE ARENA. IDEANDO UN PLAN.

Buscó a tientas el teléfono móvil y marcó el número personal de Venkat.

23

Creo que esto puede funcionar.

Estoy en el borde de una tormenta. Desconozco su tamaño y hacia dónde se dirige. Pero se está moviendo, y eso es algo que puedo aprovechar. No tengo que caminar para explorarla. Vendrá a mí.

La tormenta es solo polvo en suspensión, no es peligrosa para el vehículo de superficie. Puedo considerarla simplemente un «porcentaje de pérdida de carga». Comprobé ayer la generación de potencia y estaba al 97 %. Así que ahora mismo es una tormenta del 3 %.

Tengo que avanzar y necesito generar oxígeno. Esos son mis dos objetivos principales. Uso el 20 % de la energía para generar oxígeno (cuando paro en mis días de aire). Si termino con un 81 % de tormenta, tendré verdaderos problemas. Me quedaré sin oxígeno aunque dedique toda la energía disponible a producirlo. Será fatal. Pero en realidad ya lo es. Necesito energía para avanzar o me quedaré atascado hasta que la tormenta pase o se disipe. Podrían pasar meses.

Cuanta más energía genere, más tendré para moverme. Con cielos claros, dedico el 80 % de la potencia al movimiento y logro recorrer 90 kilómetros por sol. Así que, ahora mismo, con un 3 % de pérdida, recorreré 2,7 kilómetros menos.

No importa si dejo de recorrer unos cuantos kilómetros por

sol; tengo mucho tiempo. Sin embargo, no puedo permitirme adentrarme demasiado en la tormenta o nunca saldré de ella.

Por lo menos tengo que viajar más deprisa que la tormenta. Si consigo ir más rápido, podré maniobrar sin que me envuelva. Así pues, he de descubrir a qué velocidad se está desplazando.

Puedo hacer eso quedándome aquí sentado todo un sol y, simplemente, comparando luego los vatios generados mañana con los de hoy. Lo único que tengo que hacer es compararlos en el mismo momento del día. Así sabré lo deprisa que se está moviendo la tormenta, al menos en términos de pérdida potencia.

Pero también necesito conocer la forma de la tormenta.

Las tormentas de arena son grandes. Llegan a cubrir miles de kilómetros. Cuando la rodee, tendré que saber hacia dónde ir. Tendré que moverme en perpendicular al avance de la tormenta y hacia donde su intensidad sea menor.

Así que este es mi plan:

Ahora mismo puedo recorrer 86 kilómetros (porque no conseguí cargar la batería del todo ayer). Mañana dejaré aquí una placa solar y conduciré 40 kilómetros en línea recta hacia el sur. Dejaré otra placa solar y conduciré otros 40 kilómetros también en línea recta hacia el sur. Así tendré tres puntos de referencia a lo largo de 80 kilómetros.

Pasado mañana, volveré a recoger las células y obtendré los datos. Comparando la producción de vatios a la misma hora del día en esas tres ubicaciones, deduciré la forma de la tormenta. Si la tormenta es más espesa al sur, iré hacia el norte para rodearla. Si es más intensa al norte, iré hacia el sur.

Confío en poder ir hacia el sur. El Schiaparelli está al sureste de mi posición. Yendo hacia el norte añadiré mucho tiempo a mi viaje.

Mi plan tiene un pequeño inconveniente: no tengo forma de medir los vatios producidos por una célula solar abandonada. Puedo calcularlos fácilmente con el ordenador del vehículo de superficie, pero necesito algo que pueda dejar atrás. No puedo tomar lecturas mientras conduzco. Necesito tomar lecturas simultáneamente en distintos lugares.

Así que hoy dedicaré el día a las chifladuras científicas. Tengo que fabricar algo que registre los vatios generados y que pueda dejar con una sola placa solar.

Como estaré aquí todo el día, dejaré las placas solares fuera. Al menos recargaré la batería.

ENTRADA DE DIARIO: SOL 477

He necesitado todo el día de ayer y el de hoy, pero creo que estoy listo para medir esta tormenta.

Me hacía falta un medio para registrar la hora del día y la producción de cada placa solar. Una la tendré yo, pero las otras dos las dejaré y estarán lejos. La solución es el traje EVA extra.

Los trajes EVA tienen cámaras que lo graban todo, una en el brazo derecho (o el izquierdo si el astronauta es zurdo) y otra encima de la visera. El tiempo queda sobreimpreso en la parte inferior izquierda de la imagen, igual que en los vídeos caseros temblorosos que grababa mi padre.

En el equipo de electrónica hay varios potenciómetros, así que me he dicho: ¿por qué fabricar mi propio sistema de registro? Me basta con filmar el potenciómetro todo el día.

Y eso es lo que he montado. Cuando preparé las cosas para este viaje, me aseguré de llevar todos mis equipos y herramientas, por si tenía que reparar el vehículo de superficie en ruta.

Primero he cogido las cámaras de mi traje EVA de repuesto. Tenía que ser cuidadoso; no quería estropearlo. Es mi único traje de sobra. He sacado las cámaras y los cables que las conectan a los chips de memoria.

He puesto un potenciómetro en un contenedor de muestras pequeño y he pegado una cámara a la parte inferior de la tapa. Cuando he cerrado el contenedor, la cámara estaba grabando adecuadamente la lectura del potenciómetro.

Para probar, he usado la energía del vehículo de superficie. ¿De dónde sacará la energía mi invento cuando lo abandone en la superficie? ¡Estará conectado a una célula solar de dos metros cuadrados! Eso le proporcionará mucha energía. Y he puesto una pequeña batería recargable en el contenedor para administrarla durante la noche (también sacada del traje EVA suplementario).

El siguiente problema era el calor, o su ausencia. En cuanto saque esto del vehículo de superficie, se enfriará muy deprisa. Si se enfría demasiado, los componentes electrónicos dejarán de funcionar.

Así pues, necesitaba una fuente de calor, y en mi equipo de electrónica estaba la respuesta: resistencias. A montones. Las resistencias se calientan. Es lo que hacen. La cámara y el potenciómetro solo necesitan una pequeña fracción de la energía que puede producir una placa solar. Así que el resto de la energía pasará por las resistencias.

He montado y probado los dos «registradores de potencia» y he confirmado que las imágenes se grababan bien.

Luego he hecho una EVA. He desconectado dos células fotovoltaicas y las he conectado a los registradores de potencia. Los he dejado una hora grabando y los he vuelto a traer para verificar los resultados. Han funcionado de fábula.

Ya casi anochece. Mañana por la mañana, dejaré aquí un registrador de potencia y me dirigiré al sur.

Mientras estaba trabajando he mantenido el oxigenador en marcha (¿por qué no?). Así que he recargado O_2 y estoy listo para partir.

Las placas solares han funcionado hoy al 92,5 %. Ayer lo hicieron al 97 %. Esto prueba que la tormenta se mueve hacia el oeste, porque su parte más densa estaba al este ayer.

Así que ahora mismo la luz solar está disminuyendo en esta zona un 4,5 % cada sol. Si me quedara aquí dieciséis soles más, estaría lo suficientemente oscuro para matarme.

Vamos, que no voy a quedarme.

ENTRADA DE DIARIO: SOL 478

Hoy todo ha ido como estaba planeado. Sin fallos. No sé si me adentro en la tormenta o salgo de ella. Es difícil saber si hay más o menos luz que ayer. El cerebro humano trabaja mucho para abstraerse de eso.

He dejado un registrador de potencia antes de irme. Después de recorrer 40 kilómetros en dirección sur, he hecho una rápida EVA para dejar otro. Ya he recorrido los 80 kilómetros, he puesto mis placas solares a cargar y estoy registrando los vatios producidos.

Mañana tendré que desandar el camino y recoger los registradores de potencia. Podría ser peligroso: conduciré de vuelta a una zona de tormenta conocida. Pero el riesgo merece la pena.

Además, ya he dicho que estoy harto de patatas. En serio, por Dios, ¡estoy harto de patatas! Cuando vuelva a la Tierra, me compraré una bonita casa en Australia Occidental, porque Australia Occidental está en las antípodas de Idaho.

Lo saco a colación porque hoy he cenado un paquete de comida. He guardado cinco para ocasiones especiales. Me comí el primero hace veintinueve soles, cuando partí hacia el Schiaparelli, pero me olvidé por completo de comerme el segundo cuando llegué a medio camino, hace unos soles, así que he disfrutado con retraso de ese placer por haberlo hecho.

De todos modos, probablemente ha sido más acertado comérmelo hoy. ¿Quién sabe cuánto tardaré en rodear esta tormenta? Y si termino perdido en ella y condenado a morir, me zamparé todas las comidas especiales.

ENTRADA DE DIARIO: SOL 479

¿Alguna vez te has pasado la salida de la autopista? Solo tienes que conducir hasta la siguiente salida para dar la vuelta, pero lo odias todo el recorrido porque te estás alejando de tu objetivo.

Me he sentido así todo el día. He vuelto a donde estaba ayer por la mañana. ¡Uf!

Por el camino he recogido el registrador de potencia que dejé atrás a medio recorrido. Ahora mismo acabo de recoger el que dejé aquí ayer.

Los dos registradores han funcionado como esperaba. He descargado las grabaciones de vídeo a un portátil y las he avanzado hasta mediodía. Finalmente tenía lecturas de eficiencia solar de tres localizaciones a lo largo de una línea de 80 kilómetros, todas del mismo momento del día.

A mediodía de ayer, el registro de más al norte indicaba un 12,3 % de pérdida de eficiencia, el central, una pérdida del 9,5 %, y el del vehículo de superficie, una pérdida del 6,4 % en la ubicación más meridional. Dibuja una imagen muy clara: la tormenta está al norte de mí. Además, he averiguado que se desplaza hacia el oeste. Por tanto, debería poder evitarla yendo hacia el sur, dejando que me pase por el norte y luego dirigiéndome otra vez al este.

¡Por fin una buena noticia! Al sureste: eso es lo que yo necesitaba. No perderé mucho tiempo.

Suspiro...

Tengo que recorrer el mismo maldito camino una tercera vez mañana.

ENTRADA DE DIARIO: SOL 480

Creo que voy por delante de la tormenta.

Después de haber viajado por la autopista Uno de Marte todo el día, he vuelto a mi campamento de ayer. Mañana, finalmente, avanzaré otra vez. He parado y he montado el campamento a mediodía. La pérdida de eficiencia aquí es del 15,6 %. Si lo comparo con el 17 % de ayer, deduzco que puedo dejar atrás la tormenta mientras siga dirigiéndome al sur.

Con suerte. Probablemente la tormenta es circular porque suelen serlo, pero podría estar conduciendo por un hueco en ella, en cuyo caso estoy muerto, ¿vale? Poco puedo hacer.

Lo sabré muy pronto. Si la tormenta es circular, debería registrar cada día una eficiencia mayor hasta que vuelva a ser del ciento por ciento, momento en que estaré completamente al sur de la tormenta y podré dirigirme hacia el este otra vez. Veremos.

Si no hubiera tormenta, iría directamente al sureste, hacia mi destino. Tal y como están las cosas, yendo solo al sur tardaré más. Recorro 90 kilómetros al día, como de costumbre, pero solo estoy 37 kilómetros más cerca del Schiaparelli, porque Pitágoras era un capullo. No sé cuándo terminaré de librarme de la tormenta y podré ir en línea recta hacia el Schiaparelli de nuevo, pero una cosa está clara: mi plan de llegar en sol 494 se ha ido a la porra.

Sol 549. Esa es la fecha en que vendrán por mí. Si llegó tarde, pasaré el resto de mi corta vida aquí. Y antes todavía tengo que modificar el VAM.

Joder.

ENTRADA DE DIARIO: SOL 482

Día de aire. Tiempo para la relajación y las especulaciones.

Por lo que respecta a relajación, he leído ochenta páginas de *Maldad bajo el sol* de Agatha Christie, cortesía de la colección de libros digitales de Johanssen. Creo que Linda Marshall es la asesina.

En cuanto a las especulaciones, he especulado sobre cuándo demonios saldré de la tormenta.

Todavía voy directo hacia el sur todos los días, y todavía me enfrento a la pérdida de eficiencia (aunque mantengo la ventaja). Cada día de esta mierda solo me acerco 37 kilómetros al VAM en lugar de 90. Me cabrea.

He pensado en saltarme el día de aire. Podría avanzar todavía un par de días antes de quedarme sin oxígeno, y evitar la tormenta es muy importante, pero he decidido que no. Llevo suficiente ventaja a la tormenta para quedarme quieto un día, y no sé si un par de días servirían de algo. ¿Quién sabe cuánto al sur llega la tormenta?

Bueno, la NASA probablemente lo sabe, y las cadenas de noticias de la Tierra lo estarán mostrando, y seguramente existe algún sitio web llamado por ejemplo <www.watch-mark-watney-die.com>. Así pues, puede que haya cien millones de personas que saben exactamente hasta qué punto del sur llega la tormenta.

Pero yo no soy una de ellas.

¡Por fin!

He dejado definitivamente atrás la maldita tormenta. La generación de energía de hoy ha sido del ciento por ciento. Ya no hay polvo en suspensión. Con la tormenta moviéndose en perpendicular a mi trayectoria de avance, estoy al sur del punto más meridional de la nube (suponiendo que sea una tormenta circular; si no, estoy jodido).

A partir de mañana puedo ir directamente hacia el Schiaparelli. Eso está bien, porque he perdido mucho tiempo. He recorrido 540 kilómetros en línea recta hacia el sur mientras evitaba la tormenta. Estoy catastróficamente desviado.

Bueno, la verdad es que no ha estado tan mal. Estoy en Terra Meridiani ahora, y la conducción es un poco más fácil aquí que en el terreno de Arabia Terra. El Schiaparelli está casi en línea recta al este y, si mi sextante y los cálculos de Fobos son correctos, me faltan otros 1.030 kilómetros para llegar.

Contando los días de aire y a un promedio de 90 kilómetros de recorrido por sol, debería llegar en sol 498. No está tan mal, en realidad: la tormenta que casi me mata al final solo me retrasará cuatro soles.

Me quedarán cuarenta y cuatro soles para hacer las modificaciones del VAM necesarias que la NASA tenga en mente.

Tengo una oportunidad interesante. Y por «oportunidad» me refiero al *Opportunity*.

Me he desviado tanto que no estoy lejos del vehículo de superficie de exploración de Marte *Opportunity*. Está a unos 300 kilómetros de distancia. Podría llegar a él en unos cuatro soles.

Maldita sea, es tentador. Si pudiera conseguir que la radio del *Opportunity* funcionara, estaría otra vez en contacto con la humanidad. La NASA me daría continuamente mi posición exacta y me indicaría la mejor ruta, me advertiría de la proximidad de otra tormenta y en general me vigilaría.

Sinceramente, esa no es la razón real por la cual me interesa. Estoy harto de esta soledad, maldita sea. Cuando arreglé la *Pathfinder*, me acostumbré a hablar con la Tierra, y todo se fue al traste porque apoyé el taladro donde no debía y vuelvo a estar solo. Podría terminar con esta situación en solo cuatro soles.

Sin embargo, es una idea absurda. Estoy a solo once soles del VAM. ¿Por qué desviarme de mi camino para desenterrar otro vehículo de superficie de porquería y usarlo como radio improvisada si tendré un sistema de comunicaciones nuevo y completamente funcional dentro de un par de semanas?

Así pues, aunque es realmente tentador estar cerca de otro vehículo de superficie (tío, realmente hemos sembrado este planeta de ellos), no es una jugada inteligente.

Además, ya he profanado suficientes sitios históricos del futuro por ahora.

ENTRADA DE DIARIO: SOL 492

Tengo que pensar un poco en el dormitorio.

Ahora mismo, solo puedo inflarlo cuando estoy dentro del vehículo de superficie. Se conecta a la esclusa de aire, de manera que no puedo salir si está montado. Mientras dure mi viaje eso no importa, porque tengo que plegarlo cada día de todos modos. Sin embargo, cuando llegue al VAM no tendré que conducir más. Con cada compresión y descompresión del dormitorio se tensan las costuras (aprendí esa lección a las malas cuando el Hab estalló); así pues, es preferible que encuentre una forma de salir.

Mierda. Acabo de darme cuenta de que realmente creo que llegaré al VAM. ¿Lo has visto? Hablaba como si tal cosa de lo que haré después de llegar, como si tal cosa: voy a plantarme en el Schiaparelli y me ocuparé del VAM una vez allí.

¡Qué bien!

De todos modos, no tengo otra esclusa de aire. Tengo una en

el vehículo de superficie y otra en el remolque, nada más. Están fijas en su sitio, con lo cual no es probable que pueda desconectar una y conectarla al dormitorio, pero puedo sellar el dormitorio por completo. Ni siquiera tengo que hacer muchos trabajos manuales. El punto de conexión de la esclusa tiene una solapa que puedo desenrollar para sellar con ella la abertura. Recuerda: quité la conexión de la esclusa de una tienda de despliegue automático, que es un elemento de emergencia en caso de pérdida de presión mientras se está en el vehículo de superficie. Sería inútil si no pudiera cerrarse.

Por desgracia, como elemento de emergencia, no se fabricó para ser reutilizado. La idea es que te encierras en la tienda y el resto de la tripulación conduce hasta ella en el otro vehículo de superficie y te rescata. La tripulación del vehículo de superficie presurizado desconecta la tienda de despliegue automático del vehículo de superficie no estanco y la reconecta al suyo antes de atravesar el cierre desde su lado para rescatar a sus compañeros de tripulación.

Para garantizar que esta fuera siempre una opción, siguiendo las normas de la misión, no debía haber más de tres personas en un vehículo de superficie al mismo tiempo, y ambos vehículos tenían que ser plenamente funcionales o de lo contrario no habríamos podido usar ninguno.

Así que aquí está mi brillante plan: no usaré el dormitorio como dormitorio nunca más cuando llegue al VAM. Lo usaré para albergar el oxigenador y el regulador atmosférico y el remolque será mi dormitorio. Bien, ¿eh?

En el remolque hay un montón de espacio. Trabajé muchísimo para que así fuera. El globo da mucha altura. No hay mucho suelo, pero sí mucha amplitud vertical.

Además, el dormitorio cuenta con varias válvulas en su lona. Tengo que agradecérselo al diseño del Hab. La lona que cogí tiene válvulas de apertura (una triple redundancia, de hecho). La NASA quería asegurarse de que el Hab pudiera rellenarse desde fuera en caso necesario.

Al final, tendré el dormitorio sellado con el oxigenador y el regulador atmosférico dentro. Estará conectado al remolque mediante tubos para compartir la misma atmósfera, y pasaré un cable de corriente por uno de los tubos. El vehículo de superficie servirá de almacén (porque ya no necesitaré usar los controles de conducción más) y el remolque estará completamente vacío. Tendré un dormitorio permanente. Incluso podré usarlo como taller para las modificaciones que tenga que hacer de piezas del VAM que quepan por la esclusa del remolque.

Por supuesto, si el regulador atmosférico o el oxigenador tienen problemas, tendré que pasar por el dormitorio para llegar hasta ellos, pero llevo aquí 492 soles y han funcionado bien todo el tiempo, así que correré ese riesgo.

ENTRADA DE DIARIO: SOL 497

¡Mañana llegaré a la entrada del Schiaparelli!

Suponiendo que todo vaya bien, claro está. Pero ¡eh, todo lo demás ha ido como la seda en esta misión!, ¿verdad? (Eso ha sido un sarcasmo.)

Hoy es día de aire y, por una vez, no me apetece. Estoy tan cerca del Schiaparelli que ya puedo saborearlo. Supongo que sabrá sobre todo a arena, pero esa no es la cuestión.

Por supuesto, no será el fin del viaje. Tardaré otros tres soles en llegar desde allí al VAM, pero, ¡maldita sea, ya casi estoy!

Creo que puedo ver el borde del Schiaparelli. Se encuentra a mucha distancia y podría ser solo un producto de mi imaginación. Está a 62 kilómetros, así que si lo es apenas lo atisbo.

Mañana, cuando llegue a la entrada del cráter, viraré al sur y accederé al fondo del Schiaparelli por la «rampa de entrada». He hecho algunos cálculos de servilleta y la cuesta no debería ser demasiado peligrosa. El desnivel desde el borde hasta el fondo es de 1,5 kilómetros y la rampa tiene al menos 45 kilómetros de longitud. El grado de inclinación es por tanto del 3 %. No hay problema.

Mañana por la noche llegaré al punto más bajo.

Deja que reformule la frase...

Mañana por la noche tocaré fondo.

No, eso tampoco suena bien...

Mañana por la noche estaré en el agujero favorito de Giovanni Schiaparelli.

Vale, reconozco que solo estoy jugando.

Durante millones de años, el borde del cráter ha sufrido el constante roce del viento que ha erosionado la cresta rocosa como un río se abre paso en una cordillera. Después de eones, finalmente se abrió paso. Ahora tenía una salida. La brecha se amplió más y más con los milenios. Al ensancharse, las partículas de polvo y arena arrastradas se asentaron en el fondo.

Finalmente se alcanzó un punto de equilibrio. La arena se había amontonado hasta el mismo nivel que la tierra fuera del cráter. Ya no se acumulaba hacia arriba, sino hacia fuera. La cuesta se prolongó hasta que se alcanzó un nuevo punto de equilibrio, un punto de equilibrio definido por las interacciones complejas de incontables partículas minúsculas y su capacidad de mantener una forma angulada. La rampa de entrada había nacido.

El clima creó dunas y terreno desértico. Impactos de cráteres cercanos añadieron rocas grandes y pequeñas. La forma se volvió desigual.

La gravedad hizo su trabajo. La rampa se compactó con el tiempo, pero no de manera uniforme. Densidades diferentes se compactan a ritmos diferentes. Algunas zonas se vuelven duras como la roca mientras que otras permanecen suaves como el talco.

Si bien la pendiente promedio de descenso al cráter era pequeña, la rampa en sí era escarpada y desigual.

Al llegar a la entrada del cráter, el habitante solitario de Marte dirigió su vehículo hacia el fondo del Schiaparelli. No se esperaba el terreno difícil de la rampa, aunque no parecía peor que otros terrenos por los que había viajado habitualmente.

El habitante solitario rodeó las dunas más pequeñas y subió cuidadosamente a las más grandes. Prestó atención en cada giro, cada subida o bajada y cada roca del camino. Pensó cada trayectoria y consideró todas las alternativas.

Pero no fue suficiente.

Mientras el vehículo de superficie descendía por una cuesta aparentemente como las demás, el suelo duro de repente dio paso a un polvo suave. Puesto que todo el terreno estaba cubierto por al menos cinco centímetros de polvo, no tuvo modo de prever el repentino cambio.

La rueda delantera izquierda del vehículo de superficie se hundió y la inclinación levantó por completo la rueda trasera derecha. Esto a su vez puso más peso en la rueda trasera izquierda, que también perdió su precario agarre y se deslizó sobre el polvo.

Antes de que el viajero pudiera reaccionar, el vehículo de superficie volcó y las placas solares perfectamente apiladas en el techo salieron disparadas y se esparcieron como las cartas de una baraja al caer.

El remolque, conectado al vehículo de superficie mediante un gancho, se vio arrastrado a su vez. La torsión partió el fuerte compuesto del gancho como una ramita quebradiza. Los tubos que conectaban los dos vehículos también se rompieron. El remolque se hundió en el suelo suave y giró sobre el globo del techo hasta detenerse abruptamente.

El vehículo de superficie no tuvo tanta suerte. Continuó dando tumbos colina abajo, haciendo que el viajero diera tumbos como la ropa en una secadora. Al cabo de veinte metros, el polvo suave dio paso a una arena más sólida y el vehículo de superficie se detuvo con una sacudida.

Había quedado apoyado de costado. Las válvulas conectadas a los tubos ahora desaparecidos detectaron la repentina bajada de presión y se cerraron. El cierre de presión no se había roto.

El viajero seguía vivo de momento.

24

Los jefes del departamento miraron la imagen del satélite en la pantalla de proyección.

—Joder —dijo Mitch—. ¿Qué demonios ha ocurrido?

—El vehículo de superficie ha volcado —explicó Mindy, señalando a la pantalla—. El remolque está cabeza abajo. Esos rectángulos dispersos son placas solares.

Venkat se llevó una mano a la barbilla.

—¿Tenemos información sobre el estado del habitáculo presurizado del vehículo de superficie?

—Nada evidente —dijo Mindy.

—¿Alguna señal de Watney haciendo algo después del accidente? ¿Una EVA quizá?

—Ninguna EVA —dijo Mindy—. Está despejado. Si hubiera salido, habría huellas visibles.

—¿Esta es toda la escena del choque? —preguntó Bruce Ng.

—Eso creo —repuso Mindy—. En la parte superior de la foto, que corresponde al norte, hay huellas de ruedas normales. Justo aquí —agregó señalando a una zona de suelo removido— es donde creo que las cosas empezaron a ir mal. A juzgar por donde está, diría que el vehículo de superficie se deslizó y rodó desde ahí. Se ve el surco que dejó. El remolque dio una voltereta sobre el techo.

—No digo que todo esté bien —intervino Bruce—, pero creo que no es tan malo como parece.

—Adelante —dijo Venkat.

—El vehículo de superficie está diseñado para soportar un vuelco —explicó Bruce—. Y si hubiera habido pérdida de presión, habría un patrón radial en la arena. No veo nada parecido.

—Watney podría estar herido dentro —dijo Mitch—. Puede haberse golpeado la cabeza o haberse roto un brazo o algo.

—Sin duda —dijo Bruce—. Solo estoy diciendo que probablemente el vehículo de superficie no habrá sufrido daños.

—¿Cuándo se tomó esta foto?

Mindy miró el reloj.

—Es de hace diecisiete minutos. Tendremos otra dentro de nueve minutos, cuando la órbita del MGS4 lo tenga a la vista.

—Lo primero que hará es una EVA para valorar los daños —dijo Venkat—. Mindy, mantennos informados de cualquier cambio.

ENTRADA DE DIARIO: SOL 498

Hum.

Sí.

Las cosas no han ido bien en el descenso al fondo del Schiaparelli. Para que te hagas una idea de lo mal que ha ido todo, me estoy estirando hacia el ordenador para escribir esto. Sigue montado cerca del panel de control y el vehículo de superficie está de lado.

He dado muchos tumbos, pero soy una máquina bien engrasada en tiempos de crisis. En cuanto el vehículo de superficie ha volcado, me he hecho un ovillo para protegerme. Esa es la clase de héroe de acción que soy.

El caso es que ha funcionado, porque no estoy herido.

El habitáculo presurizado está intacto, y eso es un plus. Las válvulas de los tubos del remolque están cerradas: seguramente significa que los tubos se han soltado. Y eso significa que el empalme del remolque se ha partido. Maravilloso.

Mirando a mi alrededor, no veo que haya nada roto. Los depósitos de agua siguen bien cerrados. No hay escapes visibles en los depósitos de aire. El dormitorio se ha desplegado y lo ocupa todo, pero es solo de lona, así que no puede haberse estropeado mucho.

Los controles de conducción están bien y el ordenador de navegación me indica que el vehículo de superficie se encuentra en un «grado de inclinación inaceptable». ¡Gracias, navegador!

Así que he volcado. No es el fin del mundo. Estoy vivo y el vehículo de superficie está bien. Me preocupan más las placas solares sobre las que probablemente he pasado. Además, como el remolque se ha soltado, es bastante probable que también esté jodido. El techo de globo que tiene no es precisamente duradero. Si ha estallado, todo lo que iba dentro se habrá esparcido en todas direcciones y tendré que encontrarlo. Se trata de mi soporte vital esencial.

Hablando de soporte vital, el vehículo de superficie ha cambiado a sus propios depósitos cuando se han cerrado las válvulas. Buen chico, vehículo de superficie. Toma una galletita.

Tengo veinte litros de oxígeno (suficientes para respirar durante cuarenta días), pero sin el regulador (que está en el remolque) he vuelto a la absorción química de CO_2. Me quedan 312 horas de filtros. Además tengo otras 171 horas de filtros de CO_2 del traje EVA. En total, 483 horas, que son casi veinte soles. Así que tengo tiempo para hacer funcionar las cosas otra vez.

Estoy realmente cerca del VAM, a unos 220 kilómetros. No voy a dejar que algo así me impida llegar y no necesito que todo funcione de primera nunca más. Solo necesito que el vehículo de superficie aguante 220 kilómetros más y que el soporte vital funcione durante cincuenta y un soles más. Es todo.

Hora de vestirme y buscar el remolque.

ENTRADA DE DIARIO: SOL 498 (2)

He hecho una EVA y las cosas no están tan mal. Desde luego, la situación no es buena.

He destrozado tres placas solares. Están completamente resquebrajadas debajo del vehículo de superficie. Puede que aún puedan dar unos pocos vatios, pero no tengo muchas esperanzas. Por suerte, viajo con una placa solar suplementaria. Necesitaba veintiocho para mis operaciones diarias y traje veintinueve (catorce en el techo del vehículo de superficie, siete en el techo del remolque y ocho en los estantes improvisados que instalé en los lados de ambos vehículos).

He tratado de enderezar el vehículo de superficie, pero no soy lo bastante fuerte. Necesitaré algo para hacer palanca. Aparte del hecho de que está de lado, no veo más problemas.

Bueno, eso no es cierto. El gancho de arrastre está roto y es irreparable. Se ha partido por la mitad. Por suerte, el remolque también tiene gancho de arrastre, así que tengo uno de repuesto.

El remolque se encuentra en situación precaria, boca abajo y sobre el techo hinchado. No sé qué dios me ha favorecido y ha impedido que ese globo estallara, pero le estoy agradecido. Mi principal prioridad será enderezarlo. Cuanto más tiempo el peso recaiga sobre ese globo, más posibilidades habrá de que estalle.

Al salir he recogido las veintiséis células fotovoltaicas que no están debajo del vehículo de superficie y las he puesto a recargar mis baterías. ¿Por qué no?

Ahora mismo tengo que ocuparme de unos cuantos problemas: primero tengo que enderezar el remolque o al menos quitar el peso del globo; luego tengo que enderezar el vehículo de superficie; por último, necesito sustituir el gancho de arrastre del vehículo de superficie por el del remolque.

Además, debería escribir un mensaje para la NASA. Estarán preocupados.

Mindy leyó el código morse en voz alta.

«Volcado. Arreglando.»

—¿Qué? ¿Nada más? —dijo Venkat por teléfono.

—Es lo único que ha dicho —le aseguró Mindy, sosteniendo el teléfono mientras escribía un mensaje de correo a la lista de interesados.

—¿Solo dos palabras? ¿Nada sobre su estado físico, el equipo, ni los suministros?

—Me ha pillado —repuso ella—. Ha dejado un detallado informe de estado, pero he decidido mentir por gusto.

—¡Qué graciosa! —dijo Venkat—. Hazte la listilla con un tipo que está siete grados por encima de ti en el escalafón de tu empresa y ya verás qué bien te irá.

—¡Oh, no! ¿Podría perder mi trabajo de *voyeur* interplanetaria? Supongo que me veré obligada a usar mi doctorado para alguna otra cosa.

—Me acuerdo de cuando eras tímida.

—Ahora soy la *paparazzi* espacial. La actitud viene con el trabajo.

—Sí, sí —dijo Venkat—. Tú envía el *mail*.

—Ya está enviado.

ENTRADA DE DIARIO: SOL 499

Hoy he tenido un día ajetreado y he hecho muchas cosas.

He empezado muy dolorido, porque he dormido sobre la pared del vehículo de superficie. El dormitorio estará fuera de servicio mientras la esclusa esté mirando al cielo. Aun así, lo he usado para algo: lo doblé y lo usé de cama.

De todos modos, digamos que la pared del vehículo de superficie no está hecha para dormir en ella. Después de comer una patata matinal y un Vicodin me sentía mucho mejor.

Al principio mi máxima prioridad era el remolque. Luego he cambiado de opinión. Después de echarle un vistazo, he decidido que nunca podría enderezarlo sin el vehículo de superficie.

De manera que hoy me he concentrado en enderezar el vehículo de superficie.

Me traje todas mis herramientas en este viaje pensando que las necesitaría para las modificaciones del VAM, y además llevo cables. Una vez instalado junto al VAM, las células fotovoltaicas y las baterías estarán en una posición fija. No quiero mover el vehículo de superficie cada vez que use un taladro en el otro lado del VAM. Así pues, me he traído todos los cables eléctricos que me cabían.

No ha sido mala cosa porque también sirven de cuerda.

He sacado el cable más largo. Es el mismo que usé para enchufar el taladro que destruyó la *Pathfinder*. Lo llamo mi «cable de la suerte».

He conectado un extremo a la batería y el otro al infame taladro, luego he salido con el taladro para encontrar terreno sólido. Cuando lo he encontrado, he seguido avanzando hasta donde me daba el cable. He clavado una broca medio metro en la roca, he desconectado el cable y lo he atado en torno a la base de la broca.

Luego he vuelto al vehículo de superficie y he sujetado el cable a la barra del techo del lado que miraba al cielo. Ya tenía una cuerda larga y tensa, perpendicular al vehículo de superficie.

He caminado hasta el centro del cable y he tirado de él lateralmente. La ventaja que me ofrecía la palanca ha sido enorme. Solo esperaba que no se rompiera la broca antes de enderezar el vehículo de superficie.

He retrocedido, tirando más y más del cable. Algo tenía que ceder y no iba a ser yo. Tenía a Arquímedes de mi parte. El vehículo de superficie finalmente se ha levantado del suelo y ha caído sobre sus ruedas, levantando una gran nube de polvo. Ha sido una operación silenciosa. Yo estaba demasiado lejos para que la fina atmósfera de Marte me transmitiera el sonido.

He desatado el cable, he sacado la broca y he regresado al vehículo de superficie para realizar una comprobación completa del sistema. Es una tarea aburridísima, pero tenía que hacerla.

Todos los sistemas y subsistemas funcionaban correctamente. El JPL hizo un trabajo fantástico al construir estos vehículos. Si vuelvo a la Tierra, invitaré a Bruce Ng a una cerveza. Aunque supongo que debería invitar a una cerveza a todos los tipos del JPL.

Cerveza para todos si vuelvo a la Tierra.

De todos modos, con el vehículo de superficie otra vez sobre sus ruedas, era momento de ponerse a trabajar en el remolque. El problema es que me he quedado sin luz diurna. Recuerda que estoy en un cráter.

Ya había bajado la mayor parte de la cuesta cuando el vehículo de superficie volcó, y la rampa está en el borde occidental del cráter. Así pues, el sol se pone realmente pronto desde mi punto de vista. Estoy a la sombra de la pared occidental, y eso es una soberana putada.

Marte no es la Tierra. No tiene una atmósfera densa capaz de doblar la luz y mantener en suspensión partículas que la reflejen. Hoy el vacío es prácticamente total. Cuando el sol no es visible, estoy a oscuras. Fobos me proporciona un poco de luz lunar, pero no la suficiente para trabajar. Deimos es una mierdecilla que no sirve para nada.

Detesto dejar el remolque apoyado en su globo otra noche, pero no puedo hacer mucho más. Supongo que si ha aguantado un día así, está estable de momento.

Y, ¡eh!, con el vehículo de superficie enderezado, puedo usar otra vez el dormitorio. Son las cosas sencillas de la vida las que importan.

ENTRADA DE DIARIO: SOL 500

Al despertarme esta mañana, el remolque todavía no había estallado: un buen punto de partida.

El remolque era un reto mayor que el vehículo de superficie. Solo tenía que poner derecho este último, en cambio, tenía que dar la vuelta por completo al remolque. Eso requería mucha más fuerza que la de la palanca de ayer.

El primer paso era acercar el vehículo de superficie al remolque. Luego había que cavar.

¡Oh, Dios, cavar!

El remolque estaba panza arriba, con el morro cuesta abajo. He decidido que la mejor manera de enderezarlo era aprovechar la pendiente y hacerlo rodar sobre el morro. Básicamente: hacerle dar una voltereta para que aterrizara sobre las ruedas.

Podía conseguirlo atando el cable a la parte trasera del remolque y tirando de él con el vehículo de superficie, pero si lo intentaba sin antes cavar un agujero, el remolque se limitaría a deslizarse por el suelo. Necesitaba que tropezara. Necesitaba un agujero en el que el morro se clavara.

Así que he cavado un agujero de un metro de largo por tres de anchura y un metro de profundidad. Cuatro horas de trabajo miserable, pero lo he terminado.

Me he subido al vehículo de superficie y he conducido cuesta abajo, arrastrando el remolque. Como esperaba, el morro se ha clavado en el agujero y la parte trasera se ha alzado hasta un punto desde el que ha caído sobre sus ruedas levantando una enorme polvareda.

Entonces me he sentado un momento, estupefacto de que mi plan hubiera funcionado realmente.

Ahora vuelve a no haber luz diurna. No veo el momento de salir de esta maldita sombra. Todo lo que necesito es conducir un día hacia el VAM y me habré alejado de la pared, pero por ahora es otra noche temprana.

Pasaré la noche de hoy sin el remolque para controlar mi soporte vital. Puede que esté derecho, pero no tengo ni idea de si todo lo que hay dentro todavía funciona. En el vehículo de superficie aún tengo provisiones de sobra.

Pasaré el resto de la velada disfrutando de una patata, y cuando digo «disfrutando» me refiero a que las odio tanto que tengo ganas de estrangular a alguien.

ENTRADA DE DIARIO: SOL 501

He empezado el día tomando un té de nada. El té de nada es fácil de preparar. Coges un poco de agua caliente y le añades... nada. Probé el té de monda de patata hace unas semanas. Cuanto menos te cuente, mejor.

Hoy me he aventurado a entrar en el remolque. No ha sido tarea fácil. Casi no hay espacio; he tenido que dejar el traje EVA en la esclusa de aire.

Lo primero en lo que me he fijado ha sido en que dentro hacía realmente calor. He tardado unos minutos en descubrir la causa.

El regulador atmosférico seguía funcionando a la perfección, pero no tenía nada que hacer. Al no estar conectado al vehículo de superficie, ya no tenía que ocuparse de mi producción de CO_2. La atmósfera en el remolque era perfecta, ¿por qué cambiar nada?

Sin necesidad de regulación, el aire no estaba saliendo del CERA por separación mediante congelación; por consiguiente, tampoco volvía como un líquido que había que calentar.

Recuerda, sin embargo, que el RTG genera constantemente calor. No puedes pararlo. Por tanto, el calor se va acumulando hasta que finalmente se alcanza un punto de equilibrio y el calor se disipa a través de la carrocería a la misma velocidad que el RTG lo compensa. Si sientes curiosidad, ese punto de equilibrio está en unos sofocantes 41 °C.

He hecho un diagnóstico completo del regulador y el oxigenador, y estoy contento de poder decir que ambos funcionan a la perfección.

El depósito de agua del RTG estaba vacío, lo cual no ha sido ninguna sorpresa. Hay una tapa abierta que no debería haber estado boca abajo. En el suelo del remolque había agua encharcada con la que he tardado mucho en empapar el mono. He rellenado el depósito con algo más de agua de un contenedor cerrado que había almacenado antes en el remolque. Recuerda que necesito esa agua para que el aire de retorno burbujee a través de ella. Es mi sistema de calefacción.

Pero, en conjunto, las noticias eran buenas. Los componentes indispensables funcionan bien y ambos vehículos están de nuevo sobre sus ruedas.

Los tubos que conectaban el vehículo de superficie al remolque están bien diseñados y se soltaron sin romperse. Simplemente los he vuelto a conectar y los dos vehículos comparten nuevamente el soporte vital.

La única cosa que me quedaba por arreglar era el gancho de arrastre. Estaba irremisiblemente roto; soportó toda la fuerza del impacto. Como sospechaba, sin embargo, el gancho del remolque estaba indemne. Así pues, lo he pasado al vehículo de superficie y he reconectado los dos vehículos para viajar.

En resumen, el tortazo me ha costado cuatro soles pero estoy otra vez en marcha.

Más o menos.

¿Y si me meto en otro pozo de polvo? He tenido suerte esta vez. La siguiente podría no tenerla. Necesito una forma de saber si el terreno que tengo ante mí es seguro, al menos mientras esté en la rampa. Cuando llegue al fondo del Schiaparelli, confío en que el terreno sea el arenoso normal al que estoy acostumbrado.

Si pudiera pedir algo, pediría una radio para preguntar a la NASA el camino seguro para bajar la rampa. Bueno, si pudiera pedir algo, pediría que la hermosa reina de Marte de piel verde me rescatara para que ella aprendiera mucho más de eso tan terrenal llamado «hacer el amor».

Hace mucho que no veo a una mujer, desde luego.

En fin, para asegurarme de no volcar otra vez, haré... En serio, hace años que no estoy con una mujer. No pido mucho. Créeme: un ingeniero botánico-mecánico ni siquiera en la Tierra tiene precisamente una cola de mujeres en la puerta, pero a pesar de todo...

En fin. Conduciré más despacio, a paso de tortuga. Así tendré tiempo suficiente para reaccionar si una rueda empieza a hundirse. Además, yendo a una velocidad más lenta tendré más par motor y será menos probable que pierda tracción.

Hasta ahora he estado conduciendo a 25 km/h, así que voy a reducir la velocidad a 5 km/h. Todavía estoy en la parte superior de la rampa, pero mide en total solo 45 kilómetros. Puedo tomarme mi tiempo y llegar con seguridad a la parte baja en unas ocho horas.

Lo haré mañana. Hoy ya me he quedado sin luz diurna. Es otro plus: al final de la rampa podré ir en línea recta hacia el VAM, lo cual me llevará más allá de la pared del cráter. Volveré a disfrutar de luz diurna un sol entero en lugar de solo medio.

Si vuelvo a la Tierra, seré famoso, ¿verdad? Un astronauta sin miedo que supera todas las dificultades, ¿a que sí? Apuesto a que a las mujeres les gustará.

Eso me motiva todavía más para seguir vivo.

—Bueno, parece que lo ha arreglado todo —explicó Mindy—. Su mensaje de hoy es TODO MEJOR, así que supongo que ha conseguido que todo funcione.

Examinó las caras sonrientes de la sala de reuniones.

—Asombroso —dijo Mitch.

—Una gran noticia. —La voz de Bruce salió por el altavoz.

Venkat se inclinó hacia el teléfono.

—¿Cómo van los planes de modificación del VAM, Bruce? ¿El JPL tendrá ese procedimiento pronto?

—Estamos trabajando en ello las veinticuatro horas —dijo Bruce—. Hemos salvado los mayores obstáculos. Ahora estamos ultimando los detalles.

—Bien, bien —dijo Venkat—. ¿Alguna sorpresa de la que deba enterarme?

—Hum... —dijo Bruce—. Sí, unas cuantas. Puede que este no sea el mejor lugar para comunicártelas. Volveré a Houston con el protocolo dentro de un día o dos. Ya lo trataremos entonces.

—Mala señal —dijo Venkat—. Pero bien, lo estudiaremos después.

—¿Puedo correr la voz? —preguntó Annie—. Estaría bien que en las noticias de esta noche se viera algo más que el lugar del accidente del vehículo de superficie.

—Desde luego —convino Venkat—. Estará bien dar una buena noticia por una vez. Mindy, ¿cuánto tardará en llegar al VAM?

—A su ritmo habitual de 90 kilómetros por sol —dijo Mindy—, debería llegar en sol 504. En sol 505 si se toma su tiempo. Siempre parte a primera hora y se detiene hacia mediodía. —Comprobó una aplicación en su portátil—. Mediodía de sol 504 coincidirá con las 11.41 h de este miércoles en Houston. Mediodía de sol 505 coincidirá con las 12.21 h del jueves.

—Mitch, ¿quién se ocupa de las comunicaciones del VAM de la Ares 4?

—El equipo de Control de Misión de la Ares 3 —repuso Mitch—. Estará en la Sala de Control 2.

—Supongo que tú también.

—Juégate lo que quieras.

—Yo también estaré.

ENTRADA DE DIARIO: SOL 502

El Día de Acción de Gracias mi familia iba de Chicago a Sandusky, en un trayecto de ocho horas. Allí vivía la hermana de mi madre. Mi padre conducía, y era el conductor más lento y más cauto que se haya puesto al volante.

En serio. Conducía como si estuviera en el examen para sacarse el carné. Nunca superaba el límite de velocidad, siempre llevaba las manos a las diez y diez, ajustaba los retrovisores antes de arrancar y todo eso.

Era exasperante. Íbamos por la autopista y los coches nos adelantaban por la izquierda y por la derecha. Algunos conductores nos pitaban, porque, sinceramente, conducir sin superar el límite de velocidad te convierte en un peligro de la carretera. Me daban ganas de bajar y empujar el coche.

Me he sentido así todo el maldito día. Recorrer cinco kilómetros por hora es literalmente lo mismo que ir andando, y he conducido a esa velocidad durante ocho horas.

Pero la lentitud me garantizaba no caer en más pozos de polvo por el camino. Por supuesto, no he encontrado ninguno. Podría haber conducido a la máxima velocidad sin problemas, pero mejor prevenir que curar. La buena noticia es que he salido de la rampa. He acampado en cuanto el terreno se ha allanado. Ya he sobrepasado el tiempo de conducción diario. Podría continuar un poco más, todavía me queda más o menos un 15 % de batería, pero quiero aprovechar el máximo de luz en mis placas solares.

¡Estoy en el fondo del Schiaparelli por fin! Lejos de la pared del cráter. Tendré un sol completo de luz todos los días a partir de ahora.

He decidido que ya era momento de celebrar una ocasión tan especial. Me he comido el paquete de comida con la etiqueta «sobreviví a algo que podría haberme matado». ¡Oh, Dios mío, había olvidado lo bien que sabe la comida de verdad!

Con suerte, me comeré el paquete «llegada» dentro de unos pocos soles.

Ayer no conseguí tanta recarga como normalmente. Debido a que estuve más tiempo conduciendo, solo llegué al 70 % antes de que cayera la noche, así que hoy he conducido menos.

He recorrido 63 kilómetros antes de acampar otra vez, pero no me importa porque estoy a 148 kilómetros del VAM. Eso significa que llegaré el sol de pasado mañana.

Diablos, ¡voy a conseguirlo!

¡Dios mío, esto es asombroso! ¡Dios mío!
Vale, calma. Calma.

He recorrido 90 kilómetros hoy. Según mis cálculos, estoy a 50 kilómetros del VAM. Debería llegar mañana. Estoy entusiasmado, pero lo que me anima de verdad es que ¡he captado un *blip* del VAM!

La NASA ha hecho que el VAM emita la señal del Hab de la Ares 3. ¿Por qué no? Tiene todo el sentido del mundo. El VAM es una máquina limpia y perfectamente funcional, lista para hacer lo que le dicen. Y han hecho que simule ser el Hab de la Ares 3, con lo cual mi vehículo de superficie captará la señal y me dará su posición.

¡Es una idea fantástica! No tendré que deambular buscándolo; iré directo hacia él.

Solo he captado un *blip*. Captaré más a medida que me acerque. Resulta extraño que una duna de arena me impida escuchar lo que el VAM tiene que decirme cuando puede comunicarse con la Tierra sin ningún problema. El VAM tiene tres métodos redundantes de comunicarse con la Tierra, pero extremadamente dirigidos y pensados para la comunicación con un punto que se encuentra en la línea de visión. Además, no hay dunas de arena entre él y la Tierra cuando se comunican.

De alguna manera lo han manipulado para que emita una señal de radio, por débil que sea. Y yo la he captado.

Mi mensaje del día ha sido: CAPTÉ SEÑAL DE BALIZA. Si tuviera rocas suficientes habría añadido: FANTÁSTICA IDEA. Pero es una zona muy arenosa.

El VAM esperaba al suroeste del Schiaparelli. Se alzaba hasta unos impresionantes veintisiete metros de altura, con su cuerpo cónico brillando al sol de mediodía.

El vehículo de superficie subió por una duna cercana arrastrando el remolque. Frenó unos momentos, luego continuó hacia la nave a toda velocidad. Se detuvo a veinte metros de ella.

Allí permaneció diez minutos mientras el astronauta de dentro se vestía.

El hombre salió trastabillando excitadamente por la esclusa de aire, cayó al suelo y volvió a incorporarse. Contemplando el VAM, hizo un gesto hacia él con ambos brazos, como si no diera crédito a lo que veía.

Dio varios saltos, con los brazos en alto y los puños apretados. Luego hincó una rodilla en tierra y dio repetidos puñetazos en el suelo.

Corrió hasta la nave espacial y se abrazó al puntal de aterrizaje B. Al cabo de un momento, se soltó para dar otra serie de saltos de alegría.

Ya fatigado, el astronauta se quedó con los brazos en jarras, mirando las líneas elegantes de la maravilla de la ingeniería que tenía ante sí.

Subiendo por la escalera del tren de aterrizaje, alcanzó la fase ascendente y entró en la esclusa de aire. Cerró la puerta tras de sí.

25

Por fin lo he conseguido. ¡Estoy en el VAM!

Bueno, retiro esto último. Estoy otra vez en el vehículo de superficie. He entrado en el VAM para las comprobaciones del sistema y para arrancarlo. He tenido que llevar mi traje EVA todo el tiempo porque allí todavía no hay soporte vital.

Ahora está haciendo una autocomprobación y estoy llenándolo de oxígeno y nitrógeno mediante tubos que salen del vehículo de superficie. Esto forma parte del diseño del VAM. No lleva aire. ¿Para qué iba a llevarlo? Es un peso innecesario cuando vas a tener un Hab lleno de aire en la puerta de al lado.

Supongo que los tipos de la NASA están descorchando champán ahora mismo y enviándome montones de mensajes. Los leeré dentro de un momento. Lo primero es lo primero: conseguir soporte vital en el VAM. Luego podré trabajar dentro con comodidad.

Y después mantendré una tediosa conversación con la NASA. Bueno, el contenido puede que sea interesante, pero los catorce minutos de desfase en la transmisión entre aquí y la Tierra la harán un poco pesada.

[13.07] HOUSTON: ¡Felicidades de parte de todos los que estamos en Control de Misión! ¡Bien hecho! ¿Cuál es tu estado?

[13.21] VAM: ¡Gracias! Sin problemas de salud ni físicos. El vehículo de superficie y el remolque están bastante gastados, pero son funcionales. El oxigenador y el regulador funcionan bien. No he traído el purificador de agua. Solo he traído agua. Me quedan muchas patatas. Estoy bien para sobrevivir hasta sol 549.

[13.36] HOUSTON: Nos alegramos de oírlo. La *Hermes* sigue según lo previsto para efectuar un acercamiento en sol 549. Como sabes, el VAM tendrá que perder algo de peso para la interceptación. Vamos a mandarte estos protocolos a lo largo del día. ¿Cuánta agua tienes? ¿Qué haces con la orina?

[13.50] VAM: Me quedan 550 litros de agua. He estado echando la orina fuera por el camino.

[14-05] HOUSTON: Conserva toda el agua. No tires más orina. Almacénala en algún sitio. Enciende la radio del vehículo de superficie y déjala encendida. Podemos contactar mediante el VAM.

Bruce se metió en la oficina de Venkat y sin ninguna ceremonia se derrumbó en una silla. Soltó el maletín y dejó los brazos colgando.

—¿Has tenido un buen vuelo? —le preguntó Venkat.

—Solo tengo un recuerdo pasajero de lo que es dormir.

—Entonces, ¿está listo?

—Sí, está listo, pero no te va a gustar.

—Adelante.

Bruce se armó de valor y se levantó. Abrió el maletín y sacó un folleto.

—Ten en cuenta que es el resultado de miles de horas de trabajo, pruebas y pensamiento lateral de los mejores hombres del JPL.

—Estoy seguro de que ha sido difícil aligerar una nave que

ya estaba diseñada para que fuera lo más ligera posible —dijo Venkat.

Bruce deslizó el folleto por el escritorio hacia Venkat.

—El problema es la velocidad de interceptación. El VAM está diseñado para entrar en una órbita baja de Marte, lo cual solo requiere 4,1 km/s. Pero la *Hermes* irá a 5,8 km/s.

Venkat pasó las páginas.

—¿Puedes resumir?

—Primero, vamos a añadir combustible. El VAM genera su propio combustible a partir de la atmósfera marciana, pero está limitado por la cantidad de hidrógeno que contiene. Sacó el suficiente para producir 19.397 kilogramos de combustible, como estaba diseñado para hacer. Si podemos darle más hidrógeno, puede hacer más.

—¿Cuánto más?

—Por cada kilogramo de hidrógeno, trece kilogramos de combustible. Watney tiene quinientos cincuenta litros de agua. Le pediremos que haga electrolisis para conseguir sesenta kilos de hidrógeno. —Bruce se estiró sobre el escritorio y pasó unas páginas para indicarle un diagrama—. La planta de combustible puede producir setecientos ochenta kilogramos de combustible con eso.

—Si electroliza el agua, ¿qué beberá?

—Solo necesita cincuenta litros para el tiempo que le queda. Y un cuerpo humano únicamente usa el agua temporalmente, no la consume. Le diremos que electrolice también su orina. Necesitamos todo el hidrógeno que podamos conseguir.

—Ya veo. ¿Y para qué nos sirven setecientos ochenta kilogramos de combustible? —preguntó Venkat.

—Nos permiten 300 kilogramos de carga. Es todo una cuestión de combustible frente a carga. El peso del lanzamiento del VAM es de más de 12.600 kilogramos. Incluso con el extra de combustible, necesitaremos reducirlo a 7.300 kilogramos. Así que el resto de este folleto trata de cómo eliminar 5.000 kilos del VAM.

Venkat se recostó.

—Explícamelo.

Bruce sacó otra copia del folleto de su maletín.

—Había algunos candidatos obvios a la eliminación. El diseño es para transportar quinientos kilogramos de suelo marciano y muestras de roca. Obviamente no lo hará. Además, solo llevará un pasajero en lugar de seis. Eso son quinientos kilogramos menos teniendo en cuenta su peso corporal, el de los trajes y el del equipo. Además podemos quitar las otras cinco sillas de aceleración. Por supuesto, eliminaremos todo el material no esencial, el equipo médico, las herramientas, los cinturones internos, correas y cualquier cosa que no esté clavada. Y algunas cosas que lo están.

»A continuación —prosiguió—, vamos a deshacernos de todo el soporte vital. Los depósitos, bombas, calentadores, líneas de aire, sistema de absorción de CO_2 e incluso el aislamiento del interior del casco. No lo necesitamos. Que Watney lleve su traje EVA durante todo el viaje.

—¿No le será complicado usar los controles? —preguntó Venkat.

—No los usará. El comandante Martinez pilotará el VAM por control remoto desde la *Hermes*. El VAM está diseñado para pilotaje remoto. Al fin y al cabo, así se posó.

—¿Y si algo va mal? —preguntó Venkat.

—Martinez es el piloto mejor preparado —dijo Bruce—. Si hay una emergencia, es la persona más indicada para controlar la nave.

—Hum —dijo Venkat con cautela—. Nunca hemos controlado a distancia una nave tripulada antes. Pero, de acuerdo, adelante.

—Como Watney no pilotará la nave —continuó Bruce—, no necesitará los controles. Sacaremos los paneles de control y todos los cables eléctricos y de datos que llegan a ellos.

—Uf —dijo Venkat—. Estamos destripando este trasto.

—Solo he empezado —dijo Bruce—. Las necesidades de energía se reducirán drásticamente sin el soporte vital, así que tiraremos tres de las cinco baterías y el sistema de potencia auxiliar. El sistema de maniobra orbital tiene tres propulsores redundantes: nos desharemos de ellos. Además, los sistemas de comunicación secundario y terciario pueden desaparecer.

—Espera, ¿qué? —dijo Venkat, asombrado—. ¿Vas a realizar un ascenso por control remoto sin sistemas de comunicación de respaldo?

—No sirven de nada —dijo Bruce—. Si el sistema de comunicación falla durante el ascenso, el tiempo necesario para recuperarlo será demasiado largo para que sirva de algo. Los respaldos no nos sirven.

—Esto se está poniendo realmente peligroso, Bruce.

Bruce suspiró.

—Lo sé. Simplemente, no hay otra forma. Y todavía no he llegado a lo feo.

Venkat se frotó la frente.

—Por lo que más quieras, cuéntamelo.

—Quitaremos la esclusa de aire del morro, las ventanas y el panel diecinueve del casco.

Venkat parpadeó.

—¿Vas a quitar la parte frontal de la nave?

—Sí —dijo Bruce—. Solo la esclusa de aire del morro pesa cuatrocientos kilos. Las ventanas también son bastante pesadas, y están unidas al panel diecinueve del casco, así que también puedo quitarlo.

—Entonces, ¿va a despegar con un gran agujero en la parte frontal de la nave?

—Le diremos que lo tape con lona del Hab.

—¿Con lona del Hab? ¿Para un lanzamiento hacia la órbita?

Bruce se encogió de hombros.

—La función principal del casco es mantener dentro el aire. La atmósfera de Marte es tan ligera que no hace falta mucha aerodinámica. Cuando la nave vaya lo bastante deprisa para que la resistencia del aire importe, ya estará tan arriba que prácticamente no lo habrá. Hemos hecho todas las simulaciones. Debería funcionar.

—Vas a mandarlo al espacio debajo de una lona.

—Eso es.

—Como una camioneta cargada a toda prisa.

—Sí. ¿Puedo continuar?

—Claro, estoy impaciente.

—También le haremos sacar el panel posterior del habitáculo presurizado. Es el único otro panel que puede eliminar con las herramientas con las que cuenta. Además, nos desembarazaremos de la bomba de combustible auxiliar. Es una pena, pero pesa demasiado para la utilidad que tiene. Y vamos a prescindir de un motor de la Etapa Uno.

—¿De un motor?

—Sí. El propulsor de la primera etapa funciona bien si falla un motor. Nos ahorrará una gran cantidad de peso. Solo durante el ascenso de la primera fase, pero aun así, es un considerable ahorro de combustible.

Bruce se quedó en silencio.

—¿Es todo? —preguntó Venkat.

—Sí.

Venkat suspiró.

—Has eliminado la mayoría de los repuestos de seguridad. ¿En qué influirá en las probabilidades calculadas de fracaso?

—Alrededor de un catorce por ciento.

—Joder. Nunca nos habíamos planteado algo tan arriesgado.

—Es lo que tenemos, Venk —dijo Bruce—. Lo hemos probado todo y hemos hecho simulaciones en abundancia. Debería ir bien si todo funciona como tiene que funcionar.

—Sí. Genial —dijo Venkat.

[8.41] VAM: ¿Os estáis quedando conmigo?

[8.55] HOUSTON. Reconocemos que son modificaciones muy invasivas, pero hay que hacerlas. El documento que enviamos contiene instrucciones para llevar a cabo cada uno de estos pasos con las herramientas de que dispones. Además, tendrás que empezar con la electrolisis del agua para conseguir el hidrógeno para la planta de combustible. Pronto te enviaremos el protocolo para eso.

[9.09] VAM: Me vais a enviar al espacio en un descapotable.

[9.24] HOUSTON: La lona del Hab tapará los agujeros. Proporcionará suficiente aerodinámica para la atmósfera de Marte.

[9.38] VAM: Entonces es un descapotable. Mucho mejor.

ENTRADA DE DIARIO: SOL 506

De camino hacia aquí, en mi abundante tiempo libre, diseñé un «taller». Supuse que necesitaría espacio para trabajar sin tener que llevar un traje EVA. Concebí un plan brillante para convertir el dormitorio actual en el nuevo hogar del regulador y el oxigenador, y el remolque ya vacío en mi taller.

Es un plan estúpido y no voy a llevarlo a cabo.

Lo único que necesito es una zona presurizada para trabajar. De alguna manera me convencí de que el dormitorio no era una opción porque es un incordio meter cosas allí. Pero no será tan terrible.

Se conecta a la esclusa de aire del vehículo de superficie, de modo que meter material será complicado: llevar el material al vehículo de superficie, conectar el dormitorio con la esclusa de aire desde dentro, hinchar, meter el material en el dormitorio. También tendré que vaciarlo de todas las herramientas y el equipo para plegarlo en cualquier momento que necesite hacer una EVA.

Así pues, sí, será un incordio, pero lo único que me cuesta es tiempo. Y la verdad es que no me van mal las cosas en ese frente. Quedan cuarenta y tres soles para la aproximación de la *Hermes* y, mirando el protocolo que la NASA tiene en mente para las modificaciones, puedo aprovechar el VAM en sí como espacio de trabajo.

Los lunáticos de la NASA me obligan a hacer todo tipo de desastres al VAM, pero no tengo que abrirle el casco hasta el final. Así que lo primero que haré será sacar un montón de basura, como asientos y paneles de control y similares. Una vez sacados, tendré mucho espacio para trabajar.

Hoy no le he hecho nada al que pronto será un VAM mutilado. Hoy todo ha sido cuestión de controles de sistema. Ahora que estoy otra vez en contacto con la NASA, tengo que volver a «la seguridad es lo primero». Curiosamente, la NASA no tiene una fe total en mi improvisado vehículo de superficie ni en mi método de apilarlo todo en el remolque. Me han hecho hacer un montón de comprobaciones de sistema en cada uno de los componentes.

Todo sigue funcionando bien, aunque se está gastando. El regulador y el oxigenador no son eficaces al ciento por ciento (como mínimo) y el del remolque escapa un poco de aire cada día. No el suficiente para causarme problemas, pero no es completamente hermético. La NASA está bastante preocupada por eso, pero no tenemos otras opciones.

Luego, me han hecho hacer un completo diagnóstico del VAM. Está en mucho mejor estado. Todo sigue elegante, impoluto y funciona perfectamente. Casi me había olvidado de qué aspecto tiene el hardware nuevo.

Lástima que lo vaya a destrozar.

—Has matado a Watney —dijo Lewis.

—Sí —dijo Martinez, mirando ceñudo el monitor. Las palabras «colisión con el suelo» parpadeaban acusadoramente.

—Le he jugado una mala pasada —dijo Johanssen—. Le he dado una lectura de altitud errónea y he hecho que el motor 3 se apagara demasiado pronto. Es una combinación nefasta.

—No debería haberse producido un fracaso de misión —dijo Martinez—. Debería haberme fijado en que la lectura era errónea. Era muy desviada.

—No te agobies —dijo Lewis—. Para eso era el ejercicio.

—Entendido, comandante —dijo Martinez. Arrugó la frente sin dejar de mirar ceñudo la pantalla.

Lewis esperó a que se relajara. Al ver que no lo hacía, le puso una mano en el hombro.

—No te castigues —le dijo—. Solo te dieron dos días de preparación en lanzamiento por control remoto. Se suponía que solo tenía que darse el caso si cancelábamos la misión antes de aterrizar y era un planteamiento de reducción de pérdidas en el que íbamos a lanzar el VAM para que actuara como satélite. No era crítico para la misión, así que no te prepararon demasiado. Ahora que la vida de Mark depende de ello, tienes tres semanas para hacerlo bien, y no me cabe duda de que puedes.

—Entendido, comandante —dijo Martinez, suavizando la mirada.

—Reseteando el simulador —dijo Johanssen—. ¿Quieres que pruebe algo específico?

—Sorpréndeme —dijo Martinez.

Lewis dejó la sala de control y se dirigió al reactor. Al «subir» el escalón al centro de la nave, la fuerza centrípeta sobre ella disminuyó a cero. Vogel levantó la mirada de una consola de ordenador.

—¿Comandante?

—¿Cómo están los motores? —preguntó Lewis, agarrándose a un asidero montado en la pared para permanecer en la sala que giraba lentamente.

—Todo funciona dentro de los límites tolerables —dijo Vogel—. Ahora estoy haciendo un diagnóstico del reactor. Johanssen está ocupada con la formación de lanzamiento, así que he pensado que puedo hacer este diagnóstico por ella.

—Buena idea —dijo Lewis—. Y ¿cómo está nuestra trayectoria?

—Todo va bien —dijo Vogel—. No se necesitan ajustes. Seguimos en la trayectoria planeada con un margen de error de cuatro metros.

—Mantenme informada si algo cambia.

—*Ja*, comandante.

Flotando hacia el otro lado del núcleo, Lewis salió por la otra escalera, ganando otra vez gravedad al «bajar». Se acercó a la sala de instrucciones de la esclusa 2.

Beck sostenía una espiral de metal en una mano y un par de guantes de trabajo en la otra.

—Hola, comandante. ¿Qué pasa?

—Me gustaría conocer tus planes para recuperar a Mark.

—Será muy fácil si la interceptación es buena —dijo Beck—. Acabo de terminar de unir todos los cables que tenemos en una cuerda larga. Mide doscientos catorce metros de longitud. Llevaré la mochila de propulsión para poder moverme con facilidad. Puedo ir a alrededor de diez metros por segundo con seguridad. Por encima de esa velocidad me arriesgo a romper el cable si no logro parar a tiempo.

—Una vez que llegues a Mark, ¿qué velocidad relativa máxima puedes controlar?

—Puedo agarrar el VAM con facilidad a cinco metros por segundo. A diez metros por segundo es como saltar a un tren en marcha. A una velocidad superior a esa podría fallar.

—Así pues, incluyendo la velocidad de seguridad de la mochila, necesitaremos poner la nave a veinte metros por segundo de su velocidad.

—Y la interceptación tiene que hacerse en un límite de doscientos catorce metros —dijo Beck—. Un margen de error muy pequeño.

—Tenemos mucha libertad de acción —dijo Lewis—. El lanzamiento será cincuenta y dos minutos antes de la interceptación y su vuelo durará doce minutos. En cuanto el motor de la segunda etapa de Mark se apague, conoceremos nuestro punto de interceptación y la velocidad. Si no nos gusta, tendremos cuarenta minutos para corregirlos. Nuestro motor de dos milímetros por segundo puede parecer poca cosa, pero en cuarenta minutos puede desplazarnos 5,7 kilómetros.

—Bien —dijo Beck—. Y doscientos catorce metros no es un límite fijo per se.

—Sí que lo es —dijo Lewis.

—No —insistió Beck—. Sé que se supone que no he de salir sin atarme, pero sin la correa podría alejarme...

—No es una opción —dijo Lewis.

—Pero podemos duplicar o triplicar nuestro rango de interceptación...

—Hemos terminado de hablar de esto —dijo Lewis con brusquedad.

—Entendido, comandante.

ENTRADA DE DIARIO: SOL 526

No hay muchas personas que puedan decir que han destrozado una nave espacial de tres mil millones de dólares, pero yo soy una de ellas.

He estado sacando hardware fundamental del VAM a diestro y siniestro. Es agradable saber que durante mi lanzamiento hasta la órbita no habrá ningún sistema de seguridad molesto que me pese.

No improviso nada. Estoy siguiendo el guión enviado por la NASA, ideado para facilitarme lo más posible el trabajo. En ocasiones echo de menos los días en que tomaba todas las decisiones por mí mismo. Luego descarto la idea y recuerdo que estoy mucho mejor ahora con un puñado de genios decidiendo lo que tengo que hacer que cuando estaba improvisando sobre la marcha.

Periódicamente, me visto, repto hasta la esclusa de aire con la mayor cantidad de trastos que puedo meter en ella y los echo fuera. La zona que rodea el VAM parece el escenario de *Sanford e hijo*.

Conocí *Sanford e hijo* gracias a la colección de Lewis. En serio, esa mujer necesita hablar con alguien de su obsesión por los años setenta.

ENTRADA DE DIARIO: SOL 529

Estoy convirtiendo agua en combustible de cohete.

Es más fácil de lo que crees.

Separar hidrógeno y oxígeno solo requiere un par de electrodos y algo de corriente. El problema es recoger el hidrógeno. No tengo equipo para sacar hidrógeno del aire. El regulador atmosférico ni siquiera sabe cómo. La última vez que tuve que sacar hidrógeno del aire (cuando convertí el Hab en una bomba) lo quemé para convertirlo en agua. Claro está, eso sería contraproducente.

Pero la NASA lo ha pensado todo y me ha mandado un protocolo. Primero he desconectado el vehículo de superficie del remolque. Luego, vestido con mi traje EVA, he despresurizado el remolque y lo he llenado de oxígeno puro a un cuarto de atmósfera. Después he abierto una caja de plástico llena de agua y he puesto en ella un par de electrodos. Para eso necesitaba la atmósfera. Sin presión el agua habría hervido inmediatamente y yo me habría quedado rodeado de vapor.

La electrolisis ha separado el hidrógeno del oxígeno y el remolque se ha llenado todavía más de oxígeno y también de hidrógeno. Algo bastante peligroso en realidad.

A continuación he usado el regulador atmosférico. Sé que acabo de decir que no distingue el hidrógeno, pero sabe sacar oxígeno del aire. He desactivado todas las medidas de seguridad y lo he configurado para que retirara todo el oxígeno. Después de hacerlo, todo lo que quedaba en el remolque era hidrógeno. Por eso he empezado con una atmósfera de oxígeno puro, para que el regulador pudiera separarlo después.

Luego he hecho un ciclo de la esclusa de aire del vehículo de superficie con la puerta interior abierta. La esclusa ha interpretado que estaba evacuándose, pero en realidad estaba evacuando todo el remolque. El aire se ha almacenado en el depósito de la esclusa. Y ahí lo tienes: un depósito de hidrógeno puro.

He llevado el depósito de la esclusa de aire al VAM y he trasvasado el contenido a sus depósitos de hidrógeno. Lo he dicho muchas veces antes, pero ¡hurra por los sistemas de válvulas estandarizados!

Finalmente, he puesto en marcha la planta de combustible y se ha puesto a trabajar para fabricar el combustible adicional que necesitaré.

Tendré que repetir este proceso varias veces cuando se acerque la fecha de lanzamiento. Incluso voy a electrolizar mi orina, lo que dejará un olor agradable en el remolque.

Si sobrevivo a esto, le diré a la gente que he meado combustible de cohete.

[19.22] JOHANSSEN: Hola, Mark.
[19.23] VAM ¿Johanssen? ¡Dios mío! ¿Por fin os dejan hablar directamente conmigo?

[19.24] JOHANSSEN: Sí, la NASA ha dado el visto bueno para la comunicación directa hace una hora. Estamos a solo 35 segundos-luz de distancia, así que podemos hablar casi en tiempo real. Acabo de configurar el sistema y lo estoy probando.

[19.24] VAM: ¿Por qué han tardado tanto en dejarnos hablar?

[19.25] JOHANSSEN: El equipo de psicólogos estaba preocupado por conflictos de personalidad.

[19.25] VAM: ¿Qué? ¿Solo porque me abandonasteis en un planeta dejado de la mano de Dios sin medios para sobrevivir?

[19.26] JOHANSSEN: Muy gracioso. No le hagas esa clase de bromas a Lewis.

[19.27] VAM: Recibido. Bueno, eh..., gracias por venir a recogerme.

[19.27] JOHANSSEN: Es lo mínimo que podíamos hacer. ¿Cómo va la readaptación del VAM?

[19.28] VAM: Hasta el momento, bien. La NASA pensó mucho en los procedimientos. Trabajan. Eso no quiere decir que sea fácil. He pasado los últimos tres días quitando el panel diecinueve del casco y la ventana delantera. Incluso en la gravedad de Marte pesan como su puta madre.

[19.29] JOHANSSEN: Cuando te recojamos, te haré el amor de forma salvaje y apasionada. Prepárate.

[19.29] JOHANSSEN: Yo no he escrito eso. Era Martinez. Me he apartado de la consola diez segundos.

[19.29] VAM: Os he echado mucho de menos, chicos.

ENTRADA DE DIARIO: SOL 543

¿He terminado?

Creo que he terminado.

He hecho todo lo que pone la lista. El VAM está preparado para volar y, dentro de seis soles, eso es precisamente lo que haré. Espero.

Podría no despegar. Al fin y al cabo, he quitado un motor. Podría haberme cargado toda clase de cosas durante ese proceso. Y no hay forma de comprobar la etapa de ascenso. Una vez arrancas, has arrancado.

Todo lo demás, sin embargo, pasará por test desde ahora hasta el lanzamiento. Algunos los haré yo y otros los hará la NASA de forma remota. No me están diciendo las probabilidades de fracaso, pero supongo que son las más altas de la historia. Yuri Gagarin tenía una nave mucho más fiable y segura que la mía.

Y las naves soviéticas eran trampas mortales.

—Muy bien —dijo Lewis—, mañana es el gran día.

La tripulación flotaba en la zona de recreo. Habían detenido la rotación de la nave en preparación para la operación inminente.

—Estoy listo —dijo Martinez—. Johanssen me ha lanzado todo lo que ha podido. Controlo todos los escenarios de órbita.

—Todo lo que no sean fracasos catastróficos —lo corrigió Johanssen.

—Bueno, sí —dijo Martinez—. Es bastante inútil simular una explosión en ascenso. Nada podríamos hacer.

—Vogel —dijo Lewis—, ¿cuál es nuestra trayectoria?

—Es perfecta —dijo Vogel—. Estamos a un metro de la trayectoria proyectada y a dos centímetros por segundo de la velocidad proyectada.

—Bien —dijo ella—. Beck, ¿qué tal tú?

—Todo está preparado, comandante —dijo Beck—. Los cables están atados y metidos en la esclusa de aire 2. Mi traje y la mochila están listos.

—Vale, el plan de batalla es bastante obvio —dijo Lewis. Se agarró a un asidero de la pared para detener la lenta deriva que había adquirido—. Martinez controlará el vuelo del VAM. Johanssen será la operadora de sistemas del ascenso. Beck y Vogel, os quiero en la esclusa 2 con la puerta exterior abierta antes de que despegue el VAM. Tendréis que esperar cincuenta y dos minutos, pero no quiero arriesgarme a tener problemas técnicos con la esclusa de aire o con vuestros trajes. Una vez que alcancemos la interceptación, será trabajo de Beck recoger a Watney.

—Podría estar mal cuando lo recoja —dijo Beck—. El VAM destrozado subirá a 12 G durante el lanzamiento. Podría estar inconsciente, incluso tener una hemorragia interna.

—Suerte que también eres nuestro médico —dijo Lewis—. Vogel, si todo va según el plan, subirás a Beck y Watney a bordo con la soga. Si las cosas no funcionan, eres el respaldo de Beck.

—*Ja* —dijo Vogel.

—Ojalá pudiéramos hacer más —dijo Lewis—, pero lo único que nos queda por hacer es esperar. Vuestras agendas de trabajo están canceladas. Todos los experimentos científicos quedan suspendidos. Dormid si podéis y, si no podéis, pasad diagnósticos a vuestros equipos.

—Lo rescataremos, comandante —dijo Martinez cuando los demás salieron flotando—. Dentro de veinticuatro horas, Mark Watney estará justo aquí, en esta habitación.

—Esperemos que sí, Martinez —dijo Lewis.

—Comprobaciones finales para esta nave completadas —dijo Mitch en su casco—. Cronometrador.

—Preparado, Vuelo —dijo el cronometrador.

—¿Tiempo hasta el lanzamiento del VAM?

—Dieciséis horas, nueve minutos, cuarenta segundos...

—Recibido. Todas las estaciones: cambio de turno de director de vuelo. —Se quitó el casco y se frotó los ojos.

Brendan Hutch cogió el casco de Mitch y se lo puso.

—Todas las estaciones, el director de vuelo es ahora Brendan Hutch.

—Llámame si ocurre algo —dijo Mitch—. Si no, te veré mañana.

—Duerme un poco, jefe —dijo Brendan.

Venkat vigilaba desde la cámara de observación.

—¿Por qué preguntar al cronometrador? —murmuró—. El tiempo está en el enorme reloj de misión, en el centro de la sala.

—Está nervioso —dijo Annie—. No lo verás con frecuencia, pero así es Mitch Henderson cuando está nervioso. Lo comprueba todo dos y tres veces.

—Me parece bien —dijo Venkat.

—Están acampados en el césped, por cierto —dijo Annie—. Hay periodistas de todo el mundo. En nuestras salas de prensa no hay suficiente espacio.

—A los medios les encanta la teatralidad. —Suspiró—. Esto habrá terminado mañana, de una manera o de otra.

—¿Cuál es nuestro papel en todo esto? —dijo Annie—. Si algo va mal, ¿qué puede hacer Control de Misión?

—Nada —dijo Venkat—. Nada de nada.

—¿Nada?

—Todo está ocurriendo a doce minutos-luz de distancia. Eso significa que pasan veinticuatro minutos hasta que reciben respuesta a cualquier pregunta que ellos hacen. El lanzamiento completo dura doce minutos. Están solos.

—Así pues, ¿somos completamente impotentes?

—Sí —dijo Venkat—. Es una putada, ¿verdad?

ENTRADA DE DIARIO: SOL 549

Estaría mintiendo si dijera que no estoy muerto de miedo. Dentro de cuatro horas voy a ponerme en órbita. Es algo que ya he hecho unas cuantas veces antes, pero nunca en un trasto como este.

Ahora mismo estoy sentado en el VAM. Llevo el traje EVA porque hay un gran agujero en la parte frontal de la nave donde estaban la ventana y parte del casco. Estoy «esperando instrucciones de lanzamiento». Realmente, solo espero el lanzamiento. No tengo ningún papel en esto. Voy a sentarme en el asiento de aceleración y a esperar lo mejor.

Anoche me comí mi último paquete. Es la primera buena comida que he probado en semanas. Voy a dejar atrás cuarenta y una patatas. Así de cerca he estado de morir de hambre.

Recogí cuidadosamente muestras durante mi viaje, pero no

puedo llevarme ninguna, así que las he dejado en un contenedor a unos cientos de metros de aquí. Quizás algún día envíen una sonda a recogerlas. No me costaba mucho hacer que fueran fáciles de recoger.

Eso es todo. No queda nada más. Ni siquiera existe un protocolo de cancelación. ¿Para qué? No podemos retrasar el lanzamiento. La *Hermes* no puede detenerse a esperar. Pase lo que pase, lanzaremos a tiempo.

Afronto la posibilidad, muy real, de morir hoy. No puedo decir que me guste. No será demasiado terrible si el VAM estalla, porque no me enteraré de nada, pero si falla la interceptación, podría flotar en el espacio hasta quedarme sin aire. Tengo un plan de contingencia para eso. Bajaré la mezcla de oxígeno a cero y respiraré nitrógeno puro hasta que me ahogue. No está mal. Los pulmones no tienen la capacidad de notar la falta de oxígeno. Solo me cansaré, me quedaré dormido y moriré.

Todavía no puedo creerlo. Me voy de verdad. Este desierto gélido ha sido mi hogar durante un año y medio. Aprendí a sobrevivir, al menos durante un tiempo, y me acostumbré a cómo funcionaban las cosas. Mi lucha terrorífica por mantenerme con vida se convirtió en una rutina. Levantarme por la mañana, desayunar, cuidar mis patatas, arreglar cosas rotas, comer, responder correo electrónico, mirar la tele, cenar, irme a dormir. La vida de un granjero moderno.

Luego fui camionero y recorrí un largo trayecto por el mundo. Finalmente, obrero de la construcción, reconstruyendo una nave de formas que nadie había imaginado hasta ahora. He hecho un poco de todo aquí, porque no hay nadie más para hacerlo.

Ahora todo ha terminado. No tengo más trabajo que hacer ni más naturaleza a la que derrotar. He tomado mi última patata marciana. He dormido en el vehículo de superficie por última vez. He dejado mis últimas huellas en la tierra roja y polvorienta. Voy a abandonar Marte hoy, de una forma o de otra.

Ya era hora, joder.

26

Se reunieron.

Se reunieron en todos los rincones de la Tierra.

En Trafalgar Square y en la plaza de Tiananmen y en Times Square observaban las pantallas gigantes. En las oficinas se apiñaban en torno a monitores de ordenador. En los bares miraban en silencio la televisión del rincón. En los hogares se sentaban conteniendo la respiración en el sofá, sin poder apartar los ojos de la historia que se desarrollaba.

En Chicago, una pareja de mediana edad miraba agarrada de la mano. El hombre sostenía suavemente a su mujer, que se balanceaba adelante y atrás de puro terror. El representante de la NASA sabía que era mejor no molestarlos, pero estaba dispuesto a responder cualquier pregunta que quisieran plantearle.

—Presión de combustible, verde —dijo la voz de Johanssen en millones de televisores—. Alineamiento de motor perfecto. Estado de comunicaciones óptimo. Listos para verificación previa al vuelo, comandante.

—Recibido —dijo la voz de Lewis—. CAPCOM.

—Preparada —respondió Johanssen.

—Orientación.

—Preparada —respondió de nuevo Johanssen.

—Control remoto.

—Preparado —dijo Martinez.

—Piloto.

—Preparado —dijo Watney desde el VAM.

Una suave ovación recorrió las multitudes del mundo entero.

Mitch estaba sentado en su puesto en Control de Misión. Los controladores lo monitorizaban todo y estaban listos para ayudar del modo que pudieran, pero el desfase de comunicación entre la *Hermes* y la Tierra los dejaba impotentes para hacer otra cosa que no fuera mirar.

—Telemetría —dijo la voz de Lewis por los altavoces.

—Preparada —respondió Johanssen.

—Recuperación —continuó.

—Preparado —dijo Beck desde el cierre neumático.

—Recuperación secundaria.

—Preparado —dijo Vogel desde detrás de Beck.

—Control de Misión, aquí la *Hermes* —informó Lewis—. Estamos listos para el lanzamiento y procederemos según el horario. Estamos a menos cuatro minutos diez segundos del lanzamiento...

—¿Has entendido eso, Cronometrador? —dijo Mitch.

—Afirmativo, Vuelo —fue la respuesta—. Nuestros relojes están sincronizados con los suyos.

—No es que podamos hacer nada... —murmuró Mitch—, aunque al menos sabremos lo que supuestamente esté ocurriendo.

—Unos cuatro minutos, Mark —dijo Lewis por el micrófono—. ¿Cómo estás allí abajo?

—Ansioso por estar allí arriba, comandante —respondió Watney.

—Vamos a hacer que eso se cumpla —dijo Lewis—. Recuerda, vas a tener que soportar unas G pesadas. No pasa nada si te desmayas. Estás en manos de Martinez.

—Dile a ese capullo que nada de volteretas.

—Recibido, VAM —dijo Lewis.

—Cuatro minutos más —dijo Martinez, haciendo sonar los nudillos—. ¿Lista para un vuelecito, Beth?

—Sí —dijo Johanssen—. Será extraño controlar las operaciones de sistema de un lanzamiento estando todo el tiempo en gravedad cero.

—No me lo había planteado —dijo Martinez—, pero sí. No voy a quedarme aplastado contra el respaldo del asiento. Será raro.

Beck flotó en la esclusa de aire, atado a un carrete de cable fijado a la pared. Vogel estaba a su lado, con las botas pegadas al suelo. Ambos miraron por la puerta exterior al planeta rojo de abajo.

—No pensaba que volvería a estar otra vez aquí —dijo Beck.

—Sí —dijo Vogel—. Somos los primeros.

—¿Los primeros en hacer qué?

—Somos los primeros en visitar Marte dos veces.

—¡Oh, sí! Ni siquiera Watney puede decir eso.

—No.

Miraron Marte en silencio durante un rato.

—Vogel —dijo Beck.

—*Ja*.

—Si no puedo alcanzar a Mark, quiero que sueltes mi cuerda.

—Doctor Beck —dijo Vogel—, la comandante ha dicho que no.

—Sé lo que ha dicho la comandante, pero si necesito unos metros más, quiero que me sueltes. Tengo una mochila de propulsión autónoma, puedo volver sin una cuerda.

—No lo haré, doctor Beck.

—Es mi propia vida la que está en peligro y digo que está bien.

—Tú no eres el comandante de la nave.

Beck miró ceñudo a Vogel, pero con las viseras reflectantes bajadas, el efecto se perdió.

—Bien —dijo Beck—. Pero apuesto a que cambiarás de opinión si las cosas se ponen feas.

Vogel no respondió.

—Menos diez —dijo Johanssen—, nueve..., ocho...

—Arranque de motores principales —dijo Martinez.

—... siete..., seis..., cinco... Ganchos de amarre soltados...

—Unos cinco segundos, Watney —dijo Lewis en el casco—. Aguanta.

—Te veo en un rato, comandante —respondió Watney por la radio.

—... cuatro..., tres..., dos...

Watney se quedó en el asiento de aceleración cuando el VAM rugió en anticipación del despegue.

—Hum —dijo a nadie—. Me pregunto cuánto tiempo...

El VAM despegó con una fuerza increíble, aceleró más de lo que ninguna otra nave tripulada había acelerado en la historia de los viajes espaciales. Watney fue empujado contra el asiento con tanta fuerza que ni siquiera pudo gemir.

Previsor, había colocado una camisa doblada detrás de su cabeza, dentro del casco. Cuando la cabeza se le hundió más aún en el cojín improvisado, los bordes de su campo visual se volvieron borrosos. No podía respirar ni moverse.

El parche de la lona del Hab, situado directamente dentro de su campo de visión, se agitó violentamente cuando la nave adquirió velocidad de manera exponencial. Le costaba mantener la concentración, pero algo le decía que el aleteo era malo.

—Velocidad: setecientos cuarenta y un metros por segundo —informó Johanssen—. Altitud: mil trescientos cincuenta metros.

—Recibido —dijo Martinez.

—Eso es bajo —dijo Lewis—. Demasiado bajo.

—Lo sé —dijo Martinez—. Es lento; se resiste. ¿Qué coño está pasando?

—Velocidad: ochocientos cincuenta. Altitud: mil ochocientos cuarenta y tres —dijo Johanssen.

—¡No tengo la potencia que necesito! —dijo Martinez.

—Potencia de motor al ciento por ciento —dijo Johanssen.

—Te estoy diciendo que es lento —insistió Martinez.

—Watney —dijo Lewis en el casco—. Watney, ¿nos recibes? ¿Puedes informar?

Watney oyó la voz de Lewis muy lejana, como de alguien que le hablara desde el otro lado de un largo túnel. Se preguntó vagamente qué querría. Su atención se vio brevemente atraída por la lona que aleteaba delante de él. Había aparecido un desgarro que se ensanchaba con rapidez.

Entonces lo distrajo un tornillo de uno de los mamparos. Solo tenía cinco facetas. Se preguntó por qué la NASA había decidido que ese tornillo tuviera cinco facetas en lugar de seis. Haría falta una llave especial para apretarlo o aflojarlo.

La lona se rasgó todavía más, el material desgarrado aleteaba salvajemente. Por la abertura, Watney vio cielo rojo extendiéndose de manera infinita por delante. «Es bonito», pensó.

Cuando el VAM ascendió más, la atmósfera se volvió más ligera. Enseguida la lona dejó de aletear y se extendió hacia Mark. El cielo pasó de ser rojo a ser negro.

«Esto también es bonito», pensó Mark.

Mientras iba perdiendo la conciencia, Mark Watney se preguntó dónde podía conseguir un tornillo de cinco facetas como ese.

—Estoy recibiendo más respuesta ahora —dijo Martinez.

—De vuelta a la pista en plena aceleración —dijo Johanssen—. Habrá sido la resistencia. Ahora el VAM está fuera de la atmósfera.

—Era como pilotar una vaca —gruñó Martinez moviendo rápidamente las manos sobre los controles.

—¿Puedes levantarlo? —preguntó Lewis.

—Lo pondrá en órbita —dijo Johanssen—, pero la trayectoria de interceptación podría quedar comprometida.

—Súbelo primero —dijo Lewis—, luego ya nos preocuparemos de la interceptación.

—Recibido. Parada de motor principal en quince segundos.

—Completamente suave ahora —dijo Martinez—. Ya no se me resiste.

—Muy por debajo de la altitud objetivo —dijo Johanssen—. La velocidad es buena.

—¿Cuánto por debajo? —dijo Lewis.

—No estoy segura —dijo Johanssen—. Lo único que tengo son datos del acelerómetro. Necesitaremos *pings* de radar a intervalos para determinar la verdadera órbita final.

—Vuelta a la orientación automática —dijo Martinez.

—Cierre principal en cuatro... —dijo Johanssen—, tres..., dos..., uno... Despegue.

—Cierre confirmado —dijo Martinez.

—Watney, ¿estás ahí? —preguntó Lewis—. ¿Watney? Watney, ¿me recibes?

—Probablemente se ha desmayado, comandante —dijo Beck por la radio—. Ha soportado 12 G en el ascenso. Dale un momento.

—Recibido —dijo Lewis—. Johanssen, ¿todavía no tienes su órbita?

—Tengo *pings* de intervalo. Averiguando nuestro rango de interceptación y velocidad...

Martinez y Lewis miraron a Johanssen cuando esta puso en marcha el software de cálculo de interceptación. Normalmente, las órbitas las calculaba Vogel, pero estaba ocupado con otra cosa. Johanssen era su sustituta en dinámica orbital.

—La velocidad de interceptación será de once metros por segundo... —empezó ella.

—Puede servirme —dijo Beck por la radio.

—La distancia de interceptación será... —Johanssen se detuvo. Se atragantó. Continuó con la voz temblorosa—: Estaremos separados sesenta y ocho kilómetros. —Se cubrió la cara con las manos.

—¿Ha dicho sesenta y ocho kilómetros? —inquirió Beck—. ¡¿Kilómetros?!

—Maldita sea... —susurró Martinez.

—Calma —dijo Lewis—. Estudia el problema. Martinez, ¿queda combustible en el VAM?

—Negativo, comandante —respondió Martinez—. Suprimieron el sistema OMS para aligerar el peso durante el lanzamiento.

—Entonces, tendremos que ir por él. Johanssen, ¿tiempo de interceptación?

—Treinta y nueve minutos, doce segundos —dijo Johanssen, tratando de no temblar.

—Vogel —continuó Lewis—, ¿cuánto podemos desviarnos en treinta y nueve minutos con los motores iónicos?

—Quizá cinco kilómetros —respondió Vogel por radio

—No es suficiente —dijo Lewis—. Martinez, ¿y si apuntamos todos nuestros propulsores vernier* en la misma dirección?

—Depende de cuánto combustible queramos ahorrar para el control vectorial en el viaje a casa.

—¿Cuánto necesitas?

—Podría pasar con quizás el veinte por ciento de lo que queda.

—Muy bien, si usaras el otro ochenta por ciento...

—Comprobando —dijo Martinez, introduciendo los valores en su consola—. Tendremos un delta-v** de treinta y un metros por segundo.

—Johanssen —dijo Lewis—. Calcula.

—En treinta y nueve minutos nos desviaríamos... —escribió con rapidez Johanssen—, setenta y dos kilómetros.

—Allá vamos —dijo Lewis—. ¿Cuánto combustible...?

—El setenta y cinco coma cinco por ciento de los ajustes de actitud de combustible que quedan —dijo Johanssen— reduciría el rango de interceptación a cero.

—Hazlo —ordenó Lewis.

—Sí, comandante —dijo Martinez.

---

* Motor cohete para el control vectorial del empuje de los misiles y las naves espaciales que permite modificar la trayectoria de vuelo o la velocidad con precisión. *(N. del T.)*
** En física general es el cambio de velocidad. *(N. del T.)*

—Espera —dijo Johanssen—. Eso reducirá el rango de intercepción a cero, pero la velocidad de interceptación será de cuarenta y dos metros por segundo.

—Entonces tenemos treinta y nueve minutos para descubrir cómo frenar —dijo Lewis—. Martinez, enciende los propulsores.

—Sí —dijo Martinez.

—¡Uf! Han pasado muchas cosas realmente deprisa —le dijo Annie a Venkat—. Explica.

Venkat se esforzó para oír la transmisión de audio por encima del murmullo de los VIP en la cabina de observación. A través del cristal, vio que Mitch levantaba las manos en un gesto de frustración.

—El lanzamiento ha fallado mucho —dijo Venkat, mirando más allá de Mitch a las pantallas—. La distancia de interceptación iba a ser demasiado grande, así que están usando controles vectoriales para reducir la distancia.

—¿Para qué sirven normalmente los controles vectoriales?

—Desvían la nave. No están hechos para propulsarla. La *Hermes* no tiene motores de reacción, solo los motores lentos y constantes de iones.

—Entonces..., ¿problema resuelto? —dijo Annie con esperanza.

—No —dijo Venkat—. Llegarán hasta él, pero irán a cuarenta y dos metros por segundo cuando lo hagan.

—¿Qué velocidad es esa? —preguntó Annie.

—Casi ciento cincuenta kilómetros por hora —dijo Venkat—. No hay esperanza alguna de que Beck agarre a Watney a esa velocidad.

—¿Pueden usar los controles vectoriales para frenar?

—Necesitarán mucha velocidad para reducir la distancia a tiempo. Han usado todo el combustible del que podían disponer para ir lo suficientemente deprisa y ahora no tienen el suficiente para frenar. —Venkat arrugó el entrecejo.

—Entonces, ¿qué pueden hacer?

—No lo sé. Y, aunque lo supiera, no podría decírselo a tiempo.

—Joder —maldijo Annie.

—Sí —convino Venkat.

—¿Watney? —dijo Lewis—. ¿Me recibes, Watney? —repitió ella.

—Comandante —dijo Beck por la radio—. Lleva un traje EVA de superficie, ¿verdad?

—Sí.

—Debería tener un biomonitor —dijo Beck—, y estará emitiendo. No es una señal fuerte; solo tiene que recorrer un par de cientos de metros hasta el vehículo de superficie o el Hab, pero quizá podamos captarla.

—Johanssen —dijo Lewis.

—Estoy en ello —dijo Johanssen—. Tengo que consultar las frecuencias en las especificaciones técnicas. Dame un segundo.

—Martinez —continuó Lewis—. ¿Alguna idea de cómo frenar?

Martinez negó con la cabeza.

—No tengo nada, comandante. Vamos demasiado deprisa.

—¿Vogel?

—El impulso de iones no es lo bastante fuerte —repuso Vogel.

—Tiene que haber algo que podamos hacer —dijo Lewis—. Lo que sea.

—Tengo los datos de su biomonitor —dijo Johanssen—. Pulso: cincuenta y ocho. Presión arterial: noventa y ocho, sesenta y uno.

—No está mal —dijo Beck—. Más baja de lo que me gustaría, pero lleva dieciocho meses en la gravedad de Marte, así que era de esperar.

—¿Tiempo para la intercepción? —preguntó Lewis.

—Treinta y dos minutos —repuso Johanssen.

La bendita inconsciencia se convirtió en nublada conciencia que desembocó en dolorosa realidad. Watney abrió los ojos, luego gimió por el dolor en el pecho.

Poco quedaba de la lona, solo jirones que flotaban en el borde del agujero que había cubierto. Tenía por tanto una visión sin impedimentos de Marte desde la órbita. La superficie salpicada de cráteres del planeta rojo se extendía aparentemente hasta el infinito; su fina atmósfera era un borrón a lo largo del borde. Solo dieciocho personas en la historia habían disfrutado personalmente de aquellas vistas.

—Jódete —le dijo al planeta que tenía a sus pies.

Se estiró hacia los controles que llevaba en el brazo y gimió. Al intentarlo otra vez, más lentamente en esta ocasión, activó la radio.

—VAM a *Hermes*.

—¿Watney? —fue la respuesta.

—Afirmativo. ¿Eres tú, comandante? —dijo Watney.

—Afirmativo. ¿Cuál es tu estado?

—Estoy en una nave sin panel de control —dijo—. Es todo lo que puedo decirte.

—¿Cómo te sientes?

—Me duele el pecho. Creo que tengo una costilla rota. ¿Cómo estás tú?

—Estamos trabajando en recogerte —dijo Lewis—. Hubo una complicación en el lanzamiento.

—Sí —dijo Watney, mirando el agujero en la nave—. La lona no resistió. Creo que se desgarró en el ascenso.

—Eso coincide con lo que vimos durante el lanzamiento.

—¿Es muy malo, comandante?

—Hemos podido corregir el rango de interceptación con los propulsores vectoriales de la Hermes, pero hay un problema con la velocidad de intercepción.

—¿Cómo de grande?

—De cuarenta y dos metros por segundo.

—¡Menuda mierda!

—Eh, al menos está bien por el momento —dijo Martinez.

—Beck —dijo Lewis—, estoy tratando de pensar como tú. ¿A qué velocidad podrías ir si no estuvieras atado?

—Perdón, comandante —dijo Beck—, ya he hecho los cálculos. A lo sumo podría conseguir veinticinco metros por segundo. Aunque pudiera conseguir cuarenta y dos, necesitaría otros cuarenta y dos para igualar a la *Hermes* al volver.

—Recibido —dijo Lewis.

—Eh —dijo Watney por la radio—. Tengo una idea.

—Por supuesto que sí —dijo Lewis—. ¿Cuál es?

—Podría encontrar algo afilado por aquí para hacer un agujero en el guante de mi traje EVA, usar el aire que escapa como propulsor y volar hacia vosotros. La fuente de propulsión estaría en mi brazo, así que podría dirigirla con facilidad.

—¿Cómo se le ha ocurrido esta mierda? —intervino Martinez.

—Hum —dijo Lewis—. ¿Podrías conseguir cuarenta y dos metros por segundo de ese modo?

—Ni idea —dijo Watney.

—No creo que tuvieras ningún control si lo hicieras —dijo Lewis—. Estarías frente al objetivo y usando un vector de impulso que apenas podrías controlar.

—Reconozco que es mortalmente peligroso —dijo Watney—. Pero mira: volaría como Iron Man.

—Seguiremos trabajando en otras ideas —dijo Lewis.

—Iron Man, comandante. Iron Man.

—Espera —dijo Lewis. Arrugó la frente—. Hum... Quizá no sea tan mala idea...

—¿Estás de broma, comandante? —dijo Martinez—. Es una idea espantosa. Saldría disparado al espacio...

—No toda la idea, pero parte de ella... Lo de usar el aire como propulsor. Martinez, conecta la estación de trabajo de Vogel.

—Vale —dijo Martinez, tecleando. La pantalla mostró la estación de trabajo de Vogel. Martinez la cambió enseguida del alemán al inglés—. Lista. ¿Qué necesitas?

—Vogel tiene un programa para calcular la trayectoria iniciada por escapes en el casco, ¿no?

—Sí —dijo Martinez—. Ese programa calcula las correcciones necesarias de trayectoria en el caso de...

—Sí, sí —dijo Lewis—. Búscalo. Quiero saber qué ocurre si hacemos reventar la esclusa de aire.

Johanssen y Martinez se miraron.

—Hum. Sí, comandante —dijo Martinez.

—¿La esclusa de aire de la nave? —dijo Johanssen—. ¿Quieres abrirla?

—Hay mucho aire en la nave —dijo Lewis—. Nos daría un buen impulso.

—Sí... —dijo Martinez mientras arrancaba el programa—. Y el morro podría volar.

—Además, se saldría todo el aire —se sintió obligada a añadir Johanssen.

—Cerraríamos el puente y la sala del reactor. Podemos dejar todo lo demás en el vacío, pero no queremos una descompresión explosiva aquí dentro ni cerca del reactor.

Martinez introdujo los datos en el programa.

—Creo que tendremos el mismo problema que Watney, pero a una escala mayor. No podremos dirigir ese impulso.

—No tendremos que hacerlo —dijo Lewis—. La esclusa está en el morro. El aire que escapa generaría un vector de impulso a través de nuestro centro de masa. Solo tendríamos que orientar la nave justo en dirección contraria al sitio al que queremos ir.

—Vale, tengo los números —dijo Martinez—. Un escape en la esclusa de la nave, con el puente y la sala del reactor sellados, nos aceleraría a veintinueve metros por segundo.

—Tendríamos una velocidad relativa de trece metros por segundo —propuso Johanssen.

—Beck —radió Lewis—. ¿Has estado escuchando todo esto?

—Afirmativo, comandante —dijo Beck.

—¿Puedes hacerlo a trece metros por segundo?

—Será arriesgado —repuso Beck—. Trece para equiparar al VAM y luego otros trece para equiparar a la *Hermes*. Pero es infinitamente mejor que cuarenta y dos.

—Johanssen —dijo Lewis—. ¿Tiempo de interceptación?

—Dieciocho minutos, comandante.

—¿Qué clase de sacudida sentiremos con esa pérdida de aire? —preguntó Lewis a Martinez.

—El aire tardará cuatro segundos en escapar —dijo—. Sentiremos un poco menos que 1 G.

—Watney —dijo ella en su casco—, tenemos un plan.

—¡Sí! ¡Un plan! —repuso Watney.

—¡Houston! —La voz de Lewis resonó en Control de Misión—. Avisamos de que vamos a provocar un escape deliberado en la exclusa de aire de la nave para conseguir impulso.

—¿Qué? —dijo Mitch—. ¿Qué?

—¡Oh... cielos! —dijo Venkat en la sala de observación.

—¡Coño! —maldijo Annie, levantándose—. Será mejor que vaya a la sala de prensa. ¿Hay algo que deba saber antes de irme?

—Van a perder estanqueidad en la nave —dijo Venkat, todavía anonadado—. Van a perder estanqueidad deliberadamente. ¡Oh, joder...!

—Entendido —dijo Annie, trotando hacia la puerta.

—¿Cómo abriremos las puertas de la esclusa de aire? —preguntó Martinez—. No hay forma de hacerlo a distancia y si hay alguien cerca cuando...

—Exacto —dijo Lewis—. Podemos abrir una puerta con la otra cerrada, pero ¿cómo abrimos la otra? —Pensó un momento—. Vogel —dijo por radio—, necesito que vuelvas a entrar y fabriques una bomba.

—Hum. Repite, por favor, comandante —repuso Vogel.

—Una bomba —confirmó Lewis—. Eres químico. ¿Puedes hacer una bomba con el material que hay a bordo?

—*Ja* —dijo Vogel—. Tenemos productos inflamables y oxígeno puro.

—Pinta bien —dijo Lewis.

—Por supuesto, es peligroso hacer estallar un artefacto explosivo en una nave espacial —señaló Vogel.

—Entonces, hazla pequeña —dijo Lewis—. Basta con que abra un agujero en la puerta interior de la esclusa de aire. Cualquier agujero servirá. Si estalla la puerta, no pasa nada. Si no, el aire saldrá más despacio, pero durante más tiempo. El cambio de impulso es el mismo, y tendremos la aceleración que necesitamos.

—Presurizando esclusa 2 —informó Vogel—. ¿Cómo activaremos esa bomba?

—¿Johanssen? —dijo Lewis.

—Eh... —dijo Johanssen. Cogió el casco y se lo puso con rapidez—. Vogel, ¿puedes conectarle cables?

—*Ja* —dijo Vogel—. Usaré un tapón de rosca con un agujerito para los cables. Tendrá poco efecto en el cierre.

—Podemos pasar el cable por el panel de iluminación 41 —dijo Johanssen—. Está al lado de la esclusa de aire y puedo encenderlo y apagarlo desde aquí.

—Ahí tenemos nuestro disparador remoto —dijo Lewis—. Johanssen, ve a preparar el panel de iluminación. Vogel, entra y monta la bomba. Martinez, ve a cerrar las puertas de la sala del reactor.

—Sí, comandante —dijo Johanssen, dando una patada a su asiento hacia el pasillo.

—Comandante —dijo Martinez, haciendo una pausa en la salida—, ¿quieres que traiga unos trajes espaciales?

—No servirían —dijo Lewis—. Si el cierre del puente no resiste, seremos absorbidos a una velocidad cercana a la del sonido. Seremos gelatina con traje o sin él.

—Eh, Martinez —dijo Beck por la radio—. ¿Puedes mover mis ratones de laboratorio a un lugar seguro? Están en el laboratorio de biología. Es solo una jaula.

—Recibido, Beck —dijo Martinez—. Los pondré en la sala del reactor.

—¿Has vuelto a entrar, Vogel? —preguntó Lewis.

—Estoy haciéndolo, comandante.

—Beck —dijo Lewis en el casco de este—. Necesito que tú también vuelvas a entrar. Pero no te quites el traje.

—Vale —dijo Beck—. ¿Por qué?

—Literalmente, vamos a volar una de las puertas —le explicó Lewis—. Preferiría cargarme la interior. Quiero la puerta exterior intacta, así mantendremos nuestro medio de aerofrenado.

—Tiene lógica —respondió Beck mientras volvía a entrar flotando en la nave.

—Hay un problema —dijo Lewis—. Quiero la puerta exterior bloqueada en la posición de completamente abierta con el freno mecánico en posición para impedir que la descompresión la destroce.

—Eso tiene que hacerlo alguien que esté en la esclusa de aire —dijo Beck—. Y no se puede abrir la puerta interior si la exterior está abierta.

—Exacto —dijo Lewis—. Así que necesito que vuelvas a entrar, despresurices la exclusa, abras la puerta exterior y la bloquees. Luego tendrás que reptar por el casco para volver a la esclusa 2.

—Recibido, comandante —dijo Beck—. Hay puntos de enganche por todo el casco. Me moveré con mi soga como un escalador.

—Ponte a ello —dijo Lewis—. Y Vogel, tienes que darte prisa. Tienes que montar la bomba, prepararla, volver a la esclusa 2, vestirte, despresurizarla y abrir la puerta exterior para que Beck pueda volver a entrar cuando haya terminado.

—Se está quitando el traje y no puede contestar —informó Beck—, pero ha oído la orden.

—Watney, ¿cómo vas? —preguntó Lewis

—Bien por el momento, comandante —repuso Watney—. ¿Has mencionado un plan?

—Afirmativo —dijo ella—. Vamos a dar salida a la atmósfera para conseguir impulso.

—¿Cómo?

—Vamos a abrir un boquete en la esclusa de la nave.

—¿Qué? —dijo Watney—. ¿Cómo?

—Vogel está haciendo una bomba.

—¡Sabía que el tío era un científico loco! —dijo Watney—. Creo que deberíamos optar por mi idea de ser Iron Man.

—Es demasiado arriesgado, y lo sabes —repuso ella.

—La cuestión —dijo Watney— es que soy egoísta. Quiero que los memoriales en la Tierra sean solo para mí. No quiero que el resto de vosotros, perdedores, estéis en ellos. No puedo dejaros volar la esclusa.

—Oh —dijo Lewis—, bueno, si no nos dejas, entonces... Espera..., espera un momento... Estoy mirando la placa de mi hombro y resulta que soy la comandante. Quédate ahí quieto. Vamos a recogerte.

—Listilla.

Como químico, Vogel sabía fabricar una bomba. De hecho, la mayor parte de su formación estaba destinada a evitar hacer involuntariamente precisamente eso.

La nave tenía pocos materiales inflamables a bordo debido al riesgo fatal de un incendio. Sin embargo, la comida, por su propia naturaleza, contenía hidrocarburos inflamables. A falta de tiempo para sentarse, Vogel hizo los cálculos a ojo de buen cubero.

El azúcar contiene 4.000 calorías por kilogramo. Una caloría de comida son 4.184 julios. El azúcar en gravedad cero flota y los granos se separan, aumentando la superficie. En un entorno de oxígeno puro, se liberarán 16,7 millones de julios por cada kilogramo de azúcar usado, generando la fuerza explosiva de ocho cartuchos de dinamita. Así es la naturaleza de la combustión en oxígeno puro.

Vogel midió el azúcar con atención. Lo vertió en el recipiente más resistente que encontró: un tarro de cristal grueso. La resistencia del recipiente era tan importante como el explosivo en sí. Un recipiente frágil simplemente causaría una bola de fuego sin mucha fuerza explosiva. Un recipiente más resistente, en cambio, contendría la presión hasta que alcanzara un auténtico potencial destructivo.

Rápidamente, abrió un agujero en la tapa de rosca del tarro, cortó un trozo de alambre y lo introdujo por el agujero.

—*Sehr gefährlich* —murmuró vertiendo oxígeno líquido de la reserva de la nave en el tarro. Luego enroscó la tapa. En solo unos minutos, había hecho una rudimentaria bomba improvisada.

—*Sehr, sehr, gefährlich.*

Flotó fuera del laboratorio y avanzó hacia el morro de la nave.

Johanssen estaba trabajando en el panel de iluminación cuando Beck flotó hacia la esclusa.

Lo agarró del brazo.

—Ten cuidado al reptar por el casco.

Beck se volvió a mirarla.

—Ten cuidado al colocar la bomba.

Ella besó su máscara y luego apartó la mirada, avergonzada.

—Ha sido una estupidez. No le digas a nadie que he hecho esto.

—No le digas a nadie que me ha gustado. —Beck sonrió.

Tras entrar en la esclusa de aire, Beck cerró la puerta interior. Después de despresurizarla, abrió la puerta exterior y la bloqueó. Se agarró a un asidero del casco y salió.

Johanssen observó hasta que Beck desapareció de la vista, luego regresó al panel de iluminación. Lo había desactivado desde su estación de trabajo. Después de sacar un trozo de cable y pelar los extremos, estuvo toqueteando un rollo de cinta aislante hasta que llegó Vogel.

El alemán apareció justo al cabo de un minuto, flotando con cuidado por el pasillo, sosteniendo la bomba con ambas manos.

—He usado un solo cable para la ignición —explicó—. No quiero que haya dos cables para no arriesgarme a que produzca una chispa. Sería peligroso para nosotros si hay energía estática al prepararla.

—¿Cómo la activarás? —dijo Johanssen.

—El cable debe alcanzar una temperatura alta. Si provocas un cortocircuito, será suficiente.

—Funcionará —dijo Johanssen.

Johanssen retorció los cables de luz en el de la bomba y los unió con cinta.

—Disculpa —dijo Vogel—. Tengo que volver a la esclusa 2 para que entre el doctor Beck.

—Hum —dijo Johanssen.

Martinez volvió a flotar hasta el puente.

—Tenía unos minutos, así que he echado un vistazo a la lista de verificación de aerofrenado de la sala del reactor. Todo está preparado para la aceleración y el compartimento está aislado.

—Bien pensado —dijo Lewis—. Prepara la corrección vectorial.

—Recibido, comandante —dijo Martinez, flotando hacia su estación.

—La esclusa está abierta —dijo la voz de Beck en el comunicador—. Empezando mi travesía por el casco.

—Recibido —dijo Lewis.

—Este cálculo es complicado —dijo Martinez—. Necesito hacerlo todo al revés. La esclusa está en la parte delantera, así que la fuente del impulso estará justamente en el lado opuesto a nuestros motores. Nuestro software no tiene previsto que el motor esté ahí. Tendré que indicarle que nuestra intención es impulsarnos hacia Mark y no al contrario...

—Tómate tu tiempo y hazlo bien —dijo Lewis—, y no lo ejecutes hasta que te dé la orden. No vamos a girar la nave mientras Beck esté fuera del casco.

—Recibido —dijo Martinez. Al cabo de un momento, añadió—: Vale, el ajuste está listo para ejecutarse.

—Espera —dijo Lewis.

Vogel, otra vez con su traje, despresurizó la esclusa 2 y abrió la puerta exterior.

—Ya era hora —dijo Beck, subiendo.

—Siento el retraso —dijo Vogel—. Me han requerido para hacer una bomba.

—Ha sido un día muy raro —dijo Beck—. Comandante, Vogel y yo estamos en posición.

—Recibido —fue la respuesta de Lewis—. Pegaos a la pared delantera de la esclusa de aire. Habrá alrededor de 1 G durante cuatro segundos. Aseguraos de que los dos estáis atados.

—Recibido —dijo Beck al conectar su soga. Los dos hombres se apretaron contra la pared.

—Bien, Martinez —dijo Lewis—, oriéntanos en la dirección correcta.

—Recibido —dijo Martinez, ejecutando el ajuste vectorial.

Johanssen flotó en el puente mientras se llevaba a cabo el ajuste. La sala rotó en torno a la astronauta mientras esta buscaba algo a lo que agarrarse.

—La bomba está preparada y el detonador listo —dijo—. Puedo hacerla estallar por control remoto encendiendo el panel de iluminación 41.

—Cierra el puente y ve a tu estación —dijo Lewis.

—Recibido. —Johanssen, con unos pocos giros de la manivela, tuvo el trabajo hecho. Regresó a la estación y realizó un rápido test—. Aumento de presión del puente a 1,03 atmósferas... La presión es constante. Tenemos un buen cierre.

—Recibido —dijo Lewis—. ¿Tiempo para la intercepción?

—Veintiocho segundos —dijo Johanssen.

—¡Guau! —dijo Martinez—. Vamos justos.

—¿Preparada, Johanssen? —preguntó Lewis.

—Sí —dijo—. Lo único que tengo que hacer es pulsar la tecla retorno.

—Martinez, ¿cuál es tu ángulo?

—Ajustado, comandante —informó Martinez.

—Átate —ordenó Lewis.

Los tres se ajustaron los cinturones de sus asientos.

—Veinte segundos —dijo Johanssen.

Teddy ocupó su asiento en la sala VIP.

—¿Cuál es el estado?

—Quince segundos para que vuelen la esclusa —dijo Venkat—. ¿Dónde has estado?

—Al teléfono con el presidente —dijo Teddy—. ¿Crees que esto funcionará?

—No tengo ni idea. Nunca me había sentido tan impotente.

—Si te sirve de consuelo —dijo Teddy—, todo el mundo se siente casi igual.

Al otro lado del cristal, Mitch paseaba de un lado para otro.

—... cinco..., cuatro..., tres... —dijo Johanssen.

—Preparados para aceleración —dijo Lewis.

—... dos..., uno... —continuó Johanssen—. Activando panel de iluminación 41.

Pulsó la tecla retorno.

Dentro de la bomba de Vogel, la corriente del sistema de iluminación interno de la nave recorrió un fino cable pelado. Enseguida alcanzó la temperatura de ignición del azúcar. Lo que habría sido un chisporroteo sin importancia en la atmósfera de la Tierra se convirtió en una deflagración incontrolada en el oxígeno puro que contenía el tarro. En menos de cien milisegundos, la presión de la combustión masiva hizo estallar el recipiente y la explosión resultante hizo añicos la puerta de la esclusa de aire.

El aire de la *Hermes* salió por la esclusa abierta, propulsando la nave en dirección contraria.

Vogel y Beck quedaron pegados a la pared de la esclusa 2. Lewis, Martinez y Johanssen soportaron la aceleración en sus asientos. No fue una cantidad de fuerza G peligrosa. De hecho, fue inferior a la gravedad de la superficie terrestre, pero fue inconstante y errática.

Al cabo de cuatro segundos, el temblor cesó y la nave regresó a la ingravidez.

—Sala de reactor todavía presurizada —informó Martinez.

—El cierre del puente resiste —dijo Johanssen—, obviamente.

—¿Daños? —inquirió Martinez.

—Todavía no estoy segura —dijo Johanssen—. Tengo la cámara exterior 4 orientada hacia el morro. No veo ningún problema en el casco cerca de la esclusa.

—Nos preocuparemos de eso después —dijo Lewis—. ¿Cuáles son nuestra velocidad relativa y nuestra distancia al VAM?

Johanssen tecleó con rapidez.

—Llegaremos a veintidós metros y vamos a doce metros por segundo. En realidad, ese impulso es mejor de lo esperado.

—Watney —dijo Lewis—, ha funcionado. Beck está en camino.

—¡Bravo! —respondió Watney.

—Beck —dijo Lewis—, estás listo. Doce metros por segundo.

—No está mal —repuso Beck.

—Voy a saltar —dijo Beck—. Así añadiré otros dos o tres metros por segundo.

—Entendido —dijo Vogel, agarrando, sin apretarla, la cuerda de Beck—. Buena suerte, doctor Beck.

Apoyando los pies en la pared posterior, Beck se encogió y saltó por la esclusa de aire.

Una vez libre, se orientó. Una mirada rápida a su derecha le bastó para ver lo que no veía desde dentro de la esclusa de aire.

—¡Contacto visual! Veo el VAM.

El VAM poco se parecía a una nave espacial tal y como Beck las conocía. Lo que habían sido líneas elegantes eran ahora una mezcla de segmentos del casco faltantes y puntos de anclaje vacíos que antes ocupaban los componentes no vitales.

—Joder, Mark, ¿qué le has hecho a eso?

—Deberías haber visto lo que le hice al vehículo de superficie —contestó Mark por radio.

Beck se impulsó en una trayectoria de interceptación. Lo había practicado muchas veces. En esas sesiones prácticas, se le planteaba que estaría rescatando a un compañero de tripulación cuya cuerda se hubiera roto, pero era en esencia lo mismo.

—Johanssen —dijo—, ¿me tienes en el radar?

—Afirmativo —repuso ella.

—Dime mi velocidad relativa respecto a Mark cada dos segundos más o menos.

—Recibido. Cinco coma dos metros por segundo.

—Eh, Beck —dijo Watney—, el morro está abierto. Subiré hasta allí y me prepararé para agarrarte...

—Negativo —lo interrumpió Lewis—. Ningún movimiento sin cuerda de seguridad. Quédate sujeto a tu silla hasta que estés enganchado a Beck.

—Recibido —dijo Watney.

—Tres coma un metros por segundo —informó Johanssen.

—Voy a deslizarme un poco —dijo Beck—. Voy a cogerlo antes de que frene. —Rotó sobre sí mismo en preparación para la siguiente propulsión.

—Once metros para el objetivo —dijo Johanssen.

—Recibido.

—Seis metros —dijo Johanssen.

—Y... contraimpulso. —Beck activó otra vez los propulsores de la mochila de impulso autónomo. El VAM apareció ante él—. ¿Velocidad? —preguntó.

—Uno coma un metros por segundo —dijo Johanssen.

—Bien. —Se estiró hacia la nave—. Estoy flotando hacia el VAM. Creo que puedo tocar parte de la lona desgarrada...

La lona hecha jirones parecía el único asidero de una nave por lo demás lisa. Beck se estiró al máximo y logró agarrarse.

—Contacto —informó. Agarrándose con más fuerza, lanzó el cuerpo hacia delante y tiró con la otra mano para coger más lona—. ¡Contacto firme!

—Doctor Beck —dijo Vogel—, hemos pasado el punto de aproximación máximo y ya te estás alejando. Quedan sesenta y nueve metros de soga. La suficiente para catorce segundos.

—Recibido —dijo Beck.

Metiendo la cabeza en la abertura, miró el interior del compartimento y vio a Watney en su silla.

—¡Contacto visual con Watney! —informó.

—¡Contacto visual con Beck! —informó Watney.

—¿Cómo estás, tío? —dijo Beck entrando en la nave.

—Yo..., yo solo... —dijo Watney—. Dame un minuto. Eres la primera persona que veo desde hace dieciocho meses.

—No tenemos un minuto —dijo Beck, dando una patada a la pared—. Tenemos once segundos antes de quedarnos sin cable.

La trayectoria de Beck lo impulsó hacia la silla, donde chocó torpemente con Watney. Los dos se agarraron de los brazos para impedir que Beck rebotara.

—¡Contacto con Watney! —exclamó Beck.

—Ocho segundos, doctor Beck —informó Vogel por radio.

—Recibido. —Beck enganchó apresuradamente la parte frontal de su traje con el de Watney mediante mosquetones—. ¡Conectado! —dijo.

Watney soltó los cinturones de su asiento.

—Cinturón fuera.

—Nos vamos de aquí —dijo Beck, dando una patada a la silla hacia la abertura.

Los dos hombres flotaron por la cabina del VAM hacia la abertura. Beck estiró el brazo y se impulsó en el borde al pasar.

—Hemos salido —informó.

—Cinco segundos —dijo Vogel.

—Velocidad relativa a la *Hermes*: doce metros por segundo —dijo Johanssen.

—Impulsando —dijo Beck, activando su mochila propulsora.

Los dos astronautas aceleraron hacia la *Hermes* durante unos segundos. Luego los controles de la mochila en la visera de Beck se pusieron rojos.

—Se acabó el combustible —dijo—. ¿Velocidad?

—Cinco metros por segundo —repuso Johanssen.

—Espera —dijo Vogel.

A lo largo del proceso, había ido soltando cuerda por la esclusa de aire. En ese momento agarró la parte cada vez menor de cuerda que quedaba con ambas manos. No se aferró a ella, porque habría salido despedido de la esclusa; simplemente, cerró las manos sobre la cuerda para crear fricción.

La *Hermes* estaba arrastrando a Beck y Watney, y el manejo que Vogel hacía del cable ayudaba a absorber el impacto. Si Vogel hubiera aplicado demasiada fuerza, el impacto habría soltado el cable de los clips del traje de Beck. Si hubiera aplicado poca, el cable se hubiera soltado antes de que las velocidades se igualaran y provocado un parón brusco que también hubiera arrancado los clips del traje de Beck.

Vogel logró encontrar el punto justo. Después de unos segundos de física instintiva, sintió que la fuerza del cable se reducía.

—¡Velocidad cero! —exclamó Johanssen con entusiasmo.

—Tira de ellos, Vogel —ordenó Lewis.

—Recibido —dijo Vogel.

Lentamente tiró de sus compañeros de tripulación hacia la esclusa de aire. Al cabo de unos segundos, dejó de tirar y se limitó a sujetar el cable mientras Beck y Watney se le acercaban.

Flotaron hacia la esclusa y los agarró. Tanto Beck como Watney se sujetaron a los asideros de la pared mientras Vogel los rodeaba y cerraba la puerta exterior.

—¡A bordo! —comunicó.

—Puerta exterior de la esclusa 2 cerrada —dijo Vogel.

—¡Sí! —gritó Martinez.

—Recibido —dijo Lewis.

El eco de la voz de Lewis resonó alrededor del mundo.

—Houston, aquí *Hermes*. Seis tripulantes a salvo a bordo.

La sala de control prorrumpió en aplausos. Saltando de los asientos, los controladores lanzaron vítores, se abrazaron y lloraron. La misma escena se repetía en todo el mundo, en parques, bares, centros cívicos, salas de estar, aulas y oficinas.

La pareja de Chicago se abrazó de puro alivio, luego atrajo hacia sí al representante de la NASA para un abrazo de grupo.

Mitch lentamente se quitó los auriculares y se volvió hacia la sala VIP. A través del cristal, vio que varios hombres y mujeres bien vestidos gritaban como locos. Miró a Venkat y soltó un pesado suspiro de alivio.

Venkat hundió la cabeza en sus manos.

—Gracias a los dioses —susurró.

Teddy sacó una carpeta azul del maletín y se levantó.

—Annie querrá que esté en la sala de prensa.

—Supongo que hoy no necesitas la carpeta roja —dijo Venkat.

—Sinceramente, no he preparado ninguna. —Al salir añadió—: Buen trabajo, Venk. Ahora, tráelos a casa.

ENTRADA DE DIARIO: DÍA DE MISIÓN 687

Ese 687 me ha pillado un minuto con la guardia baja. En la *Hermes* contamos el tiempo por días de misión. Puede que fuera sol 549 en Marte, pero es el día de misión 687 aquí arriba. ¿Y, sabes qué? No importa que día sea en Marte, porque ¡no estoy allí!

¡Oh, Dios mío! Es cierto: ya no estoy en Marte. Me doy cuenta porque no hay gravedad y hay otros seres humanos a mi alrededor. Todavía no me he acostumbrado.

Si esto fuera una película, todos habrían estado en la esclusa de aire chocando palmas en todas partes. Pero no ha ocurrido de esa manera.

Me he roto dos costillas en el ascenso del VAM. Me dolían desde el principio, pero solo he gritado cuando Vogel ha tirado de nosotros hacia la esclusa de aire con el cable. No quería distraer a quienes me estaban salvando la vida, así que he puesto el micrófono en silencio y he gritado como una niña.

Es verdad, ¿sabes? En el espacio nadie puede oírte gritar como una niña.

Cuando me han metido en la esclusa 2, han abierto la puerta interior y, finalmente, estaba otra vez a bordo. La *Hermes* seguía despresurizada, así que no hemos tenido que cumplir con el ciclo de la esclusa de aire.

Beck me ha dicho que me relajara y me ha empujado por el pasillo hacia su cuarto (que sirve como enfermería cuando es necesario).

Vogel ha salido en dirección opuesta y ha cerrado la puerta exterior de la esclusa.

Una vez que Beck y yo hemos llegado a su cuarto, hemos esperado a que la nave volviera a presurizarse. La *Hermes* tenía aire de sobra para rellenarse dos veces más si hacía falta. Sería una nave de largo alcance penosa si no pudiera recuperarse de una descompresión.

Cuando Johanssen nos ha dado pista libre, *Mandón* Beck me ha hecho esperar mientras se quitaba el traje; luego me ha quitado el mío. Después de quitarme el casco, parecía asombrado. He pensado que quizá tuviera una herida grave en la cabeza o algo así, pero resulta que era por el olor.

Hacía mucho que no me lavaba... nada.

Después ha llegado la hora de someterme a rayos X y de vendarme el pecho mientras el resto de la tripulación verificaba que no hubiera daños en la nave.

Luego sí que ha habido (dolorosos) saludos de baloncestista, seguidos de un permanente alejamiento de todos debido a mi hedor. Hemos tenido unos minutos de reunión antes de que Beck hiciera salir a todos. Me ha dado calmantes y me ha dicho que me duchara en cuanto pudiera mover los brazos. Así que ahora estoy esperando a que los fármacos me hagan efecto.

Pienso en el enorme número de gente que ha trabajado en colaboración para salvarme el cuello y apenas puedo comprenderlo. Mis compañeros de tripulación han sacrificado un año de vida para volver a recogerme. Infinidad de personas en la NASA han trabajado día y noche para idear las modificaciones del vehículo de superficie y el VAM. Todo el JPL se ha dejado los cuernos para fabricar una sonda que se destruyó en el lanzamiento. Luego, en lugar de renunciar, han fabricado otra para reabastecer la *Hermes*. La Administración Espacial Nacional de China ha abandonado un proyecto en el que habían trabajado durante años solo para proporcionarnos un cohete propulsor.

El coste de mi supervivencia debe de haber sido de cientos de millones de dólares. Todo eso para salvar a un botánico ganso. ¿Por qué molestarse?

Sí, vale. Conozco la respuesta. En parte podría ser por lo

que represento: progreso, ciencia y el futuro interplanetario que habíamos soñado durante siglos. Pero en realidad lo han hecho porque los seres humanos tenemos el instinto básico de ayudarnos los unos a los otros. Podría no parecer así a veces, pero es cierto.

Si un excursionista se pierde en las montañas, se coordina una partida de búsqueda. Si un tren colisiona, hacemos cola para donar sangre. Si un terremoto arrasa una ciudad, gente de todo el mundo envía suministros de emergencia. Es algo tan humano que se da en cualquier cultura, sin excepción. Sí, hay capullos a los que no les importan los demás, pero los superan masivamente en número aquellos a los que sí que les importan. Por eso he tenido a miles de millones de personas de mi parte.

No está nada mal, ¿eh?

De todos modos, las costillas me duelen muchísimo, sigo teniendo la visión borrosa por el mareo de la aceleración, estoy realmente hambriento, me faltan 211 días para llegar a la Tierra y, por lo visto, huelo como una mofeta con los calcetines sudados que acaba de cagarse.

Este es el día más feliz de mi vida.